Die 30-jährige Psychologin Sara behandelt Jugendliche mit familiären Problemen. Sie und ihr chronisch überarbeiteter Mann Sigurd sind vor kurzem in ein Haus mit Blick über Oslo gezogen, dort befindet sich auch Saras Praxis. Als Sigurd zu einer Übernachtung bei Freunden aufbricht, ist das letzte, was sie von ihm hört, eine Nachricht auf ihrer Mailbox, dass er gut angekommen sei. Doch noch am selben Abend ruft Sigurds Freund an und teilt ihr mit: Er war nie dort. Hat Sigurd gelogen? Was ist geschehen? Plötzlich fühlt sich Sara in dem großen Haus mit seinen vielen noch unfertigen Zimmern unwohl. Als die Polizei erscheint und sie befragt, beginnt sie zu ahnen, dass der Schlüssel zu Sigurds Verschwinden in ihrer Erinnerung liegt. Je näher sie der Wahrheit kommt, desto schwerer fällt es Sara, die Kontrolle über ihr Leben zu behalten. Verliert sie, die gelernt hat, die Emotionen anderer Personen zu deuten, ihre so wichtige Intuition?

HELENE FLOOD ist Psychologin und lebt mit ihrer Familie in Oslo. Ihr erster Roman »Die Psychologin« wurde bereits vor Erscheinen in Norwegen in 28 Länder verkauft. Er stand monatelang auf der Bestsellerliste. Auch ihr zweiter Roman »Die Affäre« wurde von Publikum und Presse begeistert aufgenommen.

Helene Flood

Die Psychologin

Thriller

Aus dem Norwegischen
von Ursel Allenstein

btb

Die norwegische Ausgabe erschien 2021 unter dem Titel
»Terapeuten« bei Aschehoug & Co (W. Nygaard) AS, Oslo.

Penguin Random House Verlagsgruppe FSC® N001967

1. Auflage
Genehmigte Taschenbuchausgabe Oktober 2023
Copyright © der Originalausgabe 2019 by Helene Flood
Copyright © der deutschsprachigen Ausgabe 2022 by btb Verlag
in der Penguin Random House Verlagsgruppe GmbH,
Neumarkter Straße 28, 81673 München
Published in Agreement with Oslo Literary Agency
Umschlaggestaltung: semper smile, München nach einem Entwurf von
© Harvey Macaulay / Imperiet.dk for Grønningen 1, Denmark
Coverfoto: Alexander Krivitskiy: Unsplash
Druck und Einband: GGP Media GmbH, Pößneck
SL · Herstellung: sc
Printed in Germany
ISBN 978-3-442-77367-1

www.btb-verlag.de
www.facebook.com/penguinbuecher

Freitag, 6. März: Die Nachricht

Es war noch dunkel, als er ging. Ich wurde wach, als er sich über mich beugte und mich auf die Stirn küsste.

Ich gehe jetzt, flüsterte er.

Im Halbschlaf drehte ich mich um. Er trug seine Jacke und einen Rucksack über der Schulter.

Gehst du?, murmelte ich.

Schlaf einfach weiter, sagte er.

Ich hörte seine Schritte auf der Treppe, döste aber wieder ein, noch bevor die Tür hinter ihm ins Schloss fiel.

———

Als ich wieder aufwache, liege ich allein im Bett. Durch einen Spalt zwischen Rollo und Fensterbank fällt ein milder Sonnenstrahl auf mein Auge und weckt mich. Es ist halb acht. Keine schlechte Zeit, um aufzustehen.

Ich schlurfe barfüßig ins Bad, trotze den Holzsplittern auf dem Boden im Flur und den nassen Holzpaletten, die auf dem Lehmboden im Bad liegen. Dort drinnen haben wir keine Deckenlampe, aber Sigurd hat eine Arbeitslampe aufgestellt, als er die Fliesen abklopfte, und die steht immer noch da, beunruhigend dauerhaft. Zum Glück ist es jetzt hell genug, sodass ich die Lampe nicht brauche. Sie ist effektiv, wie Arbeitslampen im Allgemeinen, mit einem harten, weißen Licht, in dem ich mich so entblößt fühle wie früher in der Sportumkleide der Schule. Ich drehe das Wasser in der Dusche auf, damit es sich aufwärmt, während ich mich ausziehe. Der Boiler müsste ausgetauscht werden, aber Sigurd duscht immer nur kurz, und ich muss mir heute nicht die Haare waschen, sodass es reichen wird.

Die Duschkabine ist aus Plastik. Auch sie sollte nur eine vorübergehende Lösung darstellen. Sigurd hat eine Duschnische für uns gezeichnet, mit einer Mauer und einer Glastür und kleinen blaugesprenkelten und weißen Kacheln. Von allen halbfertigen Räumen im Haus wird der Stillstand im Bad am deutlichsten. Die alten Fliesen sind weg, die neuen noch nicht verlegt. Wir haben keine Lampen, keine ordentliche Gardine. Wir laufen auf den Paletten, um den Boden nicht zu beschädigen, das Wasser kommt aus einem Loch in der Wand, und dann diese provisorische Duschkabine, ein uraltes Überbleibsel von Sigurds Großvater. Eine Zeitlang konnte ich das Haus sehen, wie es einmal werden würde, wenn ich diese verlassene Baustelle betrat: die blau gesprenkelten Kacheln, die glatten Mauern, die eingelassenen Lampen; ich spürte die warmen Bodenfliesen unter meinen Füßen und das warme Wasser, das in perfekten Mengen aus dem modernen Duschkopf mit den verschiedenen Einstellmöglichkeiten floss. Jetzt sehe ich lediglich die ganze Zeit, die das alles noch in Anspruch nehmen wird. Während ich die Hand hineinhalte und spüre, wie die Temperatur im Strahl langsam steigt, wird mir plötzlich bewusst, dass ich nicht mehr daran glaube, dieses Haus jemals in einem fertigen Zustand zu sehen.

Unter dem warmen Wasser werde ich wach. Hier drinnen ist es kalt. Im Schlafzimmer lässt es sich ertragen, im Bad ist es eiskalt. Der Winter war lang, und ich habe jeden Morgen nackt auf der Stelle getrippelt und die Hand unter den Duschstrahl gehalten. Jetzt geht es immerhin langsam auf das Frühjahr zu.

Die Dusche tut mir gut, sie prasselt auf meine kalte Gänsehaut, und ich sammle das Wasser in meinen Händen und tauche das Gesicht hinein, spüre, wie es mich endgültig aus der Nacht herauszieht, wie der Tag übernimmt.

Freitag. Drei Patienten, mein übliches Freitagsgrüppchen. Erst Vera, dann Christoffer, und am Ende Trygve. Es ist unklug, Trygve am Freitag als Letzten einzuplanen, aber wenn die Stunde vorbei ist, lasse ich mich jede Woche aufs Neue dazu verleiten. Ich sammle noch eine Handvoll Wasser, tauche das Gesicht hinein und reibe mir die Wangen. Sigurd wird mit seinen Freunden bis Sonntag im Norefjell bleiben. Ich bin das ganze Wochenende allein.

Ich gehe wieder ins Schlafzimmer, um mich anzuziehen, möchte mich keine Sekunde länger als nötig in dem kalten Bad aufhalten. Unsere Bettdecken liegen zerknäult auf dem Bett. Sie riechen muffig nach Schlaf, meine jedenfalls, seine vermutlich auch. Ich habe nicht auf die Uhr gesehen, als er sich verabschiedete, vielleicht ist es schon mehrere Stunden her. Wir haben keinen Schrank, aber Sigurd hat eine Metallstange zwischen dem Kaminschacht und der Wand montiert, wo wir Kleider, Hemden und Jacken aufgehängt haben. Seine wild durcheinander, meine ordentlich aufgereiht und nach Farben sortiert. Ich betrachte seine Sachen, es sieht nicht so aus, als würde etwas fehlen, aber er wollte ja auch direkt in die Berge fahren. Der Rucksack, der auf dem Boden stand, ist weg, und jetzt erinnere ich mich wieder, dass er ihn über der Schulter trug, als er aufbrach. Ich will eine Bluse und eine Hose anziehen, mich ordentlich und neutral für den Tag kleiden, und während ich eine weiche, taubenblaue Bluse auswähle, denke ich, dass ich schon in ein paar Stunden wieder hier hinaufkommen und meine Sportklamotten holen kann, wenn ich ins Fitnessstudio gehe, oder eine Jogginghose und ein weißes T-Shirt anziehen, wenn nicht. Nur erst die drei Patienten.

Drei Patienten sind eigentlich zu wenig. Ich sollte jeden Tag vier haben, idealerweise auch einen oder zwei Tage in der Woche mit fünf Patienten. Das hatte ich mir ausgerechnet, als ich mich selbständig machte. In einer eigenen Praxis fällt weniger Papierkram an, hatte ich zu Sigurd gesagt, als wir in der Küche unserer alten Wohnung am Torshovparken Pläne schmiedeten und unser Budget in eine Exceltabelle einpflegten, vier Patienten am Tag schaffe ich gut, wahrscheinlich sogar fünf. An den meisten Tagen fünf. Oder wenigstens an einem Tag in der Woche, aber ein bisschen zusätzliches Geld würde ja auch nicht schaden. Wir lachten.

»Du sollst dich aber auch nicht zu Tode schuften«, sagte Sigurd.

»Das musst du gerade sagen«, erwiderte ich.

Er hatte sich zur selben Zeit selbständig gemacht, trug seine eigenen Kalkulationen in dieselbe Exceltabelle ein. Mindestens acht Kunden gleichzeitig, besser noch zehn. Und bei den anderen Partnern aushelfen, wenn sie es brauchten, jede Stunde zählte.

»Das werden einige Überstunden«, sagten wir zueinander, »aber wir verdienen damit, Geld für die Gemeinschaftskasse.«

Jetzt habe ich mehrere Tage mit drei Patienten und nur ausnahmsweise fünf an einem Tag. Wie kam es dazu? Es war schwieriger als erwartet, Patienten zu finden, und die Jugendlichen sagen oft ab, aber das ist nur die halbe Wahrheit.

Ich knöpfe meine Bluse bis oben zu, ganz anständig. Eine wichtige Sache hatte ich nicht in meiner Rechnung bedacht, damals in der Küche in Torshov, mit dem Licht von Sigurds alter Schreibtischlampe über dem PC und den Blättern, die wir vollkritzelten. Den menschlichen Faktor. Auch ich, die so gern allein ist, habe ein Bedürfnis nach anderen Menschen. Ich hatte meine Kollegen von der Liste gestrichen und nicht damit gerechnet, dass ich mich einsam fühlen würde. Dass ich dadurch in Passivität verfallen würde. Hätte mir jemand vor einem Jahr erzählt, wie schwer es mir fiele, ein bisschen Werbung zu machen, um zusätzliche Patienten zu gewinnen, wie sehr mir davor grauen würde, ich hätte ihm nicht geglaubt.

Für mich ist das Frühstück die beste Mahlzeit des Tages. Ich sitze an unserer Kücheninsel mit der Zeitung, einer Scheibe Brot und einer Tasse Kaffee. Ich esse am liebsten allein. Sigurd geht immer früh zur Arbeit, kippt im Stehen an der Arbeitsplatte einen Kaffee herunter. Ich nehme mir gerne Zeit. Lese die Kommentare in der *Aftenposten*, die Filmkritiken. Beginne den Tag kontemplativ.

Er hat seine Tasse nicht weggeräumt. Da steht sie, neben der Spüle. Die Küchenausstattung gehört zu den wenigen halbwegs fertigen Dingen im Haus, und die Arbeitsplatte ist so glatt, dass ich von meinem Sitzplatz den Halbkreis aus Kaffee unter seiner Tasse sehen kann. Natürlich. Vielleicht ist es eine weibliche Fähigkeit, einen Kaffeering unter einer Tasse zu erkennen, Krümel unter dem Toaster, Wassertropfen neben der Spüle. Sigurd möchte es schön haben, plant den Umbau des Hauses bis ins letzte Detail, erstellt sorgfältig ausgearbeitete Zeichnungen und beeindruckende Präsentationen mit Grafiken, doch an den kleineren Aufgaben scheitert er. Die Tasse in die Spüle zu räumen. Die Arbeitsfläche abzuwischen. Abends den Laptop wegzupacken. Es sind nur Kleinigkeiten, warum nörgle ich daran herum, warum rege ich mich auf? Andererseits – warum kann er nicht einfach die drei Sekunden aufbringen, die es dauern würde?

Weiter komme ich nicht mit meinen Gedanken, als ich zum Haken an der Wand hinübersehe, an dem normalerweise Sigurds Rollenköcher hängt. Er benutzt ihn, um Zeichnungen ins Büro zu transportieren und wieder zurück, ein graues Rohr aus Hartplastik mit einem schwarzen Trageband an jedem Ende, das immer am selben Haken hängt, wenn er es mit nach Hause bringt. Ich runzle die Stirn, während ich den leeren Haken betrachte. Wollte er nicht direkt zu Thomas fahren, um die Jungs aufzugabeln? Hatte er das nicht explizit gesagt? Und hing der Köcher nicht gestern Abend noch an der Wand?

Mir ist es schon immer schwergefallen, gegenüber Ungereimtheiten gleichgültig zu bleiben. Ich sehe, wie es anderen Menschen gelingt, und ich beneide sie: Eigentlich wollte er doch nicht noch mal im Büro vorbeifahren, tja, vielleicht habe ich ihn missverstanden. Eigentlich wollte er direkt zu Thomas fahren, aber vielleicht habe ich mich auch verhört, vielleicht musste er spontan noch schnell etwas in der Arbeit erledigen. Vielleicht hatte er den Zeichenköcher doch im Büro gelassen, und wenn ich glaube, ich hätte ihn gestern dort hängen sehen, war es in Wirklichkeit vorgestern. So hat man es bestimmt leichter. Diejenigen, die ein schlechtes Gedächtnis haben, scheinen weniger misstrauisch zu sein, weniger zänkisch. Um noch einmal das aktuelle Beispiel zu nehmen: Ich erinnere mich, ganz ohne Zweifel, wie wir gestern darüber sprachen, als ich mich aus unserer provisorischen Sitzecke erhob und in diese offene Küche hier ging, um den letzten Rest Tee wegzukippen und den Teebeutel in den Müll zu werfen und die Tasse in die Maschine zu räumen; wie ich mich vielleicht einen Meter von der Kücheninsel entfernt wegdrehte, an der ich jetzt sitze, und Sigurd fragte, wann fahrt ihr denn morgen? Und ich habe Sigurd so klar vor Augen, als würde ich ein Foto von ihm sehen, eins mit hervorragender Auflösung, Milliarden von Megapixeln, auf dem jede Hautunreinheit zum Vorschein kommt, ich sehe den abgewetzten Pullover und die löchrige Hose, die er abends so oft trägt, sehe, wie er sich mit einer Hand durch die wirren Locken fuhr und mich mit schmalen, müden Augen ansah, als hätte ich ihn geweckt, und sagte:

»Äh … Ich fahre früh los. Will versuchen, um halb sieben bei Thomas zu sein.«

Und ich fragte: »Halb sieben?«

Und er antwortete: »Ja. Dann sind wir schon morgens da und haben noch den ganzen Tag.«

Dann nahm er vielleicht versehentlich den Zeichenköcher mit. Dann wollte er vielleicht doch ein wenig im Ferienhaus arbeiten. Dann überlegte er es sich vielleicht anders und fuhr spontan im Büro vorbei.

Mein Gedächtnis ist zu detailliert. Ich erinnere mich viel zu genau daran, wie er aussah, als wir darüber sprachen, dass er den beigen Pullover mit dem schwarzen Kragen trug, der so schlecht geschnitten ist und aussieht, als hätte ihn seine Mutter für ihn gekauft, und so war es auch, sie hatte ihn gekauft, bevor er mich kennenlernte, das behauptete er jedenfalls hoch und heilig, als ich es wagte, ihn darauf hinzuweisen, wie grässlich ich dieses Kleidungsstück finde. Das ist ein vollkommen unwesentliches Detail, nichts, woran ich mich erinnern müsste. Und genauso wenig muss ich mich daran erinnern, dass ich »okay« antwortete und mich umdrehte, und dass er, als ich meine Teekanne wegräumte und zum Sofa hinübersah, schon seinen Laptop auf dem Schoß hatte und auf den Bildschirm blinzelte, die Augenbrauen hochgezogen, den Mund halbgeöffnet, und dass ich den Impuls unterdrückte, ihm zu sagen, er bräuchte mehr Licht, *du machst dir die Augen kaputt, und nimm den Laptop vom Schoß, das min-*

11

dert deine Spermienqualität, und irgendwann brauchen wir viel-
leicht eine Topqualität, und sitz nicht mit gebeugtem Nacken da,
davon bekommst du Rückenschmerzen, und dass ich stattdessen
nur sagte:

»Ich gehe hoch und lege mich hin. Gute Nacht.«

All das ist unwesentlich. Man muss das, was etwas bedeutet,
von allem anderen trennen können, mehr nicht. Wenn man sich
an alles erinnert, fällt es einem schwerer, zum Wesentlichen zu
gelangen, zu dem, woran man sich erinnern *muss.*

Vom Badezimmerfenster aus kann ich sehen, wie die erste
Patientin des Tages den Weg zu meiner Praxis über der Garage
zurücklegt. Vera hat den Kopf leicht nach vorn geneigt, das verleiht ihr diesen charakteristischen Gang, den man so leicht wie-
dererkennt, den Gang einer Jugendlichen, die noch nicht ganz in
ihren erwachsenen Körper hineingefunden hat. Wenn man sie
fragen würde, wäre sie der Meinung, sie wäre erwachsen genug.
Ich atme tief in den Bauch und folge ihr mit dem Blick, während
sie die Tür zur Praxis öffnet und hineingeht. Nur drei Patienten,
dann habe ich Wochenende. Ich fühle mich erschöpft, obwohl
ich gerade erst aufgestanden bin.

Ich putze mir die Zähne und balanciere auf einer der Paletten, die Sigurd von einer Baustelle mitgebracht und auf den
Badezimmerboden gelegt hat. Das Waschbecken stammt noch
von Opa Torp, genau wie die Duschkabine, was bedeutet, dass
sie vor 1970 eingebaut wurde und seither nichts mehr daran
geändert wurde, was der alte Torp nicht selbst durchgeführt
hat. Der Wasserhahn hat zwei Knäufe, einen für warmes Wasser und einen für kaltes, und wenn ich sie betrachte, sehe ich
vor meinem inneren Auge, wie die krummen, gichtgeplagten
Hände von Sigurds Großvater daran drehen. Er glaubte nicht

an irdischen Besitz. Er wünschte sich, die Kommunisten würden Norwegen einnehmen. Es muss ihn enttäuscht haben, dass sie es nicht mehr vor seinem Tod schafften, denn er hatte seit den Fünfzigerjahren darauf gewartet. Als er schließlich in seiner »Kommandozentrale« auf dem Dachboden seinen letzten Atemzug tat, hatte seine politische Überzeugung unerschütterlich sowohl den Fall der Sowjetunion als auch Chinas Aufstieg als globale Wirtschaftsmacht überstanden, aber es musste den alten Fuchs dennoch entmutigt haben, dass sich seine Gesundheit im selben Tempo verschlechterte, in dem auch die letzten kommunistischen Staaten vor den kapitalistischen Ideen kapitulierten. Seine Glanzzeit hatte er während des Kalten Krieges und erzählte seinen Gästen – im Großen und Ganzen Sigurds Mutter oder Sigurd und mir – gern stolz, dass der norwegische Geheimdienst in den Siebzigerjahren eine Akte über ihn angelegt hatte. Doch im vergangenen Jahr starb er also, und jetzt sind die Souvenirs in diesem Haus alles, was von ihm geblieben ist: die alten Öfen und Wasserhähne und die Kommandozentrale, die bislang unverändert bestehen geblieben ist. Darin viele Regalmeter Lektüre wie die Mitgliedszeitschriften der Kommunistischen Partei und der AKP(m-l), Weltkarten voller Pinnnadeln, um strategisch wichtige Ziele zu markieren, und der alte, rostige Revolver, der angeblich noch aus der Zeit der Russischen Revolution stammte, und den er in den Siebzigerjahren angeschafft hatte, um sich zu verteidigen, oder um dem Geheimdienst einen Grund zu geben, ihm weiter in die Karten zu schauen.

Der Tod des alten Torp gab Sigurd und mir die Möglichkeit, einen Wohntraum zu erfüllen. In den Fünfzigerjahren war Nordberg ein Viertel wie jedes andere, doch mit den Jahren stiegen die Preise, und 2014 war es für ein junges, hoffnungsfrohes

Paar wie uns geradezu unmöglich, genug Eigenkapital anzusparen, um sich an einem Ort wie diesem niederzulassen. Wenn wir zur U-Bahn liefen, nachdem wir den alten Torp besucht hatten, konnten wir seufzend schwärmen: diese *Aussicht*, und so nah am *Wald*, und nur eine kurze U-Bahn-Fahrt von der Stadt entfernt, und man kann den *See* von hier aus sehen! Mehr gab es nicht zu sagen. Wir konnten uns höchstens ein Reihenhaus im Vorort ohne eine Nähe zu oder eine Aussicht auf irgendetwas leisten. Doch zwei Tage, nachdem der alte Mann gefunden und für tot erklärt und vom Bestatter abgeholt worden war, rief Sigurds Mutter an und fragte: »Hört mal. Wäre Opas Haus im Kongleveien nicht genau das Richtige für euch?«

Margrethe, Sigurds Mutter, war Einzelkind und wohnt in einem modernen Haus in Røa. Sigurds Bruder Harald lebt in San Diego und hat keinen Bedarf an einem Haus in Oslo. Außerdem hatte Harald das Ferienhaus von Sigurds verstorbenem Vater in Krokskogen geerbt und versprochen, es nicht zu verkaufen, ehe die Mutter zu alt war, um dort die Ferien zu verbringen, und er würde eines Tages auch Margrethes Haus erben. Und so fiel das Haus des alten Torp an uns.

Ein unangenehmes Detail an seinem Tod besteht darin, dass wir ihn erst nach drei Wochen fanden. Er tat seinen letzten Atemzug in seiner Kommandozentrale auf dem Dachboden, direkt über dem Schlafzimmer, das Sigurd und ich jetzt teilen, während er mit seinem Mokka in der Thermoskanne über einer Karte brütete, auf der Deutschland noch geteilt war. Vermutlich starb er an einem Herzstillstand. Das war nicht weiter erstaunlich, immerhin war er fast neunzig Jahre alt. Er war kein besonders sozialer Mensch gewesen, nur seine engsten Familienangehörigen besuchten ihn. Margrethe unternahm gerade eine ihrer zweimonatigen Reisen in wärmere Gefilde, als es passierte, und Sigurd und ich hatten versprochen, den Großvater einmal in der Woche zu besuchen und nach dem Rechten zu sehen. Doch wir hatten viel zu tun mit unserer Arbeit und unserem eigenen Leben und übersprangen die eine oder andere Woche, und als wir mit zweiwöchiger Verspätung ankamen, spürten wir die Stille bereits, als Sigurd den Schlüssel im Schloss umdrehte.

»Opa?«, rief Sigurd.

Ich erinnere mich, wie wir uns mit einem etwas schuldgeplagten Lächeln ansahen, weil wir den alten Kommunisten so lange allein gelassen hatten, und wenn ich mich im Nachhinein an Sigurds Lächeln erinnere, erkenne ich die Anspannung darin, als hätte man die Mundwinkel mit Sicherheitsnadeln befestigt, damit sie oben blieben. Ich bin versucht zu sagen, dass wir es schon in dem Moment wussten, doch das wäre zu dramatisch. Aber vielleicht ließ uns das schlechte Gewissen schneller ahnen, dass etwas nicht stimmte. *Opa?*

Ich war es, die ihn fand. Er lag mit dem Gesicht auf der Karte. Seine Haut war grau und geädert, trocken wie Leder und genauso leblos, von fleckigen Blutergüssen übersät, weil er so lange gelegen hatte. Diesen Anblick würde ich gerne ausradieren. Die gelben Nägel, die aussahen, als würden sie jeden Moment abfallen. Die Knochen im Nacken, die kurz davor waren, durch die dünne Pergamenthaut hervorzubrechen. Der beißende Gestank von verwesendem Fleisch. Seither habe ich die Kommandozentrale kaum mehr betreten. Vielleicht hatte uns Margrethe das Haus auch überlassen, weil all das eine zu große Belastung war.

Wir wollten es sofort renovieren, wollten den alten Mann von den Wänden kratzen, wollten das Haus von ihm befreien und zu unserem eigenen machen. Sigurd zeichnete drauflos, ich kalkulierte unser Budget. Durch unsere neuerlangte finanzielle Freiheit hatten wir andere Möglichkeiten. Einige frühere Kommilitonen von Sigurd wollten ein eigenes Architekturbüro eröffnen und fragten ihn, ob er Teilhaber werden wollte. Wir mussten keinen Immobilienkredit aufnehmen, und der Verkauf unserer alten Wohnung finanzierte die Summe, die er brauchte, um sich in das Büro einzukaufen. Ich war mit meinem Job in der Jugendpsychiatrie unzufrieden. Jetzt hatten wir genug Platz, um eine Praxis einzurichten. Das Haus war für uns der Beginn von etwas Neuem. Vier Tage, bevor wir umzogen, heirateten wir im Osloer Rathaus. Anschließend aßen wir in Halvorsens Konditorei mit meiner Schwester und Sigurds beiden besten Freunden und deren Freundinnen Sahneschnittchen. Die Hochzeit änderte nichts, wir waren nach wie vor wir selbst, aber wir wollten alles offiziell absichern. An unserem ersten Abend im Haus schliefen wir im Wohnzimmer auf der Luftmatratze. Wir stießen mit Prosecco an und sagten einander: Jetzt fängt es an.

Doch wie sich herausstellte, war es nicht so leicht wie gedacht, den alten Torp zu vertreiben. Die Renovierung dauerte länger als vorgesehen. Der Beginn unserer Selbständigkeit auch. Vor allem Sigurd machte Überstunden, und bei unserem Plan vom Umbau war in erster Linie er gefragt; seine Expertise, sein handwerkliches Geschick. Wir hatten übereifrig und voller Unternehmungsgeist angefangen. Hatten die Tapeten abgerissen, die Fliesen im Bad abgeklopft. Und wir hatten auch einiges geschafft, eine neue Küche eingebaut und für mich über der Garage die Praxis eingerichtet. Doch dann nahm unser Eifer ab. Sigurd hatte mehr Kunden, längere Tage. Er saß über seinen Zeichentisch gebeugt. Der Winter kam, es wurde kälter und dunkler, und uns ging die Energie aus. Wenn wir mit unserer eigenen Arbeit fertig waren, hatten wir keine Kraft mehr, zu streichen oder in den Baumarkt zu fahren, um nach Duschköpfen oder Wasserhähnen zu schauen, oder nach Fliesen oder Farben, wir rührten keine Spachtelmasse an und rissen keine weiteren Tapeten ab, sondern sanken auf das alte Sofa, das wir aus Torshov mitgebracht hatten, und sahen fern. Oft kam Sigurd erst spät am Abend zurück, mit gebeugtem Nacken, den Zeichenköcher von der Schulter baumelnd.

Nur bis zum Sommer, sagten wir. Die Sommerferien nutzen wir für das Haus. Bis dahin sind es noch drei Monate, und es erschreckt mich selbst, dass ich den Glauben schon jetzt verloren habe. Es wird anders kommen. Im Sommer werden wir sagen, nur bis zum Herbst, und dann wird es kalt, und uns erwartet ein weiterer langer Winter, in dem ich mit Füßen, die steif und taub sind wie gefrorene Keulen, über die Paletten im Bad trippele.

In meiner Praxis über der Garage habe ich das kleinste Wartezimmer, das man sich vorstellen kann, mit einem Schuhregal, einem Holzstuhl, einem winzigen Tisch mit Zeitschriften und schließlich der Tür, die zu meinem Behandlungsraum führt. Vera sitzt auf dem Holzstuhl. Sie hat eine Zeitschrift auf dem Schoß liegen, aber ich habe den Verdacht, dass sie gar nicht liest. Als ich hereinkomme, sieht sie auf.

»Hallo Frau Doktor«, sagt sie.

Sie sieht immer wach und frischfrisiert aus.

»Hallo«, sage ich. »Warten Sie noch einen Moment, dann werde ich … Ich hole Sie gleich.«

»Ja, natürlich«, sagt sie bereitwillig, mit einer hochgezogenen Augenbraue, diesem Ausdruck, den ich am häufigsten bei ihr sehe, diesem kleinen Hauch von Ironie, den sie fast all ihren Äußerungen verleiht.

Ich gehe in meinen Behandlungsraum und schließe die Tür

hinter mir, damit Veras Blick mir nicht bis hinein folgen und sich alles ausmalen kann, was ich mache.

Den Raum hat Sigurd gut gelöst. Er ist nicht groß, und wegen der Dachschräge kommt es darauf an, den wenigen Platz optimal auszunutzen. Auf der einen Schmalseite, die auf die Einfahrt hinausgeht, hat er die Außenwand entfernt und alles komplett verglast. Dort stehen meine Sessel, zwei schöne Arne-Jacobsen-Modelle, mit einem kleinen Tisch in der Mitte. Wenn meine Patienten und ich dort sitzen, befinden wir uns am hellsten Ort im ganzen Raum. Im Dach über uns hat Sigurd ein schräges Fenster eingebaut, sodass auch dort Licht hereinfällt, und ein paar einfache Deckenleuchten machen die Ecke freundlich und gemütlich, egal ob draußen Herbststürme toben oder frostiger Winter herrscht. Vor der anderen Schmalseite, die an das Wartezimmer grenzt, hat er meinen kleinen weißen Schreibtisch platziert. Außerdem hat er an der Wand rechts und links von der Tür Regalborde aufgehängt, die bis unter den Dachfirst reichen, sodass ich genug Raum für meine Bücher und Ordner habe. Die Schmalseite und der Boden sind aus hellem, freundlichem Holz, die anderen Wände sind weiß gestrichen, und alles ist modern und freundlich. Dort, wo die Dachschräge an den Längsseiten in den Boden übergeht, habe ich ein paar Pflanzen hingestellt, und obwohl es wirklich schwierig ist, sie am Leben zu erhalten, weil es hier drinnen kalt wird, sobald ich den Heizstrahler ausschalte, sorgen sie für eine heimelige Stimmung. Hier kannst du durchatmen, sagt das Zimmer. Hier kannst du sein, wie du bist. Nichts von dem, was du hier sagst, wird verurteilt oder weitererzählt oder lächerlich gemacht werden. Genau das, was ich wollte, eine einladende Praxis. Und ich habe sie auch bekommen. Das muss ich Sigurd lassen.

Doch jetzt wartet Vera dort draußen auf mich, und mein Hals

wird von einer lähmenden Müdigkeit zugeschnürt. Ich habe keine Lust, sie hereinzubitten. Ich setze mich an den Schreibtisch und schalte den Computer ein. Ich werde mir meine Notizen zur letzten Sitzung in ihrer Akte ansehen, obwohl ich es streng genommen nicht bräuchte, ich erinnere mich, worüber wir letztes Mal gesprochen haben. Ich schinde lediglich Zeit, will den Augenblick hinauszögern, wenn ich hinausgehen und sie holen muss. Warum das so ist, weiß ich nicht, und ich möchte auch nicht darüber nachdenken. Ein Therapeut hegt Empathie für seine Patienten, und ich für Vera, aber ich muss mir eingestehen, dass die Sitzungen mit ihr mühsam sind.

Konflikte mit den Eltern, steht in meinen Notizen vom letzten Mal, Konflikte mit dem Freund. Vera hat Probleme mit zwischenmenschlichen Beziehungen. Sie kam kurz nach Weihnachten wegen einer depressiven Verstimmung zu mir. Sie ist überdurchschnittlich intelligent, vielleicht sogar hochbegabt, und von allem gelangweilt. *Ich bin alles so leid,* sagte Vera in unserer ersten Sitzung, als sie mir erzählen sollte, warum sie zu mir kam, *alles erscheint mir bedeutungslos.* Wie sich herausstellte, ist ihr Freund ein verheirateter Mann. Ihre Eltern sind Forscher, sie versuchen, ein mathematisches Theorem zu beweisen, das nur eine Handvoll Menschen auf der Welt annähernd begreifen, sie arbeiten andauernd und sind häufig verreist. Ihre Geschwister sind erwachsen und längst von zu Hause ausgezogen, und Vera, die achtzehn Jahre alt ist und sich erwachsener fühlt, als sie ist, meint, ihre Familie sei schon vollständig gewesen, als sie kam. Die Eltern wollten kein weiteres Kind. Sie war ein Unfall.

Das sagt natürlich einiges. Es gibt viel Schmerz in Veras Leben. Aber es ist zäh, an diesen Themen zu arbeiten.

Ich lese meine Mails, ziehe die Zeit in die Länge, bevor ich sie hereinlasse. Nur Werbung, nichts Persönliches. Für einen

Moment bekomme ich Lust, Sigurd anzurufen, aber das wäre dumm, wir haben erst fünf vor neun, wahrscheinlich ist er immer noch mit seinen Jungs im Auto unterwegs. Ich atme ein. Nur noch drei Patienten, dann ist Wochenende. Den ganzen Abend allein. Am Sonntag bin ich bei meiner Schwester zum Mittagessen eingeladen, ansonsten habe ich keine Pläne. Höchstens zum Sport gehen.

»Sind Sie bereit, Frau Doktor?«, fragt sie, als ich herauskomme, um sie aufzurufen.

Die Sache mit dem Doktor hat sie sich bei unserer zweiten Sitzung ausgedacht. Sie fragte mich nach dem Unterschied zwischen einem Psychologen und einem Psychiater, und ich erklärte, ich sei Psychologin und nicht Ärztin, sei darin ausgebildet, den Menschen als Ganzes zu betrachten und nicht nur in seiner Pathologie, aber sie versteifte sich nur auf Ersteres und sagte: Sie sind also gar kein richtiger Doktor? Irritierenderweise quälte mich das und brachte einen Minderwertigkeitskomplex zum Vorschein, den ich gar nicht von mir kannte, denn ich antwortete ein wenig defensiv, ich wüsste mindestens so viel wie ein Arzt über all das, was in den Köpfen der Menschen vor sich gehe, und sie lachte und sagte, ist schon in Ordnung, ich nenne Sie Frau Doktor. Seither spüre ich immer ein stechendes Unbehagen, wenn sie es sagt, ein kribbelndes Gefühl tief im Hals, weil ich zu viel von mir offenbart habe. Hin und wieder frage ich mich, ob ihr bewusst ist, dass es mich quält, ob es eine passive Aggression ihrerseits ist, aber sie wirkt eigentlich aufrichtig, nichts weiter als scherzhaft.

Ich lasse sie vor mir in den Raum. Vera ist etwas mehr als mittelgroß, dünn, mit geraden Hüften. Ihre Hände sind ein wenig groß, sie hängen wie Pendel an ihr herab, und ich betrachte sie und frage mich, wie immer, wenn ich andere Frauen sehe: Ist sie hübsch?

Ja, auf eine normale Weise. Jung. Aber gleichzeitig hat sie etwas Drolliges an sich, das kleine, runde Gesicht, der lange Körper.

»Tja«, sagt sie, als sie sich setzt, »ich habe mich schon wieder mit meinen Eltern gestritten. Und mit Lars.«

»Dann erzählen Sie mal«, sage ich und setze mich auf dem Stuhl zurecht.

Die Morgensonne fällt durch das kleine Fenster im Dach, während sie berichtet, und erleuchtet ihr Haar, sodass es an eine Glorie erinnert, diese hunderte von krausen Härchen, die sich aus ihrer sonst so glatten Frisur herausgemogelt haben. Alle jungen Frauen haben diese unbezwingbaren Haare, denke ich. Ich selbst habe auch massenhaft davon, mehr als Vera.

Das Muster hinter dem, was sie mir erzählt, ist offensichtlich. Vera fühlt sich von ihren Eltern abgewiesen, die mit so vielen wichtigen Sachen beschäftigt sind, dass sie keine Zeit für sie haben. Weil sie es nicht schafft, ihnen zu erzählen, warum sie das traurig macht, verändert sich durch die Konfrontation mit ihnen nichts zum Besseren, und Vera, die sich noch zurückgewiesener fühlt als ohnehin schon, ruft ihren Freund an und beginnt einen neuen Streit. Der verheiratete Freund fährt nach Hause zu seiner Frau, nachdem sie aufgelegt haben, egal, was passiert, deshalb läuft auch dieser von ihr provozierte Streit darauf hinaus, dass sie zurückgewiesen wird, und auf diese Weise nimmt sie das nicht zu bewältigende Gefühl, von den Eltern benachteiligt zu werden, und steckt es bei ihrem Freund in einen etwas leichter erträglichen Rahmen. Nachdem eine halbe Stunde von unserer Sitzung vergangen ist, teile ich diese Beobachtung mit ihr.

»Ich weiß nicht«, sagt Vera und kräuselt lächelnd die Nase. »Ist das nicht ein bisschen zu einfach? Ein bisschen zu freudianisch, irgendwie?«

»Ist das so zu verstehen, dass Sie glauben, es stimmt nicht?«

Sie sieht zum Bücherregal hinüber, scheint meine Deutung zu überdenken. Ihre Finger zupfen an dem Armband, das sie um das Handgelenk trägt, es ist ein dünnes Silberkettchen mit einer einzelnen Perle, die sie zwischen Daumen und Zeigefinger hin- und herrollt. Dieser Schmuck ist ein bisschen zu erwachsen für sie, denke ich. Die anderen Mädchen, die zu mir kommen, tragen Ketten mit Buchstaben, zieren sich mit Worten wie LOVE oder TRUST oder ETERNITY. Veras Armband könnte auch einer erwachsenen Frau gehören.

»Ich weiß nicht. Ich hoffe es nicht. Ich glaube eigentlich nicht, dass ich Lars angerufen habe, weil ich Lust hatte, mich schlecht zu fühlen. Ich dachte, es geht mir schlecht, und wollte mich besser fühlen.«

»Verstehe«, sage ich. »Und am Ende haben Sie sich noch schlechter gefühlt als ohnehin schon.«

»Ja«, sagt sie und seufzt schwer. »Es war also eine schlechte Strategie, könnte man sagen.«

»Was wäre denn eine gute Strategie gewesen, glauben Sie?«

»Um mich besser zu fühlen? Ich weiß es nicht. Mir fallen nur schlechte Strategien ein.«

»Was denn zum Beispiel?«

»Selbstverletzung«, sagt sie. »Ist das nicht der Klassiker? Ein Mädchen aus meiner Klasse macht das auch. Sie bloggt sogar darüber, macht Fotos und zeigt ihre Wunden, vollkommen krank. Aber das ist nicht mein Stil. Es sei denn, Lars fällt auch unter selbstverletzendes Verhalten.«

Ihre letzte Bemerkung ist als Einladung gedacht, aber ich übergehe sie. Sie möchte über ihren Freund sprechen, verspürt das Bedürfnis, diese Beziehung mit jemandem zu diskutieren, hat aber niemanden, dem sie sich anvertrauen könnte. Allerdings ist das nicht der eigentliche Schmerz. Meiner Meinung nach ist der Freund nur eine Verlagerung, während die Ursache ihrer Depression tiefer liegt, dort, worüber Vera nicht sprechen möchte. Dorthin müssen wir vordringen. Mein Körper ist immer noch schläfrig, ich widerstehe der Lust, mich auf meinem Sessel zu räkeln. Hinter Vera kann ich sehen, wie sich der Nebel auflöst. Es wird ein schöner Tag werden.

»Nach dem Streit mit Ihren Eltern waren Sie traurig«, sage ich. »Sie wollten sich besser fühlen, und anstelle von selbstverletzendem Verhalten oder etwas anderem Dummen haben Sie sich für etwas entschieden, was funktionieren *hätte* können – Beistand bei einem anderen Menschen zu suchen. Das Problem war nur, dass Sie einen Menschen gewählt haben, von dem Sie wussten, er würde Sie zurückweisen. Mein Gedanke ist folgender: Was wäre gewesen, wenn Sie jemand anders kontaktiert hätten?«

»Wen denn?«

»Ich weiß nicht. Jemanden, auf den sie sich verlassen können. Eine Freundin zum Beispiel.«

»Eine Freundin«, sagt sie müde.

»Haben Sie Freundinnen, Vera?«

Sie sieht mich an. Mustert sie mich? In ihrem Blick blitzt etwas Provokantes auf, und sie sagt:

»Ich habe viele Freundinnen. Mein Gott, haufenweise, mehr, als ich gebrauchen kann. Aber wissen Sie, was das Problem ist?«

»Nein«, sage ich. »Was ist das Problem?«

»Sie sind total beschränkt. Alle miteinander.«

»Aha«, sage ich, denke einen Augenblick zurück und überlege. »Das klingt nicht so, als wären es besonders gute Freundinnen.«

Sie holt Luft. Ihr Gesicht wird sanfter.

»Na gut, vielleicht nicht total beschränkt. Aber sie verstehen so wenig. Sie ahnen ja nicht, wie die Mädchen in meiner Klasse sind. Sie lesen rosa Blogs und planen die Abifeier und finden, es wäre das Wichtigste der Welt, seine Augenbrauen auf eine bestimmte Weise zu zupfen. Verstehen Sie? Wenn man sie nach der Liebe fragt, reden sie davon, wie sie mal auf einer Party mit einem Typen aus der Parallelklasse geknutscht haben. Wie sollen die mir helfen?«

»Das heißt, obwohl Sie genug Menschen um sich haben, gibt es eigentlich nicht so viele, bei denen Sie Unterstützung finden können«, sage ich.

»Ich habe Lars.«

»Ja. Aber Lars ist etwas anderes als eine Freundin. Das klingt ein bisschen einsam?«

Diese Perspektive gefällt ihr nicht, das erkenne ich sofort. Vera wünscht sich, dass Lars ihr genügt. Sie hält sich für etwas Besseres als ihre Klassenkameradinnen, möchte aber nicht für diese Sonderstellung bemitleidet werden.

»Aber muss man denn wirklich die ganze Zeit so wahnsinnig vertraut mit anderen sein«, sagt sie.

»Ich glaube, alle Menschen brauchen jemanden, mit dem sie vertraut sein *können*.«

Auch das gefällt ihr nicht.

»Haben *Sie* denn Freundinnen, mit denen Sie das können?«, fragt sie, und jetzt schwingt etwas Gemeines, Spöttisches in ihrer Stimme mit, es trifft mich unvorbereitet, und ich spüre es im Bauch; das Unbehagen darüber, Ziel eines Angriffs zu werden. »Haben Sie überhaupt Freundinnen?«

Sie hat erneut ihre Augenbraue hochgezogen. So viele der Mädchen, die zu mir kommen, erzählen mir vom Überlebenskampf auf dem Schulhof, von brutalen Strategien, um in der

Hackordnung aufzusteigen. Fressen oder gefressen werden. Vera betrachtet mich genau so, wie die Königin der Klasse das stille Mädchen in der letzten Reihe betrachtet.

»Ja, die habe ich«, sage ich ein wenig zu schnell. »Wir sprechen nicht die ganze Zeit über tiefschürfende Dinge, aber ich habe Vertraute. Ich glaube, das braucht man.«

Wir sehen einander an, mustern uns gegenseitig, und ich spüre bereits, dass ich mit meinem Konter gescheitert bin.

»Und daran kann man auch arbeiten«, sage ich in einem Versuch, doch noch etwas Konstruktives daraus zu machen.

In ihrem Blick liegt etwas, das ich nicht genau deuten kann, als würde sie mich messen. Dann scheint sie das Interesse zu verlieren.

»Na dann«, sagt sie und blickt auf die Perle hinab, die sie an ihrem Armband dreht. »Ja, Sie brauchen das vielleicht, aber bei mir ist es anders.«

Das ging schief. Sie ist wütend geworden. Sie hat ihre Wut an mir ausgelassen, wie es Jugendliche nun einmal tun. Ich habe es nicht geschafft, angemessen damit umzugehen, konnte ihr nicht geben, was sie brauchte. Stattdessen bin ich am Ende sogar in die Defensive gegangen. Vera streicht sich müde die Haare aus dem Gesicht, es ist eine erwachsene Geste, aber dann lässt sie es wieder fallen und betrachtet mich erneut, und dabei sieht sie jünger aus als achtzehn.

»Ich brauche keine Vertrauten«, sagt sie. »Ich brauche nur Liebe.«

Sie klingt wie ein trotziges Kind, ich hätte fast Lust, ihr über die Wange zu streichen. Das ist Veras blinder Fleck. Sie ist so überzeugt davon, dass sie schlau ist, fühlt sich so viel älter und weiser als ihre Freundinnen, dass sie nichts von dem Ausmaß all dessen ahnt, was sie noch nicht erlebt hat. Vielleicht wäre es meine Aufgabe, ihr dabei zu helfen, es zu verstehen. Aber ich bin so müde. Es ist Freitag, und außerdem ist unsere Stunde bald vorbei.

Ich blicke auf die Uhr, und Vera bemerkt es.

»Zeit zu gehen, Frau Doktor?«, fragt sie mich.

Ich mache schnell ein paar Notizen, die ich anschließend für ihre Akte ausformulieren will. Streit mit den Eltern, schreibe ich, provozierter Streit mit dem Freund. Ich mache eine kleine Pause, lese. Streiche *provoziert*. Überlege. Schreibe stattdessen *hat einen Streit mit dem Freund angefangen*. Bewertung, schreibe ich, und überlege. Wie soll ich Veras Verhalten bewerten? Furcht vor Zurückweisung, reagiert sensibel auf das Thema Einsamkeit. Intervention: Deutung, Versuch, die Reflektion über die eigenen Reaktionen anzuregen. Näher auf das Gefühl eingehen, dass sie keine Gemeinsamkeiten mit den Menschen in ihrer Umgebung hat.

Ich blicke hinaus und sehe, dass der BMW von Christoffers Mutter schon mit Standlicht am Straßenrand steht. Ich mache einen Punkt und strecke und drehe mich auf dem Stuhl, als wollte ich mich auswringen wie einen Lappen.

Christoffer sitzt im Wartezimmer, als ich hinauskomme. Er sitzt entspannt auf dem Holzstuhl, hat ein Bein angewinkelt über das andere geschlagen, sodass das Fußgelenk auf dem Knie liegt.

»Hallo, wie geht's«, sagt er, während er aufsteht und in den Raum schlendert.

Ohne zu zögern, geht er zu dem Sessel, den er sich ausgesucht hat. In der ersten Sitzung ist das eine Art Lackmustest, weil ich mit allen Patienten denselben Ablauf befolge. Erst bitte ich sie herein. Die meisten Jugendlichen warten, bis ich sie auffordere, sich hinzusetzen, und ihnen ein Zeichen gebe, in welchem Sessel sie Platz nehmen sollen. Das ist ganz natürlich, es ist mein Behandlungszimmer, sie sind die Gäste. Manche fragen explizit: Welchen Stuhl soll ich nehmen? Einige wenige, darunter auch Christoffer, wählen selbst einen. In unserer ersten Sitzung blieb er einen Moment stehen und begutachtete die beiden Sessel, dann wählte er den linken, ließ sich daraufsinken, legte das eine Bein über das andere und sah aus, als würde der Raum ihm gehören.

Ich setze mich auf den anderen Sessel. Christoffer und Vera haben unterschiedliche Sessel, sodass ich nun auf dem sitze, der immer noch schwach von ihr aufgewärmt ist.

»Na dann«, sagt Christoffer und grinst so breit, dass ich all seine weißen Zähne sehen kann, von einem Backenzahn zum anderen. »Ich wäre so weit. Schießen Sie los.«

Fehlte nur noch, dass er mir zuzwinkert, er tut es nicht, aber es hätte mich nicht überrascht.

»Wie geht es Ihnen?«, frage ich.

Ich versuche, neutral zu klingen, freundlich, aber zurückhaltend. Ich will mich nicht von seinem Lächeln mitreißen lassen.

»Tja«, sagt er. »Mir geht's blendend.«

Ich muss erwähnen, dass das Gesicht, das seine großen Zähne umrahmt, ein wenig unrasiert ist, sein Haar mit dem Mittelscheitel fast bis zum Kinn reicht, dass er es außerdem schwarz gefärbt hat und ein Lederband mit Nieten um den Hals trägt, das wie ein Hundehalsband aussieht. Er hat seine Lederjacke ausgezogen und sitzt im T-Shirt da, sodass die Tätowierungen auf seinen Armen zu sehen sind, und auch um Handgelenke und Taille trägt er Leder und Nieten. Ich überlege, ob er jemals umarmt wird. Er ist ein hübscher, ansprechender Junge, dessen Outsider-Position selbst gewählt ist, und ich nehme an, dass die Mädchen ihn, wenn schon nicht umschwärmen, dann doch wenigstens interessant finden. Aber ihn umarmen, mit all den Nieten und Nägeln? Wäre das nicht so, als würde man einen Igel umarmen?

»Die Schule?«, frage ich ihn.

»Na ja. Ich bin am unteren Ende der Notenskala. Aber ich schlage mich durch. Man darf nie den Mut verlieren, stimmt's?«

»Und die Familie?«

Jetzt grinst Christoffer noch breiter; man kann die Stelle sehen, an der seine Weisheitszähne in ein paar Jahren hervorbrechen werden, und er sagt: »Alles bestens. Mein Alter ist in Brasilien und will nicht wieder nach Hause kommen. Und meine Alte zittert vor Angst wegen *dem da.*«

Er klopft mit den Knöcheln auf sein Stachelhalsband.

»Sie hätten sie mal hören sollen.«

Er spricht mit Fistelstimme und zieht eine idiotische Miene mit grotesk heruntergezogenen Mundwinkeln.

»*Christoffer Alexander, willst du wirklich mit* dem da *um den Hals zur Schule gehen? Du siehst aus wie eine Hure.*«

Ich muss mir das Grinsen verkneifen. Christoffer lehnt sich zurück und lacht aus vollem Hals.

»Und das freut Sie?«, frage ich ihn.

»Klar«, antwortet er zufrieden.

»Also«, sage ich. »Es ist nicht so, dass ich die Mühe, die Sie in Ihren Stil investieren, nicht zu schätzen wüsste. Aber glauben Sie nicht, Sie hätten auch eine andere Möglichkeit finden können, Ihre Mutter zu ärgern, die ein bisschen weniger an, Sie wissen schon, selbstschädigendes Verhalten erinnert?«

Ein weiteres Lachen entfährt Christoffer.

»Das mag ich so an Ihnen, das muss ich schon sagen. *Die Mühe, die ich investiere,* ja, das können Sie wohl sagen. Doch,

Sie haben schon recht. Aber ich habe mich ja noch nie selbst verletzt.«

»Das weiß ich auch«, sage ich, und jetzt sehe ich ihn mit ernster Miene an, und er reduziert sein Grinsen um ein Drittel. »Aber Ihr Stil deutet das zumindest an.«

»Ich glaube, an dieser Stelle müssen wir uns darauf einigen, dass wir uneinig sind«, sagt er.

Manchmal verfällt er in solche erwachsenen Phrasen. Christoffer hat in den sechs Monaten, die wir uns schon kennen, immer ausgesehen wie ein Satansanbeter, aber hinter der Oberfläche verbirgt sich ein höflicher Junge aus einem guten Stadtteil. Als wir uns das erste Mal sahen, gab er mir die Hand, nannte seine Namen und sagte, er freue sich, mich kennenzulernen. Christoffer geht nur in Therapie, weil seine Mutter es für nötig hält. Seine Eltern hatten sich vor einigen Jahren in einem tränentriefenden, türenschlagenden Drama getrennt, und Christoffers Kleidungs- und Musikstil in Kombination mit einer gewissen Frechheit und einem rasant fallenden Notenschnitt hatte seine Mutter auf einen Schlag aus ihrer Scheidungsstarre geweckt. Sie rief mich mit ihrer hohen Stimme an und erklärte, ihr Sohn brauche dringend Hilfe.

Das ist eine Wahrheit mit Modifikationen. Schon seit unserer ersten Sitzung bin ich überzeugt, dass Christoffer klarkommen wird. Er wird seinen Protest so lange durchziehen, wie er seine Mutter damit ärgern kann, und vielleicht hofft er auch, er könnte so seinen Vater aus Brasilien zurücklocken. Doch eines Tages, in nicht allzu ferner Zeit, wird Christoffer seine schwarzen Klamotten und die Nietengürtel einpacken, er wird sich normal anziehen und in die Schule gehen, als wäre nichts gewesen, und das Versäumte aufholen. Er wird auf die weiterführende Schule wechseln und Noten haben, die für das genügen, was er im Leben erreichen möchte, und sich zurechtfinden. Das weiß ich, und Christoffer weiß es auch.

Die Einzige, die es nicht weiß, ist Christoffers Mutter, und hier liegt mein moralisches Dilemma. Denn ist es nicht unethisch, Christoffer Woche für Woche zu therapieren, wenn er es gar nicht nötig hat? Andererseits brauche ich jeden Patienten, und Christoffer kommt gern zu mir. Wir haben einen guten Ton miteinander gefunden, und ich vermute, dass er es spannend findet, eine Therapie zu machen, dass es zu dem Stil passt, den er gerade ausprobiert. Christoffers Mutter, die jetzt in dem BMW mit Standlicht sitzt und auf ihn wartet, schläft nachts garantiert besser, wenn sie weiß, dass er »in professionellen Händen« ist, wie sie es ausdrückt. Und ist es nicht eine Vereinbarung, von der alle Beteiligten profitieren?

Einmal habe ich versucht, die Therapie zu beenden, wenn auch nicht so nachdrücklich, wie es nötig gewesen wäre. Daraufhin rief mich Christoffers Mutter abends in Tränen aufgelöst an.

»Sie dürfen nicht aufgeben!«, jammerte sie. »Sie sind unsere einzige Hoffnung!«

Das war kurz vor Weihnachten, draußen schneite es, und ich saß in dem Sessel, in dem Christoffer jetzt sitzt, blickte in das dunkle Schneegestöber hinaus und dachte: Angenommen, ich behalte ihn. Welcher Schaden kann schon entstehen? Ich benannte alles mit Fachtermini, für mich allein, weil sonst ohnehin niemand da war, vor dem ich mich rechtfertigen musste. Ich biete ihm ein *emotionales Korrektiv,* sagte ich. Ich bin eine *stabile erwachsene Bezugsperson,* mit deren Hilfe er seine *Identität* ausforschen kann. Solche Sachen schreibe ich in seine Akte. Ich tröste mich damit, dass ich eine Privatpraxis habe und mit der Therapie keine Steuermittel verschwendet werden, sondern nur das Geld von Christoffers wohlhabendem Vater. Und wie ich den Gesprächen mit der Mutter entnehmen konnte, hat es der Vater, dieser Mistkerl, auch nicht besser verdient.

Sigurd hat angerufen. Er hat auf die Mailbox gesprochen, als ich gerade mitten in meiner Sitzung mit Vera war. Jetzt sitze ich in der Küche und mache Mittagspause mit einem Thunfischsandwich und Orangensaft. Ich stelle den Lautsprecher meines Handys an, lege es neben mich auf die Arbeitsplatte und höre mir seine Nachricht an.

»Hallo Liebste«, sagt er mit seiner Sigurdstimme, diesem warmen, melodischen Klang. »Wir sind jetzt in Thomas' Ferienhaus angekommen. Hier ist es, ja, schön ist es hier, ich…«

Es knistert im Telefon, und dann höre ich ihn lachen, ein paar perlende Kiekser.

»Das ist nur Jan Erik, der macht hier irgendwelchen Quatsch mit den Holzscheiten, er sieht aus wie ein Idiot, ich… ich muss jetzt wohl Schluss machen. Ich wollte nur sagen, dass wir angekommen sind, und ich melde mich später wieder. Ich hab dich lieb. Na dann. Mach's gut.«

Ich habe mein Sandwich fast aufgegessen. Ich sitze mit dem letzten Stück Brotkruste in der Hand da, während mein Mann redet, und ich spüre ein Ziehen im Bauch, ich vermisse ihn. Was für ein dummer Gedanke. Er ist doch erst seit ein paar Stunden weg. Eigentlich bin ich ja gern allein. Mache Sport. Esse etwas, das er nicht mag. Sehe Filme, die er albern findet. Trinke Weißwein, obwohl er meint, das wäre ein Getränk für alte Damen oder Junggesellinnen. Gehe früh ins Bett. Mache etwas aus dem Tag.

Es ist einfach nur seine Stimme auf der Mailbox. Ich werde ihn nach der Arbeit anrufen. Ich esse das letzte Stück Brot, spüle es mit Wasser herunter. Mein nächster Patient ist Trygve. Ich habe noch Zeit, eine Tasse Kaffee zu trinken, während ich seine Akte lese.

Trygve kommt um exakt zwei Uhr, immer pünktlich, nie auch nur eine Sekunde zu früh. Im Gegensatz zu Christoffer macht er deutlich, dass er keine Lust hat, hier zu sein. Er setzt sich nicht ins Vorzimmer, sondern lehnt mit verschränkten Armen an der Eingangstür, als ich ihn in den Therapieraum bitte.

»Kommen Sie rein«, sage ich, und er geht mit mürrischer Miene an mir vorbei, die Lippen so fest aufeinandergepresst, dass man sie kaum noch sieht.

Er hat denselben Sessel wie Vera, nimmt aber nie Platz, bevor ich ihn darum bitte. Wenn er erst einmal sitzt, macht er es sich nicht bequem, sondern bleibt an der Kante sitzen, als wollte er bereit sein, jeden Moment aufzustehen.

»Na dann«, sage ich. »Wie war Ihre Woche?«

»Gut«, sagt Trygve mit tonloser Stimme.

»Die Schulaufgaben?«

»Gut.«

»Haben Sie alles erledigt, was Sie machen sollten?«

»Ja.«

»Haben Sie gespielt?«

»Ein bisschen.«

»Haben Sie über unseren vereinbarten Zeitrahmen hinaus gespielt?«

Jetzt sieht er mich an. Er hat aschblondes Haar und braune Augen, regelmäßige Züge, nichts Außergewöhnliches, im Grunde ist er auffallend unauffällig, wenn man das so sagen kann. Seine Mimik wirkt geradezu unheimlich kontrolliert, und nur ausnahmsweise, zum Beispiel, wenn er gereizt genug ist, rutscht ihm eine nicht kalkulierte Bewegung durch die Zensur. Als ich ihn das erste Mal sah, dachte ich, es würde mich nicht überraschen, wenn er sich eines Tages als Serienmörder entpuppt.

Aber Trygve kommt nicht zu mir, weil er ein potentieller Killer ist oder zu kontrolliert, und auch nicht, weil er keinen Sinn im Leben sieht. Er geht in Therapie, weil er süchtig danach ist, World of Warcraft zu spielen, oder besser gesagt, weil seine Eltern die Therapie zur Bedingung gemacht haben, damit er weiter zu Hause wohnen darf. Er ist zwanzig, älter als die meisten anderen meiner Patienten, und hat die Schule sieben Monate vor dem Abitur abgebrochen, weil sie ihm beim Spielen zu sehr im Weg stand. Trygves Eltern machen sich Sorgen, und dazu haben sie allen Grund. Wir haben vereinbart, dass ich sie anrufe, wenn Trygve nicht zu den Sitzungen erscheint, und er hat, so stelle ich es mir vor, nur deshalb eingewilligt, weil er zu wenig Zeit zum Spielen hätte, wenn er zu Hause rausfliegen würde und gezwungen wäre, für seine eigene Miete zu arbeiten.

»Ich habe mich beinahe an die festgelegten Zeiten gehalten«, sagt er.

»In welchen Fällen haben Sie sich nicht daran gehalten?«

Er unterdrückt ein verächtliches Schnauben, als würde er ein Niesen unterdrücken.

»Das waren zwei Abende. Sonntag und Donnerstag. Ansonsten lief alles fast perfekt.«

Sein Mund ist gerade und starr, der Kiefer angespannt, und irgendetwas an seinem Widerwillen macht mich müde, ich hätte Lust, das Handtuch zu werfen und zu sagen, *na wunderbar, fast perfekt, dann können wir ja Schluss machen für heute.*

»Und wie lange haben Sie an diesen Tagen gespielt?«, frage ich.

»Ein bisschen.«

Ich seufze. Ich weiß schon, dass ich mit Trygve konkreter werden muss.

»Lassen Sie mich mal sehen. Sonntags dürfen Sie von sechs bis elf spielen. Wann haben Sie angefangen?«

»Um sechs.«

»Wann waren Sie fertig?«

Pause. An seinen Wangen tritt ein Muskel hervor, so fest beißt er die Zähne aufeinander. Im Übrigen ist seine untere Gesichtshälfte seltsam kantig, genau das ist vielleicht doch auffällig. Ich habe einmal gelesen, dass Männer mit einer breiten Kinnpartie als attraktiv gelten. Bei Trygve trägt dieser Bereich zu seiner undurchdringlichen Erscheinung bei, gewöhnlich, ja, vielleicht, aber genau dieser Ausdruck, dieser graue, fahle, austauschbare Ausdruck, wirkt kalkuliert. Schon möglich, dass Trygve noch große Pläne im Leben hat, aber mit Sicherheit lässt sich nur sagen, dass kein Mensch in der realen Welt weiß, worin sie bestehen.

»Bis nach Mitternacht.«

Ein eindeutiger Euphemismus.

»Wie lange nach Mitternacht?«

Eine neue Ausbeulung in der Wange.

»Drei Uhr.«

»Gut, bis drei also. Und donnerstags, also auch gestern, dürfen Sie von sieben bis elf spielen. Wie lange haben Sie da gespielt?«

Eine neue Pause.

»Bis drei.«

»Okay, verstehe. Wenn ich das nachrechne, haben Sie in dieser Woche also acht Stunden mehr gespielt als vereinbart.«

Er schweigt, sein Gesicht ist erneut zugeknöpft.

»Wie finden Sie das?«

Er zuckt mit den Schultern.

»Finden Sie das gut?«

Er zuckt erneut mit den Schultern, blickt auf die Uhr, legt die Hand wieder auf die Armlehne und blickt noch einmal auf die Uhr. Bei Trygve führt kein Weg an der harten Konfrontation vorbei, auf die er es anlegt, man muss in das Unbehagen vorstoßen.

»Denn mir ist aufgefallen, dass Sie anfangs das Wort ›perfekt‹ benutzt haben, Trygve.«

»Ich habe gesagt ›fast perfekt‹.«

»Ja, ich erinnere mich. Ich frage mich nur, was Sie dazu veranlasst hat, dieses Wort zu wählen?«

Er bläst ein wenig Luft aus dem Mund, schnell und laut, es ist kein richtiges Seufzen, sondern klingt eher wie eine Dampfmaschine, die Dampf ablässt.

»Ich weiß es nicht«, sagt er, und jetzt brodelt es unter seiner Oberfläche, »vielleicht habe ich das Wort gewählt, weil ich es nicht besonders witzig finde, hier jede Woche sitzen und Ihnen über meine privaten Gewohnheiten Auskunft geben zu müssen.«

Da ist sie, seine Wut. Mir fällt auf, dass sie heute deutlicher zum Vorschein kommt als sonst. Vielleicht fällt es ihm auch auf, denn es sieht so aus, als würde er sich selbst dabei ertappen. Er hält inne, seine Miene, seine heruntergezogenen Augenbrauen, der verzerrte Mund, scheinen für einen Moment in der Luft zu hängen, und dann wischt er alles weg und ersetzt es wieder durch einen neutralen Modus.

»Ja, das glaube ich auch«, stimme ich eilig zu, vielleicht kann ich ihn erreichen, bevor er wieder vollkommen dichtmacht. »Ich glaube, dass unsere Sitzungen sehr viel Unbehagen bei Ihnen auslösen. Können Sie etwas mehr darüber erzählen, wie es sich die restliche Woche mit Ihrem Unbehagen verhält, wenn Sie nicht hier sind?«

Neuerliches Schulterzucken.

»Weiß nicht. Ich denke nicht so viel darüber nach.«

»Dann sollten wir uns ein Beispiel vornehmen«, sage ich, abermals konkret. »Gestern Abend, als es zehn Uhr wurde und Sie aufhören sollten, was haben Sie da gedacht?«

Gefühlt, hätte ich sagen sollen, anstatt selbst in die Falle zu tappen, die Vernunft zu sehr in den Mittelpunkt zu stellen.

»Weiß nicht. Nichts.«

»Sie wussten ja, dass ich Sie heute danach fragen würde.«

»Hab nicht darüber nachgedacht.«

»Ich frage mich, ob Sie überhaupt motiviert sind, sich der Aufgabe zu stellen, die wir vereinbart haben?«

»Keine Ahnung. Doch. Ich werde es versuchen.«

»Denn ich glaube nicht, dass ich Sie zum Aufhören zwingen kann, und Ihre Eltern können es im Übrigen auch nicht, Sie sind derjenige, der es wollen muss.«

»Jaja. Will ich auch.«

Die Müdigkeit vom Morgen überkommt mich erneut, hundertmal stärker als jene, die Vera in mir ausgelöst hat. Es stimmt, dass Trygve es selbst wollen muss, wenn er sich ändern möchte, und es ist überdeutlich, dass er es nicht will. *Es gibt immer eine Motivation, oder zumindest eine Ambivalenz, bei den Patienten, die zur Therapie kommen,* steht in den Lehrbüchern, und ich weiß, was die Ratgeber sagen, *nehmen Sie das, was vorhanden ist – Trygve möchte weiter zu Hause wohnen bleiben –, und arbeiten Sie daran weiter,* aber meine Werkzeugkiste erscheint mir leer und unbrauchbar. Vielleicht besteht das Problem darin, dass Trygves Wunsch so instrumentell ist. Es geht ihm nicht darum, die Beziehung zu den Eltern aufrechtzuerhalten, und er will auch nicht zu Hause wohnen bleiben, weil er sich dort geborgen fühlt. Er möchte einfach nur ein Dach über dem Kopf haben und Strom für seinen Computer. Und wenn ich ganz ehrlich zu mir bin, weiß ich nicht sicher, wie man Trygve helfen kann. Viele Spielsüchtige verspielen Jahre ihres Lebens, so wie Trygve es offenbar auch fest vorhat. Seine Absicht scheint in Stein gemeißelt, und ein Teil von mir denkt, wenn es das ist, was er unbedingt will, kann man auch nichts dagegen unternehmen.

Aber es ist Freitagnachmittag. Ich ertrage nicht noch eine Scheindiskussion mit Trygve, bei der er sagt, was er laut unserer Vereinbarung sagen muss.

»Na dann«, sage ich. »Aber was, glauben Sie, wäre nötig, damit Sie unsere Ziele in der nächsten Woche erreichen?«

»Ich muss mich noch mehr anstrengen«, antwortet Trygve verbissen.

»Gut«, sage ich, »dann versuchen wir das. Sagen wir nächsten Freitag zur gleichen Zeit?«

Ehe ich zum Sport aufbreche, rufe ich Sigurd an, doch er geht nicht ans Telefon.

Ich sitze in der U-Bahn nach Hause, als mein Handy klingelt. Die U-Bahn windet sich ratternd von Ulleval bergauf, draußen ist es dunkel, hier drinnen leuchtet das Licht gelb, im Wagen sitzen ein paar müde Geschäftsleute mit Aktentaschen und Smartphones und der ein oder andere optimistische Skifahrer, der den Winter verlängern will, indem er tief in den Wald hinausfährt, und ansonsten nur noch ich, so verschwitzt, dass die Scheibe neben mir beschlägt. Bis auf das Rattern der Bahn herrscht eine missmutige Stille. Dann wird sie von der summenden Vibration meines Handys unterbrochen, und Jan Eriks Name leuchtet auf dem Display auf.

»Hallo?«, melde ich mich, als wüsste ich nicht, wer es ist.

»Ja, hallo Sara, hier ist Jan Erik«, erwidert er.

Seine Stimme klingt merkwürdig unstet und glucksend, so schwankend wie die Bahn, in der ich sitze, und ich unterdrücke einen Seufzer, sind sie jetzt schon betrunken, benehmen sie sich noch kindischer als sonst, machen sie jetzt sogar Telefonstreiche?

»Ja«, sage ich scharf, um ihm klarzumachen, dass er auf den Punkt kommen soll.

»Naja, es ist nur, also, Thomas und ich, wir fragen uns, ob du vielleicht etwas von Sigurd gehört hast?«

»Wie meinst du das?«, frage ich.

Draußen nimmt die Steigung zu, wir nähern uns der Haltestelle Berg, danach sind es nur noch zwei Stationen. Die Häuser sehen aus wie Modelle, schwarze Klötze mit leuchtenden Vierecken, sie wirken unecht, als würden keine Menschen darin wohnen.

»Nein, wir überlegen bloß …«

Er räuspert sich, und ich denke, so wirr redet normalerweise selbst er nicht.

»Was überlegt ihr, Jan Erik?«

»Na ja. Wann er kommt.«

»Wann er kommt?«

Es pocht in meinen Schläfen, erst Trygve, dann das Spinning, dann Jan Erik. Alles, was ich jetzt will, ist eine Dusche, ein Glas Weißwein und meinen Salat mit Hähnchen.

»Ja, genau. Denn er hat gesagt, er würde gegen fünf hier sein, und jetzt ist es nach sieben, und wir, na ja, wir erreichen ihn einfach nicht, deshalb, ja, also, wir wussten nicht genau, deshalb dachten wir, du vielleicht? Du wüsstest es vielleicht? Wo er ist. Oder hast etwas von ihm gehört.«

Hinter ihm murmelt jemand, ich erkenne Thomas' Stimme. Ich richte mich auf.

»Ja, es ist ja sicher alles in Ordnung«, sagt Jan Erik jetzt, beinahe schrill, denke ich, »wir wollten nur mal nachfragen.«

Thomas ist vernünftiger als Jan Erik, ich weiß nicht, ob ich Thomas wirklich mag, aber ich ziehe ihn Jan Erik vor.

»Hör mal«, sage ich so leise, dass die anderen Fahrgäste mich nicht verstehen können. »Sigurd hat mich heute Vormittag um halb zehn angerufen und gesagt, ihr wärt alle schon da. Seitdem habe ich nichts mehr von ihm gehört.«

Es wird vollkommen still in der Leitung. Dann murmeln sie wieder etwas, das ich nicht verstehe, aber sie reden miteinander, flüstern beinahe.

»Was habt ihr gesagt?«, frage ich, jetzt spreche ich so laut, dass es garantiert auch die anderen Passagiere mitbekommen, »ich höre euch nicht.«

Sie verstummen erneut, dann murmelt Thomas wieder etwas, und Jan Erik sagt: »Das verstehe ich nicht ganz, Sara, Thomas und ich waren erst gegen eins hier. Sigurd hat gesagt, er wollte allein fahren und später nachkommen.«

Es hämmert in meinem Kopf, der Kopfschmerz, zäh und stechend.

»Er hat um halb zehn oder zehn angerufen«, sage ich müde, genervt von ihnen und der U-Bahn und diesem ganzen Tag. »Er hat gesagt, ihr wärt alle da, er hat gesagt ...«

Ich denke kurz zurück, erinnere mich an Jan Erik und die Holzscheite.

»Er hat gesagt, du würdest irgendwelchen Quatsch mit Holzscheiten machen.«

Dann wird es vollkommen still. Die U-Bahn befindet sich auf einer geraden Strecke, nicht einmal sie gibt ein Geräusch von sich. Jan Erik sagt: »Aber Thomas und ich sind erst um zehn aus Oslo rausgefahren.«

Es gibt Ungereimtheiten in den Geschichten, die Leute erzählen, kleine Unwahrheiten, die keine richtigen Lügen sind, oder Auslassungen, die dafür sorgen, dass ein Mensch zu verschiedenen Zeiten, oder verschiedene Menschen zur gleichen Zeit, Geschichten erzählen, die nicht hundertprozentig aufgehen. Jemand nimmt einen Bus an einen Ort, den man schneller mit der U-Bahn erreicht hätte. Jemand war in Dänemark im Urlaub, musste sich aber in der Apotheke auf Deutsch verständlich machen. Wenn man das nicht wortwörtlich nimmt, ist es nicht weiter schlimm. Vielleicht hat man sich verhört, vielleicht ging es nicht um das und das Café an der und der U-Bahn-Station, sondern um eins mit ähnlichem Namen, das an einer Bushaltestelle liegt. Vielleicht waren sie nicht mit der Fähre nach Kopenhagen gefahren, sondern nach Kiel. Meistens gibt es nachvollziehbare Erklärungen. *Ja, wir waren zwar in Dänemark, haben aber einen Tagesausflug nach Deutschland gemacht. Es war lediglich einfacher, nicht die ganze Geschichte zu erzählen.*

Aber fundamental verschiedene Geschichten? Beschreibungen von Fakten, die sich gegenseitig ausschließen? Das kommt nicht so oft vor. Selbst im therapeutischen Bereich ist es ungewöhnlich. *Ja, meine Mutter sagt zwar, ich wäre betrunken gewesen, aber eigentlich hatte ich nur ein oder zwei Bier, ich war einfach müde, ich habe undeutlich gesprochen, vielleicht lag es daran, aber richtig betrunken war ich nicht.* Man strafft ein bisschen. Oder schmückt aus. Man betont andere Aspekte. Aber man sagt nicht A, wenn B wahr ist und eins das andere ausschließt. Man sagt nicht, ich war im Auto an einem Osloer Autobahnkreuz, wenn man in Wirklichkeit mit einem Stapel Holz in den Armen vor einem Ferienhaus im Norefjell steht. Man sagt nicht, dass Jan Erik gerade den Platz vor dem Haus überquert, wenn man in Wirklichkeit auf einen verlassenen, leeren Platz starrt, und wenn sich Jan Erik nicht einmal im selben Regierungsbezirk aufhält.

Solche Widersprüche sind unverzeihlich, sie sind nicht das Ergebnis von Missverständnissen oder Inkonsequenz. In diesem Fall kann nur eins von beidem stimmen: Jan Erik war um kurz nach halb zehn im Norefjell und lügt jetzt, oder Jan Erik saß um zehn im Auto und ist aus Oslo hinausgefahren, und Sigurd hat zuvor gelogen.

Aber ich schaffe es nicht, darüber nachzudenken. Ich kann nur glauben, dass Jan Erik mich auf den Arm nimmt. Ich habe seinen Humor noch nie verstanden. Einmal hat er so sehr gelacht, dass ihm das Bier aus der Nase kam, weil es ihm gelungen war, Sigurd ein Stück Chili unterzujubeln, indem er behauptet hatte, es wäre Paprika. Wenn ich jetzt auflege, wird er vor Lachen auf dem Ferienhausboden liegen, weil er mich zum Narren gehalten hat. Sigurd wird vom Außenklo zurückkommen, ihn verständnislos angucken und fragen: Was ist denn jetzt schon wieder so lustig?

»Es gibt sicher irgendeine natürliche Erklärung«, sage ich. »Hör mal, ich fahre gerade vom Training nach Hause und sitze in der U-Bahn. Können wir … können wir nicht versuchen, ihn noch mal zu erreichen? Du und ich auch? Ja? Und dann hören wir uns später noch mal, wenn wir mit ihm gesprochen haben.«

»Doch, ja gut«, sagt Jan Erik, geradezu eifrig, »das machen wir, ja, haha, es ist sicher nur ein Missverständnis. Aber … Ja. Ich wollte nur mal nachfragen.«

»Okay. Wir hören uns später.«

Wir legen auf. Ich rufe Sigurd an und lasse es so lange klingeln, bis die Mailbox anspringt. Die U-Bahn fährt in Berg ein.

Ich sehe aus dem Fenster, sehe mein Spiegelbild in der Scheibe, noch immer rot im Gesicht vom Spinning, und ich denke: Das ist aber doch merkwürdig.

Erst als ich in der Duschkabine des alten Torp stehe und mich mit dem heißen Strahl abspüle, der direkt aus der Wand kommt, wird mir der logische Bruch wirklich klar. Es gibt keine andere Möglichkeit, als dass einer der beiden lügt, Jan Erik oder Sigurd. Jan Erik hat einen schrägen Humor, aber das wäre selbst für ihn zu viel. Und Sigurd ist ein feiner Mensch, er ist mein Mann, er lügt nicht.

Doch mal angenommen, Jan Erik sagt die Wahrheit. Angenommen, Sigurd hat aus irgendeinem Grund gelogen, sicher einem ganz plausiblen, weil er mich überraschen wollte, was weiß ich. Angenommen, es wäre so. Warum ist er dann noch nicht in der Ferienhütte angekommen?

Erst in dem Moment bekomme ich Angst. Ein kaltes, hartes Gefühl im Magen. Wo ist Sigurd jetzt? Anschließend versuche ich mich zu beruhigen, sei nicht albern, Sara, es gibt sicher einen Grund, er hat sein Handy verloren, der Akku ist leer, er ist bestimmt gerade auf dem Weg dorthin, er hat sicher von Jan Eriks Handy aus angerufen, als ich unter der Dusche stand. Das hilft, meine Angst ist weniger bohrend, ich packe sie in Wolle und Watte und mache einen dumpfen kleinen Sorgenklumpen daraus. Ich spüle das Shampoo aus und drehe das Wasser ab. Dann verlasse ich die Dusche, stehe bibbernd und nackt auf der Palette, während ich mich hastig abtrockne und den Bademantel von einem Tritt ziehe, der an einer Wand lehnt. Ich wickle mir das Handtuch ums Haar, schlüpfe in den Bademantel, reibe mir mit den Händen die Arme, um mich aufzuwärmen, und eile aus dem Bad, die Treppe hinunter und in die Küche.

Doch ich habe keine entgangenen Anrufe. Als ich das Handy aktiviere, leuchtet ein Bild auf, Sigurd, ich und Theo, der älteste Sohn meiner Schwester, wir haben Apfelsinenspalten im Mund, alle drei, wir grinsen, alles ist orange. Sigurds Augen sind so schmal vor Lachen, dass man sie kaum sieht, lediglich Hautfalten mit kleinen, dunklen Perlen tief innen, und sein Lächeln, mit der Apfelsine, die alle Zähne bedeckt, ist riesig.

Ein Stück von der eingepackten Angst in meinem Bauch reißt sich los.

Ich gehe in meine Mailbox und spiele Sigurds Nachricht erneut ab.

»Hallo Liebste. Wir sind jetzt in Thomas' Ferienhaus angekommen. Hier ist es, ja, schön ist es hier, ich … Das ist nur Jan Erik, der macht hier irgendwelchen Quatsch mit den Holzscheiten, er sieht aus wie ein Idiot, ich … ich muss jetzt wohl Schluss machen. Ich wollte nur sagen, dass wir angekommen sind, und ich melde mich später. Ich hab dich lieb. Na dann. Mach's gut.«

Ich höre die Nachricht erneut. Die Sigurdstimme. Hallo Liebste. So wie er es immer sagt. Nichts Ungewöhnliches. Nicht das kleinste Zittern in der Stimme, kein Husten. Das Knistern, als Jan Erik kommt, klingt auch nicht weiter merkwürdig, das Zögern, bevor er zum Ende kommt, wirkt nicht künstlich.

Er hat mich lieb. Genau so, wie er es immer sagt. Mach's gut.

Ich lausche der Nachricht ein drittes Mal, konzentrierter. Ist er draußen oder drinnen? Vor einigen Jahren waren wir mal in dieser Hütte im Norefjell, ich weiß, wie sie aufgeteilt ist. Vorher hatte ich mir vorgestellt, wie er in der Tür stand, dass Jan Erik mit den Holzscheiten im Arm den Platz vor der Hütte überquerte, dass er sie beinahe fallen ließ, dass Sigurd auflegen musste, um ihm beim Tragen zu helfen. Aber ist das sicher? Könnten sie nicht genauso gut drinnen gewesen sein, und Jan

Erik hat mit irgendwelchen Holzscheiten herumgealbert, die neben dem Kamin lagen, sie sich neben das Gesicht gehalten wie Ohren, zum Beispiel, oder einen Holzscheit über dem Kopf geschwungen und so getan, als wollte er Sigurd jagen? Und Sigurd hat aufgelegt, um davonzurennen?

Hat er ausgesehen wie ein Idiot, weil er beinahe hingefallen ist, oder weil er herumgekaspert hat? Und passt es überhaupt zu Sigurd, ein solches Wort zu benutzen? Seufzend denke ich, nein, als ich ihn kennenlernte, hätte Sigurd nie gesagt, dass jemand wie ein Idiot aussieht. Das ist der Einfluss seiner Schulfreunde. Vor allem Jan Eriks Einfluss. Er ist nicht der Sigurd, den ich vor vier Jahren in Bergen kennengelernt habe.

Als ich die Nachricht zum vierten Mal abspiele, bin ich sicher, dass er draußen steht. In einem Innenraum hätten die Geräusche eines herumalbernden Jan Eriks widergehallt, ich hätte ihn gehört. Im Freien dringen die Geräusche langsamer durch. Es sei denn, Jan Erik war draußen, und Sigurd hat ihn durchs Fenster gesehen.

Wenn Jan Erik überhaupt da war. Ein weiteres Eckchen Angst reißt sich in meinem Bauch los.

Ich rufe Sigurd erneut an. Es tutet und tutet. Hallo, dies ist der Anschluss von Sigurd Torp, leider kann ich gerade nicht ans Telefon gehen, aber hinterlassen Sie gerne eine Nachricht, dann rufe ich zurück. Ein Piepton.

»Hallo, Liebster. Ich bin's. Rufst du mich bitte zurück?«

Ich zögere, warte. Warum lege ich nicht auf?

»Ich hab dich lieb. Ja. Ruf mich an. Bis bald.«

Liebster. Darüber hatten wir gesprochen. *Kleines* ist zu herablassend. *Liebling* zu ernst, es sei denn, man sagt es ironisch, und dann ist es nicht mehr ernst. *Baby* ist etwas für Teenies. *Mein Schatz* zu schmalzig. Aber Liebster und Liebste. Ein Zeichen von Zuneigung, jedoch nicht zu schmalzig. Vom Verb »lieben« stammend und daher beschreibend. Genau das, was wir fühlen, aber nicht jedes Mal sagen wollen, wenn wir telefonieren. Sigurd und ich sind kein Paar, das jeden Tag »Ich liebe dich« zueinander sagt. Wir heben es uns für besondere Anlässe auf, flüstern es uns mit einer so großen Eindringlichkeit zu, dass es uns fast das Herz sprengt. Und unser Code lautet Liebster und Liebste.

Ich rufe Thomas an. Er geht sofort ran.

»Habt ihr etwas von ihm gehört?«, frage ich, und Thomas räuspert sich, ehe er es verneint.

Ich sage: »Thomas. Was ist das denn nur? Ihr nehmt mich aber nicht auf den Arm, oder?«

»Nein«, streitet Thomas ab, empört, wie kann ich sowas nur glauben. »Nein, das würden wir nie tun.«

»Es ist nur … ich verstehe es einfach nicht«, erwidere ich.

»Ich auch nicht«, sagt er. »Wir wissen nicht, was wir glauben sollen. Hier draußen im Schnee waren keinerlei Spuren, als wir kamen. Ich kann mir nicht vorstellen, dass er hier war, ich meine, bist du ganz sicher, dass er das gesagt hat?«

Jetzt zieht sich mein Magen zusammen. Thomas' Stimme schwankt nicht wie die von Jan Erik. Er spricht zusammenhängend. Sie sind nicht betrunken. Thomas ist eigentlich in Ordnung. Er hat einen normalen Humor, lacht über Monty Python und Stand-up-Comedy im Fernsehen.

Ich sage: »Er hat mir eine Nachricht auf der Mailbox hinterlassen. Ich habe sie viermal gehört, seit ich zuletzt mit euch gesprochen habe. Ich weiß genau, was er sagt.«

»Okay«, sagt Thomas. »Dann weiß ich auch nicht. Dann muss er einen Scherz gemacht haben. Vielleicht wollte er … Nein, keine Ahnung.«

Er atmet schwer. Hinter ihm sagt Jan Erik irgendetwas. Ich halte an meinem Ende der Leitung die Luft an.

»Was machen wir denn jetzt?«, fragt Thomas.

Wir einigen uns darauf, noch etwas abzuwarten, denn was können wir sonst schon groß unternehmen. Mach das, was du dir vorgenommen hattest, hatte Thomas noch zu mir gesagt, also mache ich mir einen Salat mit Hähnchen. Ich öffne die Weißweinflasche. Ich denke, das ist doch zu dumm. Ich denke, es wird sich herausstellen, dass es für alles eine Erklärung gibt, und später werden Sigurd und ich darüber lachen. Ich sehe vor mir, wie wir über diesen Augenblick lachen werden, und dann habe ich also da gestanden, und mir einen Salat mit Hähnchen gemacht, und ich wusste nicht, was ich glauben sollte, nein, ach, du Arme, konntest du dir denn nicht denken, dass ich einfach nur im Büro übernachtet habe, nein, auf die Idee war ich nicht gekommen, ich konnte mir nicht vorstellen, warum du nicht anrufst, aber das lag natürlich nur an dem und dem und dem. Aber Liebste. Hast du Angst gehabt? Es tut mir so leid, dass es so war. Dass du den Abend mit deinem Essen und dem Film nicht genießen konntest. Nein, das macht doch nichts, natürlich nicht. Solange alles in Ordnung ist.

Der Klumpen in meinem Bauch reißt an den Schichten, in die ich ihn eingepackt habe. Ich schenke mir ein neues Glas Wein ein.

Also hat Sigurd gelogen. Oder Jan Erik und Thomas lügen, aber das glaube ich nicht. Warum vertraue ich ihnen mehr als meinem eigenen Mann?

Weil sie jetzt da sind. Weil sie mit mir reden. Weil Sigurd nicht aufgetaucht ist, um seine Version der Geschichte zu erzählen. Daran liegt es. Sigurd, warum tust du es nicht einfach?

Kannst du nicht einfach wieder da sein? Und mir erzählen, was diese Nachricht zu bedeuten hat?

Ich rufe ihn noch einmal an. Es tutet und tutet, dieser aggressive Ton, keine Antwort, und dann das kurze Klicken, ehe die Mailbox anspringt, der Augenblick der Hoffnung, wird er diesmal rangehen, und dann das Band. Hallo, dies ist der Anschluss von Sigurd Torp.

Das Essen schmeckt mir nicht. Ich habe einen Mädchenfilm auf Netflix gefunden, *Stolz und Vorurteil,* eine Jane-Austen-Verfilmung, Damen mit Hauben und langen Kleidern, Herren mit guten Manieren, die all ihre Gefühle unterdrücken. Ein Film, den sich Sigurd nie angesehen hätte.

Also hat er gelogen. Und wenn schon. Ich hätte gesagt, dass er niemals lügen würde, aber was weiß ich schon. Wenn Männer lügen, lügen sie dann nicht am häufigsten ihre eigenen Frauen an? Und gibt es nicht tausend Gründe, denjenigen anzulügen, der einem am nächsten steht?

Ich habe selbst ja auch schon gelogen, lüge im Grunde sogar oft, selbst Sigurd gegenüber. Vor allem Sigurd gegenüber. Ich habe behauptet, die Praxis würde gut laufen, im Winter sei es etwas schwieriger, neue Patienten zu gewinnen, aber das würde schon noch werden. Ich habe nichts darüber gesagt, dass ich mich einsam fühle dort in der Praxis über der Garage, ich, die sich so sehr darauf gefreut hatte, endlich meine jammernden, zankenden, tratschenden Kolleginnen und Kollegen los zu sein. Ich sage nicht, dass ich keine Werbung mache, dass ich keine Anzeige in Google geschaltet habe, obwohl mein ehemaliger Kommilitone sagt, dass man so am besten Patienten an Land zieht, ich sage nicht, dass ich nicht allen Bescheid gegeben habe, die ich kenne, dass ich mich selbständig gemacht habe, sage nicht, dass ich keine Facebookseite habe, dass ich nicht mit allen

Mitteln versuche, meinen Patientenkreis zu vergrößern. Ich sage nur, das wird schon. Ich habe noch mehr gelogen, wenn ich länger darüber nachdenke, habe behauptet, dass mein Kommilitone auch gesagt hätte, in diesem Winter sei es besonders schwer, obwohl das gar nicht stimmt, er hatte nur gesagt, der erste Monat sei noch etwas ruhig gewesen. Bevor er die Anzeige aufgegeben hatte. Ich biege alles zurecht, dichte manches hinzu und unterschlage anderes. Damit Sigurd mich nicht drängt. Einige Male hat er es erwähnt. Du hast gesagt, du würdest mehr verdienen, ich will dich ja nicht unter Druck setzen, aber wir brauchen das Geld für den Umbau. Das sagt er vor allem dann, wenn ich ihm vorhalte, dass unser Bauprojekt zum Stillstand gekommen ist. Der alte Torp sitzt noch in allen Wänden, er reibt sich bestimmt die Hände. Ich habe so viel zu tun, sagt Sigurd dann immer, aber stimmt das wirklich?

Atkinson, sagt Sigurd. Irgendein englischer Kapitän aus St. Hanshaugen, mit dessen Wohnung Sigurd beruflich beschäftigt war, er hatte einen Entwurf für den Ausbau des Kellergeschosses gezeichnet. Vor allem Frau Atkinson sorgt für Probleme. Sie war von Anfang an schwierig, und je weiter das Projekt fortschritt, desto schlimmer wurde es. Nein, *so* habe sie sich die Treppe nicht vorgestellt, sie hätten doch etwas ganz anderes vereinbart, sagte Frau Atkinson. In ihrer eigenen Vorstellung wäre viel mehr Licht hereingefallen, nachdem das Fenster eingebaut worden war. Sigurd muss freundlich bleiben, Verständnis für ihre Enttäuschung zeigen, erklären, wieder an den Zeichentisch zurückkehren. Obendrein stellt sie die Rechnungen in Frage. Dafür zahle ich nicht, sagt sie, das hatten wir so nicht abgesprochen.

Atkinson, sagt Sigurd, wenn er spät nach Hause kommt und sich vor den Fernseher fallen lässt, sie hat mich den ganzen

Tag angerufen, ich musste schon wieder hinfahren und mir die Treppe ansehen, die den Raum nicht so *öffnet,* wie sie es sich vorgestellt hatte. Damit gibt er indirekt zu verstehen, dass er heute Abend keine Lust hat zu arbeiten, nicht mit dem Badezimmer, nicht mit dem Schlafzimmer, und schon gar nicht mit einer der Treppen in diesem Spukschloss. Er will die Füße auf den Couchtisch legen und dabei zusehen, wie irgendwelche Amerikaner im Fernsehen dreißig Tage lang in der Wildnis überleben, und währenddessen will er auf seinem Computer spielen. Hat er sich das denn nicht verdient? Wenn er den ganzen Tag damit beschäftigt war, Frau Atkinson zu beschwichtigen?

Aber ist das wirklich so? Oder eher so, wie wenn ich behaupte, es wäre schwer, neue Patienten zu gewinnen?

Während die Menschen vor mir im Fernsehen auf höfliche Weise auszudrücken versuchen, dass ihnen das Herz gebrochen wurde, fällt er mir wieder ein. Der Zeichenköcher, das graue Plastikrohr, das nicht mehr da ist.

Vielleicht wollte er von der Ferienhütte aus arbeiten. Vielleicht ist es logisch, dass er den Köcher mitgenommen hat. Aber hat er mich auch von der Hütte im Norefjell aus angerufen, obwohl keine Spuren im Schnee zu sehen waren, als Jan Erik und Thomas zu ihm kamen? Vielleicht hat er Jan Erik mit den Holzscheiten gesehen. Aber warum sollten seine beiden Freunde jetzt darüber lügen?

Er hat gelogen. So muss es sein. Vielleicht lügen alle ein bisschen. Aber Sigurd hat darüber gelogen, wo er war. Und mit wem er zusammen war. Ich höre die Mailbox noch einmal ab, kann sie sowieso schon auswendig. Was höre ich?

»Hallo Liebste. Wir sind jetzt in Thomas' Ferienhaus angekommen.«

Lässt sich auch nur der Hauch von Verrat in seiner Stimme erkennen?

»Hier ist es, ja, schön ist es hier.«

War das wirklich notwendig, wenn alles gelogen war? Noch dazu mit einem bestätigenden Ja. Schön ist es hier. Tja, weißt du was, Sigurd, hier ist es gerade nicht schön, hier, im Kongleveien, in diesem alten Haus, in dem dein Großvater lebte und starb, hier, mit diesem leeren Haken, an dem dein Zeichenköcher hängen sollte, mit deiner Stimme im Telefon, und deinen Freunden, die mich anrufen und mir Sachen erzählen, die ich nicht verstehe.

Knister, knister.

»Das ist nur Jan Erik, der macht hier irgendwelchen Quatsch mit den Holzscheiten.«

In meinem Magen beginnt es zu kochen, heiß und heftig, und die Furcht und Unruhe schmelzen, die Wut ist kraftvoll und erlösend. Das ist Jan Erik, sagst du? Falsch! Wir sind da, sagst du? Gelogen! Du hast mich lieb? Du Dreckskerl. Im Zorn lösche ich die Nachricht, weg damit, ich will sie nicht mehr, will nichts mehr davon wissen, als könnte ich die Erinnerung daran auch gleich löschen, als würde das ganze Problem verschwinden, nur weil sie weg ist.

Ich stelle den Salat in den Kühlschrank. Mache den Film aus, schalte den Fernseher ab. Setze die Flasche an den Mund und leere den Rest des Weins in einem Zug.

Bevor ich einschlafe, in Sigurds Decke gewickelt, während sich das Zimmer dreht, denke ich, dass es vielleicht nicht schlau war. Diese Nachricht zu löschen. Vielleicht wäre es gut gewesen, sie später wieder abspielen zu können.

Atmen, atmen. Ich fuchtele mit den Armen, wache mit dem Kopf unter Sigurds Kissen auf. War etwas? Habe ich ein Geräusch gehört? Ich horche, aber es ist vollkommen still.

Hat er angerufen? Das Display zeigt nichts an. Es ist 3:46 Uhr. Sein Platz ist leer, seine Betthälfte kalt.

»Sigurd?«

Ich sage es halblaut, wiederhole es. Stehe auf, öffne die Tür, rufe hinaus, die Treppe hinunter, ins Wohnzimmer und die Küche.

»Sigurd?«

Mir war, als hätte ich ein Geräusch gehört. Ich bin so plötzlich aufgewacht. Aber jetzt höre ich nichts mehr. Ich lege mich wieder hin.

Neben mir auf dem Sofa sitzt eine Geschichtsstudentin und redet und redet. Sie hat mir das Gesicht zugewandt, ertränkt mich in ihren Worten, gießt und kippt und schüttet sie über mich, bis sie mir um die Ohren schwappen. Ich blicke zur geöffneten Verandatür, draußen steht meine Freundin Ronja und redet mit einem Typen, den sie interessant findet. Sie hat mich hergeschleppt. Vorher saßen wir zu Hause in unserer Wohnung und tranken Sambuca aus Schnapsgläsern, die sie mir im letzten Sommer aus Peru mitgebracht hatte, sie sind mit billigen Drucken von religiösen Motiven verziert; als ich sie damals auspackte, hatten wir Tränen lachen müssen, und vorhin sagte Ronja, wenn ich als Erste ausgetrunken habe, gehen wir zu dieser Party, auf die auch Du-weißt-schon-wer kommt, und wenn du zuerst austrinkst, fahren wir zu deiner Freundin nach Gyldenpris, so wie wir es eigentlich geplant hatten. Ronja trank schneller, und hier sind wir jetzt.

Als ich mich auf das Sofa setzte, sagte die Geschichtsstudentin:

»Und was machst du so?«

»Ich studiere Psychologie«, antworte ich.

Sie fragte: »Ist das wahr?«

Und ich sagte: »Ja.«

Ich wusste, worauf es hinauslaufen würde. Ich sah mich nach Ronja um, doch sie war draußen auf der Veranda.

Sie sagte: »Dann kannst du mir vielleicht helfen. Weißt du, mein Vater hat wieder geheiratet. Meine Eltern haben sich schei-

den lassen, als ich zehn Jahre alt war, und seine neue Frau ist ein richtiger Besen, ich finde einfach kein anderes Wort für sie.«

So geht es immer weiter. Ich suche mit dem Blick nach jemandem, den ich kenne. Aber der Gastgeber ist der Freund von Ronjas potentiellem Freund. Er studiert Architektur und sitzt in der Küche, ich hatte ihn gesehen, als ich das Bier in den Kühlschrank stellte, und da erzählte er gerade einem Mädchen mit Piercings im Gesicht, wie er vorhabe, die Küche neu zu erfinden. Auf dem Sofa gegenüber sitzen ein paar Mädchen und diskutieren, aber sie sind befreundet, die eine hat den Arm um die andere gelegt, und die dritte schlägt der ersten aufs Bein, während sie redet. Sie signalisieren eine Intimität, von der ich ausgeschlossen bin, in die ich nicht vordringen kann. Dann sind da noch die besoffenen Jungs, die am Esstisch sitzen und Minibrezeln knabbern, und der Typ, der am Türrahmen lehnt.

Er. Er steht allein. Es scheint ihm nicht unangenehm zu sein, aber vielleicht tut er nur so. Er blinzelt in die Luft, vielleicht denkt er über etwas nach. Das Etikett seiner Bierflasche ist zerfleddert. Seine Hände sind von Farbflecken übersät, aber es sind feine Hände, ein kleines bisschen krumm, so wie Hände sein sollen. Er hat seine Nägel bis zum Nagelbett abgekaut.

Ich sehe ihn, seine kaputten Nägel, die sanften Augen, das leicht verwuschelte Haar, aber in erster Linie sehe ich, dass er allein dort steht. Er sieht nicht verloren aus, aber er steht allein da, und nur ich weiß, dass er darauf wartet, jemanden kennenzulernen, jemanden, der lustig und schlau und trotzdem attraktiv ist, jemanden wie mich.

»Entschuldige mich mal kurz«, sage ich zu der Geschichtsstudentin und stehe auf.

Ich gehe zu ihm.

»Hallo«, sage ich, »bist du's?«

Ich lege ihm die Arme um den Hals und flüstere in sein kleines, rundes Ohr: »Du musst so tun, als würdest du mich kennen.«

Ich betrachte ihn. Er hat ein Muttermal unter dem linken Auge, das gestreckt wird, wenn er lächelt.

»Wir haben uns ewig nicht gesehen«, sage ich. »Seit Berlin nicht mehr.«

Er sagt: »Berlin, ja. Das muss mehrere Jahre her sein.«

»Bist du denn dann nach Frankreich gegangen, wie du es vorhattest?«, frage ich.

»Nein«, sagt er und lächelt noch breiter, das Muttermal wird in die Länge gezogen, dünner, breiter. »Am Ende bin ich in Australien gelandet. Ich habe zwei Jahre auf einer Pandaschule studiert. Bin Pandologe geworden.«

Ich lächele auch. Okay, er spielt also mit. Aber ich habe damit angefangen. Ich bin lustiger.

»Was du nicht sagst«, erwidere ich, »mein Panda ist nämlich heute krank.«

»Was heißt krank?«

»Ein bisschen schlapp. Er hustet und räuspert sich. Kannst du da helfen?«

»Leider nein«, sagt er. »Mit Pandamedizin kenne ich mich nicht aus. Ich bin in die Lehre gegangen.«

Wir grinsen uns an. Das reicht. Er sieht sich um, beugt sich zu mir und sagt, mit leiserer Stimme:

»Warum tun wir so, als würden wir uns kennen?«

»Ich versuche gerade, dem Mädchen da auf dem Sofa zu entkommen.«

Er streckt den Kopf an mir vorbei, um sich einen Eindruck von ihr zu verschaffen, und ich sehe seinen Nacken, eine starke, gesunde Sehne darin, und ich denke, dass mir das gefällt, sehnige Männer.

»Sie sieht aus, als wäre sie nur 1,60 Meter groß und würde fünfzig Kilo wiegen«, erwidert er, »ich glaube, mit der wirst du leicht fertig.«

Jetzt ist er zu lustig, denke ich, er muss etwas beweisen, und außerdem ist es nicht nett, etwas über das Gewicht anderer Leute zu sagen, obwohl es stimmt, dass ich fast zwanzig Zentimeter größer bin als sie.

»Ich glaube, du heißt Harald«, sage ich.

»Falsch«, sagt er.

»Bist du sicher? Du siehst aus wie ein Harald. Na, wie auch immer, Harald, diese Party ist nicht ganz das, was ich mir erwartet hatte. Was hältst du von einem Hamburger drüben beim BT-Gebäude?

»Ich bin dabei«, sagt er. »Aber nenn mich doch Sigurd. Harald heißt mein Bruder.«

Weil er allein dastand. Weil Jungs, die allein auf Partys herumstehen, nach Mädchen wie mir ausspähen. Weil ich ein bisschen betrunken und einundzwanzig Jahre alt war. Weil meine Freundin auf der Veranda stand und mit einem Typen redete. Weil ich so glücklich war, sie zu haben, und die anderen Mädchen, die ich in dieser Zeit kannte, dass es für mich keine Rolle spielte, ob er Ja oder Nein sagte.

Samstag, 7. März: Vermisst

Die Türklingel des alten Torp weckt mich. Ihr Geräusch ist schrill wie ein Fliegeralarm, wahrscheinlich hatte er auf keinen Fall verpassen wollen, wenn die Kommunisten eines Tages doch noch an seiner Tür klingelten. Ich hatte nervös und schwebend geträumt, ich war geschwommen und musste irgendetwas erledigen, das ich auf keinen Fall vergessen durfte. Die Klingel. Ihr brutales, beharrliches Schrillen holt mich zurück in die Wirklichkeit. Ich sehe mich um. Seine Betthälfte ist leer.

Aber irgendjemand steht draußen vor der Tür, und wer sollte es sonst sein? Ich werfe mir den Bademantel über die Schultern, binde ihn zu, während ich in den Flur renne, ich stürme die Treppe hinunter, halte mich am Geländer fest, damit ich nicht auf der Pappe ausrutsche, die den klebrigen Boden schützt, der vorher mit Auslegeware bedeckt war, ich hebe die Füße, um nicht über die losen Leisten an den Stufen zu stolpern.

Er ist zurückgekommen. Er will mir alles erklären. Es war nur ein Missverständnis, und wir können es hinter uns lassen.

Ich rase die nächste Treppe hinunter bis ins Erdgeschoss, wo sich die Haustür befindet, ich reiße sie auf, voller Erwartung, ihn zu sehen, mich ihm um den Hals werfen zu können.

Draußen steht Julie.

»Wie geht es dir?«, fragt sie.

Ich sehe sie verständnislos an. Was will sie hier? Noch ehe ich antworten kann, ist sie über die Türschwelle und schlingt die Arme um mich.

»Gut«, antworte ich, dabei weiß ich es nicht mehr, hatte gar keine Zeit, um nachzufühlen.

Ich habe mich die ganze Nacht hin- und hergewälzt, bin aufgewacht, habe auf mein Handy geguckt, auf dem niemand angerufen hat, habe gegrübelt, geschlafen, geträumt, bin wieder aufgewacht. Jetzt steht sie hier, Julie steht vor mir, mit einer Hand auf meinem Bademantel, und will mich trösten. Wir kennen einander nicht besonders gut, sie war schon mit Thomas zusammen, als ich Sigurd traf. Mir wird schlagartig bewusst, dass ich nicht mehr aufs Telefon geguckt habe, seit ich um Viertel nach vier das letzte Mal wach geworden bin.

Wortlos drehe ich mich um, renne wieder die Treppe hinauf ins Erdgeschoss, wo das Wohnzimmer und die Küche liegen, weiter hinauf in den ersten Stock und ins Schlafzimmer, ich suche fieberhaft auf dem Nachttisch, stoße ein Wasserglas um, schiebe ein Buch beiseite, um das Handy zu finden. Dann suche ich im Bett, knie mich auf die Matratze und taste so lange mit den Händen über seine Decke, die immer noch warm ist, aber nur von meinem Körper, bis ich endlich das flache, glatte Rechteck spüre, das zwischen unseren Kissen versteckt lag.

Ich habe zwei Nachrichten. Eine von Thomas, die er heute Morgen um 7:15 Uhr abgeschickt hat.

Immer noch nicht gekommen. Wir packen zusammen und fahren wieder in die Stadt. Lass uns telefonieren.

Die andere ist von Julie, um 7:38 Uhr geschickt:

Hallo, Sara. Ich habe von Thomas gehört, was passiert ist. Ich komme nachher mal vorbei, wenn du wach bist. Fühl dich umarmt, Julie.

Nichts von ihm.

Julie wollte anscheinend nicht länger warten, denn jetzt ist es 8:23 Uhr, und sie steht in meinem Haus. Ich höre ihre Schritte da unten, sie ist ins Wohnzimmer gekommen, sie ruft meinen Namen, zögerlich, als wäre sie nicht sicher, ob ich immer noch hier bin. Während ich immer flacher atme, scrolle ich in meiner Anrufliste zu Sigurds Namen und lege das Handy ans Ohr, jetzt geh schon ran, geh ran. Es bleibt vollkommen still.

»Sara, wo bist du?«, fragt Julie dort unten.

Es knistert in der Leitung. Dann erklärt mir eine freundliche Frauenstimme, dass die Person, die ich anrufen wollte, vorübergehend nicht erreichbar ist.

Die Wirkung ist niederschmetternd. Ich sinke auf dem Bett zusammen. Eigentlich besteht kein Unterschied zu gestern, als sein Handy einfach durchklingelte, ohne dass er sich meldete. Natürlich ist der Akku irgendwann leer. Aber irgendwie hatte ich vorher trotzdem eher das Gefühl, es gäbe noch eine Verbindung zwischen uns. Ich rief an, sein Telefon klingelte, wo auch immer es sich befand. Jetzt klingelt es nicht mehr. Dieses technische Detail, ein Handy mit geladener Batterie, eines ohne, erschüttert mich. So liege ich da, ein zusammengesunkener Klumpen auf meinem Bett, und höre Julies Schritte auf der Treppe zum ersten Stock, während ich vor mich hin flüstere. Sigurd, Sigurd, Sigurd.

Ich höre, dass sie hinter mir steht, bevor sie etwas sagt, so wie man es ab und zu spürt, wenn einen jemand anstarrt; dieses unheimliche, unerklärliche Gefühl, beobachtet zu werden. Hier liege ich in meinem Bademantel, umklammere das Handy mit den Händen und presse meine Stirn gegen seine Glasoberfläche, meine Füße schmerzen, ich muss auf dem Weg hier herauf gegen eine Treppenleiste gestoßen oder auf einen Holzsplitter oder eine lose Planke getreten sein. Hier liege ich, in unserem unordentlichen, halbfertigen Schlafzimmer, mit Tapetenfetzen an den Wänden, hier in der abgestandenen Luft der vergangenen Nacht, die schwer über dem Bett hängt und vielleicht mit einem Einschlag des Weins versetzt ist, den ich gestern geleert habe. Und dort steht sie und betrachtet mich.

»Sara«, sagt sie mit etwas unsicherer Stimme. »Ist alles gut?«

Ich antworte nicht. Das kalte Glas des Telefons liegt glatt an meiner Stirn. Mein Fuß brennt, vielleicht habe ich mich verletzt. Ich will, dass sie geht.

Doch sie geht nicht. Stattdessen kommt sie herein, übertritt die Schwelle zu meinem Schlafzimmer und nähert sich dem Bett, legt ihre Hände auf meinen Bademantelrücken und sagt: »Komm, du kannst hier nicht so liegen bleiben, lass uns runtergehen und einen Kaffee machen.«

Sie packt meine Schulter, will anscheinend an mir ziehen, mich wirklich aus dem Bett ziehen, und während sie das tut, spüre ich, wie etwas in mir aufsteigt, wie eine Säule, aus meinem Bauch, wie eine heiße Quelle, eine Urkraft, sie steigt vom Bauch auf und in den Rücken und in Arme und Beine und fährt durch den ganzen Körper, was zum Teufel bildet sie sich ein?

Ich schüttele sie ab, weiche von ihr zurück, möchte auf sie einschlagen, so sehr bebt der Zorn in mir. Ja, es verlangt mir einiges an Selbstbeherrschung ab, nicht nach ihr zu schlagen. Dort steht sie, verständnislos, mit ihren großen, unschuldigen Rehaugen, ihrer kleinen Stupsnase, ihrem runden Kinn, diesem ganzen niedlichen Gesicht, mit dem Pony und dem Pferdeschwanz, wie eine Mittelstufenschülerin, die eine barmherzige Samariterin spielt. Wie selbstzufrieden sie ist, denke ich, mir zu erzählen, dass ich hier nicht liegen bleiben kann. Die kleine, durchschnittliche Julie kommt, um alles zu regeln, mich wieder aufzurichten. Sie muss sich auf der Fahrt hierher überlegt haben, was sie tun soll. Jetzt steht sie ganz überrascht da, und ihr Gesicht bittet förmlich darum, geschlagen zu werden, und ich verzichte nur darauf, weil ich schon weit genug von ihr weggewichen bin.

Dies ist unser Schlafzimmer. Hier wohnt Sigurd, hier wohne ich. Hier haben wir gelebt und geliebt und geschlafen. Gestern Morgen ist er von hier weggegangen, seither war ich allein, und jetzt steht sie hier, hier in unserem Allerheiligsten, was bildet sie sich ein?

Als ich ihr zum ersten Mal begegnete, beim Grillen in ihrem Hof in Nydalen, sagte sie begeistert zu mir, sie sei sicher, wir würden gute Freundinnen werden. So kam es nicht. Schon damals spürte ich einen Widerwillen, diese Erwartungshaltung und Logik, nur weil wir uns in zwei befreundete Männer verliebt haben, müssen wir auch Freundinnen werden, mehr noch, enge Vertraute. Sie trug herzförmige Ohrstecker und eine weiße Rüschenbluse, sie lächelte dämlich, ich sah nichts in ihr, was ich wiedererkannte.

Das ist fast vier Jahre her. Manchmal beschwerte sich Sigurd darüber. Julie ist doch wohl in Ordnung, sagt er, du hättest ja wenigstens versuchen können, sie besser kennenzulernen. Hätte ich schon, aber vielleicht habe ich auch einfach nur gesunde Vernunft bewiesen.

Ich wickle mich fester in den Bademantel und starre sie an, die Hitze strömt mir aus allen Poren, aus Augen und Mund, ich kenne das, in diesem Zustand bin ich unberechenbar.

»Geh«, fauche ich.

»Aber«, protestiert Julie.

»Geh.«

Ihr Gesicht verzieht sich, als hätte ich sie wirklich geschlagen. Sie wendet sich ab, will gehen, zögert, dreht sich wieder um.

»Ich wollte nur nett sein«, sagt sie zu mir, und ihre Stimme ist jetzt belegt, voller Tränen und spitzer Steine, »obwohl du es nie zu mir warst. Ich wollte nur helfen.«

Dann geht sie, ich kann ihre Schritte auf der Treppe hören, energisch, schnell. Ich sitze mit dem Telefon in den Händen da, diesem toten, glatten Gegenstand. Sigurd, Sigurd, wo bist du?

Unten schlägt die Haustür hinter ihr zu. Ich versuche, tief in den Bauch zu atmen. Es ist Samstag, und ich bin vollkommen allein.

»Polizei Oslo«, sagt die Frauenstimme am Telefon.

»Ja, hallo«, sage ich, »ich rufe wegen einer vermissten Person an, oder genauer gesagt einem Mann, meinem Mann. Ja. Also. Er ist seit gestern verschwunden, seit dem frühen Morgen oder seit halb zehn, eigentlich weiß ich es nicht so genau. Er hat mich um kurz nach halb zehn angerufen. Da habe ich zum letzten Mal etwas von ihm gehört. Er sollte um fünf Uhr in einer Hütte in den Bergen sein, und da ist er auch nie angekommen.«

»Ja«, sagt die Dame. »Es ist allerdings so, dass wir normalerweise erst nach jemandem suchen, wenn seit dem Verschwinden mindestens vierundzwanzig Stunden vergangen sind.«

»Ach so«, sage ich, zögernd, »daran hatte ich eigentlich noch gar nicht gedacht, an eine Vermisstenanzeige oder so.«

»Es handelt sich also um einen Erwachsenen?«

»Ja, um meinen Mann, also ja, zweiunddreißig Jahre alt.«

»Verstehe«, erwiderte sie. »Sie können natürlich trotzdem vorbeikommen und eine Vermisstenanzeige aufgeben, aber wir werden erst tätig, wenn vierundzwanzig Stunden verstrichen sind.«

»Ja, natürlich.«

Ich weiß nicht, was ich noch sagen soll. Vierundzwanzig Stunden. Vermisst, gesucht.

»Die meisten vermissten Personen tauchen nach ein paar Stunden wieder auf«, erklärt die Dame, jetzt ein bisschen freundlicher. »In der Regel hat man nur etwas missverstanden, oder man erinnert sich falsch.«

Ich räuspere mich.

»Er hat eine Nachricht auf meiner Mailbox hinterlassen und gesagt, dass er bei seinen Freunden wäre. Aber sie sagen, er wäre gar nicht bei ihnen gewesen.«

»Mm«, macht sie. »Tja, wie gesagt steckt oft ein Missverständnis dahinter.«

Die Sparsamkeit der kurzen Sätze, die er mit seinen Freunden pflegt. Es hört sich wirklich wie ein Missverständnis an.

»Ja, das verstehe ich«, sage ich, aber ich muss es trotzdem versuchen: »Aber verstehen Sie, er hat gesagt, er wäre bei ihnen gewesen, und sie haben gesagt, er wäre es nicht, also muss entweder er lügen oder die anderen.«

»Ach so«, sagt sie, und ich höre, wie ich klingen muss, wie eine dämliche Frau, die Opfer eines dummen Scherzes oder eines Seitensprungs geworden ist und es nicht verstehen will, »ja, das kann man nie so genau wissen, aber jedenfalls ist er erwachsen, und es scheint nicht besonders dringend, und in solchen Fällen unternehmen wir erst etwas, wenn vierundzwanzig Stunden vergangen sind. Wenn Sie dann wieder anrufen, ist es in Ordnung. Es sei denn, er taucht in der Zwischenzeit von selbst wieder auf.«

»Ja.«

»Das ist meistens so. Wie gesagt.«

Ich lege auf. *Besonders dringend.* Welche Voraussetzungen müssen dann erst erfüllt sein? Ich sitze immer noch im Bademantel auf dem Bett.

Nach der Dusche fühle ich mich wieder normaler. Anschließend versorge ich meinen Zeh mit einem Pflaster. Während ich mich anziehe, denke ich, die Dame hat ja recht. Die meisten tauchen von allein wieder auf. Die Polizei hat damit Erfahrung. Sie wissen, wovon sie reden. Ich muss mich beruhigen. Ich, die beruflich immer so gut mit den akuten Fällen umgehen konnte, sofortige Hilfe, aggressive Kinder, Taxifahrten in die Notaufnahme mit suizidalen Jugendlichen. Ich weiß doch, wie man die Ruhe bewahrt. Das gehört zu meinen Stärken.

Ich habe mich mitreißen lassen. Jan Erik ist ja von Natur aus schwach, macht über alles Witze, nimmt nichts richtig ernst, ist das nicht im Grunde ein Zeichen von Unsicherheit? So wie er auch sofort kneift, wenn etwas brenzlig wird. Thomas, tja, Thomas ist vernünftig, aber vielleicht hat er sich von Jan Erik aus der Fassung bringen lassen. Und von Julie. Ja, das stimmt, wer eine wie Julie heiratet, kann vermutlich nicht gut Druck standhalten.

Aber ich bin stärker. Ich sollte nicht einknicken. Vielleicht war es die Stunde mit Trygve, vielleicht war es die Flasche Wein. Die Nachricht auf der Mailbox ist wirklich merkwürdig, aber es gibt sicher eine Erklärung dafür. Ich muss mich nur entspannen. Warten. Und dann sehen, wie sich alles von selbst erledigt. Sigurd wird auftauchen, alles wird sich klären.

Und ich habe Julie rausgeworfen. Das war vielleicht doch zu heftig. Natürlich war es die Wut, ich war verwirrt, war gerade erst aufgewacht und hatte am Vorabend zu viel getrunken, ja, es lässt sich nicht leugnen, dass ich zu viel getrunken, die Fassung verloren habe. Julie hat mich überrumpelt. Und ich habe überreagiert. Ich bin sowieso ein Mensch, der seine Privatsphäre braucht, und wir stehen uns nicht nahe. Ich muss ihr eine Nachricht schicken und mich entschuldigen.

Ich hole Luft, tief und lange. Ja. Es fühlt sich besser an. Nur noch eine leise Unruhe, ein nervöser Klumpen im Magen. Ansonsten ist alles gut. Entspannt. Heute ist Samstag. Ich werde einfach nur das tun, was ich sonst auch getan hätte.

Im Erdgeschoss bleibe ich stehen. Ich will gerade in unsere Küchenecke gehen und mir einen Kaffee kochen, doch dann bleibe ich stehen. Ich sehe mich um. Etwas ist seltsam.

Ich kann nicht so leicht ausmachen, was es ist. Ich erinnere mich noch in allen Einzelheiten an den gestrigen Tag, was ich getan und nicht getan habe, aber meine Erinnerungen an den gestrigen Abend sind konfus. Das liegt teilweise am Wein, aber auch an der Sache mit Sigurd. All meine Gedanken. Um mich an etwas zu erinnern, muss ich mich konzentrieren.

Irgendetwas ist seltsam.

Ein Beispiel: Der Topf auf dem Herd. Er ist leer, ja sogar sauber, ich hatte ihn dort abgestellt, nachdem ich abends Teewasser gekocht hatte. Er hat einen langen Griff, sodass man ihn mit einer Hand halten kann. Bei uns zu Hause wurde immer darauf geachtet, dass solche Töpfe und auch Pfannen mit dem Griff nach innen, zur Wand, gestellt wurden. Damit war meine Mutter sehr streng. Kleine Kinder dürfen nicht an den Griff kommen, sagte sie immer. Ich war sieben Jahre alt, als sie starb, und interessierte mich nicht sehr für Töpfe, aber ich erinnere mich noch daran, wie Annika mich ermahnte, du musst den Topf *so herum* stellen, das hat Mama gesagt. Ich mache das immer, Annika und mein Vater auch. Aber jetzt steht der Topf so, dass der Griff über den Herd hinausragt. Wenn ein Kind hier gewesen wäre, hätte es ihn erreichen können. Ich würde einen Topf nie auf diese Weise hinstellen.

Oder würde ich es doch, und damit meine ich: War ich gestern Abend so benebelt vom Wein und der Nachricht auf der Mailbox, dass ich unbewusst gehandelt habe? Ich erinnere mich an die Tee-tasse. Ich erinnere mich, dass ich gleichzeitig an Sigurd dachte, an seine Lüge, von der ich überzeugt war. Darüber nachdachte, warum er lügen sollte. Hat er etwas mit einer anderen? Mit Frau Atkinson zum Beispiel? Ist er in irgendwelche krummen Ge-schäfte verwickelt, von denen ich nichts weiß? Versucht er mich zu meiden, weil ich ihn wegen dem Umbau des Hauses bedrängt habe? All das dachte ich, während ich in der Küche stand. Meine Hände bereiteten den Tee automatisch zu. Ich werfe einen Blick in den Müll. Da liegt der Teebeutel. Ich betrachte den Topf. Ich winde mich innerlich, der Griff, der über den Herd hinausragt, mir juckt es in den Fingern, wenn ich es nur sehe. Kann das wirk-lich ich gewesen sein? War ich so verwirrt?

Oder war es Julie? Ich atme aus, erinnere mich, wie ich dort oben mit dem Handy an die Stirn gepresst lag, während ich hörte, wie sie unten in der Küche hin- und herschlich und nach mir rief. Aha, Julie, du hast also herumgeschnüffelt, während du hier warst. In meine Töpfe geguckt. Vielleicht auch in meinen Kühlschrank. Konntest es dir nicht verkneifen.

Ich verliere erneut die Ruhe, verliere sie so schnell. Bin aus der Bahn geworfen. Muss mich daran erinnern, was die Dame von der Polizei sagte. Die meisten tauchen von selbst wieder auf.

Doch während ich mit der Kaffeetasse in der Hand dasitze und über das Wohnzimmer blicke, fällt mir erneut auf, dass irgendetwas anders ist. Ich weiß nicht, was, um welches Detail es sich handelt, aber irgendetwas ist anders. Bist du hier drinnen auch herumgelaufen, Julie?

Dann fällt mir ein, dass ich nachts aufgewacht war. Dass ich nach ihm rief. War er hier? Ist er hier umhergegangen, ohne zu mir heraufzukommen?

Ich schaudere. Schüttele den Gedanken ab. Das ist zu unglaublich. Das war Julie, natürlich, Julie auf der Suche nach etwas, das sie weitererzählen konnte. Ich bin so reizbar, fühle mich so zermürbt.

In einem solchen Moment wäre es gut, eine Freundin zu haben. Als ich Sigurd vor vier Jahren kennenlernte, hatte ich viele. Ronja war meine beste, aber es gab mehrere, Benedicte, Ida, Eva-Lise. Wir wohnten in Bergen zusammen, Ronja, Benedicte und ich, in einer heruntergekommenen Wohnung in der Håkonsgaten, direkt neben dem Kino.

Aber wir sind nicht gut darin, den Kontakt zu halten. Ronja reist um die Welt, eine Globetrotterin, schreibt ab und zu Artikel für verschiedene Zeitungen, nimmt Aushilfsjobs an, reist weiter, ist nicht zu erreichen. Ich schicke ihr eine Mail, sie antwortet Wochen später. Ab und zu ist sie in der Stadt und ruft mich an, aber man kann sich nicht auf sie verlassen, so war es schon während des Studiums. Ida hat geheiratet und ist nach Stavanger gezogen. Ihr Mann und sie arbeiten beide in der Öl-branche, sie haben viel zu tun, und wenn sie gerade nicht arbeiten, besteigen sie einen Gipfel nach dem anderen. Benedicte hat einjährige Zwillinge. Wenn ich sie anrufe, kreischen und heulen sie im Hintergrund. Eva-Lise wohnt in Tromsø und arbeitet an der Universität. Weder sie noch ich telefonieren gern. Ab und zu tun wir es doch, so ist es nicht. Eigentlich kann ich mich auch gar nicht beklagen.

Aber wir standen uns einmal so nah. Ich konnte mit ihnen über alles reden. Mit »alles« meine ich die wichtigen Dinge, aber noch viel wichtiger sind die unwichtigen Dinge. Die All-tagsdinge, die undramatischen. Weißt du, was mir letztens im Bus passiert ist? Habe ich dir von diesem Typen auf der Arbeit erzählt? Solche Sachen.

Wenn dein Mann über Stunden nicht an sein Telefon geht, willst du mit jemandem sprechen. Mit jemandem, bei dem du ohne Umschweife gleich zum Punkt kommen kannst. Freundinnen, die dir das Gefühl geben, dass du das sagen kannst, was dir gerade einfällt. Und schweigen kannst, wenn du es willst. Die dich auf andere Gedanken bringen. Ich kann Eva-Lise nicht einfach an einem Samstag anrufen und sagen: Erzähl mir, was gestern bei dir auf der Arbeit passiert ist. Wenn man erst einmal klären muss, was seit dem letzten Mal alles passiert ist. Und genau davon wäre ich jetzt gerne frei, von dem, was passiert, der schreienden Leere im Haus, Sigurd.

Einer Eingebung folgend rufe ich Margrethe an. Vielleicht ist er nur bei seiner Mutter? Ich höre schon die Entschuldigung, höre ihn erklären: *Verstehst du, mein Akku war leer, und ich hatte den Schlüssel vergessen, und ich wollte dich nicht wecken, und dann bin ich zu Mama gefahren.* Seine Entschuldigung? Denke ich, seine Erklärung wird eine Entschuldigung sein?

Während es in der Leitung tutet, überlege ich, was ich ihr sagen soll. Ob ich sie wirklich anrufen und sie in Angst und Sorge versetzen soll. Andererseits ist sie eine durch und durch vernunftgeprägte Dame, die über Anspannung und schwache Nerven normalerweise nur verächtlich schnaubt und dem Großteil meiner Patienten erzählen würde, sie sollten sich einfach mal zusammenreißen und nicht so viel grübeln, sollten ausreichend schlafen und gesund essen, für die Schule lernen und ihre Zimmer aufräumen, dann würde sich *alles andere schon ergeben*. Vielleicht ist vernunftgeprägt auch nicht das richtige Wort. Es gibt vieles, was Margrethe nicht versteht.

Es tutet und tutet, niemand hebt ab.

Ich gehe hinaus. Ich weiß nicht, wohin, aber zu Hause möchte ich auch nicht sitzen bleiben. Sigurd hatte das Auto genommen, also fahre ich mit der Bahn in die Stadt.

Heute scheint die Sonne, blass und kalt. Der Schnee ist fast geschmolzen. Er wird immer weniger, je näher ich der Stadt komme. In der Bahn sitzen ein paar Teenagermädchen, die in der Stadt shoppen gehen wollen.

Ich könnte ja meinen Vater besuchen. Das habe ich lange nicht mehr gemacht. Ich *sollte* ihn bald besuchen. Aber es erscheint mir wie eine Last. Ich sehe vor mir, wie mein Vater in seinem Arbeitszimmer sitzt, wie wir gemeinsam Tee am Kamin trinken und uns unterhalten müssen. Und dann sollte ich etwas zu sagen haben, am besten etwas, was ich gelesen habe und worüber wir diskutieren können, am besten einen Roman, lieber keine aktuellen gesellschaftlichen oder irgendwie heiklen Themen. Wenn ich etwas über all das erzählen wollte, über Sigurd, über das, was mir zusetzt, bräuchte ich die richtigen Worte dafür, eine Art und Weise, es zu verpacken, als wäre es ein überschaubares Problem. Wenn ich die nicht habe, kann ich es meinem Vater auf keinen Fall sagen. Ich sollte vielleicht trotzdem hinfahren. Einfach nur da sein. Die Aufmerksamkeit meines Vaters reicht nicht über die wichtigsten, übergeordneten Dinge in meinem Leben hinaus, aber im Gegenzug erwartet er auch nicht so viel Nähe, Vertraulichkeit. Bei ihm habe ich Gesellschaft und trotzdem meine Ruhe. Doch es fühlt sich nicht mehr richtig an, nicht, wenn ich so aus dem Gleichgewicht geraten bin. Und wir sind gut beraten, immer vorher anzurufen, bevor wir kommen, um sicherzugehen, dass er alleine ist und sein Haus nicht voller Studenten, die ihn umschwärmen wie einen Guru. Nein, wie kam ich nur darauf? An einem Tag wie diesem besuche ich garantiert nicht meinen Vater.

Ich könnte zu Annika fahren. Darauf hätte ich Lust. Wir haben uns lose für morgen zum Mittagessen verabredet, aber ich könnte ja stattdessen einfach schon heute zu ihr fahren. Nur kurz vorbeischneien. Hallo sagen. Sagen, dass ich mal schauen wollte, ob sie zu Hause sind.

Vielleicht ist das aber zu verzweifelt. Vielleicht macht man so etwas nur, wenn man so gestresst ist, dass man auf Teufel komm raus nicht allein sein will. Ich trommele mit den Fingern auf meine Tasche, sollte ich sicherheitshalber einen Blick auf das Handy werfen, obwohl ich es auf die höchste Lautstärke gedreht habe, damit ich keinen Anruf verpasse?

Ich steige in Majorstua aus der U-Bahn, folge dem Strom der Teenagermädchen mit ihren Handys und langen Locken und Taschen bis aus der Station heraus und den Bogstadsveien entlang. Vielleicht könnte ich mir etwas kaufen? Wir müssen sparen, stecken das, was wir einnehmen, ins Haus und nichts anderes, aber was soll's, Sigurd kauft auch Zeichensachen für den Job, vielleicht brauche ich ja eine neue Hose für meinen Job. Ich gehe in einen Laden, sehe die Teenagermädchen ausschwärmen, *oh mein Gott, die Hose steht dir so krass gut, achthundert Kronen, aber meine Mama hat mir Geld gegeben, ach, und Amalie und die anderen haben gesagt, sie würden auch noch kommen.* Alles wirkt so dramatisch für diese Mädchen. Sie reden mit großen, aufgerissenen Augen und Mündern, holen gierig Luft, alles ist krass oder krank, und ganz neutrale Tatsachen werden als unüberwindbare Hindernisse dargestellt. Sie reden über Freundinnen und Freunde, von denen sie nicht ahnen, dass dies nur der Anfang ist und sie den, in den sie jetzt unsterblich verliebt sind, in vier Jahren nicht mehr kennen werden. Aber wer bin ich, es ihnen zu erzählen. Sie kommen erst zu mir, wenn alles schiefgelaufen ist, sitzen in meinem Wartezimmer, wenn sie keinen

Ausweg mehr wissen, wenn sie depressiv sind, ängstlich, schlaflos und freudlos. Wenn man sie hier beim Shopping hört, wirkt alles so oberflächlich, aber ich kenne ihre Geheimnisse.

Ich sehe mir ein paar Klamotten an und empfinde nichts, habe keine Lust auf gar nichts, kann mich nicht aufraffen, in die Umkleidekabine zu gehen, mich auszuziehen, die Schnürsenkel zu öffnen, die Jacke abzulegen. Ich verlasse den Laden, gehe die Straße entlang und denke, nein, ich kann mich nicht aufraffen, ich kann nicht hier sein, was ist, wenn ich jemanden treffe, mit dem ich nicht reden will, was ist, wenn ich Julie treffe?

Ich nehme die Straßenbahn nach Nordstrand. Ich möchte doch bei Annika vorbeischauen.

Ich trommele mit der Hand auf meine Schenkel, während sich die Straßenbahn ratternd nach oben kämpft. Es ist bald drei Uhr. Seit der Nachricht auf der Mailbox sind achtundzwanzig Stunden vergangen.

Annika und Henning wohnen am Ende einer Sackgasse. Sie sind ordentliche Menschen, fällt mir jedes Mal auf, wenn ich sie besuche. Sie wohnen in einem ordentlichen Haus, das viel kleiner ist als Sigurds und meins, in dem aber alles funktioniert. Ein Reihenhaus, angemessen neu, angemessen schön, immer ein bisschen chaotisch, aber nur deshalb, weil es genutzt wird. Weil darin gelebt wird. Sie haben drei Söhne zwischen zwei und sieben Jahren. Im Haus ist es immer laut, immer wird jemand gehauen, oder jemand stolpert, oder jemand muss genau jetzt unbedingt etwas loswerden, und jemand anderes, meistens Annika, sagt, *können nicht alle einfach nur mal für einen kleinen Moment ruhig sein!* Es gibt so viele Beschäftigungen. Fahrräder und Bälle und Spiele im Garten und die Einfahrt, die von Unkraut befreit werden muss. Gras, das gemäht, Fassaden, die gemalt werden müssen, irgendetwas ist immer zu tun. Annika und Henning arbeiten beide viel, sie müssten völlig ausgelaugt sein, aber sie sind wie diese Duracell-Hasen, die wütend grinsend weitermachen. Einmal habe ich zu Sigurd gesagt, wenn die beiden innehalten und überlegen würden, ob sie eine Pause bräuchten, würden sie vielleicht nie wieder vom Boden hochkommen.

Als ich die Kurve der Sackgasse umrunde, die zu ihnen führt, sehe ich sofort Henning, was in erster Linie daran liegt, dass er in einem Baum hängt. Er hält eine riesige Gartenschere in den Händen und verrenkt seinen Oberkörper, beugt sich hierhin und dorthin. Er sieht mich nicht, ist völlig auf das konzentriert, was er tut, und dann höre ich Annikas Stimme:

»Pass auf, Aksel, jetzt fällt der Ast gleich runter, nein, Aksel, nein, komm hierher, du sollst hierherkommen, habe ich gesagt, Henning, warte, jetzt ist er unter dem Baum, Henning!«

Ich bleibe stehen und betrachte sie eine Weile. Hennings Rücken oben im Baum. Meine Schwester in einer rutschenden Jeans und einem flatternden Hemd, wie sie in vollem Tempo hinter dem Zweijährigen herrennt, der vor Freude jauchzt, weil seine Mutter ihn jagt. Die beiden anderen Jungen sehe ich nicht, und trotzdem ist es ein perfektes Bild von Annikas Familie; als ginge es in jedem Augenblick darum, tödliche Unglücke zu verhindern.

Sie fängt ihn, schlingt die Arme um ihn und hebt ihn hoch. Der Zweijährige kreischt wütend, er will weiterlaufen, er hatte etwas Wichtiges vor, wie kann seine Mutter ihn nur einfach so wegheben. Sie legt ihn über ihre Schulter, er tobt, windet sich, strampelt und tritt, und sie ruft zum Baum hinauf:

»Ich habe ihn.«

Während sie zum Haus zurückgeht, sieht sie mich. Erst bleibt sie einfach nur stehen und starrt mich an, und in dem Moment denke ich, dass es stimmt, sie muss durch und durch erschöpft sein. Als sie Studentin war, wohnte sie zwei Jahre in einer legendären Wohngemeinschaft in Fredensborg, wo die ganze Woche über Tag der offenen Tür war und die Gäste kamen und Kaffee tranken und über Ethik und Philosophie diskutierten und Wörter wie *Metaebene* benutzten. Jetzt starrt sie mich an, und ich verstehe, dass ich erst hätte anrufen müssen, denn ihre Gesichtsmuskeln erschlaffen, und plötzlich sieht sie alt und verbraucht aus. Dann nimmt sie sich zusammen, die Muskeln straffen sich wieder, und sie lächelt müde und freundlich, während der Junge weiter auf ihrer Schulter zappelt.

»Hallo Sara, kommst du uns besuchen?«

Ich folge Annika in die Küche, während der Jüngste von ihrer Hüfte baumelt und immer noch versucht, sich zu befreien. Ich entschuldige mich dafür, unangemeldet aufzutauchen, und sie versichert mir, das sei doch nett, obwohl wir beide wissen, dass es nicht stimmt. Ich bereue es aufrichtig, aber jetzt ist es zu spät, und Annika bändigt den Sohn und fährt sich mit den Händen durchs Haar und ist sicherlich gestresst, weil sie es eben nicht so nett findet, wie sie behauptet.

»Möchtest du einen Tee oder etwas anderes zu trinken?«, fragt sie mich, als wir die anderen Höflichkeitsphrasen hinter uns gebracht haben, und ich bejahe es und biete an, ihn zu kochen.

»Ich muss nur kurz rausfinden, was Theo und Joakim gerade treiben«, sagt sie zu mir, »bin gleich wieder da.«

Sie verlässt die Küche, und dann knarzt die Treppe, und ich höre sie nach den anderen Söhnen rufen.

Bevor wir nach Nordberg zogen, versuchten Sigurd und ich auch, ein Kind zu bekommen, aber nur ein halbes Jahr, länger nicht. In dieser Zeit hatten die Besuche bei Annika und Henning eine abschreckende Wirkung auf uns. Auf dem Heimweg in der U-Bahn sahen wir uns an und fragten einander: Glaubst du, dass es immer so sein muss? So turbulent? Vielleicht sollten wir nur eins bekommen?

Ich sehe mich in ihrer Küche um. Die Reste des Frühstücks stehen noch auf dem Tisch, Teller aus Plastik und Porzellan, Schnabeltassen und Kaffeebecher. An der Tür des Kühlschranks halten die Magneten so viele Blätter fest, dass man fast fürchten muss, er könnte unter ihrem Gewicht zusammenbrechen, Wochenkalender und Stundenpläne und Einkaufszettel, Faltblätter zum Thema Mülltrennung und Elternbriefe zum Thema Kleidung im Kindergarten und ein Zettel darüber, wie wichtig es ist, zwanzig Minuten am Tag zu meditieren. Dazwischen hängen Fotos. Ein zehn Jahre altes Foto von Annika und Henning aus der Zeit, als sie sich gerade kennengelernt hatten. Sie hat die Arme um seine Schultern geschlungen und lächelt ihn an. Er blickt in die Kamera und hat eine Hand auf ihre Taille gelegt. Dann gibt es Fotos von den Kindern, einzeln und zusammen, und ein Kinderfoto von Annika und mir, ich bin vielleicht fünf, sie etwa zehn, und dann eins von Sigurd und mir mit Theo. Es ist dasselbe, das ich auch auf dem Handy habe, das Orangenbild. Es versetzt mir einen Stich. Es war an einem Sonntag, als wir mit den Langlaufskiern auf den Linderudkollen gefahren waren. Das ist jetzt zwei Jahre her, und seither waren wir nicht mehr zusammen Skilaufen, aber ich habe es als einen lustigen Sonntag in Erinnerung. Noch ein Stich. Aber ich weiß, dass ich mir erst Sorgen machen darf, wenn er vierundzwanzig Stunden verschwunden ist. Und bis dahin taucht er sicher wieder auf. Die Polizei kennt sich damit aus.

Im selben Moment ruft Margrethe an. Ich zucke beim Klin-

geln zusammen, denke, es ist Sigurd, er ruft an, um diesen Albtraum zu beenden, alles ist in Ordnung, er ist zu Hause, für
einen kleinen, miesen Augenblick glaube ich, dass sich alles
regelt, aber so ist es nicht.

»Sara«, es knistert in der Leitung. »Hier ist Margrethe«, sagt
sie, als könnte ich das nicht auf dem Display sehen. Aber so redet
sie immer. Sie erinnert mich an längst vergangene Zeiten, an
Zeiten, die ich gar nicht selbst erlebt habe, sondern nur aus Büchern oder dem Fernsehen kenne, als man Sportwagen fuhr und
eine Dauerwelle hatte und roten Lippenstift trug und vor dem
Essen in der Bibliothek einen Aperitif nahm.

»Hallo«, sage ich.

Ihre Liebenswürdigkeit lässt mich verstummen, neben ihrer
Eleganz fühle ich mich plump, so ist unsere Dynamik.

»Ich bin übers Wochenende bei einer Freundin auf Hankø«,
erzählt sie mir, »wir haben den ganzen Tag im Garten gearbeitet,
deshalb hatte ich deinen Anruf nicht gehört.«

Ich habe immer das Gefühl, Margrethe wartet darauf, dass ich
aus mir herauskomme und im Gegenzug erzähle, was ich den
ganzen Tag gemacht habe, und dass es möglichst glamourös sein
sollte. Es scheint, als würde sie denken, alle Menschen wären so
wie sie, und die Hoffnung nicht aufgeben, oder schlimmer noch,
gar nicht merken, dass es nicht so ist, und gar nicht mitbekommen, wie unkultiviert ich bin.

Jetzt kommt auch noch Annika herein, mit dem Kleinsten auf
dem Arm und Schweißperlen auf der Stirn.

»Na, wie auch immer«, sagt Margrethe, als ich nichts mehr
sage, »du hattest mich angerufen, hast du ein bestimmtes Anliegen, meine Liebe?«

Sie nennt mich *meine Liebe*. Das macht sonst niemand, weder
mein Vater noch meine Schwester oder mein Mann. Ich räus-

pere mich, muss meine Stimmbänder schmieren, muss es aussprechen.

»Ja, ich wollte nur fragen ...«, sage ich und räuspere mich erneut, mein Hals ist so trocken wie Sandpapier, »hast du etwas von Sigurd gehört?«

Es wird ungewohnt still am anderen Ende der Leitung.

»Ob ich etwas von Sigurd gehört habe?«, fragt Margrethe.

»Ja, es ist nur, weil er verschwunden ist, oder was heißt verschwunden, aber ... Er wollte übers Wochenende mit Thomas und Jan Erik in die Berge und ist nicht beim Ferienhaus angekommen. Und dann ...«

Ich beiße mir auf die Zunge, es tut weh, und ich weiß, dass ich den Rest natürlich nicht erzählen muss, es auch nicht sollte, aber jetzt, wo ich einmal angefangen habe, mache ich einfach weiter.

»Und dann hat er mich angerufen und behauptet, er wäre dort, mit ihnen, aber er war es gar nicht. Also haben wir angefangen, uns zu wundern, ich und Thomas und Jan Erik, ja, sie wollten zu dritt in die Hütte, aber jedenfalls war er nicht da, mit ihnen, sagen sie. Aber mir gegenüber hat er behauptet, er wäre dort.«

»Was willst du denn damit sagen, Sara?«, erwidert Margrethe, und jetzt ist ihre Stimme streng, ein wenig tadelnd, so wie es Mütter manchmal sind, wenn ihre Kinder sie in Intrigen hineinziehen wollen, mit denen sie überfordert sind.

Meine Zunge brennt dort, wo ich mich gebissen habe, ich schmecke salziges Eisen, vielleicht blute ich.

»Er ist nicht in der Ferienhütte angekommen«, sage ich. »Aber er ist auch nicht nach Hause gekommen.«

Wieder wird es am anderen Ende der Leitung still. Ich sitze schweigend da. Hinter mir höre ich nichts, der Jüngste bewegt sich in Annikas Armen, aber keiner von ihnen sagt etwas, es ist plötzlich unglaublich still in diesem Haus, in dem man normalerweise keinen klaren Gedanken fassen kann, aber jetzt steht meine Schwester da und lauscht unbeirrt dem Gespräch, und ich weiß, dass ich mehr erklären muss, sobald ich auflege.

»Hast du bei ihm im Büro angerufen?«, fragt Margrethe.

»Ich habe auf seinem Handy angerufen«, antworte ich, »das nutzt er auch geschäftlich.«

»Aber seine Kollegen hast du nicht angerufen?«

»Nein.«

»Nein, aha.«

Sie atmet schnell aus, ein effektiver Seufzer, schon hat sie mein Problem gelöst.

»Ruf sie an«, sagt sie, »oder fahr hin. Er ist bestimmt im Büro. Sigurd ist so gewissenhaft, er arbeitet ja rund um die Uhr, du weißt doch, wie er ist.«

»Ja«, sage ich tapfer, »und die meisten vermissten Personen kommen sowieso innerhalb von vierundzwanzig Stunden zurück.«

Diese Bemerkung scheint Margrethe keine Antwort wert, und ich verstehe sofort, dass ihr diese Perspektive nicht gefällt.

»Ruf mich an, wenn du ihn erreicht hast«, sagt sie kürzer angebunden als gewöhnlich. »Wir hören uns, mach's gut.«

Ich lege auf, und als ich mich umdrehe, steht Annika immer noch mit dem Jungen auf dem Arm da, und beide starren mich an.

»Sigurd ist verschwunden?«, fragt Annika, und in ihrer Stimme höre ich die Angst, die ich so erbittert in meiner eigenen Stimme zu unterdrücken versuche.

Ich sitze auf dem Beifahrersitz, während Annika den Wagen aus der Sackgasse herauslenkt, auf die nächste große Verkehrsader in diesem komplizierten Netz aus Straßen in ihrer Nachbarschaft, ein Wirrwarr, das niemand durchschaut, der nicht hier wohnt. Wir sind auf dem Weg zur Polizei. Annika hatte umgehend gehandelt, als ich ihr erzählte, was passiert war. Ich hatte mich kurz gefasst, um dem Ganzen die Dramatik zu nehmen, und, wie die Frau von der Polizei, gesagt, dass die meisten von selbst wieder auftauchen würden, diese Bemerkung, die ich wie ein Mantra wiederhole, und dass es sicher eine ganz einfache und unkomplizierte Erklärung gebe. Annika starrte mich fassungslos an und sagte: »Du darfst nicht darauf hören, was sie dir bei der Polizei sagen, Sara, du musst sofort hinfahren und es noch einmal erzählen.«

»Aber die Frau am Telefon hat gesagt«, begann ich, und dann beendete ich den Satz doch nicht, ich kann ja selbst hören, wie unbeholfen ich bin, wie unkritisch ich dem System gehorche.

»Das sagen sie nur, weil sie es sagen können«, erwiderte sie und schnappte sich die Schlüssel vom Küchentisch, »aber wenn du eine Vermisstenmeldung aufgibst, ist es ihre Pflicht, der Sache nachzugehen. Komm, ich fahre mit dir hin.«

Mit dem Arm, der nicht das Kind hielt, zog sie ihre Jacke vom Stuhl und ging in den Garten. Annika ist wirklich beeindruckend, wenn sie in Schwung kommt. Jetzt war jeder ihrer Schritte, jede Geste, zielgerichtet, und ich stolperte hinter ihr her und spürte einen Anflug jener Geborgenheit, die ich noch aus Kindertagen kenne: Jetzt wird sich Annika für mich darum kümmern. Ich stand auf der Veranda und sah, wie sie Henning etwas zurief, der immer noch im Baum saß, Sara und ich müssen zur Polizei, erklärte sie, und dann übertrug sie ihm einige logistische Aufgaben.

»Ist alles in Ordnung?«, fragte Henning von dort oben, ich sah nur seine Füße, konnte ihn aber klar und deutlich hören.

»Ich hoffe es«, antwortete Annika effektiv.

Dann kletterte Henning vom Baum herunter, der Kleinste wurde seinem Vater überreicht, und jetzt sitzen meine Schwester und ich im Familien-Honda, der sich durch die kleinen Straßen schlängelt.

»Es ist wichtig, der Polizei gegenüber ein bisschen forsch aufzutreten«, sagt Annika. »Sie machen ihren Job, aber sie haben zu wenig Personal, wie überall, also schadet es nicht, ihnen zu zeigen, dass du dranbleibst und im Auge behältst, was sie machen.«

»Verstehe«, sage ich, und das stimmt auch, jetzt verstehe ich es zu gut.

Natürlich muss man auf Zack sein, muss zeigen, dass man sein eigenes Anliegen ernst nimmt, und verlangen, dass sie es auch tun. Habe ich diese Erfahrung nicht im Grunde mit allen öffentlichen Behörden gemacht, mit denen ich beruflich zu tun hatte? Warum sollte es bei der Polizei anders sein? Während Annika auf die Autobahn fährt und in den vierten Gang schaltet, melden sich allmählich die Selbstvorwürfe. Warum habe ich auf die Frau am Telefon gehört? Warum habe ich mich von ihr beruhigen lassen? Warum habe ich mich nicht auf mich selbst verlassen, auf mein Bauchgefühl, mein Gedächtnis, meinen Verstand? Natürlich gibt es keine logische Erklärung, abgesehen davon, dass Sigurd gelogen hat, was schon an sich dafürspricht, dass irgendetwas Haarsträubendes vorgefallen sein muss. Warum habe ich nicht für mich selbst eingestanden, habe darum gebeten, sofort mit jemandem zu sprechen? Was ist, wenn er in Gefahr schwebt? Wenn etwas wirklich Schreckliches passiert ist? Was ist, wenn ich etwas hätte unternehmen können, während ich auf Majorstua durch die Klamottenläden gestreift bin und versucht habe, die Zeit totzuschlagen? Annika hätte so etwas nie getan. Sie hätte sofort gewusst, was zu tun ist. Sie ist diejenige, die alles im

Griff hat, und ich sitze schon wieder da wie die kleine Schwester, als hätte ich eine Rotznase und ein aufgeschlagenes Knie, und Annika müsste mir ein Pflaster draufkleben, weil meine Mutter tot ist und mein Vater arbeitet und für solche Dinge nichts übrighat. Und sie hat mich immer verarztet, mit schonungslosen Bewegungen: Warum soll immer ich dir helfen?

»Annika«, sage ich, »glaubst du, das war dumm von mir? Ich meine, dass ich nicht angerufen habe?«

Annika schielt zu mir herüber. Wir fahren die lange Strecke am Fjord entlang.

»Sara«, sagt sie, »das tut nichts zur Sache.«

Damit will sie mich trösten, mir die Last von den Schultern nehmen, aber es wird nur noch schlimmer, größer, und wenn wir nach Grønland ins Polizeipräsidium kommen, wird es ein richtiger Fall, ein Fall für die Polizei, mit Aktenzeichen und allem, das glaube ich zumindest. Es hat nichts mit mir zu tun. Es gibt nichts, was ich anders hätte machen können. Ich schließe die Augen und versetze mich in den Moment, als er am Freitagvormittag unser Schlafzimmer verließ, er küsste mich auf die Stirn, seine Lippen waren kühl. *Schlaf einfach weiter.*

Bevor wir ins Polizeigebäude gehen, übergebe ich mich in einen Mülleimer.

In dieser Nacht schlafe ich bei Annika und Henning, ich ertrage den Gedanken nicht, nach Hause in das leere Haus und zu Großvater Torp zu fahren. Wir essen Tacos und sehen einen James-Bond-Film im Fernsehen. Ich bekomme eine Nachricht von Margrethe, eine Antwort auf die, die ich ihr selbst geschrieben habe, dass ich ihren Sohn vermisst gemeldet hätte und sie die Polizei kontaktieren solle, sobald sie etwas von ihm höre. Auch ihre Antwort fällt knapp aus, *selbstverständlich, danke, dass du*

Bescheid gibst, schreibt sie, es klingt fast ein wenig angesäuert, finde ich. Der Film zieht an mir vorüber, ich verstehe nicht, um welchen Konflikt es geht, und es ist ja auch egal. Ich gehe noch vor dem Ende hinauf ins Arbeitszimmer und lege mich hin. Auf dem Ausziehsofa dort drinnen, dem alten IKEA-Sofa, das schon in der ersten gemeinsamen Wohnung von Henning und Annika stand und auf dem Theo gezeugt wurde, wie Annika mir einmal kichernd erzählte, schließe ich die Augen und denke: Vor zwei Nächten haben wir noch nebeneinandergelegen. Vor vierzig Stunden hat er mich auf die Stirn geküsst, bevor er ging. Er roch schwach nach Zahnpasta und Kaffee. Und trug seinen Rucksack über der Schulter. Jetzt erscheint es mir fast, als hätte ich mir das alles ausgedacht. Ich bin so müde. Es ist so merkwürdig. Ich erwarte beinahe, dass ich morgen früh aufwache und herausfinde, dass ich alles nur geträumt oder halluziniert habe.

Jeden Abend kommt er zu uns nach Hause. Oft sitzen wir auf dem Sofa und sehen fern, wenn er kommt, es ist spät, wir dösen vor uns hin. Er hat Tautropfen im Haar und trägt Fleecepullover und Wollunterhemden unter seiner Jacke. Er riecht nach Kälte und Schweiß und Chemikalien. Er ist der einzige feste Mann in unserer Frauen-WG, Benedicte hat eine On-off-Beziehung. Manchmal hält er auf dem Weg zu uns irgendwo an und kauft etwas, Obst, Schokolade, Popcorn. Er sinkt neben mir auf das Sofa, legt die Arme um mich und zieht mich sofort an sich, als könnte er sich nicht richtig entspannen, bevor er mich nicht festhält. Er legt die Lippen auf mein Haar, und ich rieche genau das, die Kälte in dem Gebäude, wo er den ganzen Tag arbeitet, den gefrorenen Schweiß, der sich trotzdem bildet, und die Chemikalien, die er verwendet, Lack, Leim, Farbe. Die Flecken an seinen Händen. Manchmal riecht er nach Holz, wenn er etwas für sein Modell schreinern muss. Er riecht nach Arbeit.

Inzwischen weiß ich, dass er an den Nägeln kaut, wenn er über etwas nachdenkt. Inzwischen weiß ich, dass sein Vater starb, als Sigurd noch ein Teenager war, Bauchspeicheldrüsenkrebs, zwei Monate, nachdem er die Diagnose erhielt. Inzwischen weiß ich, dass er mich so fest umklammert, wie es nur geht, bevor er kommt, wenn wir miteinander schlafen.

Er hospitiert an der Architektenschule, wird aber wieder nach Oslo gehen, wenn das Frühjahrssemester vorbei ist. Ich habe noch an-

derthalb Jahre Studium vor mir. Wir reden über alles, über die Eltern, die wir verloren haben, über unsere Kindheit und unsere Studienfächer und was wir gerne im Fernsehen sehen, doch was passieren wird, wenn er wieder wegzieht, erwähnen wir nicht.

»Echtes Vertrauen ist flüchtig«, sage ich zu Ronja, »denn kann man nicht eigentlich nur voll und ganz man selbst sein, wenn man weiß, dass die Beziehung nicht von Dauer ist?«

»Das ist das Dümmste, was du je gesagt hast«, erwidert Ronja.

Ich versuche, nicht an die Zukunft zu denken. Ich möchte mir eine schöne Erinnerung schaffen. Ich schwänze die frühen Vorlesungen und bleibe mit Sigurd im Bett liegen, wache mit ihm auf, plaudere mit ihm, wenn wir beide noch vor uns hin dösen und uns gegenseitig fragen: Hast du etwas gesagt, oder habe ich das nur geträumt? Wir haben Sex in dem immer helleren Schlafzimmer, während ich draußen die Geräusche meiner Freundinnen höre, die Kaffeemaschine, die knisternden Zeitungsseiten, ihre gedämpften Gespräche.

Ich dusche mit ihm, nachdem sie gegangen sind, stehe nackt und nass und glücklich mit ihm in der engen Dusche, nein, im Ernst, sagt er, du musst mir den Rücken waschen, ich komme nicht dran, es ist zu eng hier drinnen. Ich trinke Kaffee und lese die Zeitung, während wir am Tisch sitzen, denke, dass wir wie ein verheiratetes Paar sind, probiere dieses Gefühl aus, diese Zukunft, weiß aber, dass sie nicht von Dauer sein wird. Nur noch wenige Wochen liegen vor uns. Ich gehe langsam mit ihm zum Torgalmenningen, Hand in Hand. Es wird allmählich Frühjahr. Bald ist er fertig. Dann wird er gehen, und ich werde bleiben, und dann werde ich einen neuen Mann finden, und dies wird nur eine Erinnerung sein.

In der Woche vor seinem Umzug essen wir im Keller des Restaurants Naboen, und ich sage zu ihm:

»Ein paar Semester über mir war ein Mädchen, das eine Praxis in Oslo eröffnet hat. Wenn man sich selbst einen Platz sucht, geht das wohl.«

Er legt die Gabel beiseite, sieht mich an, und sein Blick ist in diesem Moment so intensiv, die Augen weit geöffnet, und er sagt: »Meinst du das ernst?«

»Ja«, sage ich und habe plötzlich Angst, bin ich zu forsch? »Ja, oder ich weiß nicht, also, natürlich nur, wenn du das willst.«

Und dann strahlt Sigurds Gesicht wie eine Sonne, das Lächeln breitet sich überall aus, in allen Grübchen und Falten an Wangen und Stirn und um die Augen, und er sagt: »Ich bin nur so unglaublich erleichtert, denn ich überlege schon seit Wochen, wie ich meine Uni dazu bringen könnte, noch ein Jahr in Bergen bleiben zu dürfen.«

In jenem Sommer ziehe ich zurück nach Oslo, und Sigurd und ich mieten eine Wohnung in der Pilestredet.

Sonntag, 8. März: Weißes Rauschen

Es dämmert schon fast, als ich zurück in den Kongleveien komme. Annika und Henning haben weiter im Garten gearbeitet, und ich habe mit den Jungs gespielt, habe mit Buntstiften gemalt und unter dem Esstisch eine Höhle mit ihnen gebaut. Die Jungen, vor allem Theo, waren ganz eifrig, sie konnten nicht glauben, dass Tante Sara, die sich normalerweise höchstens zehn Minuten mit ihnen beschäftigen will und dann auch nur widerwillig, plötzlich über eine Stunde lang in der Esstischhöhle kniet, sie auf ihrem Rücken reiten und herumtoben lässt, wie sie wollen. Kannst du nicht jeden Tag hier sein, Sara, fragt Theo, und dieses unverdiente Kompliment wärmt mir das Herz, ich nehme es gierig in mich auf und verschließe die Augen davor, wie unehrlich es ist, nur aus dem Grund ein einziges Mal mit vollem Einsatz ihre Spielgefährtin zu sein, weil ich nicht zurück nach Hause fahren will.

»Bleib doch einfach hier«, sagt Annika, »schlaf ein paar Nächte auf unserem Sofa.«

Aber das kann ich nicht. Ich bin an das Haus gebunden, sowohl in beruflicher als auch in anderer Hinsicht: Um dort zu sein, wenn er kommt. Das Licht einzuschalten. Auf ihn zu warten. Ich weiß es. Und sie weiß es auch, oder sie versteht es, das sagt sie jedenfalls, als ich den Kopf schüttele. In Annikas Haus herrscht Leben, es ist laut und anstrengend, aber lebendig, und mir graut davor, nach Hause auf die verlassene Baustelle zu kommen, auf der ich wohne, aber ich weiß, ich muss es tun. Und so sammle ich schließlich all meinen Mut zusammen und verlasse die Spielzeughöhle, schnüre meine Schuhe und fahre nach Hause.

Es ist so still dort, als ich die Tür aufschließe. Sigurds Abwesenheit sitzt in den Wänden. Ich stehe im Flur, auf dem Linoleumboden, der vom alten Torp abgelaufen wurde und auf dem Sigurds Mutter barfuß entlangging, wenn sie sich in ihrer Jugend heimlich abends aus dem Haus schlich, und ich lausche. Worauf lausche ich? Auf ihn? Es ist so still, alles, was ich höre, sind die Geräusche, die immer da sind, das Rattern der U-Bahn in der Ferne, das Knarzen im Gebälk, das alle älteren Holzhäuser kennzeichnet, es knackt unter dem Gewicht der Räume, in denen wir leben. Doch ihn höre ich nicht. Ich muss trotzdem nach ihm rufen, sträube mich aber auch davor, während ich dort stehe und noch nicht die Schuhe ausgezogen habe, als würde ich nur kurz in diesem Haus anhalten, als würde ich nicht hier wohnen und den Abend hier verbringen müssen. Ich will meine Stimme nicht hören, wie sie seinen Namen ruft, einsam und unerwidert.

Ich ziehe erst die Schuhe aus. Platziere sie auf der alten Zeitung, auf der wir unsere Schuhe immer abstellen und wo auch seine stehen, die Laufschuhe und die dünnen Schuhe, die er für den Frühling hervorgeholt hat, so groß neben meinen, wie Boote für kleine Wesen. Ich nehme allen Mut zusammen.

»Sigurd?«

Meine Stimme hallt nicht wider, wie ich es erwartet hatte. Stattdessen klingt sie kläglich, kaum hörbar, sie wird von den Wänden aufgefangen, und ich kann mir nicht vorstellen, dass man sie bis ins Wohnzimmer im nächsten Stock hört. Dann gehe ich hinauf, steige über die Leisten, Stufe für Stufe, höre es bei jedem Schritt im Holz knarzen und ächzen. Das Wohnzimmer wirkt groß in der Dämmerung. Ich sage seinen Namen erneut, ehe ich das Licht anmache. Sigurd? Ich betätige den Schalter und sehe, dass das Zimmer leer ist.

Ich will mich nicht in dieses Zimmer setzen. Etwas ist anders, und ich weiß nicht, was. Die Gardinen? Hingen sie schon immer so? Sigurd schiebt sie immer so weit wie möglich vom Fenster weg, er möchte das Licht hereinlassen, fand es überflüssig, sie überhaupt zu kaufen. Habe ich sie weiter zugezogen, als ich am Freitagabend hier allein saß? Kann ich, die sich so gut an so vieles erinnert, das wirklich getan und wieder vergessen haben? Könnte Julie in der kurzen Zeit, in der sie hier war, an ihnen gezerrt haben? Oder ist Margrethe, die als Einzige außer uns einen Schlüssel zum Haus hat, von Hankø nach Hause gefahren und hier vorbeigekommen? Um an unseren Gardinen zu zupfen?

In unserem Schlafzimmer im ersten Stock habe ich dasselbe Gefühl. Hier ist es weniger augenscheinlich, aber zugleich auch beängstigender, weil wir hier schlafen, weil niemand außer uns hier etwas zu suchen hat. Unser Bett, mit dem Überwurf. Er schlägt am einen Ende Falten, als hätte jemand lediglich kurz daraufgesessen oder sogar nur die Hand daraufgelegt. Habe ich das getan, bevor ich gefahren bin? Ich hatte mir die Zähne geputzt, kam herein, zog eine Jeans und einen Pullover an, überlegte es mir anders, holte einen anderen Pullover, legte ihn auf das Bett und zog mich um. Hat der Pullover diese Falten auf dem Bett erzeugt? Und viel wichtiger: Bin ich kurz davor, den Verstand zu verlieren?

Während ich mir in der Küche einen Tee koche, komme ich zu dem Schluss, dass meine Nervosität die Oberhand gewonnen hat. Ich war bei der Polizei und habe meinen Mann als vermisst gemeldet, und ich habe schon seit über zwei Tagen nichts mehr von ihm gehört. Wäre ich meine eigene Therapeutin, hätte ich mir das selbst erzählt. Es ist nicht verwunderlich, dass meine Nerven blank liegen. Es ist nicht verwunderlich, dass mein Gehirn überreagiert. Ich bin in einem Bereitschaftszustand. Ich muss mich selbst daran erinnern, dass alle Krisengedanken, die mir jetzt kommen, genau das sind: Krisengedanken. Sie sind aber nicht wahrer, nur weil sie mir Angst einjagen. Ich muss meine eigene Reaktion verstehen. Ich muss mich beruhigen. Ich muss verstehen, dass ich aufgrund meiner verständlichen Erschütterung nicht die klarsten Gedanken fasse. Jetzt ist nicht der geeignete Moment, das Rätsel um Sigurds Mailboxnachricht zu lösen. Jetzt ist nicht der geeignete Moment, zu verstehen, warum die Gardinen anders aussehen. Jetzt sollte ich mir eine Pizza bestellen und dann ein paar Stunden fernsehen, bevor ich mich hinlege. Morgen werde ich arbeiten. Ich werde Sigurds Kollegen anrufen. Die Dinge werden leichter sein, wenn dieses Wochenende vorbei ist. Und vielleicht wird Sigurd noch heute Abend zur Tür hereinspazieren, wie es ursprünglich einmal geplant war, und dieser Albtraum wird ein Ende haben.

Plötzlich sehe ich es. Sigurds Zeichenköcher. Er ist wieder da. Er hängt an seinem Haken.

Dies wird kein entspannter Abend mit Pizza und Fernsehen. Das heißt, der Fernseher läuft, und die Pizza ist bestellt, aber das hat nichts zu bedeuten. Die Stimme aus der Kiste, die Reality-Show-Teilnehmer, die irgendetwas von Strategien erzählen, und die stets etwas lauteren Werbestimmen, die enthusiastisch Waschmittel und Internet-Casinos anpreisen, sind lediglich weißes Rauschen. Ich richte den Blick auf die flimmernden Bilder, während ich in meinem inneren Kino immer wieder dieselben Szenen abspule. Szene 1: Freitag, Mittagszeit. Ich habe Sigurds

Nachricht auf der Mailbox abgehört. Ich esse mein Thunfisch-sandwich. Ich sehe den leeren Haken. Ich betrachte ihn. Ich denke, das ist doch merkwürdig. Hat er den Köcher mitgenommen? Wollte er Thomas nicht gleich am Morgen abholen? Neue Szene, Samstagvormittag. Ich betrachte den leeren Haken erneut, ehe ich in den Flur gehe, das Haus verlasse und die Tür abschließe. Ich *weiß,* dass ich abgeschlossen habe.

Jemand war in meinem Haus. Es gibt keine andere Möglichkeit. Und dieser Jemand ist nicht Julie. Es muss passiert sein, während ich bei Annika in Nordstrand gewesen bin.

Und trotzdem kann ich es nicht glauben. Ich gehe meine Schlussfolgerungen wieder und wieder im Kopf durch, hocke apathisch vor dem Fernseher. Bin ich denn vollkommen sicher, dass es so ist? Könnte es nicht eine andere Erklärung geben?

Die beste Therapeutin, die ich als Dozentin an der Uni hatte, sagte: Das Wichtigste, was Sie für Ihre neurotischen Patienten tun können, ist, Ihnen dabei zu helfen, die Welt so zu sehen, wie sie ist. Nicht so, wie sie sie gerne hätten, und auch nicht so, wie sie sie fürchten. So, wie sie ist. Was bedeutet: Helfen Sie Ihnen, Phantasie, Wunsch und Angst von der Wirklichkeit zu trennen. Die nervöse, frischverheiratete Frau, die plötzlich fürchtet, sie habe den falschen Mann geheiratet, braucht beispielsweise Unterstützung dabei zu verstehen, dass ihr der Zweifel, den sie selbst spürt, nichts Geheimnisvolles über die tatsächliche Beziehung erzählt. Der junge Student, der vor Prüfungsangst fast vergeht, muss begreifen, dass seine Furcht nichts über seine Fähigkeiten aussagt und auch nicht darüber, wie er tatsächlich im Examen abschneidet. Die Wahrheiten sehen so aus: Ab und zu ärgerst du dich über deinen Mann. Du findest den Stoff, den du für die Prüfung lernen musst, schwierig. Das ist alles. Es ist nicht realistisch, seinen Partner in jedem Moment des gemeinsamen

Lebens zu bewundern und zu lieben. Es ist nicht so, dass man die Sekundärliteratur schon beim ersten Lesen versteht oder niemals verstehen wird. So einfach funktioniert die Welt nicht. Die Wahrheit passiert. Alles andere sind lediglich Schlüsse, die du daraus ziehst.

Sigurd ist weg. Er hat gelogen. Daran lässt sich nicht rütteln. Sein Zeichenköcher, dieses graue Plastikrohr, das erst verschwunden war, hängt wieder da. Das ist alles, was ich weiß. Bedeutet das, es war jemand hier, oder ist das nur ein Schluss, den ich daraus gezogen habe? Ich muss versuchen, klar zu denken, muss mein panisches Gehirn daran hindern, jetzt durchzudrehen.

Es klingelt an der Tür. Das ist die Pizza, denke ich, während ich die Treppe hinunterlaufe und in den Flur, und gleichzeitig denke ich, könnte es auch jemand anders sein, könnte er es sein, oder eine andere Person, die etwas weiß? In diesem Gedanken liegt Hoffnung, die letzte Hoffnung, ein Luxus, den ich noch habe.

Ich schließe von innen auf, ohne vorher nachzusehen, wer es ist, und öffne die Tür, und als ich den Mann und die Frau dort stehen sehe, weiß ich es sofort.

Beide tragen eine Polizeiuniform. Sie sind jung, die Frau ist in meinem Alter, der Mann etwas jünger. Er wirkt nervös. Es ist die Frau, die spricht. Vermutlich ist sie seine Vorgesetzte. Vielleicht ist dies eine Ausbildungssituation für ihn.

»Sind Sie Sara Lathus?«, fragt sie.

»Ja«, sage ich, sagen meine Stimmbänder ganz von allein.

»Dann muss ich Ihnen leider eine traurige Nachricht überbringen«, sagt die Frau.

Sie fährt sich mit der Zunge über die Lippen, einmal, zweimal. Vielleicht ist sie auch nervös. Ich kann mir vorstellen, wie sie das damals auf der Polizeischule gelernt hat, sicher war es eine Doppelstunde, nicht mehr als neunzig Minuten, ich sehe vor mir, wie sie vorne auf der Stuhlkante saß und eifrig mitschrieb. *Seien Sie ernst und respektvoll. Überbringen Sie die Nachricht schnell. Drücken Sie sich klar und unmissverständlich aus.*

»Wir sind von der Polizei«, sagt sie.

Stellen Sie sich vor.

»Es verhält sich so, dass wir heute gegen fünf Uhr die Leiche eines Mannes gefunden haben, dessen Beschreibung auf Ihren Ehemann zutrifft. Die Identifizierung wird erst in einigen Tagen abgeschlossen sein, aber alles deutet darauf hin, dass es sich um Sigurd Torp handelt. Er wurde in einem Waldgebiet gefunden, im Krokskogen, etwa zwei Kilometer von Kleivstua entfernt.«

Sie räuspert sich. Der Mann neben ihr blickt auf meine Schulter, er schafft es nicht, mir in die Augen zu sehen, oder man hat ihm gesagt, er solle es nicht.

»Es muss schwer für Sie sein, das zu hören«, fährt sie fort. »Mein herzliches Beileid.«

Am Tag unserer Hochzeit war es bewölkt und kalt, ein typischer Frühherbsttag in Oslo. Wir gingen am Fluss entlang nach Hause und anschließend nach Torshov. Ich sagte zu ihm: Jetzt bist du mein, bis dass der Tod uns scheidet. Er lächelte und sagte zu mir: Gleichfalls.

Und in diesem Moment kann ich nichts anderes denken. Die Polizisten sehen mich an, und ich stehe da und starre geradeaus, sehe, wie der Pizzabote sein Auto hinter dem Streifenwagen in der Einfahrt parkt, wie er aussteigt und stehen bleibt und zu uns hinaufsieht, unentschlossen, und alles, was ich denke, ist: Der Tod scheidet uns. Er war nicht lange mein.

»Mach auf«, sagte Sigurd.

Ich nahm das Paket, das auf dem Bett lag, riss das Papier ab, suchte zwischen dem ganzen Zeitungspapier nach dem kleinen, eigentlichen Geschenk, und packte es ebenfalls aus. In dem Schächtelchen lag die Kette.

Es war mein Geburtstag in jenem Jahr, als ich mein praktisches Jahr in einem Rehazentrum für Drogenabhängige außerhalb von Oslo machte und nicht in einer Poliklinik für Jugendliche in Bergen, wie ich es eigentlich geplant hatte. Sigurd und ich wohnten zur Miete in der kleinen, eiskalten Wohnung in der Pilestredet, und ich nahm jeden Morgen die Straßenbahn von Bislett nach Oslo S und dann den Zug nach Lillestrøm und ging im Bindfadenregen zu dem barackenähnlichen Gebäude, in dem ich arbeitete. Meine Patienten verhielten sich mir gegenüber bestenfalls gleichgültig und schlimmstenfalls gewalttätig, mein Betreuer war ein älterer Psychologe kurz vor der Rente, der offenbar schon seit vielen Jahren resigniert hatte, und auf der Rückfahrt im Zug und in der Bahn versuchte ich, meine Gedanken zu kontrollieren, damit ich erst weinte, wenn ich zu Hause unter der Dusche stand, wo mich niemand sehen konnte.

»Sigurd«, sagte ich, »die ist total schön, aber – die ist doch hoffentlich nicht echt?«

Am Anhänger funkelte ein Stein, klein, aber dennoch, und Sigurd lächelte noch breiter, er hatte überall im Gesicht Grübchen,

ich verstand nie, wie das gehen konnte, aber Sigurd hatte tatsäch-
lich Grübchen neben den Augen, wenn er lächelte.

»Wir haben kein Geld«, erinnerte ich ihn.

»Denk nicht darüber nach«, sagte er, »denk lieber darüber nach,
ob sie dir gefällt oder nicht. Wenn nicht, kann ich sie umtauschen.«

»Kann ich sie gegen Geld für die Stromrechnung umtauschen?«,
fragte ich, aber ich lachte dabei, und ich betrachtete die Kette und
wusste, dass ich sie nie wieder hergeben würde.

Eine Silberkette mit einem schlichten Anhänger, einem winzigen
Diamanten. Ich weinte unter der Dusche, damit Sigurd die Spuren
meiner Tränen nicht sehen konnte, aber er war nicht dumm.

»Herzlichen Glückwunsch zum Geburtstag«, sagte Sigurd. »Gib
sie mir, dann helfe ich dir, sie umzulegen.«

Montag, 9. März: Suche

In meinem Haus sind Polizisten. Sie hatten am frühen Morgen angerufen, mit einer aufgesetzten Betroffenheit, die im Nu verschwand, als ich sie hereinließ und sie sich an die Arbeit machten. Ich sitze mit einer Tasse Kaffee an der Kücheninsel. Ich trage noch meine Schlafsachen. Geduscht habe ich auch noch nicht. Und niemanden angerufen. Leute haben mich angerufen, Margrethe, Annika, aber ich bin nicht ans Telefon gegangen. Ich warte einfach nur.

Die Polizisten sind im ersten Stock. Sie suchen nach etwas, wonach, weiß ich nicht, und sie auch nicht, wenn ich es richtig verstanden habe. Alles kann von Interesse sein, hatte der nassforsche junge Beamte gesagt, der jetzt gerade meine Unterwäsche- und Sockenschubladen durchwühlt. Er kam zusammen mit der Frau, die auch gestern Abend hier war, sie ist wieder da, ich stelle mir vor, dass es meiner Beruhigung dienen soll. Auf mich hat es jedoch den gegenteiligen Effekt, ich möchte sie nie wiedersehen, aber hier ist sie, ausgeschlafen, aber mit sorgenvoller Miene, um mir zu zeigen, dass sie meinen Schmerz nachvollziehen kann.

»Gundersen möchte heute gegen 11 Uhr mit Ihnen sprechen«, erklärt sie. »Er leitet die Ermittlungen.«

»Er ist einer der Besten«, bemerkt der nassforsche Jüngling an ihrer Seite.

Ihn mag ich lieber. Er ist unverstellt. Sie ist ein typisches Mädchen aus dem besseren Osloer Westen; mit hellen Strähnchen im Haar und Perlenohrringen und diesem bestimmten Soziolekt, genau wie die Mädchen, mit denen ich aufgewachsen bin. Wir haben bestimmt gemeinsame Bekannte. Ich stelle mir vor, dass sie zu Mädelsabenden geht und ihren Freundinnen von mir erzählt, *du darfst es niemandem sagen, wegen der Schweigepflicht, aber…* Kümmert mich das? Würde es irgendeine Rolle spielen, wenn es jemand erführe? Ich versuche in mir nachzufühlen, bekomme aber nichts zu fassen, keine Haken, an denen ich Theorien aufhängen könnte, um zu testen, wie sich irgendetwas anfühlt, da ist nur eine große, offene Leere, bereit, mit etwas gefüllt zu werden, mit Blut oder Trauer, mit irgendetwas, das vermutlich schon hinter der nächsten Ecke lauert.

Bis dahin trinke ich Kaffee. Er schmeckt nach nichts. Bestimmt reden die Leute über mich, denke ich. Die Polizei ist in meinem Haus. Ich bin nicht ans Telefon gegangen, habe nicht versucht, meine Patienten zu erreichen, um die Termine abzusagen. Um halb zehn werde ich Sasha treffen, sie würde ich gerne behalten, merke ich. Da, ja, der Anflug eines Gefühls. Sasha wird mir heute guttun. Moment mal, müssen die Patientinnen dafür sorgen, dass sich die Therapeutinnen besser fühlen? Bin ich kurz davor, unethisch zu handeln? Kümmert mich das? Ich versuche, in meine innere Leere hineinzuhorchen, aber das war auch schon alles. Keine Reaktion darauf, dass ich gegen die ethischen Prinzipien meines Fachs verstoßen würde. Jeder vernünftige Mensch wird verstehen, dass ich in meinem Zustand keine Patientinnen empfangen sollte, aber jetzt, wo Sigurd nicht mehr da ist, wohne ich allein, und ich bin nicht in der Lage, mir selbst einen angemessenen Rat zu erteilen. Also habe ich niemanden angerufen. Die nächste Patientin ist für elf Uhr eingetragen, eine anorektische Fünfzehnjährige, die ich schlicht aus dem Grund nicht empfangen kann, weil der große Gundersen genau dann mit mir sprechen will. Sie müsste ich zumindest also anrufen, aber tue ich es? Oder ist es mir egal? Mein Handy klingelt neben mir. Nachdem ich das ganze Wochenende über auf einen Anruf gewartet habe, zucke ich zusammen, sobald es einen Ton von sich gibt, aber es ist nicht Sigurd. Natürlich nicht, er kann es nicht sein, das weiß ich inzwischen. Es ist wieder Margrethe. Sie haben mit ihr gesprochen, das gehört zu den wenigen Dingen, die ich weiß, und das ist gut, denn dann brauche ich mich nicht darum zu kümmern.

Alles, was ich weiß: Sigurd ist tot. Er wurde im Krokskogen gefunden. Sie glauben, er wurde ermordet. Sie haben mit seiner Mutter gesprochen. Die ersten drei Dinge hatte mir gestern die Polizistin berichtet, die ich nicht mag, ganz von allein. Nach der vierten habe ich sie gefragt. Es war auch die einzige Frage, die ich ihr stellte. Ich stand auf der Treppe und starrte an der Polizeifrau und ihrem Untergebenen vorbei, starrte den verwirrten Pizzaboten an, der überlegte, ob er mit der Pizza zu einem Haus gehen sollte, vor dem die Polizei stand, und ich spürte eine seltsame Erwartung, was würde er tun, ich hatte Lust, gegen mich selbst zu wetten, zehn Kronen darauf zu setzen, dass er vor lauter Unbehagen kehrtmachte. Am Ende legte er den Pizzakarton auf das Autodach und wartete. Ich richtete meinen Blick auf die Polizistin, die ich nicht mochte, und fragte:

»Kontaktieren Sie auch die anderen Angehörigen?«

Sie betrachtete mich, runzelte fragend die Stirn, zog ihre gezupften Augenbrauen hoch. Sie sah überrascht aus. Vermutlich ist das normalerweise nicht die erste Frage, die man stellt, wenn man gerade erfahren hat, dass der eigene Mann ermordet wurde. Es tut gut, so eine Westend-Gans einmal überrascht zu sehen, weil es so selten passiert, normalerweise führen sie ein derart langweiliges Leben, dass ihnen nie etwas Unerwartetes widerfährt.

»An wen dachten Sie?«, fragte sie.

»Seine Mutter.«

»Ja, natürlich, ich meine, wenn Sie das möchten?«

An dieser Stelle wurde die Bürde der Entscheidung also mir übertragen. Ich würde zu gern wissen, was in der Vorlesung zur Überbringung der Todesnachricht vermittelt wurde. Vielleicht gehört das aber sogar zum guten Ton, den Betroffenen die Mitwirkung zu ermöglichen, oder wie auch immer man das nennen sollte. Der Pizzabote schaute auf die Uhr. Ich überlegte, warum ich all diese Dinge registrierte, warum mein Gehirn diese Wege nahm, warum es mir so viel einfacher vorkam, auf die Details zu achten, als mich auf die Nachricht zu konzentrieren, die ich erhalten hatte, den unübersehbaren Elefanten im Raum.

»Ja«, sagte ich und räusperte mich, »ich möchte es.«

Ich zog das Handy aus der Tasche, um ihr die Nummer zu geben, und sah, dass Annika mir geschrieben hatte.

Ich hoffe, bei dir ist alles in Ordnung, sag mir Bescheid, wenn du etwas hörst. Lass uns morgen telefonieren. Pass auf dich auf. Umarmung. Ich wusste, dass ich sie anrufen sollte. Ich gab der Polizistin Margrethes Adresse und Nummer, und für einen kurzen Moment geschah nichts anderes, als dass ich Zahlen vorlas und die Frau sie notierte, eine Situation, wie man sie fast jede Woche erlebt, jemand notiert eine Nummer. Der Pizzabote sah erneut auf die Uhr.

»Wir werden morgen früh zurückkehren und Ihnen einige Fragen stellen«, sagte sie, »und uns ein wenig im Haus umsehen, wenn das in Ordnung ist?«

»Ja«, sagte ich, ja, sie sollten machen, was sie mussten, wer war ich, dagegen zu protestieren?

Ich war einfach nur froh, dass sie anscheinend einen Plan für das weitere Vorgehen hatten, eine Art Drehbuch dafür, wie man in einer solchen Situation handelte, vielleicht waren es Richtlinien, ja, ganz sicher Richtlinien, die in einer Broschüre in einem Ringordner auf jeder Polizeistation in Norwegen aufbewahrt werden, oder vielleicht sogar ein eigenes Buch mit Spiralrücken, warum denke ich an all diese Dinge?

»Dann erhalten Sie sicher auch auf viele Dinge Antwort, über die Sie nachdenken«, sagte sie.

Ich verstand, dass von mir erwartet wurde, über alles Mögliche nachzudenken. Dabei hatte ich zu diesem Zeitpunkt keine einzige Frage.

»Haben Sie jemanden, den Sie anrufen können«, fragte sie, »Ihre Eltern oder eine Freundin vielleicht?«

»Ja«, antwortete ich, »ich kann meine Schwester anrufen.«

»Gut. In einer solchen Situation sollte man nicht allein sein.«

Was weißt du schon darüber, wollte ich sie fragen, wie kann es sein, dass sie eine so generelle Aussage darüber traf, was für verschiedene Individuen in einer so speziellen, so extremen Situation gelten sollte? Aber natürlich sagte ich nichts. Der Pizzabote kam auf das Haus zu. Ich war beeindruckt, er hatte tatsächlich beschlossen, seinen Auftrag zu vollenden, das überraschte mich.

»Danke«, sagte ich, ohne zu wissen, wofür.

»Keine Ursache«, antwortete sie.

Sie kniff für einen Moment die Augen zusammen, streckte eine Hand aus und legte sie auf meinen Arm, und dann drückte sie ihn kurz und fragte: »Geht es Ihnen gut?«

Und ich hatte dieses seltsame Gefühl, ich müsste sie beruhigen; als fiele diese Aufgabe mir zu, und ich, die Angehörige, müsse sie beruhigen. Wieso sollte ich eine solche Frage beantworten, mit meiner frischen, klaffenden Wunde?

»Ja«, antwortete ich.

Der Pizzabote wurde langsamer, je näher er dem Haus kam.

»Dann sehen wir uns morgen«, sagte sie, und teilte mir noch einmal mit, dass sie zurückkommen würde.

Treffen Sie verlässliche Aussagen. Anschließend drehten sich die beiden um und liefen dem Pizzaboten in die Arme. Ein kurzer Moment der Verwirrung entstand, sie wunderten sich, was er hier machte, sagten jedoch nichts, er war nicht darauf vorbereitet, dass sie sich so plötzlich umdrehen würden, und ich war nicht in der Lage, irgendeine Erklärung abzugeben, und es endete damit, dass der Bote es tat, *ich wollte nicht aufdringlich sein, aber ich habe hier diese Pizza,* und die Polizistin fühlte sich verantwortlich, die Situation zu klären, sie murmelte irgendetwas Belangloses darüber, wie gut es sei, in einem solchen Moment etwas in den Magen zu bekommen, und der jüngere Polizist nickte zustimmend, und dann gingen sie zurück zu ihrem Streifenwagen, während mir der Pizzabote den Karton überreichte.

Sie hatten ihn im Krokskogen gefunden. Wo die alte Ferienhütte seines Vaters lag. Ich stand mit dem Pizzakarton in den Händen unten im Flur, und wusste, was ich tun musste. Nur eine einzige Sache, die es zu überprüfen galt.

Sigurds Vater hatte eine Leidenschaft für die See gehabt, und obwohl die Familie ansonsten keine besondere Beziehung zu ihr hatte, wenn man davon absah, dass eine Freundin von Margrethe ein kleines Segelboot auf Hankø besaß, hatte der Vater nach seinem Tod einige maritime Andenken hinterlassen. Eines davon war eine grüne, hohle Glaskugel in einem gehäkelten Netz aus Sisal, die früher als Schwimmer gedient hatte, um die Fischernetze oben zu halten, jetzt aber hauptsächlich ein Souvenir war. Sigurds Vater hatte allerdings behauptet, diese Kugel sei aller Wahrscheinlichkeit nach einmal zum Fischen benutzt worden. Er hatte sie einmal in einem Urlaub im Norden gekauft. Sigurd hatte unseren Ferienhausschlüssel daran befestigt und mir damals erzählt, Margrethe und er hätten sich köstlich über diese Idee amüsiert. *Es ist doch eine Waldhütte,* sagte er damals zu mir, als ich nicht lachte, als wäre das eine Erklärung. Er erzählte die Geschichte allen möglichen Leuten, die uns besuchten, meinem Vater und Annika und Henning, Thomas und Jan Erik. Er erntete allenfalls ein höfliches Lachen, aber ich glaube, das fiel ihm gar nicht auf. Der Schlüssel hat seinen ganz besonderen Platz in einem kleinen Schrank mit Haken in Sigurds Arbeitszimmer, und wenn wir ihn nicht benutzen, das heißt, wenn wir nicht in der Hütte waren, hing er dort zusammen mit anderen Schlüsseln, aber der Krokskogen-Schlüssel mit der riesigen Glaskugel sprang einem besonders ins Auge. Ich musste nichts anderes tun, als die acht Schritte ins Arbeitszimmer zu gehen.

Da war der kleine Schrank. Ich öffnete ihn. Keine Glaskugel. Kein Hüttenschlüssel.

Als ich später mit der Pizzaschachtel in den Händen oben in der Küche saß und auf den Fernseher starrte, der immer weiterflimmerte, als wäre nichts passiert, dachte ich, dass es vollkommen unmöglich wäre, Annika anzurufen, so wie ich es der Polizistin versprochen hatte. Annika würde mich trösten und sich um alles kümmern, wie sie es immer tut, aber ich spürte, wie sich in meinem Inneren alles bei dem Gedanken zusammenkrampfte, sie mit diesem rohen Schmerz zu konfrontieren.

Also legte ich mich schlafen. Warum auch nicht?

Wie die Nacht war, kann ich schwer beschreiben. Natürlich

schlief ich kaum. Das ist alles, was ich sagen kann. Die kalte Pizza bot ich dem Polizeibeamten an, der jetzt gerade im Stockwerk über mir in meinen Sachen wühlt.

Um halb zehn bin ich geduscht und für die Arbeit gekleidet, ich habe mich in meine Garagenpraxis hinüberbewegt. Zwei Polizeiautos parken in unserer Einfahrt, ich kann sie von meinem Sitzplatz aus durch das Fenster sehen. Die Patientin, die um elf kommen soll, habe ich immer noch nicht angerufen. Ich weiß nicht, was ich mir dabei gedacht habe. Ich sollte anrufen, bevor sie in der Schule losfährt, um wie immer zu mir zu kommen, wenn meine Sitzung mit Sasha beendet ist, aber ich komme nicht von dem Stuhl hoch, auf dem ich jetzt sitze.

Stattdessen zähle ich. Hundertvierundzwanzig, hundertfünfundzwanzig, hundertsechsundzwanzig. Ich weiß nicht genau, warum. Die Polizisten haben mein Haus eingenommen, aber hier in meiner Praxis bin ich nach wie vor die Chefin. Ich sitze auf meinem Sessel, dem Sessel, der sich am meisten anfühlt wie meiner, in dem ich Christoffer gegenübersitze und auch Sasha. Hunderteinunddreißig, hundertzweiunddreißig. Jetzt erscheint Sasha dort unten auf der Straße. Sie trägt einen schwarzen Mantel und einen roten Schal, und ich erkenne sie sofort an ihrem Gang. Es tut gut, sie zu sehen. Sie ist meine Patientin. Ich bin ihre Therapeutin. Ich habe einen Job zu erledigen.

Sasha ist transgender. Ihr Taufname lautet Henrik. Sie selbst sagt, sie habe schon ihr ganzes Leben gewusst, dass sie eigentlich kein Junge ist. In der Pubertät wurde es ihr dann noch einmal besonders klar, und jetzt, im Alter von sechzehn, macht sie eine Hormonbehandlung, kleidet sich wie eine Frau und hat einen femininen Namen mit besonderer Raffinesse angenommen. All das ist wirklich keine Kleinigkeit, und trotzdem ist Sasha eine meiner gesündesten Patientinnen. Sie weiß ganz genau, wo sie in der Frage ihrer geschlechtlichen Identität steht, davon können die meisten Jugendlichen nur träumen. Ihre Eltern unterstützen sie nach Kräften, und sie hat einige sehr gute Freunde um sich, die sie so akzeptieren, wie sie ist. Sie geht nur deshalb in Therapie, um »die Dinge in ihrem Kopf zu ordnen«, wie sie sagt, und das muss sie im Großen und Ganzen auch nur wegen der dummen Bemerkungen einiger engstirniger Menschen, denen sie nichtsdestotrotz begegnet. Außerdem ist sie außer sich, weil sie achtzehn Jahre alt sein muss, um die Operation durchzuführen, mit der sie auch im juristischen Sinne eine Frau ist, aber selbst das kann sie meistens mit Humor nehmen, wenn sie bei mir ist. Sie kommt nur einmal im Monat, und unsere Sitzungen verlaufen immer gut. Meine Interventionen fallen auf fruchtbaren Boden, sie denkt über meine Anregungen nach und setzt sie aktiv um. Wenn ich mir eine Patientin für den Tag wünschen dürfte, nachdem ich die Nachricht von Sigurds Tod erhalten habe, hätte ich mir keine bessere vorstellen können.

Hundertachtundachtzig. Sasha bleibt bei den beiden Streifenwagen stehen. Für einen kurzen Moment steht sie nur regungslos da und betrachtet sie, dann hebt sie den Blick zum Haus und lässt ihn langsam zur Garage hochwandern und zu dem Fenster, an dem ich sitze. Ich hebe die Hand und winke ihr. Sie hebt auch die ihre, erwidert den Gruß, sie trägt Handschuhe, obwohl das Wetter heute mild ist. Doch sie lächelt nicht. Eigentlich sieht sie sogar skeptisch aus, beinahe ängstlich. Ich überlege warum, während ich sie das letzte Stück zur Garage gehen sehe, und als sie um die Ecke biegt und aus meinem Blickfeld verschwindet, wird mir klar, dass ich selbst nicht lächele, das ist der Grund. Aber ich glaube, ich schaffe es nicht. Ich schlage mir mit der flachen Hand auf die Wange: Reiß dich zusammen. Ich bin professionell. Wenn ich nicht alles unter Kontrolle habe, kann ich nicht arbeiten. Ich spüre in mir nach, ob mich das stört, und so ist es. Gut, also gibt es noch Gefühle da drinnen. Die Berufsethik ist mir vielleicht nicht ganz so wichtig, Sasha aber schon.

»Was haben denn die Polizeiautos zu bedeuten?«, fragt sie mich, während sie sich auf ihren Sessel setzt.

Sie hat ihren Mantel und Schal ausgezogen und auf ihren Schoß gelegt. Darunter trägt sie einen moosgrünen Pullover und einen engen schwarzen Rock. Sie hat die Beine zur Seite geneigt, betont feminin, wie eine Sekretärin in den Sechzigerjahren.

»Ach, das hat mit einer unerfreulichen Sache zu tun, die am Wochenende passiert ist«, sage ich und mache eine abwehrende Handbewegung.

Ich versuche, den Eindruck zu erwecken, dass es sich um eine Bagatelle handelt, einen Einbruch vielleicht, sehe jedoch, dass ihr alarmierter Gesichtsausdruck nicht ganz verschwindet.

»Wie ist es dir seit dem letzten Mal ergangen«, frage ich sie.

Ich mache es mir im Sessel bequem und neige den Oberkörper leicht nach vorn. Ich bin hier richtig. Ja, ich schaffe das. Wenn ich dazu gezwungen bin, übernimmt der Autopilot, und ich schalte in einen professionellen Modus um. Das fühlt sich gut an. Alles fügt sich. Das Chaos im Haus kann bleiben, wo es ist, die Polizisten, die Gardinen, die Pizzaschachtel, der Zeichenköcher. Sie sind jetzt sich selbst überlassen. Hier in der Praxis gibt es nur Sasha und mich, und wir haben eine Aufgabe zu erledigen.

»Gut«, sagt sie und streckt ihre Hände. »Es geht mir gut. Doch. So ist es.«

Ich nicke. Ich kneife konzentriert meine Augen zusammen. Ich gebe das perfekte Bild einer funktionierenden Psychologin ab.

»Es ist nur«, sagt sie, und dann pustet sie ihren Pony hoch.
»Ach, es ist so dumm, Sie werden über mich lachen. Ich habe
jemanden kennengelernt. Das heißt, eigentlich nur ich ihn, ich
weiß nicht, wie er es umgekehrt nennen würde.«

»Du meinst, du bist dir unsicher, ob er deine Gefühle erwidert«, frage ich.

»Ja. Unsicher wäre stark untertrieben.«

»Hast du ihn gefragt?«

Sie bläst erneut die Luft nach oben, auf diese Art und Weise,
wie Jugendliche es machen, wenn sie genauso gut sagen könnten: *Geht's noch.*

»Er ist nicht der Typ, der auf solche wie mich steht«, sagt sie
und fügt säuerlich hinzu: »Um es mal so auszudrücken.«

»Ich vermute, das heißt, du hast ihn nicht gefragt?«

»Sie vermuten richtig.«

»Also ist es bisher nur eine Annahme, dass er nicht der Typ
ist, der auf solche wie dich steht?«

Na also, ich meistere das doch gut. Ich fordere die Schlüsse
heraus, die Sasha gezogen hat. Ich mache meinen Job.

»Das könnte man so sagen«, erwiderte Sasha. »Aber sagen Sie
bloß nicht, dass er mich sicher lieben wird, wenn er mich erst
einmal richtig kennenlernt, bitte, ich glaube, ich ertrage es nicht,
das zu hören.«

Ich lächle. Genau das fällt mir doch etwas schwer. Ich kriege
es hin, das ist nicht das Problem, aber es fühlt sich ein bisschen
steif an.

»Es *gibt* tatsächlich eine Hierarchie in den Schulen, wissen
Sie«, sagt Sasha, »auch wenn man zu gerne glauben würde, dass
es nur darauf ankommt, nett und freundlich zu sein und offen
über die eigenen Gefühle zu sprechen.«

»Und wo stehst du in dieser Hierarchie, Sasha?«

»Nicht ganz unten«, antwortet sie, »aber auch nicht gerade ganz oben.«

Sie wirft einen Blick aus dem Fenster.

»Jetzt ist noch ein Polizeiauto gekommen.«

Ich folge ihrem Blick. Ein dritter Streifenwagen parkt in der Einfahrt. Er steht quer und blockiert das Haus zur Straße hin. Zwei Personen steigen aus, ein Mann in Uniform und einer in Zivil mit einer Outdoorjacke und einem buschigen Bart. Sie gehen in Richtung Haus, und während wir sie beobachten, versuche ich mich an die letzte Frage zu erinnern, die ich ihr gestellt habe.

Sasha betrachtet mich und fragt: »Ist alles in Ordnung mit Ihnen?«

Und ich würde es am liebsten bejahen, aber das wäre eine Lüge, und ich kann nicht lügen, nicht hier, in meinem Therapiezimmer, nicht ihr gegenüber und nicht an einem Tag wie diesem, wo es mir schwerfällt, überhaupt aufrecht zu sitzen. Um nicht zu viel zu sagen, antworte ich: »Es ist etwas passiert. Das hat hiermit nichts zu tun, mit unserer Arbeit, aber ich verstehe, dass es ein bisschen beunruhigend oder zumindest aufwühlend sein kann, diese Polizeiautos zu sehen.«

Sasha fragt: »Was ist denn passiert?«

»Jemand ist verschwunden«, sage ich.

Eigentlich ist es ja nicht mehr nur das, aber alles andere bringe ich nicht über die Lippen. Wenn ich das wiederhole, was mir gestern an der Tür erklärt wurde, wird es zu wirklich. Wenn ich es laut ausspreche, werde ich vielleicht nie wieder dieselbe sein.

»Es ist, na ja, mein Mann – mein Mann ist verschwunden.«

Ihre Augen weiten sich, ihre schweren Wimpern spreizen sich nach oben, ihre Augäpfel sehen aus, als wollten sie ihr aus dem Kopf springen, und sie fragt: »Ihr Mann ist verschwunden?«

»Ja.«

Ich blicke hinaus. Die beiden Männer sind ins Haus gegangen. Sie hatten geklingelt, schienen jedoch hineingegangen zu sein, ohne zu warten, bis jemand die Tür öffnete. Wenn das der alte Torp sehen würde, denke ich, dass sein Haus am Ende doch noch von der Staatsgewalt invadiert wurde.

»Sara«, sagt die Jugendliche, die mir gegenübersitzt, »Sie sind die Psychologin, nicht ich, aber glauben Sie nicht, es wäre besser, wenn Sie heute freinehmen würden?«

Dagegen lässt sich nicht viel einwenden. Natürlich hat sie recht. Das hätte mir jemand sagen müssen, aber wer sollte das sein, wenn ich ganz allein bin?

»Ich wollte gerne arbeiten«, sage ich. »Sonst hätte ich dich nicht kommen lassen.«

Sie sieht mich an, und ihr Blick ist so voller Mitgefühl, dass es unmöglich erscheint, je wieder eine professionelle Beziehung zu ihr zu etablieren.

»Für mich ist das in Ordnung«, sagt sie langsam mit hoher Stimme, als würde sie mit einem Kind reden. »Wir können die Sitzung ein anderes Mal nachholen.«

Der Mann mit der Outdoorjacke und dem Rauschebart wartet im Wohnzimmer. Die Polizistin von gestern ist bei ihm, und noch ein paar weitere Beamte. Der Bärtige spricht gerade zu ihnen, als ich ins Zimmer komme, ich höre den letzten Satz.

»Wir müssen darauf achten, dass sich die Gerichtsmedizin dazu äußert.«

Er spricht mit dem breiten Dialekt des Østlandet und kommt sicher aus einem kleinen Dorf. Seine Stimme ist gedämpft und tonlos, aber die anderen lauschen ihm mit einer solchen Aufmerksamkeit, dass er gar nicht lauter werden muss, damit sie ihm zuhören. Es steht außer Zweifel, dass er der Chef ist.

Als er mich sieht, verstummt er, und die anderen drei drehen sich ebenfalls zu mir um.

»Hallo«, sage ich. »Ich wollte mir nur eine Tasse Kaffee holen.«

Die Frau, die ich nicht mag, wendet sich zu ihm und sagt: »Das ist Sara Lathus, die mit dem Verstorbenen verheiratet war.«

Das klingt seltsam. Mit dem Verstorbenen verheiratet. Ein schrecklicher Familienstand. Der Bärtige setzt sich in Bewegung und kommt mit ausgestreckter Hand auf mich zu. Er bleibt direkt vor mir stehen, und ich weiß nicht, was ich mit seiner Hand anfangen soll, anscheinend kann ich mich nicht mehr benehmen, aber er ist schnell und effektiv, das sehe ich jedem seiner Schritte an, und er lässt sich nicht von meiner Unbeholfenheit aus dem Konzept bringen. Ohne zu zögern, beugt er sich vor, ergreift meine rechte Hand, die schlaff neben meinem Körper herunterhängt, drückt sie energisch und sagt: »Gunnar Gundersen Dahle. Nennen Sie mich einfach Gundersen, das tun alle früher oder später.«

»Sara Lathus«, murmle ich.

»Ja, Frau Lathus, ich würde gerne ein paar Worte mit Ihnen wechseln. Ihnen erzählen, was wir bisher wissen, und hören, was Sie uns erzählen können.«

Ich nicke. Ich soll also etwas erzählen. Das ist mir neu. Ich weiß nicht, was ich von dem Gespräch mit ihm erwartet hatte, aber ich hätte nicht damit gerechnet, auch etwas leisten zu müssen.

»Gibt es irgendeinen Ort, an dem wir ungestört reden können?«

»Meine Praxis«, sage ich. »Sie liegt über der Garage.«

»Hervorragend«, sagt Gunnar Gundersen Dahle, »dann lassen Sie uns sofort hinübergehen.«

Vor dem Gespräch rufe ich die Patientin an, die um elf kommen soll, und sage den Termin ab. Gundersen Dahle und eine weitere Beamtin, eine rothaarige Frau Ende dreißig, bleiben im Raum, während ich mit ihr rede. Das gefällt mir nicht, ich fühle mich überwacht. Ich habe noch nie gern im Beisein anderer Menschen telefoniert, nicht einmal vor Sigurd. Ich bin immer ins Schlafzimmer gegangen, um Telefonate zu führen, die über reine Routine hinausgingen. Alle Gespräche, die meine Patienten betreffen, werden von der Praxis aus geführt. Aber Gundersen und seine Kollegin machen keine Anstalten, das Zimmer zu verlassen, als ich sage, ich müsse noch telefonieren, und ich fühle mich nicht in der Position, um Gundersen zu etwas aufzufordern, also stehen sie hier und hören zu.

»Ich muss unseren heutigen Termin leider kurzfristig absagen«, erkläre ich.

»Oh«, sagt sie.

Im Hintergrund ist Lärm zu hören, Stimmen und Gelächter, sie ist wohl immer noch in der Schule. Und sie klingt erleichtert, was mich ein wenig wurmt. Anscheinend ist es viel leichter, als ich gedacht hätte, einen Termin abzusagen.

Als ich auflege, sehe ich, dass noch jemand angerufen und eine Nachricht hinterlassen hat. Ich spiele sie sofort ab, gebe den Code des Anrufbeantworters ein und presse den Hörer ans Ohr, damit die Polizisten nicht mithören. Gundersen studiert ein Bild, das über meinem Aktenschrank hängt, und tut, als würde er nicht lauschen.

»Hallo«, sagt die Stimme auf dem AB, »hier ist Vera, ich muss mit Ihnen sprechen. Vor Freitag, meine ich. Es gibt etwas, worüber ich reden muss. Können Sie mich anrufen? Bitte? Bis bald.«

Wie merkwürdig, denke ich, Vera hat noch nie um ein zusätzliches Gespräch gebeten. Irgendetwas muss passiert sein. Ich spüre nach, ob ich neugierig bin, empfinde jedoch nichts, nur wieder diese Leere.

Gundersen fragt: »Ist dieses Bild so eine Art Test für die Patienten? Fragen Sie sie, was sie darin erkennen, und wenn sie ihre Mutter darin sehen, bedeutet das, keine Ahnung, irgendetwas Bestimmtes?«

»Nein«, antworte ich. »Das ist einfach nur ein Druck von Kandinsky.«

»Ich habe keine Ahnung von Kunst«, gesteht Gundersen. »Sie, Fredly?«

»Nein«, antwortet die Rothaarige, und ich habe den Eindruck, als müsste sie sich ein Grinsen verkneifen.

Fredly, denke ich, was für ein Name für eine Polizistin.

»Also, was ist passiert?«, frage ich sie.

»Darauf kommen wir noch zu sprechen«, sagt Gundersen und kehrt meinem Bild den Rücken zu. »Lassen Sie uns lieber am Anfang anfangen.«

Er zieht meinen Schreibtischstuhl heraus und setzt sich darauf, legt das eine Bein über das andere, sodass der Knöchel auf dem Knie balanciert, und sitzt breitbeinig da, macht es sich richtig bequem.

Ich registriere es. Ich stelle eine Frage, und er antwortet, dass wir nicht dort anfangen. Außerdem sucht er sich seinen eigenen Sitzplatz aus, und nicht einmal einen der beiden Sessel, die offen zur Verfügung stehen, nein, er wählt den dritten Stuhl und zieht ihn einfach unter meinem Schreibtisch heraus. Wir sind zwar in meiner Praxis, aber er übernimmt die Kontrolle über das Gespräch. Ich weiß nicht, was das zu bedeuten hat. Vielleicht nichts. Aber ich merke es mir.

»Erzählen Sie mir, wie der Freitag für Sie war«, bittet er.

Ich setze mich auf den linken Sessel, mir bleibt keine andere Wahl. Gundersens Kollegin lehnt an der Tür. Ich überlege, ob das etwas mit der Hierarchie zu tun hat, dass die Untergebene stehen muss.

»Es war ein schrecklicher Tag«, antworte ich.

»Erzählen Sie«, sagt Gundersen.

»Na ja«, erwidere ich, »es war der Tag, an dem Sigurd verschwand.«

»Nein, nein«, sagt er. »Erzählen Sie mir, wie der Tag abgelaufen ist. Von Anfang an.«

Ich seufze, sehe aus dem Fenster, von wo aus ich die Streifenwagen in meiner Einfahrt sehen kann. Noch vor einer Woche war ein ganz gewöhnlicher Montag im März. Gundersen redet nicht weiter, er hat gesagt, was er sagen musste, und verlässt sich auf mich.

»Ich bin wachgeworden, als Sigurd gegangen ist«, sage ich. »Ich weiß nicht, wie viel Uhr es war, ich habe geschlafen, es muss noch früh gewesen sein. Er hat mich auf die Stirn geküsst und gesagt, *ich gehe jetzt, schlaf weiter*. Also habe ich weitergeschlafen. Als ich das nächste Mal wach wurde, war er weg.«

Er nickt. Fredly lehnt an meiner Tür und macht Notizen auf einem Block.

»Ich bin so gegen halb acht wieder wach geworden«, fahre ich fort, »meine erste Patientin kam um neun.«

»Was haben Sie gemacht, nachdem Sie aufgestanden waren?«, fragt Gundersen, und ich verstehe, dass die Informationen, die er braucht, im Detail liegen.

Plötzlich fühle ich mich wie Trygve, der sich nur in allgemeinen Floskeln ausdrückt und das Konkrete meidet, und ich reiße mich zusammen.

»Ich habe geduscht«, antworte ich, »und mich angezogen.

Dann bin ich nach unten gegangen und habe mich an den Küchentisch gesetzt. Ich habe etwas gegessen, ich weiß nicht mehr genau, was, und Kaffee getrunken. Dann bin ich hierher gegangen, und die erste Patientin hat schon auf mich gewartet.«

Gundersen räuspert sich zustimmend, und ich denke, aus diesem Mann hätte vielleicht ein guter Psychoanalytiker werden können.

»Ja, und dann sah ich einen weiteren Patienten, und dann habe ich eine Mittagspause gemacht«, sage ich.

»Warten Sie kurz«, sagt Gundersen. »Wie lange saßen Sie mit der ersten Patientin hier?«

»Fünfzig Minuten.«

»Bis 9:50 Uhr also?«

»Ja, so ungefähr.«

»So ungefähr?«

»Ja. Plus minus ein oder zwei Minuten.«

»Und der Name?«

»Der Name?«

»Ihrer Patientin?«

Jetzt räuspere ich mich.

»Das unterliegt der ärztlichen Schweigepflicht.«

Fredly sieht überrascht aus, zieht ihre Augenbrauen hoch. Sie schielt sofort zu Gundersen hinüber, als wäre sie gespannt darauf, wie er die Sache löst. Er wendet seinen Blick nicht von mir ab und sagt ruhig: »Wir sind von der Polizei. Dies ist eine Strafsache. Nichts unterliegt der Schweigepflicht.«

»Ich bin Psychologin«, sage ich. »Und solange Sie mir nicht glaubhaft machen können, dass Sie den Namen brauchen, um eine ernsthafte Bedrohung abzuwenden, unterliege ich nichtsdestotrotz der Schweigepflicht.«

Für einen Moment wird es mucksmäuschenstill, und ich habe

das Gefühl, meine Stimme würde zwischen den Wänden widerhallen. Gundersen betrachtet mich mit seinen grauen Augen; es sind Augen, die schon fast alles gesehen haben, denke ich. Aber ich weiche nicht vor seinem Blick zurück, konzentriere mich darauf, obwohl ich innerlich zittere. Dieses Unbehagen darüber, auf meinem Standpunkt zu beharren. Vor allem Männern gegenüber, vor allem jenen, die älter sind als ich. Ich erinnere mich an die Diskussionen zu Hause in Smestad, als ich eine Jugendliche war, die wenigen Male, wenn ich die Stimme erhob, der ruhige Blick meines Vaters, während er sagte, *aber Sara!,* und das Gefühl, ins Wanken zu geraten, gegen das Bedürfnis ankämpfen zu müssen, doch einzuknicken und ihm das zu erzählen, was er gerne hören wollte. Meistens waren es Annika und mein Vater, die sich stritten. Und ich versteckte mich so lange, bis es vorbei war. Aber jetzt muss ich mich durchsetzen. Ich habe meinen Mann verloren, aber meinen Beruf habe ich noch, und ich klammere mich daran wie an eine Rettungsboje.

»Sara«, sagt Gundersen, und seine Stimme ist sanft und freundlich, wie eine bauchige Flöte, »denken Sie doch erst einmal nach. Bevor Sie eine unkluge Entscheidung treffen.«

»Ich unterliege der Schweigepflicht und darf mich nicht über meine Patienten äußern«, erwidere ich. »Das können Sie gern vor Gericht anfechten.«

Er seufzt tief und dramatisch.

»Na gut«, sagt er, »aber Ihnen ist schon klar, dass wir in einem Mordfall ermitteln? Sigurd wurde mit dem Gesicht im Schlamm und mit zwei Kugeln im Rücken gefunden. Dafür gibt es keine natürliche Erklärung. Es handelt sich um ein Verbrechen. Und Sie wollen uns kein Alibi für den Vormittag nennen, an dem er umgebracht wurde.«

Ich blicke erneut aus dem Fenster, betrachte die Polizeiautos.

Plötzlich fühle ich mich unendlich müde. Ich hätte Lust, die Augen zu schließen, den Kopf auf die Nackenstütze dieses Sessels zu legen und einzuschlafen. Und Gundersen einfach weiterreden zu lassen.

»Das ist mir klar«, antworte ich leise, während ich versuche, meine Augen offen zu halten.

Er seufzt erneut.

»Es ist also 9:50 Uhr. Was machen Sie jetzt?«

»Ich schreibe ein Sitzungsprotokoll für die Dokumentation.«

»Und die unterliegt auch der Geheimhaltung?«

»Ja.«

Gundersen und seine Untergebene wechseln Blicke. Sie schreibt etwas auf ihren Block.

»Und dann kam der nächste Patient?«

»Ja. Um zehn.«

»Und auch diesmal wollen Sie mir den Namen nicht nennen.«

»Nein. Und auch mit ihm dauerte die Sitzung fünfzig Minuten.«

Sie sehen sich erneut an.

»Und danach?«, fragt Gundersen.

»Mittagessen. Ein Thunfischsandwich. Ach ja, und dann hatte er angerufen. Sigurd. Während der Sitzung mit meiner ersten Patientin. Er hatte eine Nachricht auf der Mailbox hinterlassen.«

»Und was hat er gesagt?«

»Dass er jetzt beim Ferienhaus angekommen wäre. Er wollte über das Wochenende mit seinen Freunden ins Norefjell.«

»Ins Norefjell?«

»Ja. Deshalb hatte ich ihn ja vermisst gemeldet.«

Zum ersten Mal sieht Gundersen die andere Beamtin länger an. Sie nickt, sagt aber nichts.

»Ich hatte ihn als vermisst gemeldet«, fahre ich fort, jetzt etwas lauter, »weil er mich anrief und sagte, er wäre mit seinen Jungs im Norefjell, und weil dieselben Jungs mich am Abend anriefen und sagten, er wäre nie dort angekommen.«

»Aha«, erwidert Gundersen, und jetzt streckt er seine lange, dünne Hand in Richtung der Mitarbeiterin aus und sagt: »Blatt.«

Sie reicht ihm ein Blatt und legt es auf seinem Bein ab, dann angelt er einen Werbekugelschreiber aus seiner Brusttasche und notiert etwas darauf. Fredly notiert noch mehr und noch schneller, als hätte er sie zurechtgewiesen.

»Sigurd hat also angerufen und gesagt, er wäre in der Hütte im Norefjell? Um wie viel Uhr war das?«

»Um kurz nach halb zehn«, sage ich, und dann dämmert mir, dass sie die Nachricht garantiert hören wollen. »Er hat gesagt, es wäre schön, und sie wären angekommen, und er müsse jetzt Schluss machen, weil Jan Erik irgendwelchen Quatsch mit den Holzscheiten macht. Jan Erik ist ein Freund von ihm, mit dem er gemeinsam dorthin fahren wollte.«

»Einer von den Jungs?«

»Ja.«

»Okay«, sagt Gundersen, »und wollte Sigurd noch etwas mitteilen?«

»Nein. Nur dass er da war.«

»Und dann haben Sie ihn zurückgerufen?«

»Nein. Ich meine, doch, aber nicht in dem Moment. Erst nach dem letzten Patienten.«

»Gut. Das heißt, nach dem Mittagessen kam ein neuer Patient?«

»Ja. Um zwei.«

»Und dessen Namen wollen Sie uns auch nicht verraten?«

»Nein. Es ist nicht so, dass ich es nicht wollte …«, beginne ich, aber er macht nur eine wegwerfende Handbewegung.

Die Geste wirkt gleichgültig, oder eher selbstbewusst? Er ist nicht daran interessiert, das mit mir zu diskutieren, er weiß, was er darüber wissen muss. Nein, denke ich, das ist es nicht. Er ist vielmehr davon überzeugt, dass er das, was er wissen muss, auf andere Weise erfahren wird. Ja. Gundersen lässt sich nicht durch ein Nein entwaffnen. Erst jetzt wird mir klar, dass er nicht notwendigerweise auf meiner Seite steht. Er steht unbestritten auf Sigurds Seite, aber bisher war ich davon ausgegangen, das wäre ein und dasselbe, weil Sigurd und ich auf derselben Seite stünden und das, was Sigurd zugutekommt, auch mir zugutekäme.

»Das heißt, Sie hatten drei Stunden Pause zwischen Patient zwei und Patient drei«, folgert Gundersen. »Genau genommen sogar drei Stunden und zehn Minuten. Was machen Sie in dieser Zeit, außer zu essen?«

»Ich schreibe meine Protokolle«, sage ich, »und dann bereite ich mich auf die nächste Stunde vor.«

»Wie lange schreiben Sie an Ihren Protokollen?«

»Ich weiß nicht, zehn Minuten vielleicht?«

»Okay, und dann eine halbe Stunde, maximal eine Stunde Mittagspause. Das heißt also, zwei Stunden für die Vorbereitung?«

Allmählich beschwert mich das Gefühl, ich würde an die Wand gestellt. Ich blicke von der Mitarbeiterin, die Notizen macht und zu mir aufblickt, ehe sie noch mehr schreibt, hinüber zu Gundersen, der dort mit übereinandergeschlagenen Beinen sitzt und mich mit diesem unnachgiebigen grauen Blick mustert.

»Nein«, sage ich. »Ich meine, ich habe wahrscheinlich auch etwas anderes gemacht. Kleinigkeiten. Bin auf Toilette gegangen, habe eine Tasse Kaffee getrunken, ein bisschen aufgeräumt und meine E-Mails gelesen.«

»Und wenn Sie auf die Toilette gehen und Kaffee trinken, machen Sie das hier?«

»Nein, hier habe ich gar kein Wasser oder so. Ich gehe ins Haus.«

Er nickt, und seine Assistentin schreibt erneut. Draußen vor dem Fenster sehe ich einen grauen Honda, der auf den Rasen neben der Einfahrt fährt und dort hält. Annika steigt im Kostüm und mit einer Aktentasche unter dem Arm aus. Sie hält kurz inne, als sie ihre hohen, feinen Stiefeletten auf den matschigen Rasen stellt, und starrt erst die Streifenwagen an, dann zum Haus hoch. Sie ist so weit weg, dass mir die Feinheiten ihrer Miene entgehen, aber an ihrer Ungläubigkeit besteht kein Zweifel, der offene Mund ist wie ein O geformt, und sie bewegt ruckartig ihren Kopf, als sie wieder zu den Polizeiautos schaut.

Gundersen blickt zu ihr hinüber, sagt jedoch nichts.

»Wann waren Sie mit dem dritten Patienten fertig?«, fragt er stattdessen.

»Um zehn vor drei«, sage ich, und dann fällt mir der übliche Widerwille wieder ein, den Trygve in mir weckt, »nein, warten Sie, das war früher. Ich glaube, die Sitzung ging nicht viel länger als zwanzig Minuten.«

»Also zwanzig nach zwei?«

»Ja. So ungefähr.«

Annika geht über den Rasen zum Haus hinauf. Ihr seltsamer, stakkatoartiger Gang erinnert an eine Ente, wahrscheinlich sinkt sie mit jedem Schritt in den feuchten Boden ein, aber sie tut trotzdem ihr Bestes, schnell und entschieden aufzutreten, sie marschiert geradezu. Wenn ich nicht so gefühllos gewesen wäre, hätte ich es komisch gefunden.

»Um kurz vor halb drei hatten Sie also Feierabend?«, schlägt Gundersen vor.

»Ja. Nein. Ich hatte erst meine Dokumentation gemacht. Kurz nach halb drei.«

»Gut. Und danach?«

»Bin ich ins Haus gegangen. Habe eine Schreibe Brot gegessen. Und versucht, Sigurd zurückzurufen.«

»Und was ist passiert, als Sie Sigurd angerufen haben?«

»Es hat geklingelt, aber er ist nicht drangegangen. Der Anruf landete auf der Mailbox.«

»Haben Sie eine Nachricht hinterlassen?«

»Nein, da noch nicht. Nein, das mache ich selten, meistens gehe ich davon aus, dass er meinen Anruf sieht und es bei mir versucht.«

»Und dann?«

»Ich weiß nicht. Ich habe Zeitung gelesen. Ein bisschen ferngesehen, vielleicht eine Wäsche angestellt. Habe ein bisschen im Internet Zeitung gelesen und war auf Facebook und solche Sachen, und dann habe ich mich für eine Spinningstunde um sechs Uhr angemeldet. Keine Ahnung.«

»Gut. Und Ihre nächste Aktivität?«

»Ja, diese Spinningstunde. In Ullevål, um sechs Uhr.«

»Sie verlassen das Haus also zum ersten Mal an jenem Freitag, um zu dieser Stunde zu gehen, um …«

»Zehn nach fünf vielleicht. Ich nehme die U-Bahn nach unten, und dann bin ich vielleicht so, lassen Sie mich überlegen, um halb sechs dort.«

»Das ist also das erste Mal, dass Sie an diesem Tag gesehen wurden, abgesehen von Ihren Patientinnen und Patienten, deren Namen Sie uns nicht nennen wollen, meine ich? Ich nehme an, es wird irgendwo registriert, dass Sie in dem Fitnessstudio ankommen?«

»Ja.«

»Es gibt auch Kameras an der U-Bahn-Station Holstein«, ergänzt seine Mitarbeiterin.

Es ist ihr erster Gesprächsbeitrag. Ich bin verwundert, dass sie mit tiefer, melodischer Stimme und einem nordnorwegischen Dialekt spricht.

»Okay«, sagt Gundersen, »Sie sitzen also eine Stunde oder so auf diesem Fahrrad und schwitzen, und als Sie fertig sind ...«

»Fahre ich nach Hause.«

»Duschen Sie?«

»Nein. Oder doch, aber nicht, ehe ich nach Hause komme. Ich sitze gerade in der U-Bahn, als Jan Erik anruft.«

»Stimmt, der Anruf. Und was genau sagt Jan Erik?«

»Er sagt, tja, was ich schon erzählt habe, dass Sigurd nie bei dem Ferienhaus angekommen ist.«

»Sagt er das so? Dass Sigurd nie bei dem Ferienhaus ankam?«

»Nein, nein, natürlich nicht. Eigentlich fragt er mich, ob ich weiß, wo er steckt. Sie warten auf ihn.«

»Und sie sind?«

»Jan Erik und ein anderer Freund, Thomas.«

»Ach so. Und die beiden sitzen also in einem Ferienhaus im Norefjell und warten auf Sigurd.«

»Ja. Er hatte ihnen gesagt, er würde gegen fünf am Nachmittag ankommen. Mir hatte er aber gesagt, er würde vor sieben Uhr aus Oslo herausfahren.«

Gundersen notiert wieder etwas. Dann hebt er die Hand zum Gesicht und fährt sich über Wange und Bart. Ich frage mich, ob das eigentlich alle bärtigen Männer machen.

»Sigurd hat also gesagt, er wäre noch vor sieben aus Oslo herausgefahren und gegen halb zehn oder sogar früher im Norefjell angekommen. Um kurz nach halb zehn ruft er angeblich von dort an. Aber um – wann kann das gewesen sein, kurz nach sieben am Abend? –, also dann ruft Jan Erik bei Ihnen an und sagt, er wäre im Norefjell und würde immer noch auf Sigurd warten.«

»Ja. Und dass er Sigurd an jenem Tag nicht gesehen hat.«

»Und diese Mailboxnachricht mit Jan Erik und den Holzscheiten …?«

Ich nicke. Das hatte ich befürchtet. Ich kann es genauso gut gleich sagen. Ich schlucke.

»Also, es ist so, ich gehe nach Hause und dusche und so weiter, und ich denke, dass es sicher irgendeine Erklärung dafür gibt, aber dann rufe ich sie erneut an, erst Thomas, ja, den anderen Freund, der ist ein bisschen, na ja, vertrauenswürdiger, wenn Sie verstehen, was ich meine, denn im ersten Moment hätte ich fast gedacht, sie wollen mich auf den Arm nehmen. Na, jedenfalls bin ich ganz außer mir, verstehen Sie, ich begreife gar nichts mehr. Denn Sigurd ist normalerweise nicht der Typ, der mich anlügt, und ich kann einfach keinen anderen Schluss daraus ziehen, als dass er mich anlügt. Also, jedenfalls, anschließend trinke ich ein bisschen Wein. Und ich bin wahrscheinlich etwas gestresst, wissen Sie, denn ich trinke vielleicht ein bisschen zu viel Wein, und ich versuche immer wieder, Sigurd anzurufen, aber er geht nicht ans Telefon. Und dann mache ich etwas, was vielleicht ein bisschen dumm ist, oder, ich weiß nicht, vielleicht macht es auch nichts, aber jedenfalls lösche ich diese Nachricht auf der Mailbox.«

Jetzt sehen mich Fredly und Gundersen beide an, und selbst Gundersen reißt die Augen auf.

»Sie haben die Nachricht gelöscht?«

»Ja.«

Mir steigt das Blut ins Gesicht, und ich sage:

»Aber das macht doch hoffentlich nichts, ich meine, Sie können diese Nachricht doch bestimmt wieder herstellen, der

Telefonanbieter speichert so etwas doch bestimmt? Sie haben ja garantiert Daten, wer wen anruft und was die Leute sagen, jedenfalls, wenn es um Nachrichten geht, die auf einer Mailbox gespeichert werden. Wir sind doch längst im Überwachungszeitalter angekommen, dachte ich, mit Datenspeicherung und ich weiß nicht was.«

Gegen meinen Willen muss ich lächeln, ich spüre es, aber es lässt sich nicht aufhalten, dieses nervöse Lächeln. Gundersen sagt: »Das war keine gute Idee von Ihnen. Vor allem nicht vor dem Hintergrund, dass Sie uns nicht einmal die Namen derer geben wollen, mit denen Sie im Laufe dieses Tages gesprochen haben.«

Jetzt klingt seine Stimme besorgt, die Besorgnis eines Arztes, denke ich, die professionelle Besorgnis, eines anderen wegen.

»Ich war wütend«, entgegne ich. »Er hatte mich angelogen. Das hat mich so traurig gemacht. Verstehen Sie, was ich meine?«

Im selben Moment wird die Tür zum Wartezimmer geöffnet. Die Assistentin und ich drehen uns beide erwartungsvoll dorthin um, aber ich spüre Gundersens Blick auf mir, bis Annika in das Zimmer kommt.

All unsere Aufmerksamkeit richtet sich auf Annika, als sie eintritt. Ihr Blick fällt zunächst auf Fredly, die ein Stück beiseitetreten musste, damit die Tür aufging, und streift Gundersen nur kurz, ehe sie mich ansieht und fragt:

»Sara, was ist hier los?«

Und ich habe dieses Gefühl, als würde ich die Welt durch das falsche Ende eines Fernglases betrachten, sodass alles, was mir widerfährt, ganz klein und weit weg erscheint, aber dann schiele ich zu Gundersen hinüber, der nickt und mir damit sozusagen erlaubt, die Information zu teilen, und dann sage ich zu Annika, vom anderen Ende des Fernglases:

»Sigurd ist tot.«

Was jetzt passiert, ist vorhersehbar und seltsam zugleich. Denn Annika schnappt nach Luft, eilt durch das Zimmer, schlingt die Arme um mich und drückt mich an sich, sie wiegt mich, als wäre ich eine Schlenkerpuppe, und ich lasse mich hin- und herschaukeln, sie drückt mir fast die Luft ab, und sagt in mein Haar, *oh Sara, oh Sara, oh Sara*. Als sie mich wieder loslässt, sehe ich, dass ihr bereits die Tränen laufen und die Mascara schwarze Streifen auf ihren Wangen hinterlassen hat.

Und das Seltsame ist, dass Annika so reagiert, wie es für mich angemessen gewesen wäre. Während ich ganz stumpf und fern bin und mich mit irgendwelchen bizarren Details aufhalte, mit dem Pizzaboten und den Dialekten und wer sich welchen Stuhl aussucht, kommt Annika sofort zum Wesentlichen. Sigurd ist tot. Das ist schrecklich. Es ist so einfach. Und niemand hat Sigurd mehr geliebt als ich, also warum bin ich nicht diejenige, die weint?

Annika wischt sich mit dem Handrücken die Tränen weg, sodass die schwarzen Ränder jetzt zu einer grauen Schicht auf ihren Wangen verteilt sind. Dann wischt sie ihre Hand an der Jacke ab und streckt sie Gundersen entgegen.

»Annika Lathus«, sagt sie. »Saras Schwester. Ich bin Anwältin.«

Es wundert mich immer, wenn sich Leute samt ihrer Berufsbezeichnung vorstellen, als wären sie so stolz darauf, dass sie es bei jeder Gelegenheit erwähnen müssen. Sigurd war auch so. Er dachte immer, alle müssten beeindruckt sein, weil er Architekt ist, warum auch immer, denn ich erinnere mich nicht an andere Reaktionen als ein freundliches Nicken und die üblichen höflichen Nachfragen.

Erst dann dämmert mir, dass Annika mich schützen will. Gundersen soll wissen, dass jemand mit juristischem Fachwissen ein Auge auf ihn hat. Er wirkt unbeeindruckt und reicht ihr die Hand, ohne aufzustehen, aber seine Mitarbeiterin hört für einen Moment auf zu schreiben. Und auf irgendeine Weise erreicht sie mich, auf dieser einsamen Insel, auf die mein Schmerz ausgewandert ist, als er sich von meinem Körper dissoziiert hat, denn in dem leeren Hohlraum in meiner Brust fühlt es sich plötzlich ein wenig wärmer, ein wenig sicherer an: Jemand ist auf meiner Seite.

Annika setzt sich zu mir, und jetzt ist Gundersen mit dem Reden an der Reihe. Er steht auf und streckt seine Finger, sodass es in den Gelenken knackt. Er ist groß, wie ich jetzt sehe, in meiner Garagenpraxis muss er den Nacken unter der Dachschräge beugen, wenn er nicht direkt unter dem First steht. Er erzählt mit ruhiger, tonloser Stimme, einfach und sachlich, keine unnötigen Adjektive. Er läuft auf und ab, während er spricht, setzt die Hände ein, sieht mich zwischendurch an. Sein Blick ist klar und direkt, ich stelle mir vor, dass er niemals weicht. Ich weiß nicht, was ich mit einem solchen Mann anfangen soll. Gundersen, denke ich, wird in denkbarer Zukunft wohl kein Bedürfnis haben, mit einer Psychologin zu sprechen.

Folgendes berichtet er: Es war ein Mann aus der näheren Umgebung, der die Leiche, bei der es sich mit an Sicherheit grenzender Wahrscheinlichkeit um Sigurd handelt, am Sonntag fand. Er lag vollständig bekleidet ein kleines Stück vom Weg entfernt, aber in diesem Gebiet sind viele Spaziergänger unterwegs, und sorgfältig versteckt hatte man ihn nicht. Bei einer ersten oberflächlichen Untersuchung fand man zwei Schusswunden im Rücken, und man geht vorläufig davon aus, dass er auch an diesen Schüssen starb, obwohl der endgültige Obduktionsbericht aus dem Rechtsmedizinischen Institut noch aussteht.

Er lag mit dem Gesicht im Schlamm, wie Gundersen es in

unserem Gespräch bereits erwähnte, oder besser, mir an den Kopf schleuderte, als ich mich weigerte, ihm die Namen meiner Patienten zu nennen, und seit er es mir an den Kopf schleuderte, habe ich ein Zittern in der Brust. Sigurds Gesicht: die leicht schiefe Nase, die vielen Grübchen, seine wachen, schönen Augen, unter dem einen das Muttermal, und das alles im Schlamm. Ich weiß schon jetzt, dass ich genau das niemals verkraften werde. Ich hasse Gundersen dafür, dass er es gegen mich einsetzte, als er wütend auf mich war wegen der Schweigepflicht; denn das ist mein Leben, meine Tragödie, und ich muss für den Rest meiner Tage damit leben. Und jetzt hat sich dieses Bild in mein Gehirn geätzt. Vielen Dank, Gundersen.

Er sei schon einige Zeit tot gewesen, sagt Gundersen. Eine genauere Einschätzung werde noch folgen, aber den vorläufigen Untersuchungen nach sei er vermutlich am Freitag getötet worden, spätestens am Samstagmorgen. Das erleichtert mich ein klein wenig. Am Samstagmorgen habe ich mich von dieser Polizeimitarbeiterin am Telefon beruhigen lassen, die meinte, bei der Vermisstenmeldung sei keine Eile geboten, und da war es schon zu spät.

»Die Familie besitzt eine Hütte im Krokskogen«, sagt Annika, »das stimmt doch, Sara?«

»Das wissen wir schon«, sagt Gundersen.

Vermutlich hat jemand mit Margrethe gesprochen, vielleicht hat sie es ihnen schon erzählt, als sie ihr gestern Abend die Nachricht von Sigurds Tod überbrachten.

»Ich muss Sie also fragen, Sara«, sagt Gundersen, und er stellt sich mit den Händen in den Hüften vor mich, er ist eine Wand von Mann, aber eigentlich ziemlich schlank, »können Sie sich irgendeinen Grund vorstellen, aus dem jemand Sigurd das Leben nehmen wollte?«

Zu diesem Punkt fällt mir nichts ein. Ich blättere im Geiste zwischen den Menschen hin und her, die wir kennen, und denen, von denen Sigurd erzählt hat, überlege, ob er mal etwas erwähnt hat, als er frustriert oder erschöpft war.

»Nein«, sage ich, »das kann ich mir nicht vorstellen.«

»Es braucht gar nichts Großes zu sein«, erwidert Gundersen. »Hatte er irgendwelche Meinungsverschiedenheiten? Hat er jemandem Geld geschuldet oder jemand ihm?«

»Nein«, sage ich, »nicht, dass ich wüsste. Das mag vielleicht langweilig klingen, aber Sigurd war einfach nur ein ganz normaler Typ.«

Etwas huscht über Gundersens Gesicht. Ein normaler Typ, denke ich, was soll das schon sein.

»Er hat keine Drogen genommen und nicht gespielt oder so«, erkläre ich. »Er hat viel und hart gearbeitet und sich ab und zu mit seinen Freunden getroffen, und ansonsten war er abends hier und hat mit mir ferngesehen.«

Annika fragt:

»Wollen Sie auf etwas Bestimmtes hinaus?«

»Das ist eine Routinefrage, wenn jemand ermordet wurde«, erwidert Gundersen.

»Mir fällt nichts Derartiges ein«, sage ich.

»Sagen Sie Bescheid, falls Ihnen doch noch eine Idee kommt«, sagt er.

Er kritzelt seine Telefonnummer in eine Ecke des Blattes, das ihm seine Assistentin gereicht hatte, reißt das Stückchen ab und überreicht es mir.

»Sie können mich jederzeit anrufen.«

Er legt die Hand auf die Türklinke, und ich merke, dass das Gespräch beendet ist.

»Gundersen«, sage ich, und der Name klingt falsch und

dumm aus meinem Mund, aber er hält trotzdem inne. »Ist es …
Ich meine. Ich frage mich nur. Ist es ganz sicher, dass es Sigurd
ist?«

Gundersen lässt die Klinke los und dreht sich zu mir um, und
jetzt wirken seine Augen beinahe freundlich.

»Wir können es erst mit hundertprozentiger Gewissheit bestätigen, wenn uns der Bericht aus der Gerichtsmedizin vorliegt«, antwortet er, »aber wenn Sie einen Rat von mir annehmen, dann würde ich Ihnen raten: Fangen Sie nicht an, daran
zu zweifeln. Der Mann, den wir gefunden haben, ist Sigurd. Ich
darf Ihnen nicht sagen, dass es sicher ist. Aber er ist es.«

Ich nicke langsam, schläfrig. Gundersen wendet sich ab und
geht. Fredly folgt ihm stehenden Fußes.

Sigurds kleiner Diamant ruht über meinem Schlüsselbein.
Wie jeden Tag, seit er mir die Kette geschenkt hat. Jetzt fingere
ich daran herum. Ich bin mit meiner Schwester in der Küche.
Annika hat Brot gefunden, mir eine Scheibe abgeschnitten und
belegt und sie auf einem Teller vor mich gestellt, und ich blicke
darauf und weiß, dass ich mich sofort übergeben müsste, wenn
ich auch nur den kleinsten Bissen nähme.

»Hast du schon mit Margrethe gesprochen?«, fragt sie mich.

Ich sage: »Diese Kette hat mir Sigurd vor drei Jahren zum Geburtstag geschenkt.«

»Ich weiß.«

»Damals haben wir in der Pilestredet gewohnt. Er hat noch
studiert, wir hatten kein Geld, und trotzdem hat er sie mir gekauft.«

»Ja«, sagt sie.

Sie ist nicht besonders interessiert, wirkt eher gestresst.

»Das ist so typisch Sigurd«, sage ich. »Er meinte, wir bräuchten das eher als Geld, und irgendwie glaube ich, er hatte recht damit. Denn oft ist es doch so, dass man, wenn man am meisten sparen muss, eigentlich ...«

Ich suche nach Worten. Annika wirft einen Blick aus dem Fenster. Sie erinnert mich an die Ärztinnen und Ärzte, die ich in Fernsehsendungen über Notfallambulanzen im Krankenhaus gesehen habe: fest entschlossen, in einer chaotischen Situation den Überblick zu behalten.

»Na, jedenfalls hat er sein Erspartes ausgegeben, um mir diese Kette zu schenken«, fahre ich fort. »Das war an meinem Geburtstag.«

»Ich weiß, Sara«, sagt sie, und jetzt setzt sie sich mir gegenüber und nimmt meine Hände. »Das hast du mir schon mehrmals erzählt, zum ersten Mal, als du sie geschenkt bekommen hast. Ich finde, wir sollten heute Nachmittag zu Margrethe fahren. Bist du damit einverstanden? Ich glaube, es wäre gut, wenn du das machst.«

»Na gut«, antworte ich.

In ihren Händen bin ich schlaff wie ein altes Handtuch, und ich werde tun, worum sie mich bittet. Dabei habe ich kein bisschen Lust, Margrethe zu sehen, das spüre ich immerhin, es wird belastend sein, ihrer Trauer zu begegnen, wenn ich meine eigene so wenig unter Kontrolle habe, aber selbst, wenn ich keine Lust habe, werde ich mit Annika dorthin fahren, wenn sie mich mitnimmt. Ich bin einfach nur dankbar, dass jemand die Führung übernimmt.

Als unsere Mutter starb, war Annika der Fels in der Brandung. Unser Vater am Boden zerstört, er saß in seinem Büro mit den ganzen Fotoalben und einer Menge Schuhkartons, die das Archiv meiner Mutter gewesen waren, Kartons mit Babyschuhen und Haarsträhnen und Urlaubspostkarten von alten Freunden und Zetteln mit Telefonnummern, was soll ich mit dem ganzen Kram, sagte er seufzend. Ich war sieben. Wenn die Leute stürben, würden ihre Körper von kleinen Insekten aufgefressen, hatte mir eine Freundin erzählt, es sei denn, man äscherte sie ein, aber dann bäumte sich die Leiche auf, wenn sie in vollem Brand steckte. Ich hatte den Kopf voller grausiger Vorstellungen. Annika war damals zwölf. Sie begleitete unseren Vater ins Bestattungsinstitut. Sie war diejenige, die vorschlug, man könnte auf der Trauerfeier *Ellinors vise* spielen, weil meine Mutter das Lied so gerne gemocht hatte, weil meinem Vater nichts einfiel außer, dass sie immer *Satisfaction* von den Stones auf voller Lautstärke gehört hatte, wenn sie sich für eine Party schick machte. Annika fand das Adressbuch unserer Mutter und rief alle Freundinnen und Freunde an, die noch nicht informiert waren. Sie suchte die Kleider aus, die wir an der Beerdigung trugen. Und letzten Endes war sie es auch, die die Schuhkartons aussortierte und von siebzehn auf vier Stück reduzierte. So etwas kann sie gut. Mein Vater verfiel in Apathie, als meine Mutter starb, und wenn man die Situation überhaupt vergleichen kann, komme ich wohl nach ihm, weil ich genauso apathisch und hilflos bin.

Also setzen wir uns in Annikas Honda. Bevor wir gehen, ruft sie meine Patienten für diesen Nachmittag an und sagt ihnen ab, und auch die Patienten, die morgen und am Mittwoch kommen sollten. Ich bin ihr dankbar, dass es mir erspart bleibt.

Wir parken vor Margrethes Haus in Røa. Ich warte nervös neben dem Auto, während Annika die Spiegel nach innen klappt, ich will nicht allein zum Haus gehen. Schließlich geht sie voran, zuerst den kleinen Pfad durch den Vorgarten, dann die Treppe hinauf zur Eingangstür, und klingelt. Ich stehe ein wenig hinter ihr und muss gegen den Impuls ankämpfen, mich zu ducken und zu verstecken. Es dauert einen Moment, dann wird die Tür von einer Frau geöffnet, die ich noch nie gesehen habe. Sie trägt eine grüne Bluse und eine schwarze Hose in einem glänzenden, teuren Stoff, der so elegant fällt, dass sie vermutlich maßgeschneidert ist.

»Ja?«, fragt sie.

»Ich bin Annika Lathus«, sagt Annika. »Das ist Sara, Sigurds Frau.«

Sie deutet auf mich, ich stehe einfach nur da und sehe klein und erbärmlich aus. Die Frau an der Haustür stellt sich uns nicht vor, aber sie lässt uns herein.

»Sie sitzt im Wohnzimmer«, sagt sie, während sie die Tür hinter uns schließt.

Es überrascht mich nicht, eine Fremde bei Margrethe anzutreffen. Sie ist immer von Menschen umgeben. Ihr Mann, Sigurds Vater, starb bereits, als ihre Söhne noch sehr jung waren. Ich weiß nur wenig über ihn, denn wenn die Familie über ihn sprach, wurde er immer mit allgemeinen Floskeln und einer Liste von Werten beschrieben, *er war unerschrocken, er war rechtschaffen, er war ein Mann mit Prinzipien*. Ab und zu wurde dies von Anekdoten illustriert, die genau diese Werte unterstreichen sollten: als er damals allein nach England segelte, als er damals mit einem spekulativen Börsentipp eine Menge Geld hätte verdienen können, aber darauf verzichtete und so weiter. Nichts, was ihn menschlich machte, nichts, was man sagen würde, um jemandem näherzubringen, wie er als Person war, wie das Leben mit ihm war. Auf Bildern lächelt er und wirkt mild und freundlich, und ich habe überlegt, ob der schwer greifbare Eindruck vielleicht daher rührte, dass er ein sanfter, liebenswürdiger Charakter war, der völlig im Schatten von Margrethes lauter, greller Erscheinung und ihrem eisernen Willen stand.

Sie hat nie wieder geheiratet, wirkt aber kein bisschen einsam. Sie kennt so viele Menschen, wird so häufig eingeladen. Es ist exotisch und beunruhigend zugleich. Manchmal ist sie bei Prominenten zu Gast, und sie hat sogar Freunde aus dem Dunstkreis des Königshauses, allerdings wechseln ihre Bekanntschaften auch häufig. Einmal habe ich Sigurd gefragt, ob er es nicht für ein schlechtes Zeichen halte, dass die Menschen, mit denen Margrethe sich umgebe, nie lange blieben. Das hörte er nicht gern.

Sie steht am Wohnzimmerfenster, als wir hereinkommen, und blickt in den Garten hinaus. Dann dreht sie sich um und winkt uns zu. Ihre Augen sind gebrochen, geradezu zersplittert. Sigurd war ihr Lieblingssohn.

»Hallo«, sage ich.

»Hallo«, sagt sie.

Wir stehen da und sehen einander an. Diese Empfindung kommt mir vertraut vor, denke ich, die gebrochenen Augen, die zitternde Linie, die ich noch nie zuvor gesehen habe, die sich von einer Seite des Mundes zur anderen erstreckt. Während ich sie jetzt ansehe, spüre ich eine Verbindung zu ihr, wie ich sie nie zuvor gespürt habe; ich habe mir immer gewünscht, Margrethe richtig zu kennen, ihr näher zu sein, aber jetzt, wo es endlich dazu kommt, ist es natürlich zu spät.

Ich hebe eine Hand, lege sie auf ihren Arm, spüre, dass sie nur noch aus Haut und Knochen besteht und dass ihr Arm unter der Bluse zittert, und so bleiben wir eine Weile stehen, während Annika und Margrethes Freundin uns unbeholfen anschauen.

»Danke, dass du gekommen bist«, sagt Margrethe.

»Ich habe sie gebeten, es dir zu sagen«, erkläre ich.

Sie bedankt sich.

Ich ziehe den Arm wieder zu mir. Margrethe legt die Arme um ihren Körper.

»Ich weiß nicht, warum er im Krokskogen war«, sage ich. »Er wollte ins Norefjell. Er wollte früh aufbrechen. Ich verstehe das nicht.«

Margrethe schüttelt den Kopf, umarmt sich selbst, zittert und will das alles nicht hören.

»Harald ist auf dem Weg hierher«, sagt sie. »Seine Freundin und er fliegen heute in San Diego los.«

»Das ist ja gut«, erwidere ich.

Ich habe Harald erst wenige Male getroffen, im Laufe eines Sommers, als er für mehrere Wochen in Norwegen war. Er ist wie Sigurd, nur etwas größer und etwas lauter. Und dann hat er rötliches Haar, während das von Sigurd kastanienbraun ist, er sieht aus wie eine etwas verblasste Kopie von Sigurd. Jetzt hat er auch eine Freundin, Lana Mei. Sie ist Halbchinesin und scheint ein kleines Genie zu sein, wenn man Margrethe Glauben schenkt, denn sie hat einen Doktor in Physik und arbeitet bei einem privaten Energieunternehmen, das ihr ein ansehnliches Gehalt zahlt. Margrethe hatte Sigurd und mir während eines Sommers auf Hankø von ihr erzählt, ich erinnere mich noch genau, wo wir auf der Veranda saßen, und wie ich an der Kante der rotkarierten Decke geknibbelt habe, während sie redete, und wie ich mir im Vergleich zu dieser fabelhaften Lana Mei ganz grau und langweilig vorkam.

Margrethe schwankt im Stehen vor und zurück. Die Frau in der grünen Bluse geht zu ihr und legt ihr die Hände auf die Schultern. Es sieht so aus, als würde sie ihr etwas zuflüstern, aber Margrethe schüttelt sie ab und will nicht auf sie hören. Sie streckt den Nacken und blickt erneut aus dem Fenster, und für einen kurzen Moment stehen wir alle da und sehen sie an. Dann dreht sie sich um, als hätte sie sich wieder gefangen.

»Kann ich euch etwas zu trinken anbieten?«, fragt sie. »Wir haben Kaffee, Tee, Wasser und Whisky da. Und ein offener Weißwein müsste auch noch im Kühlschrank stehen.«

Anschließend sitzen wir mit unserem Wasser da, Annika und ich. Margrethe hat sich, wenig überraschend, für Whisky entschieden. Sie hatte wohl auch schon ein Gläschen getrunken, bevor wir kamen. Nicht, dass sie betrunken wäre. Aber irgendwie hat die Szene etwas Nostalgisches an sich, als wäre Margrethe eine tragische Schauspielerin aus den Vierzigern, Greta Garbo, Veronica Lake. Der Whisky wirkt völlig angemessen.

»Wir müssen überlegen, was aus dem Haus wird«, sagt sie plötzlich. »Ich möchte nicht dort wohnen. Aber vielleicht Harald, irgendwann einmal. Er könnte dir deinen Anteil abkaufen.«

»Wir finden sicher eine Lösung«, erwidere ich.

»Dieser Gundersen kann mir übrigens gestohlen bleiben mit seinen selbstgedrehten Zigaretten und seinen dreckigen Turnschuhen«, sagt Margrethe.

Ich erwidere nichts. Ich bitte Annika mit einem Blick, den Aufbruch einzuleiten, schaffe es aber nicht, selbst etwas zu sagen.

»Und dann auch noch im Krokskogen«, sagt Margrethe und sieht in ihr Glas, »ausgerechnet im Krokskogen.«

»Lana Mei kommt also auch?«, frage ich.

»Ja«, antwortet Margrethe.

»Ist es das erste Mal, dass du sie triffst?«

Margrethe betrachtet eingehend ihr Glas und dreht es in der Hand. Dann blickt sie zu mir auf, plötzlich verärgert.

»Aber das weißt du doch, Sara«, fährt sie mich an.

Ich sehe zu Boden. Annika sagt: »Sara, vielleicht sollten wir allmählich nach Hause fahren, damit Margrethe sich ein bisschen ausruhen kann.«

Ich umarme sie, bevor ich gehe. Sie ist starr und widerspenstig, wie dünne Eisenstangen. Die Frau in der grünen Bluse lässt uns hinaus. Soweit ich es mitbekommen habe, hat sie uns immer noch nicht ihren Namen gesagt.

Auf der Heimfahrt sagt Annika:

»Du weißt, dass sie nicht das Recht hat, das Haus zu verlangen.«

»Wie meinst du das?«

»Du bist mit Sigurd verheiratet. Du hast lebenslanges Wohnrecht. Außerdem erbst du die Hälfte seines Anteils.«

»Ich hatte aber gar nicht vor, Margrethe irgendetwas zu verweigern, was mit dem Haus zu tun hat«, erwidere ich.

»Nein, nein«, sagt Annika und gibt nach der Kreuzung Gas, »aber nur, dass du es weißt. Es ist dein Recht, rein juristisch gesehen.«

Ich blicke aus dem Fenster und fingere an dem kleinen Diamanten herum. Er hatte mir so viel bedeutet, als ich ihn bekam, und ich versuche, auch jetzt etwas für ihn zu empfinden, aber es gelingt mir nicht. Ist das immer noch wichtig? Ich habe keine Ahnung.

»Sara«, sagt Annika jetzt. »Ich habe noch mal über die Sache mit deinen Patienten nachgedacht.«

»Ja«, sage ich, ohne richtig hinzuhören, ich betrachte die Landschaft draußen; Reihenhäuser, Gärten und schmuddeliger Schnee.

»Wenn sie ihre Einwilligung geben, kannst du der Polizei ihre Identität verraten.«

»Gundersen darf das nicht von mir verlangen«, entgegne ich.

Ich fühle mich wie ein trotziges Kind, klammere mich an das, was mein Recht ist.

»Ich weiß. Aber es würde auch nicht schaden, sie danach zu fragen. Und der Polizei zu zeigen, dass du mit ihr kooperierst.«

Sie fährt in Richtung der Ringstraße. Bald passieren wir die Straße, die in das Viertel führt, wo wir aufgewachsen sind. Ich will gar nicht daran denken, schaffe es nicht, mir vorzustellen, dass ich Vera, Christoffer und Trygve anrufe und sie darum bitte, der Polizei ihre Namen geben zu dürfen. Ich will es nicht. Gundersen hat nicht das Recht, es zu verlangen.

Annika sagt: »Wenn du willst, kann ich das für dich übernehmen. Die Patienten anrufen und fragen, ob es in Ordnung ist.«

Ich lehne den Kopf gegen die kühle Autoscheibe und spüre, wie die Kälte an meiner Schläfe guttut. Ich bin so müde.

»Das wäre toll«, sage ich, »wenn du das machen würdest.«

Die restliche Fahrt über reden wir nur sehr wenig.

Annika bleibt bis neun bei mir. Nachdem sie gegangen ist, setze ich mich mit dem Telefon auf das Sofa. Sollte ich unseren Vater anrufen? Ich müsste nicht einmal etwas sagen, nicht darüber. Allein der Klang seiner Stimme könnte beruhigend sein, zu hören, dass er da ist, ganz normal, dass er sich mit seinen üblichen Dingen beschäftigt und so ist wie immer. Aber ich bin unsicher. Vielleicht würde es mich doch nicht beruhigen. Ich scrolle durch meine Anrufliste, komme zu dem eingehenden Anruf von Sigurd am Freitag um 9:38 Uhr. Ich frage mich: Wusste er, dass ich zu dem Zeitpunkt gearbeitet habe?

An diesem Abend zeigt die Liste viele ausgehende, unbeantwortete Anrufe an ihn. Am Sonntagabend hören sie plötzlich auf. Seither haben Margrethe und Annika und Vera angerufen, während ich lediglich einige Patientinnen kontaktiert habe, um ihnen abzusagen. Julie hat sich noch nicht wieder gemeldet, von Thomas und Jan Erik habe ich auch nichts gehört.

Bevor ich mich hinlege, rufe ich Vera zurück.

»Ja?«, sagt sie, als sie sich meldet, schnell und effektiv.

»Hallo«, sage ich, »hier ist Sara Lathus. Sie hatten eine Nachricht auf dem Anrufbeantworter hinterlassen?«

»Ja«, antwortet sie, »aber eigentlich wollte ich gar nichts Bestimmtes.«

»Sind Sie sicher?«, frage ich sie. »Sie hatten gesagt, es wäre dringend.«

»Ja, ach, nur das Übliche, das Alte«, erwidert sie. »Nicht weiter schlimm. Wir sehen uns am Freitag, wie immer, oder?«

Ich schweige zwei lange Sekunden, während ihre Frage in der Luft hängen bleibt. Mir wird bewusst, dass es Tage nach diesem gibt, Wochen nach dieser Woche, dass so viel Zeit bleiben wird, in der ich weitermachen kann, Therapeutin sein, Berichte schreiben, Termine vereinbaren, intervenieren, versuchen, die Jugend von ihren Ängsten und Depressionen und ihrer Unzufriedenheit zu heilen. Es kommen noch tausende Alltagstage. Das ist am unheimlichsten. Es kommen ganz normale, graue Tage, an denen man von mir erwartet, dass ich arbeite, als wäre nichts passiert. So irrsinnig viele.

»Ja«, sage ich, »wir sehen uns am Freitag.«

Nachdem ich aufgelegt habe, denke ich: Ich kann immer noch absagen, wenn sich herausstellt, dass ich in vier Tagen immer noch nicht funktioniere.

Der Zug ist schnell und beinahe lautlos, und ich betrachte die Landschaft, die vorbeizieht, und überlege, ob wir nicht bald die Berge erreichen, es dauert so lange, eine Landgemeinde nach der anderen, sollte die Reise nicht schneller gehen? Vielleicht liegt es am Kaffee im Pappbecher vor mir, aber ich habe diese Nervosität schon die ganze Woche bei der Arbeit gespürt, habe gedacht, dass mir alles egal ist, die Kollegen, die Patienten und die ganzen Sachen, die ich noch regeln sollte und nicht mehr schaffe, denn jetzt werde ich nach Bergen reisen. Ronja wird auch kommen, die ganze Bande wird versammelt sein, das ist das Einzige, was zählt. Jetzt bin ich unterwegs, und ich kann mein eigenes Glück kaum fassen, vier Tage am Stück habe ich frei. Der Zug schießt wie ein Pfeil durch die Landschaft, und trotzdem geht es mir nicht schnell genug, noch fünf Stunden, bis ich da bin, ich sehe alle zehn Minuten auf die Uhr.

Habe schon das Gästesofa bezogen und das Bier kaltgestellt, jetzt müsst ihr nur noch kommen, *schreibt Benedicte in einer SMS. Ich sehe erneut auf die Uhr, immer noch fünf Stunden, und ich muss über mich selbst lächeln, ich bin doch nicht mehr vierzehn, aber ich freue mich so, dass ich es kaum erwarten kann.*

Es ist zwei Jahre her, dass ich nach Oslo gezogen bin. Sigurd und ich leben in der kleinen Wohnung in der Pilestredet, er studiert, ich arbeite in der Einrichtung für Drogenabhängige. Ich bin angespuckt worden. Ich bin als Hure und Diktatorin und Nazi-

schlampe beschimpft worden. Ich versuche es als das zu sehen,
was es ist, als berechtigte, aber fehlgeleitete Wut von Jugendli-
chen, die mehr als genug Schlimmes erlebt haben. Ich umklam-
mere Sigurds Kette, halte mich daran fest; immerhin habe ich
Sigurd, und er liebt mich. Ich weine auf der Toilette, wenn es gar
nicht mehr anders geht, und überschminke anschließend die Spu-
ren und mache weiter. Ich bin professionell. Ich kenne meine Kol-
legen nicht, sie kennen einander, sitzen in verschiedenen Schüt-
zengräben ihres beruflichen Kriegs, und ich gehöre keinem Lager
an, aber das ist auch besser so. Jeden Morgen sitze ich in einem
ratternden Regionalzug, eine halbe Stunde hin, eine halbe Stunde
zurück, lese Bücher, Zeitungen, fahre und fahre. Komme nach
Hause. Sigurd ist fast nie da. In einem Monat muss er seine Di-
plomarbeit abgeben und ist förmlich in die Uni eingezogen. Die
kalte Wohnung in der Pilestredet ist leer, und da sitze ich. In Oslo
kenne ich niemanden. Ruf doch mal Julie an, hatte Sigurd zuerst
gesagt, Sigurd ist so begeistert von Julie, er versteht nicht, warum
ich mich nicht mir ihr anfreunde. Annika hat ihr zweites Kind be-
kommen und keine Zeit zum Plaudern. Ich besuche meinen Vater,
sitze in seinem Wohnzimmer, sehe die Studierenden, die beinahe
bei ihm wohnen, wie sie im Esszimmer lernen und schreiben und
diskutieren, und ich spreche mit meinem Vater über die Bücher,
die ich gelesen habe, und über möglichst harmlose Dinge, die in
der Zeitung stehen. Ich denke, dass wir uns so ähnlich sind. Er
ist im sozialen Umgang mit anderen genauso unbeholfen wie ich.
Diese angeborene Schwäche kompensiert er durch eine ständig
wechselnde Anhängerschar. Sie bleiben nicht lange, aber wenn sie
da sind, ist ihre Zuwendung sehr intensiv. Das scheint fest zum
vierten Semester ihres Studiums zu gehören: die Arbeiten mei-
nes Vaters zu lesen und sich davon begeistern zu lassen. Ich weiß
nicht genau, in welcher Hinsicht sie ihm etwas geben, ob es ihre

Gesellschaft ist, der menschliche Kontakt und die Fürsorge, die er braucht, oder einfach nur die eitle Freude, wenn er sich in ihren bewundernden Blicken spiegelt? Vielleicht geht es auch um Sex, denke ich, aber das erzähle ich niemandem, nicht einmal Sigurd. Ich wage es kaum selbst zu denken, denn er ist immerhin mein Vater, und wie sollte ich ihm bei diesen Besuchen gegenübersitzen, wenn ich so etwas denke?

Margrethe besuchen wir in dieser Zeit kaum, und den alten Torp so gut wie gar nicht. Sigurd bekomme ich fast nie zu Gesicht.

Ich verstehe ihn. Er hat viel zu tun. Ich versuche, ihm gegenüber verständnisvoll zu sein, nicht zu jammern, mich nicht zu beschweren, weil ich einsam bin und mein sozialer Kontakt fast nur aus den Gesprächen mit diesen gebrochenen Jugendlichen besteht, die glauben, sie würden vom Verfassungsschutz bespitzelt, und die im Gebüsch um den Sognsvann Blowjobs anbieten, damit sie Geld für den nächsten Schuss bekommen. Es ist wirklich zum Heulen. In erster Linie natürlich das Schicksal dieser Jugendlichen, denn welchen Grund habe ich, traurig zu sein, wenn diese Jugendlichen, die zehn oder fünfzehn Jahre jünger sind als ich, schon so viel Schreckliches erlebt haben? Drogen, Inzest, Prostitution, Gewalt und Missbrauch, Krieg und Folter, es gibt keine Grenzen, und ich sitze hier und jammere, weil mein Freund so viel arbeitet.

Ich weine zu Hause, hocke auf dem Sofa und flenne ganz ungehemmt. Manchmal bricht es schon im Regionalzug aus mir heraus, dann halte ich mir das Buch vors Gesicht und tue so, als wäre ich kurzsichtig, und lasse die Tränen, die ich ohnehin nicht aufhalten kann, ganz diskret an meinen Wangen herunterkullern und trockne sie mit dem Buch ab.

Und ich rufe niemanden an. Was sollte ich auch sagen? Es ist so beschämend. Wenn Sigurd mich schlagen würde, könnte ich es erzählen, denke ich, wenn er fremdgehen oder zu viel trinken würde, *dann hätte ich meine Freunde anrufen können. Ronja wohnt jetzt in Madrid, aber sie hätte sofort den nächsten Flug genommen, um mir Beistand zu leisten, wenn so etwas wäre. Wenn mein Vater gestorben wäre. Wenn ich krank wäre. Aber weil ich einsam bin? Ich traue mich nicht mal, das zu sagen. Wer würde den nächsten Flug nehmen für eine, der es nicht gelingt, eine Beziehung zu anderen aufzubauen? Sie würden mir am Telefon freundlich zustimmen und mich trösten und sich in Wirklichkeit für mich schämen, während sie mich reden hören. Sie würden auflegen und denken: Das haben wir an Sara immer schon komisch gefunden. Mit Einsamkeit möchte man lieber nichts zu tun haben. Sie würden sich zurückziehen, und das will ich nicht.*

Also mache ich es mit mir selbst aus, zu Hause in unserem traurigen Wohnzimmer. Ich weine, dusche, koche. Esse allein vor dem Fernseher. Weine in der Werbepause darüber, wie traurig ich bin, was für ein Klischee, ein Mädchen auf dem Sofa, das den Pastateller auf seinen Knien balanciert, in Tränen aufgelöst vor einer Shampooreklame.

Wenn Sigurd nach Hause kommt, tue ich so, als würde ich schon schlafen. Ich höre, wie er die Tür aufschließt, wie er dort draußen umherschlurft, sich ein Brot macht, den Fernseher anschaltet, auf die Toilette geht, die Zähne putzt und anschließend hereinkommt, und ich warte auf ihn, jetzt, denke ich, jetzt werde ich es endlich bekommen, das Fitzelchen Liebe, nach dem ich mich den ganzen Tag über gesehnt habe, und ich drehe mich um, seufze, öffne die Augen und blinzele, als hätte ich bis jetzt geschlafen, und frage:

»Sigurd? Bist du zu Hause?«

Und er antwortet:

»Ja, schlaf ruhig weiter, du.«

Er zieht sich aus und legt sich hin, ganz an den Rand. Ich rutsche zu ihm. Ich hebe meinen Kopf und lege ihn in seine Armbeuge.

Ich lege meinen Arm auf seine Brust, schließe die Augen, sauge seinen Duft ein, Schweiß, Kälte, Chemikalien. So, wie er gerochen hatte, als wir frisch zusammenkamen, wenn er von der Architektenschule in unsere Wohnung nach Bergen kam. Er küsst mich auf den Kopf. Er umarmt mich, aber er ist müde und schläft am besten allein, und ich weiß, dass er wartet und herunterzählt, wie lange er mich umarmen muss, bevor er endlich loslassen kann. Ich spüre, wie er wartet. Drei, zwei, eins. Dann drückt er mich kurz an sich, beugt sich über mich und zieht seinen Arm unter mir weg.

»Gute Nacht«, sagt er und rollt sich auf seine Seite.

Manchmal war ich so verzweifelt, dass ich es nicht ausgehalten habe. Dann habe ich gesagt, noch nicht zu diesem Zeitpunkt, aber später: Wir sehen uns ja gar nicht mehr, können wir uns nicht ein bisschen in den Arm nehmen und eine Weile so liegen bleiben. Aber ich habe gelernt, dass es schlimmer ist, so direkt zurückgewiesen zu werden, wie ich es in diesem Moment von ihm erzwinge, Sara, ich bin so kaputt, ich habe den ganzen Tag gearbeitet, ich kann nicht mehr, ich will einfach nur schlafen. Es ist besser, die Häppchen zu schnappen, die er mir vorwirft, die Minute, die er mich festhält, ehe er mich durch seine letzte Umarmung wieder auf meine Betthälfte zurückschiebt. Manchmal ist es in Ordnung. Manchmal bin ich beinahe zufrieden. Andere Male erschreckt es mich, mit wie wenig ich mich zufriedengeben muss, wie erbärmlich das alles ist.

Mein Handy piepst, während ich mit den Fingern auf den Umschlag des Buchs trommele, das neben meiner Kaffeetasse liegt, ich kann es nicht lesen, kann mich nicht konzentrieren, deshalb liegt es einfach nur da.

Kommst du voran?, *schreibt Ronja, und:* Ich hole dich vom Bahnhof ab!

Ich habe sie seit fast einem Jahr nicht mehr gesehen. Ich blicke auf die Uhr, noch vier Stunden und fünfzehn Minuten, und der Zug nimmt Fahrt auf, und es scheint langsam aufwärts zu gehen, als würde sich das Gebirge da draußen allmählich aufbauen. Wir haben uns zu viert als freiwillige Helferinnen beim Nachtjazzfestival gemeldet, wir werden drei ganze Tage auf der Veranstaltung sein, einfache Arbeitsaufgaben ohne große Verantwortung übernehmen, werden Zeit miteinander verbringen, Bier trinken und uns Konzerte ansehen. Ich habe mir von der Arbeit freigenommen. Sigurd hatte mich sehr zu dem Ausflug ermutigt, vielleicht ein bisschen zu sehr, als würde er sich auf die Mini-Lernwoche ohne schlechtes Gewissen in der Schule freuen, die ich ihm schenke. Natürlich musst du da hin, *sagte er,* mach es dir nett mit den Mädels, aber übertreibe es nicht mit dem Feiern, haha, nein, im Ernst, hab richtig viel Spaß. *Und ja, das werde ich auch.*

Ich sehe sie, bevor sie mich sieht. Sie steht unter dem Dach auf dem Bahnsteig des Stadtbahnhofs und sucht mich zwischen den vielen Passagieren, die aus dem Zug strömen. Ihr Haar ist länger, als ich es in Erinnerung habe, und wallt wild über ihre Schulter. Sie hat diese lässige, natürliche Eleganz, die auf denjenigen abfärbt, der neben ihr steht; ich bin Ronjas Anhängsel, auf mich kann man zählen. Sie sieht mich nicht, obwohl ich winke, und ich genieße es, sie nach mir ausspähen zu sehen, wie sie dort steht und wartet, sie wartet auf mich, und ich liebe den Augenblick, als sie mich erblickt. In diesem Moment strahlt sie und winkt, und zwar so richtig, sie springt auf und ab und ruft meinen Namen, so laut sie kann.

Wir fallen uns in die Arme.

»Meine kleine Sara«, *sagt sie in meine Haare,* »ich habe dich so vermisst, ist dir das klar?«

Und ich muss mich konzentrieren, um nicht sofort in Tränen auszubrechen.

»Ronja, meine Kleine«, sage ich und kämpfe mit der Selbstkontrolle, »klar ist mir das klar!«

In der Nacht zum 10. März: Alles gut

Was war das? Plötzlich bin ich hellwach und liege mit aufgerissenen Augen im stockfinsteren Zimmer, starre in die Dunkelheit,
ohne mich mit dem Blick an etwas festhalten zu können. War da
ein Geräusch? Wurde ich von etwas Bestimmtem geweckt? Jetzt
ist es still. So liege ich einige Sekunden lang, in voller Bereit-
schaft. Im Haus knackt es, draußen stürmt es. In der Ferne höre
ich das Rattern der U-Bahn, aber ich bin an einem Punkt angelangt, an dem ich nicht weiß, ob ich sie tatsächlich höre oder ob
ich sie in den letzten Tagen so oft gehört habe, wenn ich in der
Stille gehorcht hatte, ob Sigurd kommt, dass ich es mir jetzt nur
einbilde.

Aber ich höre nichts mehr. Ich taste mit der Hand nach dem
Telefon auf dem Nachttisch. Ich versuche, nicht auf das Bild
von Theo, Sigurd und mir mit der Orangenscheibe im Mund zu
schauen, sehe nur zur Uhr, 2:43 Uhr, tja.

Dann knarrt es. Nicht so, wie es bei Wind in Holzhäusern
knarrt. So wie es knarrt, wenn sich etwas bewegt, ein klares,
deutliches Geräusch. Ich setze mich auf. Schalte das Licht ein.
Ich weiß nicht, womit ich gerechnet habe, aber mein Schlafzimmer ist genauso leer wie zuvor.

Mein Blick tanzt unruhig von einem Gegenstand zum nächsten, die Kleiderstange mit Sigurds Hemden und meinen Blu-
sen, die Kommode, das Fenster, seine auf immer und ewig leere
Betthälfte, sein Nachttisch, mein Nachttisch, die Deckenlampe,

erneut zum Fenster. Dann höre ich die Schritte. Über mir. Klare, deutliche Schritte, ein rhythmisches Klopfen. Jemand ist auf dem Dachboden. Jemand läuft im Büro des alten Torp umher. Ich höre ihn durch die Tür gehen, höre, wie sie geschlossen wird, und schaudernd weiß ich: Derjenige steht jetzt dort oben auf dem Treppenabsatz.

Nur die Schlafzimmertür trennt die Person dort oben noch von mir. Blitzschnell, ohne nachzudenken, springe ich aus dem Bett, mit einem Satz bin ich an der Tür, greife nach der Klinke, ziehe sie zu mir, so fest ich kann, halte die Tür so verschlossen, wie es nur geht.

Jetzt ist es still dort oben, und ich zähle, eins, zwei, jemand steht dort oben und hat mich gehört, drei, vier, wir warten aufeinander, fünf, sechs, diese ewigen Hundertstelsekunden, in denen ich den Eindringling belaure und er mich, sieben, acht, und dann, als ich bei neun bin, wagt er sich vor, mit einem Knall höre ich seine Schritte auf der Treppe, und dann rast er Stufe für Stufe in meine Etage hinunter. Ich klammere mich an die Tür, hänge mit meinem ganzen Körpergewicht an der Klinke und habe dieses eiskalte, lähmende Gefühl, dass sich jetzt alles entscheidet zwischen mir und dem Fremden dort draußen, es geht um Leben und Tod.

Doch die Schritte hasten an meiner Tür vorbei, die nächste Treppe hinunter ins Wohnzimmer, vom Wohnzimmer zum Flur im Untergeschoss, und dann höre ich, wie die Haustür geöffnet wird, und anschließend nichts mehr.

Ich warte, während mein Puls rast, als würde er gleich mein Trommelfell sprengen. Ich drücke immer noch mit aller Kraft gegen die Türklinke. Er muss hinausgegangen sein, aber was weiß ich, es könnten ja mehrere dort oben gewesen sein. Ich warte mucksmäuschenstill und versuche, durch das Rauschen des Blutes in meinem Kopf zu hören, ob noch Fremde in meinem Haus sind.

Dann lasse ich los, sprinte zum Nachttisch und schnappe das Telefon, strecke mich wieder nach der Tür, und mit einer Hand auf der Klinke benutze ich die andere, die linke, um die Nummer der Polizei zu wählen.

»Mein Name ist Sara Lathus«, sage ich zu der angenehmen Männerstimme, die meinen Anruf entgegennimmt. »Ich wohne in Nordberg, und ich bin vor fünf Minuten davon geweckt worden, dass jemand in meinem Haus ist.«

Die Polizei braucht neun Minuten, und während ich auf sie warte, bleibe ich so sitzen, mit der einen Hand auf der Türklinke, während die andere das Telefon umklammert.

»Alles gut«, sage ich zu mir selbst, um mich zu beruhigen, »alles gut, alles gut.«

Mehr sage ich nicht. Ich denke auch nichts, alles, was ich sehe, ist weiß und zitternd, und ab und zu taucht das Bild wieder auf, das sich mir vor einem knappen Jahr eingebrannt hat, als Sigurd und ich herkamen, um den alten Torp zu besuchen, und ich ihn tot auf dem Dachboden fand.

Nach einer Weile höre ich sie.

»Hallo?«, ruft eine Männerstimme aus dem Inneren des Hauses. »Hallo? Ist da jemand? Wir sind von der Polizei.«

Ich warte, bleibe mucksmäuschenstill sitzen, alles gut, alles gut, ich muss abwarten.

»Hallo?«, ruft eine andere Stimme. »Wir haben einen Notruf von hier empfangen?«

Sie murmeln etwas, vermutlich besprechen sie sich untereinander, und dann höre ich sie auf der Treppe zum Wohnzimmer, diesmal etwas lauter.

»Hallo? Sind Sie da?«

Und danach, leiser:

»Wissen wir eigentlich, nach wem wir suchen?«

»Eine Frau, sie heißt, lass mich mal sehen ...«

Alles gut, alles gut. Mein Puls beruhigt sich ein wenig. Notruf.

»Sara Lathus?«

Alles gut, alles gut.

»Ja«, antworte ich mit rauer Stimme.

»Frau Lathus? Sind Sie da?«

»Ich bin hier oben«, sage ich.

»Können Sie herkommen?«

Und dann lasse ich den Türgriff los. Meine Hände zittern noch vor Anstrengung. Ich stehe auf, stakse auf weichen Knien hinaus und durch die Tür, die mich gerettet hat.

Die beiden Polizisten sind sympathisch, beide noch jung. Der eine spricht einen geschliffenen, weichen Kristiansander Dialekt, der mich an die Sommer in Sørland und an meine Kindheit erinnert, der andere hat ein südasiatisches Aussehen, vermutlich kommen seine Eltern aus Pakistan. Er ist ziemlich hübsch, hat große, braune Augen und eine kleine Narbe auf der einen Wange. Er ist derjenige, der mich befragt.

»Wann haben Sie das erste Mal die Geräusche gehört?«, fragt er, und ich sage: »Ich bin plötzlich aufgewacht und habe auf die Uhr geguckt, da war es 2:43 Uhr.«

Er nickt und macht sich Notizen.

»Und können Sie die Geräusche beschreiben?«

Sein Kollege sieht sich um, während wir reden, geht zur Verandatür und fasst an den Griff, prüft, ob die Fenster verschlossen sind.

»Es waren Schritte«, sage ich, »eindeutig Schritte. Er war oben auf dem Dachboden. Dann ist er auf den Treppenabsatz hinausgegangen und stehen geblieben, und ich habe im Schlafzimmer gesessen und die Tür zugehalten, bis er die Stufen hinuntergelaufen ist und nach draußen.«

Der Polizist macht Notizen.

»Gibt es noch andere Eingänge zum Haus als den, durch den wir gekommen sind, und die Terrassentür?«, fragt sein Kollege.

»Eine hinter der Küche, zur Waschküche«, sage ich und zeige ihm den Weg, und er verschwindet.

»Wurde schon einmal bei Ihnen eingebrochen?«, fragt mich der andere, und für einen Moment steht alles still, und ich denke, er weiß es nicht, er hat es noch gar nicht gehört, und jetzt muss ich es ihm erzählen.

»Na ja«, sage ich. »Mein Mann wurde am Sonntag ermordet im Krokskogen gefunden.«

Seine Augen weiten sich, und dann sehe ich, wie die Erkenntnis bei ihm ankommt.

»Ein Einbruch also nicht gerade«, fahre ich fort, »aber Sie können sich sicher vorstellen, dass ich einen Schreck bekommen habe.«

»Ja, natürlich«, sagt er. »Ja, selbstverständlich. Warten Sie bitte kurz.«

Er verschwindet hinter seinem Kollegen in die Waschküche. Ich bleibe stehen und sehe ihnen nach. Jetzt, wo ich allein im Wohnzimmer bin, schaue ich mich ebenfalls um. Sie sind bloß hinter der nächsten Wand, aber ich fühle mich schon unwohl ohne sie. Ich überlege, ob ich sie bitten kann, zu bleiben. Schon der Gedanke, mich wieder hinzulegen, allein, oben im Schlafzimmer, macht mir Angst.

Die Polizisten gehen dort hinauf, wo der Eindringling herkam, zum Dachboden des alten Torp. Ich bin plötzlich ganz redselig, erzähle ihnen vom alten Torp und dass ich ihn oben fand, aber ich begleite sie nicht hinein. Stattdessen gehe ich zum Fenster. Von unserem Wohnzimmer haben wir Aussicht auf ganz Oslo, das ist einer der großen Pluspunkte auf dem Immobilienmarkt.

Dort unten leuchten überall Lichter, kleine Punkte. Straßenlaternen, leere Büroräume, in denen die Lampen brennen und unseren Strom verschwenden. Und dann die Busse, Restaurants, Bäckereien und Zeitungsredaktionen, wo die Leute vielleicht schon wach sind, und all die armen einsamen Menschen, die nicht schlafen können. Ich überlege, wie viele es wohl in einer durchschnittlichen Nacht sind. Plötzlich würde ich mich gerne mit ihnen verbünden.

Die Polizisten kommen wieder nach unten.

»Tja«, sagt der Beamte aus Kristiansand, »wir haben jetzt den Dachboden untersucht und alle Eingänge, und es gibt keine Hinweise auf einen Einbruch.«

»Sind Sie sicher, dass Sie gestern Abend die Tür abgeschlossen haben?«

»Ja«, sage ich.

Ich gehe im Kopf zurück, habe ich es wirklich? Kann ich wissen, dass ich mich tatsächlich an gestern erinnere und es nicht mit dem Abend davor verwechsle? Könnte ich so durch den Wind gewesen sein, dass ich vergessen hatte, die Tür abzuschließen?

»Ganz sicher?«

Ich überlege kurz und schätze.

»Zu fünfundneunzig Prozent.«

Sie wechseln einen Blick.

»Die Haustür stand offen, als wir kamen«, fährt er fort, »deshalb ist es im Nachhinein schwer festzustellen, und dann könnte er natürlich auch durch ein Fenster eingestiegen sein, das offen stand, und das er hinter sich geschlossen hat.«

Ich nicke, warte ab, haben sie weitere Alternativen?

»Und wenn nicht«, sagt er und sieht seinen Kollegen an.

»Wenn nicht, gibt es zwei Möglichkeiten«, fährt der Kollege fort. »Entweder hat er sich im Laufe des Tages hineingeschlichen, falls Sie die Tür zu irgendeinem Zeitpunkt offen gelassen hatten. Oder er hat einen Schlüssel.«

Der Beamte aus Kristiansand fragt:

»Wer hat außer Ihnen noch einen Schlüssel?«

»Mein Mann hatte einen«, sage ich, es klingt wie ein Seufzer, Sigurd hatte, Sigurd ist nicht mehr. »Aber der Schlüssel wurde bei ihm gefunden, oder mit ihm gefunden, deshalb muss er wohl irgendwo bei Ihnen sein. Ansonsten besitzt nur seine Mutter einen Schlüssel.«

Sie nicken.

»Könnte sie das gewesen sein?«, schlägt der eine vor.

»Nein«, antworte ich, »nein, ich kann mir nicht vorstellen, dass sie einfach so hereinkommen und in meinem Haus herumlaufen würde, und dann wegrennen.«

»Sie hat gerade ihren Sohn verloren«, sagt der gutaussehende Beamte. »Vielleicht steht sie unter Schock. Vielleicht wollte sie etwas mitnehmen, das ihm gehört hat?«

Ich weiß nicht, was ich darauf erwidern soll. Ich sehe Margrethe vor mir, wie sie gestern vor mir stand, tragisch schön und ein bisschen angesäuselt.

»Rufen Sie sie doch morgen an«, schlägt der Beamte aus Kristiansand vor, »und fragen Sie sie, wo der Schlüssel ist. Jemand könnte ihn ihr weggenommen haben.«

Etwas in seinem Tonfall verrät mir, dass sie bald zum Ende kommen wollen.

»Was passiert denn jetzt?«, frage ich sie, und sie sehen erst mich an, dann einander, dann wieder mich.

»Jetzt schreiben wir erst einmal ein Protokoll«, sagt der Gutaussehende mit der Narbe, »und dann schicken wir es an denjenigen, der für Ihren Fall zuständig ist. Ich meine, für die Ermittlungen im Mord an Ihrem Mann.«

Sie sehen mich erneut an, und ich spüre, wie die Panik in mir aufsteigt, sie verstehen es nicht, sie wollen tatsächlich gehen.

»Ich meine«, sage ich, »was passiert mit mir? Wollen Sie denn, ich weiß nicht, wollen Sie einfach gehen? Soll ich allein hierbleiben?«

Der Beamte aus Kristiansand blickt auf seine Hände. Ich tue es ebenfalls, sie sind von dichten, blonden Haaren bedeckt.

»Wenn Sie das unbehaglich finden, könnten Sie zu jemandem fahren, den Sie kennen«, schlägt er vor.

Annika, mein Vater, Margrethe. Die Liste ist nicht so lang. Annika würde sich freuen, aber ich weiß nicht, irgendetwas daran widerstrebt mir. Ich wohne hier. Dies ist mein Haus. Vollkommen unlogisch, aber dennoch: Wenn Sigurd mich suchen würde, käme er hierher.

Denke ich das? Meine ich das ernst? Verliere ich allmählich den Verstand? Ich habe den großen Gundersen im Ohr, der gesagt hat, der Bericht aus der Gerichtsmedizin käme am Dienstag. Höre ihn danach sagen: Fangen Sie nicht an, daran zu zweifeln. Tja, Gundersen, tue ich aber. Der Bericht aus der Gerichtsmedizin ist noch nicht gekommen. Noch besteht eine winzige Hoffnung, dass es ein anderer ist. Was es bedeuten würde, wenn es so wäre, weiß ich nicht, aber ich weiß, dass ich hier sein will, wenn Sigurd kommt, um mit mir zu reden.

»Ich möchte hierbleiben«, erwidere ich. »Ich wohne doch hier. Ich meine, warum sollte ich ausziehen?«

»Tja«, sagt der Gutaussehende, und irgendetwas in seinem Ton verrät mir, dass er mich allmählich leid wird, »diese Entscheidung müssen wir natürlich Ihnen überlassen.«

Der andere sagt: »Gibt es denn einen Grund zu glauben, dass der Eindringling wiederkommen wird?«

»Ich weiß es nicht«, sage ich, »ich weiß ja nicht, welchen Grund er eigentlich hatte, um herzukommen.«

Nachdem die Polizisten gegangen sind, schließe ich mich in meine Praxis ein. Ich trage die Bettdecke unter dem einen Arm und das Kissen unter dem anderen. In der linken Hand habe ich die Schlüssel. In der rechten Hand halte ich das schärfste Küchenmesser, das ich besitze.

Hier drinnen ist es geschützter, geborgener. Nur ich habe einen Schlüssel zur Tür, nicht einmal Sigurd hatte einen Ersatzschlüssel. Ich schließe die Außentür ab und auch die Tür zwischen dem kleinen Wartezimmer und dem Therapieraum. Dann schiebe ich den Schreibtisch vor die Tür und stelle den Bürostuhl darunter. Wenn jemand versucht, hier hereinzukommen, wird er mich immerhin wecken. Ich lege mich mit der Decke auf den Boden, der hart und unbequem ist, aber wahrscheinlich kann ich sowieso nicht schlafen. Ich halte das Messer in der Hand.

Woran ich mich von den Tagen auf dem Nachtjazzfestival in jenem Jahr erinnere:

Ein aufgeladener, beinahe verkrampfter erster Abend: Benedicte, Ronja, Ida und ich sitzen im Restaurant Verftet, wir haben einen Tisch reserviert, und es kommen Leute vorbei, die wir kennen, ab und zu umarmen wir jemanden, und ich sage Hallo, wie geht's, zu den vielen alten Bekanntschaften, die ich längst vergessen habe. Ich übertreibe es, ich merke es selbst und versuche mich zurückzuhalten, mich zu entspannen und die gute Stimmung einfach nur zu genießen, aber ich schaffe es nicht, ich bin zu verzweifelt, und um es zu überspielen, trinke ich zu viel. Ich wohne bei Benedicte, die mich nach Hause bringen muss, bevor die Party beendet ist. Ich kotze in das Gebüsch ihrer Nachbarn.

Die belegten Brote, die wir vom Küchenteam des Festivals schmieren, sind für die freiwilligen Helfer; Butter, Salami und Rucola oder Butter, Käse und Weintrauben. Die Künstler bekommen edlere Lunchpakete. Wir arbeiten zu viert in einer Schicht, ein Emo-Mädchen aus Sauda mit schwarz umrandeten Augen, die fast nie etwas sagt, eine Literaturwissenschaftsstudentin, die ihre Bachelorarbeit über Proust schreibt, aber erstaunlich lustig ist, In search of the lost Käsehobel, *sagt sie über die Brotscheiben hinweg, und ein etwas schüchterner italienischer Diplom-Ingenieur, der so tut, als würde er dem Gespräch folgen, wenn wir Norwegisch sprechen, aber erst nachdem wir uns seiner erbarmen und*

Englisch sprechen, taut er auf. Ich bin auch lustig, das merke ich. Ich erzähle Geschichten aus meinem Leben, aus der Institution, vom Leben in Oslo, von meinem Vater. Ich gebe zu viel preis. Zu viel aus der Berufspraxis, was ethisch bedenklich ist, aber auch zu viel von allem anderen. Nicht in dem Sinne, dass ich erzähle, wie traurig mein Leben ist, aber ich erzähle viel zu persönliche Dinge. Ich mache mich über meinen Vater lustig. Habe ich nicht schon mal etwas von Zinerman gelesen, fragt die angehende Literaturwissenschaftlerin, und ich sage, glaube mir, wenn es so wäre, würdest du dich daran erinnern, mein Vater schockiert dermaßen gern, dass es die Leute nicht wieder vergessen.

Wir bringen das, was die Künstler brauchen, in ihre Backstage-Räume, das Essen, T-Shirts, alles, was sie auf dem Rider stehen haben. Massimo, der Ingenieur, und ich schämen uns ein bisschen über einen Stapel Pornohefte, die sich eine amerikanische Prog-Jazz-Band erbeten hat; er wird ein wenig rot, und ich finde ihn deswegen niedlich.

Die Morgen zu Hause bei Benedicte, wenn ihre Mitbewohnerin auf der Arbeit ist und wir große, fettige Käsebrote essen und literweise Kaffee aus den Keramiktassen trinken, die sie aus unserer früheren WG mitgenommen hat, während wir lustige Serien auf DVD gucken und alles so ist wie früher.

Der Biergeruch in den Räumen, wenn wir am Vormittag ankommen, der Dunst von Party und Menschen hängt immer noch in den Wänden und in den schweren schwarzen Bühnenvorhängen, sie riechen nach Dingen, die ich nur ahnen kann, wild und ein bisschen illegal, vielleicht Drogen, vielleicht Sex.

Ein Konzert mit einem alten Künstler aus der dominikanischen Republik, der auf der Bühne sein Hemd auszieht; er wirft es ins Publikum, Ronja fängt es und hält es hoch, es ist weiß mit blauen Blumen, und wir sehen beide zu ihm hinauf und lachen, und in dem Moment denke ich, ich gehe nie wieder zurück, hier bin ich frei, sie können mich alle mal, Sigurd und all die anderen in dieser grauen Betonstadt namens Oslo.

Der letzte Festivalabend, an dem die freiwilligen Helfer feiern. Ronja hat sich den Festivalflirt gesichert, ich habe Lakritzschnäpse mit dem Küchenteam getrunken, und einige derer, die schon seit Jahren hier arbeiten, die ganz Engagierten, treten zusammen auf. Keiner von ihnen ist professioneller Musiker, aber sie kompensieren es mit ihrer Leidenschaft, und es ist beinahe schön, als sie zu einem alten Billie-Holiday-Song übergehen, All of me, why not take all of me, don't you know I'm no good without you. Massimo nimmt meine Hand. Ich lächle ihn an, will gerade sagen, I'm sorry, I have a boyfriend. Aber dann tue ich es doch nicht. In diesem Moment fühle ich mich so, als wäre ich einundzwanzig und hätte gerade mein Studium begonnen. Ich denke, habe ich es nicht verdient, für einen Abend wieder diese Person zu sein? Genau hier existiert Sigurd nicht, und wenn er nicht existiert, wohne ich nicht in Oslo, und dann bin ich auch nicht diejenige, die heimlich im Zug hinter Büchern weint und so tut, als würde sie schlafen, wenn ihr Freund nach Hause kommt. Also stehe ich zehn Minuten lang da und halte Massimos Hand. Dann legt er mir die Hand auf den Rücken. Dann küsst er mich aufs Ohr. Dann betrachtet er mich mit seinen freundlichen braunen Augen, und ich denke, warum auch nicht, verdammt noch mal. Ich habe ein bisschen zu viel getrunken, aber das gibt nicht den Ausschlag. Ich bin noch klar genug im Kopf, um zu denken: Wir müssen jetzt gehen, bevor ich es mir anders überlege, bevor ich zur Vernunft kommen kann. Ich ziehe ihn mit mir aus dem Raum und in einen der leeren Backstage-Räume.

Woran ich mich von Massimo erinnere, an jenem letzten Abend: dass er überraschenderweise eine Tätowierung von einem Hai auf der Schulter hatte. Dass er Angst hatte, jemand könnte *hereinkommen, obwohl ich die Tür von innen abgeschlossen hatte. Dass wir es im Stehen machten, an die Wand gelehnt, und dass es aufgrund der Stellung unbequem war, aber trotzdem schön. Dass ich ihn währenddessen bat, etwas auf Italienisch zu sagen, und er ganz schüchtern wurde, er wisse nicht, was er sagen solle, sagte er, aber er wollte mich auch nicht enttäuschen und sagte, Sara, Bella. Dass ich es bereute, darauf bestanden zu haben.*

Dass es anschließend am schönsten war, nachdem wir wieder hinausgegangen waren und den anderen nichts erzählten, uns aber den restlichen Abend über wissend anlächelten.

Am frühen Morgen, gegen sieben, rissen sich alle, die noch da waren, die Klamotten vom Leib und sprangen ins Wasser. Ich sah Massimos Haitattoo zum zweiten Mal. Das Wasser war eiskalt, und ich tauchte mit dem Kopf unter. Wieder an Land, trocknete ich mich an ein paar alten Bühnenvorhängen ab. Dann zog ich mich wieder an, umarmte Massimo ein wenig zu lange und vielversprechend, schrieb eine erfundene Telefonnummer auf einen Zettel, als er mich danach fragte, und ging gemeinsam mit Ronja zum Bahnhof.

»Was lief denn da zwischen dir und dem Italiener?«, fragte sie mich.

»Nichts«, antwortete ich.

Ich schlief während der ganzen Zugfahrt nach Hause.

Sigurd ist wieder in der Schule, als ich nach Hause komme. Ich halte mich wach, bis ich die Tür höre, und bekomme zehn Minuten mit ihm.

»Hattest du eine nette Zeit?«, fragt er mit geröteten, müden Augen zwischen zwei Bissen Käsebrot. »Erzähl mal, was ihr so gemacht habt.«

»Es war schön«, sage ich.

»Wie gut«, sagt er, und sein Blick verschwimmt.

Eine Woche darauf ist das Nachtjazzfestival ebenso verblasst wie die anderen Erinnerungen aus Bergen, wie etwas, das in einer anderen Zeit geschah, mit einer jungen Frau, die fast eine andere ist als ich, eine, die ich nur kenne oder von der ich gelesen habe. Sigurd hofft, dass er seine Arbeit im Laufe des Sommers abgeben kann. Jetzt schläft er tatsächlich zwischendurch in der Uni, kriecht mit Schlafsack und Kissen in die Installation hinein, an der er gerade arbeitet. Ronja ist wieder in Madrid, und wenn wir uns gegenseitig Mails schreiben, sind sie leicht und oberflächlich. Immerhin gelingt es mir meistens, die Tränen zurückzuhalten, bis ich in unserer Wohnung angekommen bin. Ich bewerbe mich auf ein paar Jobs, lasse mir eine neue Frisur schneiden.

Eines Tages ist Sigurd zu Hause, als ich die Tür aufschließe. Ich bin nicht darauf vorbereitet, und als ich höre, wie er nach mir ruft, muss ich zurückrufen: »Sigurd?«

Als könnte ich nicht fassen, dass er es ist.

»Ich bin in der Küche«, sagt er, und ich gehe dorthin, ohne meine Schuhe auszuziehen.

Er sitzt am Küchentisch, vor ihm liegt eine Postkarte.

»Was machst du denn zu dieser Zeit schon hier?«, frage ich.

»Wer ist Massimo?«, fragt er mich.

»Massimo?«, frage ich zurück, und es stimmt, dass ich fast überlegen muss, von wem er redet.

Er wirft mir eine Postkarte hin.

Dear Sara, *steht da.* Thank you for the wonderful time we spent together in Bergen, and especially for the last night. That was really special for me. I miss you a lot and think about you. I wish I could visit you in Oslo, or you could come here to Milan. Please write back to me or call at any time. Many kisses, your Massimo.

»Sigurd«, sage ich, und zum ersten Mal seit vielen Monaten habe ich das Gefühl, dass er mich tatsächlich ansieht.

Dienstag, 10. März: Luft holen und von vorn anfangen

Gundersen kommt mit einer zufriedenen Miene in meine Küche. Ich sitze an der Kücheninsel und blicke in eine halbvolle Kaffeetasse, als er hereinstiefelt, und ich denke, dieser Mann hat wirklich etwas Unausweichliches an sich. Wenn er über etwas glücklich ist, so wie jetzt anscheinend, ist er die reinste Energie. Und ich fühle mich klein und mitgenommen. Ich hatte mich die halbe Nacht in meiner Praxis verschanzt, war ab und zu mit dem Rücken auf dem harten Boden und dem Filetiermesser in Reichweite eingenickt. Es gibt nichts, worauf ich Lust habe.

Wortlos wirft er einen dünnen Stoß mit Blättern auf den Tisch. Ich werfe einen Blick darauf, sie liegen mit der bedruckten Seite nach unten, scheinen aber wichtig zu sein.

»Wissen Sie, was ich hier habe?«, fragt er.

»Nein«, antworte ich.

»Drei Einwilligungen zur Herausgabe von Patientenakten. Von, lassen Sie mich sehen, Trygve, Vera und Christoffer.«

Er reicht sie mir, und bevor ich es überhaupt schaffe, die Hand zu heben, um danach zu greifen, hält er sie mir direkt vor die Nase, und dort hängen sie, die traurigen Beweise dessen, was die Staatsmacht erreichen kann, wenn sie unbedingt will. Also greife ich danach, sehe die kindlichen Unterschriften mit blauem Kugelschreiber, aber die Buchstaben verschwimmen vor meinen Augen, und ich habe keine Lust, mir das durchzulesen, auch keine Lust, dagegen zu protestieren, mir kann es wohl auch egal sein.

»Ich gehe also davon aus, dass alles in Ordnung ist«, sagt Gundersen. »Kein weiterer Grund zum Protest?«

»Nein«, antworte ich zahm, und dann gehen wir hinaus in meine Praxis. Ich schließe uns auf. Meine Decke liegt zusammengerollt an der einen Wand, und Gundersen sagt: »Ach ja, wie ich gehört habe, hatten Sie heute Nacht ungebetenen Besuch?«

»Ja«, antworte ich, und zu meiner Überraschung kommentiert er es nicht weiter. »Da ist der Schrank«, ich deute mit dem Finger auf den Schrank, aber er macht eine abwehrende Handbewegung und scheint jetzt plötzlich massenhaft Zeit zu haben, nachdem er alle Genehmigungen beisammenhat.

Stattdessen geht er zu einem der beiden Sessel am Fenster.

»Hier findet also die Magie statt?«, fragt er mich.

»Hier führe ich meine Therapie durch, ja«, antworte ich.

»Ich war noch nie beim Psychologen«, sagt er. »Früher hatte ich das mal überlegt. Da war ich frisch geschieden. Keine Ahnung. Ich habe nie darüber nachgedacht, wie das eigentlich abläuft.«

Ich sage: »Mit Magie hat das jedenfalls nichts zu tun. Es ist harte Arbeit.«

»Ja«, sagt er. »Ja, kann sein.«

Wir stehen nebeneinander.

»In welchem Sessel sitzen Sie?«, fragt er mich, und trotz meiner tiefen Gleichgültigkeit amüsiert es mich trotzdem ein bisschen, aha, jetzt fragt er also doch.

»Ich lasse meine Patienten entscheiden«, antworte ich.

»Ach, interessant«, sagt er und nickt, »aber welchen würden Sie bevorzugen?«

»Den rechten.«

Gundersen setzt sich in den linken Sessel, und mit einer einladenden Bewegung sagt er:

»Dann setzen Sie sich doch.«

»Wollten Sie nicht mein Archiv durchforsten?«

»Das hat Zeit«, sagt er.

Also sitzen wir hier. Gundersen sagt:

»Wie beginnen Sie Ihre Sitzungen? Falls das kein Berufsgeheimnis ist?«

Ich sage:

»Das kommt darauf an. Aber meistens gebe ich den Patienten erst ein paar praktische Informationen, und dann frage ich sie, warum sie gekommen sind.«

»Und was antworten sie?«

»Meistens erzählen sie mir dann von ihren Problemen.«

Er nickt.

»Das unterscheidet sich vielleicht gar nicht so stark von unserer eigenen Vorgehensweise«, sagt er, ohne mich dabei anzusehen, es wirkt fast, als würde er mit sich selbst sprechen.

Ich sage nichts. Er fährt sich über das Kinn. Er muss Mitte vierzig sein. Das jahrzehntelange Rauchen hat eindeutig Spuren hinterlassen, aber er ist trotzdem ein gutaussehender Mann. Ohne diesen Bart und die abgetragene Outdoorjacke hätte man ihn durchaus als attraktiv bezeichnen können. Wenn er so dasitzt wie jetzt, hat er etwas Entwaffnendes an sich, als würden wir ganz entspannt miteinander plaudern, als könnte ich auch ihn fragen, wie er die Befragung eines Zeugen beginne, und als könnten wir über die Gemeinsamkeiten und Unterschiede unserer Berufe grübeln. Ich überlege, wie viel davon kalkuliert ist, ein Mittel, um die Atmosphäre zu schaffen, die er sich wünscht, und wie viel, wenn überhaupt, authentisch.

»Gibt es Patienten, die Sie hassen?«, fragt er plötzlich.

»Was meinen Sie?«

»Ich weiß nicht genau«, sagt er und streckt seine Arme. »Sie praktizieren schon, wie lange, vier, fünf Jahre?«

»Drei.«

»Gab es im Laufe dieser Zeit Patienten, die Sie bedroht haben?«

»Ich habe mit psychotischen Drogensüchtigen zusammengearbeitet«, antworte ich, »was glauben Sie?«

Er lächelt freundlich.

»Verstehe«, sagt er. »Aber gab es jemanden, der besonders hervorstach?«

Ich seufze und zucke die Achseln.

»Sie waren natürlich aggressiv, aber ich glaube nicht, dass einer von ihnen *mich* persönlich gehasst hat. Sie hatten eher einen Hass auf das System, glaube ich.«

»Das System könnte schon ausreichen«, erwidert Gundersen. »Überlegen Sie mal kurz. Vielleicht fällt Ihnen noch etwas ein, was auch immer.«

Ich schließe die Augen, sehe ein paar Szenen vor mir, als ich bespuckt wurde von wütenden, verzweifelten Jugendlichen mit Entzugserscheinungen oder panischen Psychosen. Anschließend hatte ich in einer Poliklinik für Kinder und Jugendliche gearbeitet, Achtjährige, die noch ins Bett machten, und jugendliche Schulschwänzer, die sich selbst verletzten, nur wenig Hass. Und dann meine Privatpraxis. Ich überlege. Trygve.

Hatte ich nicht immer den Eindruck, dass er etwas Hasserfülltes an sich hatte? Nicht gegen mich persönlich, vielleicht, aber gegen das, was ich für ihn repräsentiere, den Zwang. Ihm war auferlegt worden, einmal wöchentlich zur Beichte zu kommen. Er erlebte es als entwürdigend. Zwischendurch, wie letzten Freitag, brach sich die Wut in seinem Gesicht Bahn. Irgendwann sagte er einmal zu mir, die Gamer hätten die Macht, *wir können dein Leben zur Hölle machen, ohne dass du verstehst, was passiert,* sagte er. Er würde die Behandlung nicht abbrechen, weil sie garantiert, dass er bei seinen Eltern wohnen bleiben darf, aber er hasst es, zu mir zu kommen. Mal angenommen, es würde irgendetwas passieren, was dafür sorgt, dass ich nicht mehr im Stande bin, mit ihm zu arbeiten, oder überhaupt zu arbeiten. Würde das Trygve nicht in die Hände spielen?

Aber ich will es Gundersen gegenüber nicht erwähnen. Zum einen erscheint es doch weit hergeholt. Wenn Trygve mich loswerden wollte, und wenn er wirklich im Stande wäre, solche extremen Mittel einzusetzen – und das ist eine ziemlich heftige Annahme –, warum sollte er dann Sigurd umbringen? Warum nicht gleich mich? Die anderen Dinge noch gar nicht mit einbezogen, warum im Krokskogen, was hat Sigurds Lüge damit zu tun, und wer kommt mitten in der Nacht in mein Haus? Zum anderen möchte ich es Gundersen nicht erzählen, weil ich Angst davor habe, wie sie Trygve anschließend behandeln würden. Ich stelle mir vor, wie Gundersen bei den verzweifelten Eltern in die Küche stiefelt, so wie er vor zwanzig Minuten hier hereinstiefelte, und sagt, hören Sie mal, Trygves Psychologin glaubt, er könnte möglicherweise ihren Ehemann umgebracht haben. Anschließend wäre es unmöglich, je wieder ein normales Verhältnis zu der Familie aufzubauen. Und obwohl ich auf die wöchentlichen Stunden mit Trygve gut und gerne verzichten könnte, habe ich Angst davor, was das bei ihm auslösen könnte, oder bei der ganzen Familie, und welches Misstrauen sie daraus entwickeln würden. Um gar nicht erst davon zu sprechen, wie es wäre, die Enttäuschung in den Augen der ohnehin schon schwer geprüften Eltern zu ertragen. All das, weil Trygve der einzige meiner Patienten ist, bei dem ich irgendeine Form von Hass vernehme, und wegen der vollkommen unwahrscheinlichen Möglichkeit, dass er Sigurd erschossen haben könnte.

»Nein«, antworte ich deshalb, »mir fällt wirklich niemand ein.«

Gundersen nickt.

»Sagen Sie Bescheid, wenn sich das ändern sollte«, sagt er, und dann denkt er einen kleinen Augenblick nach. »Aber wie gut. Mehrere Jahre Praxis und kein Hass.«

Ich ringe mir ein Lächeln ab.

»Und wie sieht es umgekehrt aus«, fragt er. »Gibt es jemanden, der, wie soll ich sagen, zu sehr von Ihnen eingenommen war?«

»Wie meinen Sie das?«

»Ich meine, gab es Patienten, die sich in Sie verliebt haben?«

Ich runzele die Stirn.

»Das kommt wohl eher in Filmen vor als in norwegischen Privatpraxen«, sage ich und ergänze: »Jedenfalls, wenn man mit Kindern und Jugendlichen arbeitet.«

»Na gut«, sagt Gundersen und streckt seine langen Beine aus. »Aber wir müssen jeden Stein umdrehen.«

Ich nicke zustimmend, während ich seine Turnschuhe betrachte, denke jedoch: Sind sie wirklich nicht weitergekommen? Niemand hatte einen Grund, Sigurd umzubringen, und deshalb greifen sie nach absurden Theorien, dass meine Patienten einen glühenden Hass oder eine ebensolche Liebe zu mir entwickelt haben sollten?

Wie auf Kommando sagt er: »Da ist noch eine Sache, die ich Sie fragen muss.«

Er zögert einen Moment und betrachtet mich mit ruhigen Augen. »Gab es Probleme in Ihrer Beziehung?«

Das liegt natürlich eher auf der Hand. Ich verstehe. Gundersens freundschaftlicher Ton war natürlich genau geplant und zielte letztlich nur darauf ab.

»Nein«, antworte ich. »Die üblichen ehelichen Meinungsverschiedenheiten, aber darüber hinaus nichts. Wir führten eine gute Ehe.«

»Und worin bestanden diese Meinungsverschiedenheiten?«

Ich seufze, spüre die Last dieser Frage. Die trivialsten Streitpunkte mit meinem geliebten Mann beleuchten zu müssen, nur wenige Tage nach seinem Tod. Unsere Zwistigkeiten einer kritischen Bewertung unterzogen zu sehen, die schon ein mögliches Motiv formen könnte. Jede kleine Dummheit, die ich oder er begangen hat, zu einem Kriegsgrund aufgebläht, unter Verdacht gestellt. Natürlich ist das notwendig. Aber es ist so unangenehm, so unwürdig.

»Wir waren gerade dabei, das Haus zu renovieren, wie Sie ja sehen können«, antworte ich. »Sigurd war der Projektleiter, ich seine Handlangerin. Ich war ungeduldig und fand, es würde zu lange dauern, bis endlich etwas fertig wird. Er wiederum fand, meine Praxis würde nicht genug einbringen, ich hätte zu wenige Patienten, einen zu geringen Umsatz. Solche Sachen.«

Gundersen nickt nachdenklich.

»Wem gehört das Haus?«

»Uns beiden. Das heißt, eigentlich ist es das Elternhaus meiner Schwiegermutter. Als ihr Vater starb, hat sie es auf Sigurd überschrieben. Der Bruder hat das Ferienhaus übernommen und wird einmal das Haus in Røa erben, weil wir dieses hier bekommen haben.«

»Und jetzt gehört es Ihnen ganz allein«, sagt Gundersen leise zu seinen Schuhspitzen.

»Ja«, sage ich und erinnere mich an das gestrige Gespräch mit Annika, »ich nehme es an. Aber Margrethe erbt doch wohl auch einen Anteil von Sigurd?«

»Ihre Schwiegermutter? Tja, einen kleinen Anteil vielleicht. Aber sie kann Sie nicht aus dem Haus werfen.«

»Nichtsdestotrotz ist es ja Margrethes Elternhaus. Sie hatte es geerbt, sie hat es an uns überschrieben, sonst hätten wir uns in dieser Gegend kein Haus leisten können.«

»Wie nett von ihr«, bemerkt Gundersen. »Was kosten die Häuser hier denn so? Ein freistehendes Haus mit einem Grundstück wie dieses? Zehn Millionen? Fünfzehn?«

Dieser Druck auf der Brust, der Stress, der entsteht, wenn man bedrängt wird. Bei der Arbeit mit den jungen psychotischen Patienten hatte ich eine wichtige Sache gelernt: meine eigenen Reaktionen wahrzunehmen. In der Psychoanalyse nennt man das Gegenübertragung. Gute Therapeuten können sie bei ihrer Behandlung aktiv einsetzen. Wenn ein Patient Traurigkeit oder Resignation in einem auslöst, verrät das etwas darüber, was in dieser Person vorgeht, und was andere, die sie kennen, empfinden. Ganz behutsam kann man es dazu nutzen, den Patienten eine Einsicht in ihr eigenes Verhalten zu geben, in ihre psychische Verteidigung. Unter allen Umständen ist es aber wichtig, sich der Gegenübertragung bewusst zu sein, *was der Patient in mir weckt,* wie eine Dozentin von mir einmal sagte. Gundersen weckt Unbehagen. Er weckt in mir das Bedürfnis, mich zu verteidigen, ich habe kein Interesse an dem Haus, abgesehen davon, dass ich hier mit Sigurd wohnen wollte. Du meine Güte, diese Hütte hat mir doch schon genug Probleme gemacht.

Luft holen. Und von vorn anfangen. Auch das habe ich durch die Arbeit mit den psychotischen Jugendlichen gelernt. Ich hole Luft, tief in die Lunge hinein. Ich bin ganz ruhig. Ich kann das bewältigen. Ich kann es deuten und zurückgeben.

»Gundersen«, sage ich zu ihm. »Ich habe das Gefühl, Sie wollen mir irgendetwas mitteilen. Können Sie nicht einfach sagen, was Sie meinen?«

Aber Gundersen ist nicht mein Patient, und es geht hier nicht darum, an seinem Verhalten zu arbeiten.

»Sie haben von Ihrer Ehe mit Sigurd finanziell sehr profitiert«, sagt er.

Er weicht nicht mit dem Blick aus. Ich auch nicht.

»Ich habe in den letzten Tagen unendlich viel verloren«, sage ich. »Glauben Sie nicht, dass ich dieses Haus, diesen Albtraum einer Dauerbaustelle, liebend gern hergeben würde, wenn ich dafür Sigurd wiederbekäme?«

Gundersen zuckt mit den Schultern.

»Ich beobachte nur«, sagt er.

»Glauben Sie, ich hätte Sigurd wegen des Hauses umgebracht?«

»Manche Leute bringen ihre Partner aus viel nichtigeren Gründen um.«

»Tja«, sage ich. »Ich habe Sigurd aber geliebt. Ich hätte ihn nie im Leben umgebracht. Ich könnte sowieso niemanden umbringen. Aber ich gehe davon aus, dass es nichts hilft, Ihnen das zu sagen.«

Er zuckt erneut mit den Schultern.

»Also gut«, sagt er, »die Finanzen und das Haus. Gibt es noch andere Themen, über die Sie sich gestritten haben?«

Ich denke für einen Sekundenbruchteil nach. Das Kind, das wir bekommen wollten, als wir in Torshov wohnten, und wie wir vollkommen damit aufhörten, es zu planen, als wir herzogen. Wir erwähnten es nur ein einziges Mal und dann nie wieder. Es war kein Streit. Aber es war etwas, was mich beschäftigte.

»Nein«, antworte ich.

Er beugt sich ein wenig vor.

»Haben Sie nicht eben kurz an etwas gedacht? Sagen Sie es einfach. Ich war selbst verheiratet, ich weiß, wie das ist.«

»Nein«, erwidere ich. »Wir haben uns insgesamt ziemlich selten gestritten.«

»Verstehe«, sagt er und sieht sich in meiner Praxis um, sein Blick wandert die eine Wand hinauf, die andere hinunter. »Eine Sache interessiert mich doch. Wenn ich es richtig verstanden habe, war irgendwann einmal eine dritte Person mit im Bilde. Bei Ihnen. Ein kleiner Vertragsbruch sozusagen, vor einigen Jahren.«

Ich blinzle. Vertragsbruch?

»Was meinen Sie?«, frage ich.

»Ich meine folgendes: Stimmt es, dass sie vor zwei oder drei Jahren einmal eine außereheliche Affäre hatten?«

Der Raum fühlt sich unbehaglich still an, während ich atme. Sie haben mit jemandem gesprochen. Ich dachte, Sigurd hätte es niemandem erzählt, aber vielleicht hat er sich Thomas und Jan Erik anvertraut. Thomas hat es möglicherweise Julie weitererzählt, und in diesem Fall wissen es vermutlich noch mehr Leute, denn sie hätte ein solches Geheimnis viel zu aufregend gefunden, um es für sich zu behalten. Bestimmt haben sie mit ihr gesprochen.

»Das stimmt«, sage ich und blicke hinüber zu meiner Bettdecke in der Ecke, dem traurigen Rest meines Betts. »Sigurd und ich hatten eine schwierige Phase. Ich habe im Überschwang eine Dummheit begangen, an einem einzigen Abend. Er hat es herausgefunden. Er war wütend. Einen ganzen Monat habe ich gedacht, er würde mich deswegen verlassen, aber dann hat er doch beschlossen, mir zu verzeihen.«

»So etwas verzeiht man nicht leicht«, bemerkt Gundersen.

»Ja, vielleicht.«

»Es muss ihn einiges an Überwindung gekostet haben.«

»Bestimmt.«

»Wie war ihr Verhältnis danach?«

»Wissen Sie was«, antworte ich, »danach war es sogar besser. Wir haben mehr aufeinander achtgegeben. Wir hatten verstanden, dass wir uns hätten verlieren können.«

»Hören Sie«, erwidert Gundersen, »ich bin wie gesagt geschieden und würde mir deshalb nie anmaßen, mich als Eheexperten zu betrachten, aber diese Sache verstehe ich nicht. Der eine Partner hat eine Affäre. Und der andere Partner verzeiht es. Können Sie mir das erklären, Sie als Psychologin? Bekommt man in einer solchen Situation denn keine Lust, den anderen zu bestrafen? Sie wissen schon, selbst fremdzugehen? Ihn oder sie vor die Tür zu setzen? Nacktfotos von ihm oder ihr an den Chef zu schicken? Solche Sachen?«

Jetzt ist es an mir, mit den Schultern zu zucken. Ich stehe unter Druck, aber ich weiß nicht, ob ich einfach Luft holen und von vorn anfangen kann.

»Ich weiß nicht«, antworte ich. »Das kommt wohl ganz auf den einzelnen Menschen an.«

»Und Sigurd?«

»Er war wütend auf mich. Er hatte zu dieser Zeit viel in der Uni zu tun, er hat seine Diplomarbeit beendet und dabei kaum noch mit mir gesprochen. Als er sie abgegeben hatte, ist er für vier Tage verschwunden, ohne zu sagen, wo er war. Dann kam er nach Hause und wollte einen Neuanfang wagen.«

»Einen Neuanfang?«

»Ja. Er wollte mich haben. Wir kauften eine Immobilie und verlobten uns.«

»Sieh an«, sagt Gundersen. »Das glückliche Ende einer unglücklichen Situation. Wo war er in diesen vier Tagen gewesen?«

»Ich weiß es nicht.«

»Haben Sie ihn gar nicht gefragt?«

»Können Sie sich vorstellen, in was für einer Situation ich war? Ich konnte ihn doch nichts fragen. Ich war einfach nur erleichtert, dass er immer noch mit mir zusammen sein wollte.«

»Aber Sie müssen doch darüber nachgedacht haben?«

Ich zucke erneut mit den Schultern.

»Ich vermute, dass er in der Hütte im Krokskogen war. Er fuhr gerne dorthin, um nachzudenken, und sie stand fast immer leer. Außerdem war der Schlüssel mit der Glaskugel weg.«

Gundersen nickt.

»Und jetzt stellt sich heraus, dass er erneut im Krokskogen war. Was glauben Sie, worüber wollte er diesmal nachdenken?«

»Ich weiß es nicht. Ganz ehrlich. Ich habe keine Ahnung.«

»Sind es die Finanzen und das Haus, die einen Mann in den Wald treiben?«

»Ich weiß nicht.«

»Aber was glauben Sie?«

Ich seufze. Allmählich spüre ich auch im Kopf, dass ich seit dem Abendessen, bei dem mich Annika gestern zwang, ein paar Happen zu essen, nichts mehr zu mir genommen habe.

»Ich weiß nicht, was ich glauben soll. Er hatte einige schwierige berufliche Projekte, und unser Umbau zog sich in die Länge, aber davon abgesehen war er zufrieden. Etwas anderes fällt mir wirklich nicht ein. Vor einem Monat hat er mich an meinem Geburtstag zu einem Überraschungsessen im Restaurant ausgeführt. Er verhielt sich nicht, wie soll ich sagen, merkwürdig.«

»Verstehe«, erwiderte Gundersen. »Das ist wirklich eine harte Nuss.«

»Haben Sie denn einen Tatverdächtigen?«, frage ich ihn.

Er blickt erneut auf seine Hände hinab und lächelt. Seine Fingerkuppen sind orange verfärbt vom Tabak. Ich kann von hier aus erkennen, dass sie schrecklich riechen müssen.

»Dafür ist es noch ein bisschen zu früh«, antwortet er. »Wir sondieren erst einmal das Terrain, könnte man sagen.«

Dann sieht er erneut zu mir auf, mit diesem zwingenden, klaren Blick, ein Mann, der so stark ist, dass man ihm nur schwer widersprechen kann.

»Darf ich ehrlich zu Ihnen sein?«, fragt er, als könnte ich dagegen protestieren.

»Ja«, antworte ich überflüssigerweise.

»Ich würde Ihnen gerne glauben. Wirklich. Sie haben ein Haus bekommen, aber gut, das trifft wohl auf viele zu, die einen Partner verloren haben, und Sie wirken aufrichtig. Aber ich kann diese Sache mit der Mailbox einfach nicht nachvollziehen. Ich meine, ich versuche mir das vorzustellen, ich bin jetzt Sie, ich war beim Training, ich komme nach Hause, ich bekomme einen Anruf, dass Sigurd nicht da ist, wo er sein sollte. In Ordnung. Ich habe diese Nachricht auf der Mailbox, wo er mir erzählt, er wäre an einem Ort, wo er nachweislich nicht ist, zusammen mit Leuten, die sagen, sie hätten ihn an diesem Tag nicht gesehen. Ich habe diesen ganz unumstößlichen Beweis dafür, dass er lügt. Und dann lösche ich ihn. Weshalb um alles in der Welt sollte ich das tun? Selbst wenn ich noch nicht wissen kann, dass es um ein späteres Verbrechen geht, selbst wenn es mir nicht in den Sinn kommt, dass ich irgendwann später meine Unschuld beweisen muss, ist es doch trotzdem ein Beweis dafür, dass er gelogen hat. Würde ich ihn dann nicht wenigstens behalten, um ihn damit zu konfrontieren? Ich kann das einfach nicht verstehen.«

Ich schließe die Augen. In meinen Ohren rauscht es wieder. Diese ungeheure Müdigkeit. Für einen Moment wünsche ich mich zurück zu jenem Samstag, an dem ich noch fest daran glaubte, Sigurd würde zurückkommen und alles aufklären.

»Ich habe es doch schon erzählt«, sage ich mit fast geschlossenen Augen. »Ich hatte ein bisschen zu viel getrunken. Ich war wütend auf ihn. Ich habe nicht geglaubt, ich meine, ich hätte mir zu diesem Zeitpunkt doch nicht annähernd vorstellen können, dass es das Letzte war, was ich je von ihm hören würde.«

Und dann kommen mir die Tränen. Diese Nachricht, Sigurds Lüge, war sein letzter Gruß an mich. Nie mehr seine Stimme. Hallo, Liebste. Nie mehr sein Lächeln. Nie mehr das Geräusch seines Schlüssels in der Haustür. Jetzt gibt es nur noch mich.

Ich weine still. Ich sehe Gundersen nicht an, und er sagt nichts. Einige Minuten sitzen wir nur da, ich weine, und er schweigt und lässt es zu. Nach einer Weile habe ich keine Tränen mehr. Ich greife nach einer Serviette aus der Schachtel, die immer auf dem Tisch zwischen den beiden Sesseln steht, und tupfe mir die Augen: »Ich verstehe, dass man es nicht versteht«, erwidere ich. »Was soll ich noch sagen? Es war ja nicht so, dass ich ihn konfrontieren musste. Ich wollte ihn fragen. Er sollte antworten. Ich kam gar nicht auf den Gedanken, dass ich diese Nachricht noch brauchen würde.«

»Tja«, sagt Gundersen, »wenn ich es so ausdrücken darf, bedaure ich es, dass Ihnen dieser Gedanke nicht kam. Und zwar sehr.«

Wieder schweigen wir eine Zeitlang.

»Möchten Sie jetzt die Patientenakten haben?«, frage ich ihn.

»Ja, bitte.«

Ich fahre den Computer hoch und drucke das aus, was er braucht. Wir sitzen da, ohne miteinander zu reden, während der Drucker seine Arbeit erledigt, wir sehen einander nicht an, aber es ist keine unangenehme Stille. Ich gebe ihm die Ausdrucke, und er bestätigt mir, dass ich mich frei bewegen darf. Ehe ich die Praxis verlasse, sagt er zu mir: »Sara? Sie sollten jetzt etwas essen gehen. Sie brauchen Kraft. Wenn Sie durch die Gegend laufen und hungern, wird alles nur noch schlimmer. Tun Sie es mir zuliebe.«

Und als er das sagt, sieht er für einen kurzen Moment nett aus.

Die Polizei hat unser Auto, also warte ich auf die U-Bahn. Ich bin unruhig, wandere auf dem Bahnsteig auf und ab, während das, was nach der Postkarte geschah, Stück für Stück in meiner Erinnerung aufblitzt. Der lange Monat, als Sigurd an seiner Diplomarbeit saß und ich auf die Entscheidung warten musste, ob er mir vergeben würde oder nicht. Sein Schweigen, als ich nach Hause kam, der zusammengepresste Kiefer, und er sah mich nicht an, höchstens, damit wir nicht zusammenstießen, und nie in die Augen. Ich wartete. Er schlief auf dem Sofa. Er blieb in der Schule. Vielleicht schlief er auch bei jemand anderem. Er kam und ging, wie er wollte, und ich fragte nie nach, hatte kein Recht mehr dazu, konnte nichts von ihm verlangen. Ich wartete. Er gab seine Diplomarbeit ab und verschwand. Ich wartete noch länger. Die Tage, die vergingen, waren qualvoll. Ich vertraute mich niemandem an. Fuhr zu meinem Vater, schlief eine Nacht in meinem ehemaligen Kinderzimmer, genoss es, dass mein Vater nie nachfragte, wie es einem ging, und aß seine hausgemachten Frikadellen in brauner Soße, hörte mir eine lange Ausführung über die Ignoranz des norwegischen Forschungsrates an und fühlte mich angenehm betäubt. Ansonsten lebte ich, als wäre nichts passiert. Ich ging zur Arbeit, kam nach Hause, wartete auf Sigurd. Dachte, wusste, dass es so nicht weitergehen konnte. Sigurd musste mir verzeihen oder beschließen, dass er es nicht konnte, und mich gehen lassen. Der Gedanke an Letzteres schmerzte zu sehr, aber ich schaffte es nicht, ein Ultimatum zu stellen. Das war auch nicht notwendig. Ich wusste, dass er es wusste. Vier Tage später war er wieder zu Hause, als ich von der Arbeit zurückkam. Er saß frischgeduscht auf dem Sofa. Auf dem Esstisch stand ein Strauß Sonnenblumen. Ich wusste, wie seine Entscheidung ausgefallen war.

Natürlich sprachen wir darüber. Ich versprach ihm hoch und heilig, dass es nie wieder passieren würde. Er sagte, ich muss mich auf dich verlassen können. Ich sagte, du und sonst keiner, wir beide. Er sagte, ja, wir beide. Und eines Tages in diesem Sommer ging Sigurd zum Goldschmied und kaufte einen Ring.

Ich wünschte mir nie wieder, noch einmal einundzwanzig zu sein. Ich fand mich mit dem Leben ab. Ich sehnte mich nicht mehr nach Bergen. Ich vermisste meine Freundinnen, sah jedoch ein, dass auch sie sich weiterentwickelt hatten, dass das, wonach ich mich sehnte, eine vergangene Zeit war. Ich musste mir etwas Neues suchen. Sigurd. Meine Arbeit. Ich rief eine Schulfreundin an und ging mit ihr Kaffee trinken, ich unternahm einen neuen, halbherzigen Versuch mit Julie. Ich bekam eine Stelle in einer Poliklinik für Kinder und Jugendliche. Ich dachte, auch gut. Ich bin eigentlich kein besonders sozialer Mensch. Es gab eine Phase während meines Studiums, als ich die ganze Zeit Leute um mich hatte, aber heute ist mein Umgangskreis eben begrenzter. Und das ist auch gut. Ich habe Sigurd, den ich liebe. Ich habe einen Job. Und irgendwann wird ein Baby kommen. Mehr als genug.

Während die U-Bahn ratternd einfährt und ich einsteige und mich setze, denke ich an es, das potentielle Baby. Jetzt wird es kein Kind geben. Jetzt gibt es auch keinen Mann.

Sie haben von Ihrer Ehe mit Sigurd finanziell sehr profitiert, hatte Gundersen gesagt. Ich würde Ihnen gerne glauben, hatte er gesagt. Ich kann das nachvollziehen. Er steht auf Sigurds Seite, und Sigurds Seite ist nicht zwangsläufig auch meine. Nach unserem Gespräch bin ich am Boden zerstört und weiß trotzdem, dass er noch vergleichsweise nett zu mir war. Dass viel unangenehmere Gespräche folgen könnten.

Letzte Nacht war jemand in meinem Haus. Als ich aufwachte, waren der oder die Eindringlinge auf dem Dachboden. Es gab keine Einbruchsspuren. Ich weiß nicht, was das bedeutet, aber ich registriere, dass das Polizeiteam, das auf meinem Grundstück arbeitet, nicht dort ist, um herauszufinden, wer auf dem Dachboden war. Und der Ermittler, der mich befragte, nur eine einzige Frage dazu stellte, die man fast schon als Höflichkeitsfloskel einstufen könnte. Vielleicht glauben sie mir nicht. Vielleicht glauben sie, ich hätte das alles erfunden. Gundersen sagt, er würde mir gern glauben. Aber ich weiß nicht, ob ich ihm glaube. Ich hole tief Luft, spüre den Ernst meiner Erkenntnis: Jetzt bin ich allein.

Das FleMaSi Architekturbüro liegt in einer ruhigen Seitenstraße in Bislett. Die jungen Unternehmer haben schmerzlich viel gezahlt für die schönen, hellen Räume in einem alten Hof aus dem 19. Jahrhundert, in denen es im Winter kalt ist und im Sommer heiß, aber schick sehen sie aus mit den weiß verputzten Wänden und dem abgeschliffenen, lackierten Parkett. Die Räumlichkeiten würden alles bedeuten, hatte Sigurd, er spendete das Si im Namen, mir damals begeistert erzählt, als er mich zum ersten Mal herumgeführt hatte. Damals stand alles noch leer. Jetzt ist die Fläche in drei Büros und einen Gemeinschaftsraum aufgeteilt, der zugleich als Werkstatthalle und Besprechungsraum dient. Alle haben Winkelzeichentische, und über der Eingangstür hängt das Schild mit dem Logo, das sie selbst designt haben. FleMaSi Architekten. Flemming, Mammod, Sigurd. Eine orangefarbene Raute mit den Buchstaben in grau und weiß. Sie befinden sich im Erdgeschoss, und vom Bürgersteig aus kann ich Flemming drinnen mit gebeugtem Nacken sitzen und konzentriert arbeiten sehen. Mammods Büro geht auf den Hinterhof hinaus. Sigurds Büro ist leer.

Ich klingele. Mammods Stimme meldet sich in der Sprechanlage, yes?, fragt er, freundlich, informell, effektiv, genau wie ihre Geschäftsphilosophie.

»Hallo«, sage ich. »Hier ist Sara. Sigurds Frau.«

Er verstummt kurz, ehe er antwortet. »Hallo Sara, komm rein«, sagt er mit einer viel ernsteren Stimme. Die Tür summt, und ich ziehe sie auf.

Sie nehmen mich beide in Empfang. Mammod trägt Arbeitskleidung, einen blauen Overall mit Farbflecken und Holzspänen und durchgescheuerten Knien. Flemming trägt eine Hornbrille und ein T-Shirt mit Figuren aus dem Kinderfernsehen der 8oer, halb Hipster, halb Nerd. Beide ziehen steife, von Trauer beschwerte Mienen. Sigurd war ihr Freund, aber ich habe trotzdem das Gefühl, dass sie diese Stimmung vor allem meinetwegen pflegen. Sie standen sich nicht richtig nahe, und außerdem verlief die Zusammenarbeit zwischen ihnen auch nicht ganz reibungsfrei.

Flemming redet als Erster. Er geht auf mich zu, umarmt mich und sagt: »Sara, verdammt, wie geht es dir?«

Dann ist Mammod an der Reihe, der mich ein wenig befangener umarmt und sagt: »Es tut mir so leid.«

»Weiß man, was passiert ist?«, fragt Flemming, und ich sehe vom einen zum anderen und antworte: »Nein, ich habe keine Ahnung. Ich weiß nichts.«

Wir setzen uns in den Gemeinschaftsraum. Es riecht nach Holz, und an der einen Wand lehnt eine Reihe von Spanplatten, vielleicht einen halben Meter hoch.

»Entschuldige die Unordnung«, sagt Mammod, »ich baue hier gerade ein Modell.«

Flemming serviert uns starken Kaffee. Er fragt uns gar nicht erst, ob wir welchen haben wollen, und weder Mammod noch ich lehnen ihn ab. Dann sitzen wir da und balancieren die winzigen Tassen in unseren Händen.

Flemming fragt: »Wie geht es dir?«

Mammod sagt: »Das ist vollkommen unfassbar, ich kann es immer noch nicht glauben.«

Flemming fragt: »Wer zum Teufel sollte Sigurd umbringen? Er hat doch nie einer Fliege etwas zuleide getan?«

Sie sehen mich mit gerunzelter Stirn und hochgezogenen Augenbrauen an, um ihre Ratlosigkeit zu demonstrieren.

»Ja, ich weiß«, sage ich, »es wirkt so sinnlos.«

Mammod sagt: »Die Polizei war gestern hier. Sie sind in seinem Büro herumgelatscht und haben die Regale durchwühlt. Sie haben seinen Terminkalender abfotografiert und solche Sachen.«

Flemming ergänzt: »Sie haben uns auch nach der Arbeit gefragt. Ob es irgendwelche Probleme zwischen Sigurd und uns gab.«

Die beiden schütteln den Kopf, und ich merke mir, was sie gefragt wurden. Gundersen, natürlich.

»Und was habt ihr geantwortet?«, frage ich, und sie sehen einander an.

»Die Wahrheit«, sagt Flemming. »Dass Sigurd ein guter Freund, ein kompetenter Architekt und ein geschätzter Kollege war.«

Diese Phrase sagt alles, denke ich. Ein geschätzter Kollege. Als würde er eine Beerdigungsrede auf einen großen Staatsmann halten. Mammods Blick weicht aus. Er ist ehrlicher.

»Wir haben erwähnt, dass es auch Schwierigkeiten gab. Du weißt schon, wir mussten ja genug reinholen, um unsere Ausgaben zu decken, und dann gab es diese Diskussion im Winter. Wie wir eigentlich weitermachen sollten. Eigentlich nur Kleinigkeiten, aber du weißt ja, es sollte alles auf den Tisch. So hatte er es jedenfalls ausgedrückt, dieser bärtige Typ von der Polizei.«

Flemming schlägt mit der Hand auf den Tisch.

»Es ist einfach zu dumm«, sagt er. »Wir haben erst im August angefangen. *Natürlich* hatten wir mit ein paar Herausforderungen zu kämpfen. Es wäre ein verdammtes Wunder, wenn es nicht so gewesen wäre.«

Ich erinnere mich an ihre Herausforderungen, vor allem die Diskussion im Winter. Sigurd kam nach Hause und war ganz aufgewühlt. Flemming denkt, er wäre der Chef, hatte Sigurd gesagt, nur weil er den größten Anteil besitzt. So war die Aufteilung; Flemming besaß vierzig Prozent, die anderen beiden jeweils dreißig. Flemmings Vater unterstützte ihn finanziell. Die jungen Architekten waren sich einig, dass es eine reine Formalie wäre, die sich natürlich in den Auszahlungen des Umsatzes widerspiegelte, einer flachen Hierarchie aber dennoch nicht im Wege stehen sollte. Keiner war der Chef. Und dann hatte sich Flemming bei der ersten kleinen Meinungsverschiedenheit als Chef aufgespielt. Sagte Sigurd. Und Mammod hatte nicht protestiert, weil er Konflikten aus dem Weg ging und zu nichts eine eigene Meinung hatte. Sagte Sigurd.

Flemming wollte, dass sie durch große Architekturwettbewerbe auf sich aufmerksam machten und durch kleinere Projekte Kapital generierten. Sigurd und Mammod wollten lieber Privatprojekte durchführen und Aufträge bei mittelgroßen öffentlichen Projekten an Land ziehen, wo man nicht erst teure

Arbeitstage und Wochen mit Wettbewerben vergeuden musste, aus denen nie etwas wurde. Jedenfalls sagte Sigurd das. Was Mammod wirklich wollte, war schwer zu sagen, aber ich denke, er wollte einfach nur in Ruhe arbeiten. Ich glaube, sie klärten es nie abschließend. Ich glaube, jeder Architekt arbeitete weiter mit dem, was er selbst wollte, und ein neuer Konflikt wäre unausweichlich gewesen, wenn das Geld irgendwann knapp geworden wäre. Tja. Diese Sache ist jetzt vielleicht aus der Welt.

»Was hat er gesagt? Gundersen, ich meine, der Polizist?«

Flemming zuckt die Achseln.

»Nichts. Er hat uns gefragt, ob wir uns zerstritten hätten, aber ich habe ihm gesagt, das wäre auf keinen Fall so. Wir hätten kreative Meinungsverschiedenheiten durch harte Arbeit und harten Alkohol aus dem Weg geräumt. Punkt aus.«

Mammod fragt: »Ist die Ermittlung eine Belastung für dich, Sara?«

Ich seufze. »Die Polizisten sind bei mir zu Hause. Sie fragen alle möglichen komischen Sachen. Worüber Sigurd und ich uns gestritten haben, so was. Aber sie machen auch nur ihren Job. Das muss ich immer bedenken.«

Beide nicken, als hätte ich etwas Wichtiges und Richtiges gesagt. Wahrscheinlich sind sie froh, mich bald wieder los zu sein. Ich leere meine Kaffeetasse in einem Schluck.

»Ich wollte mir eigentlich nur sein Büro ansehen«, sage ich, »falls das in Ordnung ist?«

»Ja, natürlich«, sagen sie eifrig, beinahe im Chor.

Wir stehen gleichzeitig auf.

»Ich begleite dich«, sagt Flemming.

Mammod umarmt mich erneut und geht zurück zu seinen Spanplatten.

Sigurds Terminkalender ist ein richtiges Buch. So ist das bei den FleMaSi-Architekten, kein Outlook, keine gemeinsamen iPhone-Kalender, jeder für sich. Am Freitag, den 6. März, steht dort: *11:30 Uhr: Atkinson. 16:30 Uhr: Berge.* Ich betrachte Sigurds charakteristische Schrift: Die Blockbuchstaben sind gekippt, mit einem ungleichmäßigen Kreis über dem i. Aha. Atkinson um halb zwölf. Zwei Stunden, nachdem er mir die Nachricht hinterlassen hatte, dass er jetzt angekommen sei. Ich denke noch einmal an den Abend zurück, bevor er verschwand, in allen Details, von denen ich mir jetzt nicht mehr sicher bin, ob sie tatsächlich stimmen, weil ich mich so übertrieben klar und deutlich an diesen Abend erinnere und alles zu oft im Kopf durchgegangen bin, aber an eine Sache erinnere ich mich mit unerschütterlicher Sicherheit: wie Sigurd von seinem Laptop aufsieht und sagt: Ich werde versuchen, morgen um halb sieben bei Thomas zu sein.

Ich blättere zurück zur Woche davor. Zwei Termine mit Atkinson. In der Woche davor: drei.

»Er arbeitet aber viel mit diesen Atkinsons«, bemerke ich.

»Ja«, sagt Flemming mit einem Seufzer. »Tja, sie waren wohl etwas speziell. Und haben nicht einmal sonderlich gut bezahlt. Es gab eine hohe ausstehende Rechnung. Sigurd hatte seine liebe Mühe damit, sie zum Zahlen zu bewegen. Vor allem die Frau. Es gab wohl ständig Diskussionen um alles, worauf sie sich eigentlich längst geeinigt hatten.«

»Du weißt nicht, was er am Freitag bei ihnen wollte?«

»Keine Ahnung«, sagt Flemming. »Er war nicht da, als ich kam.«

»Aber worum ging es bei solchen Terminen, meinst du, er wollte ihnen Entwürfe zeigen? Würde er zu solchen Terminen seinen Zeichenköcher mitnehmen?«

Flemming zuckt die Achseln.

»Ich weiß es nicht. Vermutlich schon. Vielleicht wollte er aber auch etwas anderes mit ihnen besprechen, bei solchen Leuten weiß man das nie so genau. Schwierige Kunden. Ich habe auch ein paar solcher Kandidaten.«

Ich sehe auf. Sein Zeichentisch ist leer.

»Hat die Polizei etwas mitgenommen?«, frage ich ihn.

»Nein«, sagt er. »Soweit ich weiß, nicht. Hör mal, Sara, ich muss noch ein bisschen arbeiten. Aber du kannst so lange hierbleiben, wie du willst, und seine Sachen gehören jetzt dir, nimm dir einfach alles, was du haben möchtest. Und dann können wir ja später über die anderen Sachen sprechen, ich meine, die praktischen Angelegenheiten.«

»Danke«, sage ich, »ja, wir hören uns.«

Er umarmt mich erneut.

»Es ist einfach nicht zu begreifen«, murmelt er und geht hinaus.

Ich mache ein Foto von dem Terminkalender, vom Freitag und der restlichen Woche und den vorausgegangenen dreien. Ich mache auch ein Foto von dieser Woche, der ersten Woche, die Sigurd nicht mehr erleben darf. In seinem Terminkalender ist sie ganz leer. Ich stelle fest, dass er in dieser Woche auch keine Verabredung mit Atkinson hat. Ich blättere ein paar Wochen vor. Nirgends ist der Name vermerkt. Auf den letzten beiden Seiten stehen Adressen. Die Atkinsons wohnen in einer Straße, die ich kenne, ein wenig unterhalb von St. Hanshaugen. Ich treffe eine Entscheidung und lege den Terminkalender in meine Tasche.

Ich weiß nicht, ob er seinen Termin mit den Atkinsons eingehalten oder abgesagt hat, aber eines weiß ich: Er hat mich angelogen. Er hatte gesagt, er würde Thomas um halb sieben am Morgen abholen. Als er mit mir redete, erwähnte er nichts davon, dass er einen Kunden treffen würde, bevor sie in die Berge fuhren.

Als ich wieder auf dem Bürgersteig stehe, kommt Mammod hinter mir hergerannt.

»Warte«, ruft er.

Ich warte, bis er mich erreicht hat.

»Ich wollte noch etwas sagen«, erklärt er.

Da steht er in seinem blauen Overall, mit der Schutzbrille im Haar und von einer dünnen Schicht Holzspäne bestäubt.

»Ich weiß nicht, ob ich es erzählen soll oder nicht«, sagt er. »Aber Sigurd ist ja nicht mehr hier, und ich finde, du solltest es wissen. Ab und zu hat hier eine junge Frau auf ihn gewartet.«

»Wie meinst du das?«

»Na ja, ich habe sie zweimal gesehen, glaube ich. Beim ersten Mal stand sie draußen an eine Laterne gelehnt und hat bei uns hineingespäht. Es war nachmittags, vielleicht fünf oder sechs, und ich erinnere mich, dass ich in Flemmings Büro war, weil er mir etwas zeigen wollte, und da fiel sie mir auf, weil sie hereinstarrte, weißt du, und ich habe gedacht, oh Mann, ich verstehe schon, warum die Leute in der Stadt nicht im Erdgeschoss wohnen wollen, wenn man so angeglotzt wird. Wenn mir dieser Gedanke nicht gekommen wäre, hätte ich sie sicher nicht weiter beachtet, aber irgendwie dachte ich, mal sehen, wie lange sie dort steht, und habe abgewartet, und dann habe ich plötzlich gesehen, wie Sigurd auf sie zuging. Sie haben sich kurz umarmt und sind zusammen weggegangen. Mehr weiß ich nicht, ich habe es nur gesehen. Und gedacht, das ist aber merkwürdig. Und gleichzeitig, ich weiß nicht. Es hätte auch einfach nur eine Freundin sein können, oder was weiß ich, seine Kusine.

Ein anderes Mal, das ist vielleicht einen Monat her oder so, kam er mit dem Auto vorbei, um etwas aus dem Büro zu holen. Er hielt hier draußen auf der Straße, unerlaubterweise, mit eingeschalteter Warnblinkanlage, und in seinem Auto saß ein Mädchen, und ich hatte keine Brille auf, deshalb bin ich nicht ganz sicher, aber ich glaube, es war dasselbe Mädchen. Und ich fand es wieder ein bisschen seltsam, deshalb habe ich es Flemming gegenüber erwähnt, als Sigurd wieder gegangen war, dass er mit einem Mädchen im Auto hier war, so ein bisschen scherzhaft, ich meine, du weißt schon, wie Jungs so sind, oder?«

»Ja«, sage ich, atemlos, und denke, nein, ich habe keine Ahnung, wie Jungs so sind.

»Und da hat Flemming gesagt, jetzt, wo du's sagst, die habe ich auch schon mal gesehen. Bei ihm war es eine ähnliche Situation wie damals, als ich sie gesehen habe, sie hat draußen gestanden und gewartet, und dann kam Sigurd heraus, und sie sind zusammen weggegangen. Ich weiß also nicht genau, ich meine, sicher steckt gar nichts dahinter, und vielleicht weißt du sogar, wer das ist?«

An dieser Stelle lächelt er – voller Hoffnung, scheint mir.

»Ich weiß nicht«, antworte ich, »ich meine, wie sah sie denn aus?«

»Tja.« Mammod kratzt sich am Kopf.

Eine kleine Wolke aus Sägespänen wirbelt von seinen Locken auf.

»Sie war so mittelblond, wie viele Mädchen. Ein bisschen wie du, eigentlich. Normal groß, normale Figur. Schwarzer Mantel. Vielleicht ein bisschen jünger als er. Ich weiß es nicht genau, wie gesagt, ich habe sie nicht so genau gesehen.«

Ich spüre, dass mein Blick leer ist, als ich ihn ansehe. Ich habe keine Reaktion für einen solchen Fall. Eine Frau, die auf Sigurd gewartet hat, nicht ein Mal, sondern mindestens drei Mal. Welche Frauen kannte Sigurd? Abgesehen von mir und Margrethe? Meine Freundinnen wohnen nicht in der Stadt. Er kannte meine Schwester. Annika arbeitet im Stadtzentrum und hätte leicht bei ihm vorbeifahren können, obwohl ich nicht weiß, warum sie das hätte tun sollen. Und dann ist da noch Julie. Die ein paar Jahre jünger ist als er und tatsächlich mittelblonde Haare hat. Meine Gedanken halten kurz bei ihr inne, Julie, mit der ich mich seiner Meinung nach hätte anfreunden sollen, vielleicht hätte ich sogar ein bisschen mehr so werden sollen wie sie, Julie, die in meinem Haus herumgeschnüffelt hat. Und dann Jan Eriks Freundin, wenn man wirklich alle Möglichkeiten miteinbeziehen möchte. Ein paar Studienfreundinnen, die ich sofort wieder ausschließen kann, weil er mit Mammod und Flemming zusammen studiert hat und sie das Mädchen erkannt hätten.

Aber Kundinnen? Kennen sie alle Kundinnen der anderen? Und ich denke sofort: Atkinson. Diese mysteriöse Frau mit dem Ehemann, der ständig verreist ist, diese schwierige Kundin, die immer mehr verlangt und nicht bezahlen möchte. Und über die zu lügen er anscheinend für notwendig befand.

Mammod sieht mich an und kneift besorgt die Augen zusammen.

»Vielleicht hätte ich nichts sagen sollen. Flemming meinte das auch. Aber ich weiß nicht. Ich habe gedacht, wenn ich du wäre, hätte ich es wissen wollen.«

»Ja«, sage ich und nicke, »danke.«

Er nickt ebenfalls.

»Es kann ja eine ganz einfache Erklärung dafür geben«, sagt er. »Es könnte ja, keine Ahnung, irgendeine x-beliebige Frau gewesen sein. Aber jetzt weißt du es jedenfalls.«

Er dreht sich um und will gehen.

»Mammod«, sage ich, und er dreht sich um. »Habt ihr das auch der Polizei erzählt?«

»Nein«, sagt er. »Nein, ich meine, sie haben nicht danach gefragt. Aber vielleicht sollten wir das tun.«

Ich sage: »Ja, vielleicht.«

»Du kannst es ja erwähnen«, schlägt er vor, »wenn du mit ihnen sprichst.«

Er dreht sich um und joggt den Bürgersteig entlang zurück. Ich sehe ihm nach, während er die Tür aufschließt. Irgendeine x-beliebige Frau, hat Mammod gesagt, und angesichts dieser Beschreibung muss ich ihm recht geben. Mittelblonde Haare, normal groß, normale Figur. Eine Beschreibung, die auf die meisten Norwegerinnen unter vierzig zutrifft. Ob er absichtlich so vage war? Ich traue anscheinend niemandem mehr.

Während ich wieder zur U-Bahn gehe, denke ich: Das weiß die Polizei nicht. Mammod hat es Gundersen gegenüber nicht erwähnt. Ich sollte es ihnen erzählen, doch ich zögere. Ich gehe in die U-Bahn-Station Majorstua und dort möglichst schnell an den Kiosken mit den Boulevardzeitungen vorbei. Ich möchte nicht sehen, was sie über den *Mord im Krokskogen* schreiben, wie meine Tragödie jetzt heißt, will auf keinen Fall lesen, was sie zu sagen haben, in diesem aufgeheizten, sensationsheischenden Ton, den sie immer benutzen, wenn sie über einen Mord berichten. Stattdessen begebe ich mich zu den Bahnsteigen, lege den Kopf zurück und blinzele zu den Bildschirmen hoch, zu den verschiedenen Zügen Richtung Osten und Westen, und ich stelle mir vor, wie das Gespräch mit Gundersen ausfallen würde. Ich, die sagt, Sigurd hätte sich heimlich mit einer mittelblonden Frau getroffen. Gundersens angestrengt naive Miene, künstlich neutral, ach, was Sie nicht sagen? Als wüsste er nicht, was es zu bedeuten hätte, wenn ein Mann hinter dem Rücken seiner Frau eine andere trifft.

Und dann denke ich: Ich muss es ja noch nicht sagen. Verheimlichen sollte ich es auch wieder nicht, und natürlich darf ich nicht lügen. Wenn sie mich fragen, werde ich antworten. Aber falls es gar nicht zur Sprache kommt? Dann kann ich doch noch ein bisschen warten. Der Dinge harren. Ich atme befreiter. Sie schienen ja auch nicht besonders interessiert daran, was ich über jenen Tag zu berichten hatte. Ist es nicht vollkommen verständlich, dass ich noch ein bisschen damit warte, es zu erzählen?

Ich fahre nicht nach Hause. Es ist noch zu früh. Ich habe keine Patienten, was soll ich da in meinem Haus. Stattdessen nehme ich die U-Bahn nach Smestad.

Ich besuche meinen Vater nicht so oft, wie ich sollte. Wenn man mich fragen würde, hätte ich spontan geantwortet, einmal in der Woche, aber in Wirklichkeit ließ ich es oft ausfallen, wenn mir etwas anderes dazwischenkam, und damit meine ich so ziemlich alles: ein guter Film im Fernsehen, oder dass Sigurd mit mir spazieren gehen wollte, oder dass ich zu erschöpft war und es mir lieber zu Hause gemütlich machte. Annika geht es ähnlich. Wir reden nicht darüber, ganz im Gegenteil, der anderen gegenüber behaupten wir oft, wir würden ihn einmal in der Woche besuchen. Mein Vater ruft nie an. Dafür hätte er zu viel zu tun, sagt er, und außerdem ist er nicht gut im Planen. Das gibt er auch ganz offen zu. Ihr seid immer bei mir willkommen, sagt er zu uns, und damit überlässt er uns die Verantwortung, ihn zu treffen.

Er wohnt in einem weißen Einfamilienhaus zwischen Smestad und Holmen. Das Haus meiner Kindheit. Wenn ich es zwischen den Baumkronen auftauchen sehe, werde ich von einer leisen Hoffnung und einer Wehmut erfüllt, eine Kombination, an die ich mich von meinem Heimweg von der Schule erinnere, in gefütterten Gummistiefeln und Daunenjacke und einem schweren Ranzen, der mir am Rücken scheuerte.

Hier ist meine Mutter gestorben. Aber hier bin ich auch aufgewachsen. Hier habe ich meine Unschuld verloren, hier habe ich meine erste Zigarette geraucht, hier habe ich mich in den Schlaf geweint, nachdem Annika ausgezogen war, um eine weiterführende Schule zu besuchen; mein Kissen sog sich mit Tränen voll, die ich selbst nicht ganz verstand, denn sie war nur eine knappe Stunde Zugfahrt entfernt, und damals lagen wir uns sowieso ständig in den Haaren.

Hoffnung und Wehmut spiegeln sich auch in der Architektur des Hauses wider. Es wurde Ende des 19. Jahrhunderts erbaut, im klassischen Stil mit Erkern und allem, ist inzwischen jedoch ein bisschen verfallen. Vor einigen Jahren engagierte mein Vater ein paar polnische Maler, die an der Haustür geklingelt und ihre Dienste angeboten hatten, deshalb ist es immerhin noch weiß, und wenn man es näher in Augenschein nimmt, hat der Verfall noch kein bedenkliches Ausmaß erreicht. Keine zerbrochenen Scheiben und keine schiefen Fensterläden, das Haus droht nicht einzustürzen oder beim nächsten Herbststurm weggefegt zu werden. Sein Zustand zeugt eher vom mangelnden Interesse seines Besitzers. Vielleicht kann man schon von außen erahnen, dass er sich eher in der metaphysischen als in der physischen Welt bewegt.

Jetzt, zu Beginn des Frühjahrs, offenbaren sich die Zeichen der Nachlässigkeit besonders deutlich. Als ich zur Haustür gehe, sehe ich, dass niemand den Rasen vom Laub befreit hat, bevor im Herbst der erste Schnee gefallen war, weshalb er jetzt von einer glitschigen braunen Schicht alter Blätter bedeckt ist. Wenn die Sonne in einem oder zwei Monaten an Kraft gewinnt, werden sie zu faulen beginnen. Dann wird sich irgendwer, vielleicht Annika, vielleicht auch mein Vater selbst, erbarmen und sie zusammenharken. Zu diesem Zeitpunkt wird es schon zu spät sein, vielleicht ist es jetzt schon zu spät. Vielleicht wird dieser

Rasen nie wieder grün und saftig und einladend sein. Annika hat erzählt, früher sei er einmal so gewesen, als wir klein waren und unsere Mutter noch lebte, aber ich kann mich nicht mehr daran erinnern. Möglicherweise hat sie recht. Wenn die Leute von unserer Mutter erzählen, sagen sie oft, sie hätte einen grünen Daumen gehabt. Andererseits habe ich manchmal den Verdacht, Annika, die sich an unser Familienleben vor der Krankheit unserer Mutter erinnert, würde manches beschönigen. Sie spricht mehr über unsere Mutter als ich, hat wohl ein Bedürfnis, sie in lebendiger Erinnerung zu bewahren, Mama hat immer dies gemacht, Mama hat immer jenes gesagt. Ich kannte sie nicht so wie Annika, und in den Jahren nach ihrem Tod wollte ich am liebsten gar nichts über meine Mutter hören. Wenn Annika oder mein Vater von ihr sprachen, fing ich an, von etwas anderem zu reden. Annika wurde wütend und wollte mich zwingen, ihr zuzuhören. Ich weigerte mich, ging einfach weg oder hielt mir die Ohren zu. Was wusste ich schon von dem, was meine Schwester behauptete; war es wahr oder nicht? Ich war noch so klein, als unsere Mutter krank wurde. Viele meiner Erinnerungen sind von der Unsicherheit geprägt, die ihre Krankheit mit sich brachte, sie machte so viele merkwürdige Dinge, ist sie das, überlegte ich oft, wenn sie etwas sagte oder tat, oder ist es die Krankheit? Wie sollte ich diese Anekdoten aus einem Familienleben verstehen, an das ich mich nicht richtig erinnerte, die Annika mir aufzwang?

Unsere Mutter hatte Alzheimer. Wenn man mit unter 65 daran erkrankt, bezeichnet man das als früh einsetzende Demenz. In der Regel ist man selbst bei der frühen Variante über fünfzig, aber unsere Mutter war erst in ihren Vierzigern. Man hat mir erzählt, dass es mit Kleinigkeiten anfing. Ab und zu vergaß sie eine Verabredung, sie brachte Namen und Orte durcheinander und lachte, wenn jemand sie darauf hinwies. Es wurde als Vergesslichkeit abgetan, wenngleich eine sehr auffällige – aber wenn man Schulkinder hat, gibt es ja auch unglaublich vieles zu bedenken. Sie vergaß, die Herdplatten auszustellen. Sie vergaß, uns Schulbrote mitzugeben. Eines Tages deckte sie den Tisch nur mit Löffeln anstelle von Messern und Gabeln. Ich weiß noch, wie wir dort saßen, Annika und ich, mein Vater war gerade auf Reisen, mit zwei Suppenlöffeln in jeder Hand und einem Teller mit Fischstäbchen und gekochten Karotten. Ich erinnere mich, dass ich es ein bisschen lustig fand und Annika wütend wurde.

Wir können das doch nicht mit Löffeln essen, sagte sie streng, und meine Mutter lachte und sagte, du liebe Güte, da hast du natürlich recht. Sie lachte. Ich lachte. Annika räumte unsere Löffel ab und ging in die Küche.

Ich nehme an, dass jemand mit uns geredet hat, als sie die Diagnose bekam. Ich kann mich an kein Gespräch erinnern, aber ich weiß, dass mein Vater immer sagte, unsere Mutter hätte kranke Gedanken und gesunde Gedanken und würde kranke Dinge und gesunde Dinge machen. Gutenachtlieder und Küsse auf die Stirn waren gesunde Dinge. Suppenlöffel zu den Fischstäbchen und Limonade zum Frühstück waren kranke Dinge. Ich weiß noch, dass sie auf eine ganz bestimmte Art und Weise lachte, wenn sie mit den kranken Dingen konfrontiert wurde, ein perlendes, ein bisschen albernes Lachen. Ich erinnere mich, dass ich lernte, mich darüber zu ärgern.

Sie wurde nicht von heute auf morgen krank, aber ich habe ausgerechnet, dass ich fünf Jahre alt gewesen sein muss, als sie die Diagnose erhielt. Die Symptome müssen schon ein halbes, vielleicht auch ein ganzes Jahr zuvor sehr ausgeprägt gewesen sein, weshalb ich nur wenige Kindheitserinnerungen habe, bei denen ich mir sicher sein kann, dass meine Mutter gesund war.

Ich erinnere mich an einen Tag in Omas Garten, Mama und ich, wie wir mit einem rot-weißen Wasserball spielen, ich habe dieses Bild vor Augen und denke, *da* war sie gesund, *da* war sie bei klarem Verstand, eine normale Mutter. Ich bin sicher, fast völlig sicher, aber es ist so schwierig, nicht doch Platz zu lassen für einen winzigen Zweifel: War sie es wirklich?

Sie wäre sehr pflegebedürftig geworden, wenn sie weitergelebt hätte, die Krankheit schritt rasch voran. Sie hätte in ein Pflegeheim ziehen müssen, bevor ich in die Mittelstufe gekommen wäre. Aber sie starb viel früher. An einem Unglückstag, an dem sie allein zu Hause war, verwechselte sie ihre Medikamente, und mischte verschiedene Beruhigungs- und Schmerzmittel, als wären es Vitaminpillen. Unser Vater fand sie. Später habe ich überlegt, ob er schon immer so abwesend gewirkt hatte, oder ob es dieses Erlebnis war, seine eigene Frau tot auf dem Küchenfußboden zu finden, das ihn für den Rest seines Lebens prägte. Ich war sieben, als es passierte. Doch auch daran, wie er war, bevor sie krank wurde, erinnere ich mich kaum. Ich hätte Annika fragen können. Aber irgendwie sprechen wir so nicht über unseren Vater, sie und ich, und ich weiß nicht, wie ich es hätte sagen sollen.

Ich klingle und warte. Drinnen brennt Licht. Ich muss trotzdem lange warten, und als endlich die Tür aufgeht, wird sie wie so oft nicht von ihm geöffnet. Die junge Frau, die dort steht, ist ein paar Jahre jünger als ich, hat langes, braunes Haar und harte Augen, und sie betrachtet mich überaus skeptisch.

»Ja?«, sagt sie.

»Ist Vegard zu Hause?«, frage ich.

»Worum geht es denn?«, fragt sie.

Ich habe sie noch nie gesehen. Sie erlauben sich einiges, diese Studenten, die er bei sich aufnimmt, denke ich. Sie kann noch nicht lange hier sein, scheint aber dennoch das Gefühl zu haben, sie müsste ihn, das empfindsame Genie, vor der lästigen Außenwelt beschützen. Viele seiner jungen Anhänger sind so. Natürlich kann es sein, dass diejenigen, die er anzieht, eine bestimmte Veranlagung dazu haben, aber ich tendiere zu der Annahme, dass er das auch fördert. Die Geschichten, die er von seinem Leben in der Öffentlichkeit und in der akademischen Welt erzählt, sind zweifellos als David-und-Goliath-Mythos stilisiert, als der Kampf des kleinen Mannes gegen das System. In der Phase, wo sie das in sich aufsaugen, fühlen sich die Studierenden wichtig. In den ersten Monaten, dem ersten Semester, sind sie seine unermüdlichen Verteidiger.

»Ich bin seine Tochter«, sage ich.

Sie erwidert nichts weiter, öffnet jedoch die Tür und lässt mich herein. Im Flur sehe ich Schuhe und Jacken in verschiedenen Stilen und Größen, viele davon gehören garantiert nicht meinem Vater. Er hat also eine ganze Gruppe bei sich. Ich ziehe meine eigenen Schuhe aus. Die Studentin geht ins Wohnzimmer, und ich folge ihr und gehe drinnen an ihr vorbei, um als Erste in sein Arbeitszimmer zu gelangen. Mein kleines Überholmanöver scheint sie zu ärgern, aber ich kann nicht anders; dies ist mein Elternhaus, eigentlich müsste ich es mir verbitten, wie ein Gast hier herumgeführt zu werden. Ich gehe hinein, ohne anzuklopfen.

Er sitzt mit der Lesebrille auf der Nase und einem Manuskript vor sich an seinem Schreibtisch, und es dauert einen kleinen Moment, bis er zu uns aufsieht, der Studentin und mir, die ihn betrachten, und er liest seinen Absatz zu Ende, während sich seine Lippen leicht mitbewegen.

Dann sieht er auf, und auf seinem Gesicht breitet sich ein Lächeln aus.

»Na so was, hallo Sara«, sagt er, »wie schön, dich zu sehen!«

Ich gehe zu seinem Schreibtisch und umarme ihn. Er riecht nach Tee und Rasierwasser und nassem Laub.

»Hallo Papa«, sage ich.

»Hast du schon meine Tochter kennengelernt?«, fragt er die Studentin, die in der Tür steht, und sie sagt ja, und dann, an mich gewandt: »Hallo.«

»Hallo«, erwidere ich gnädig.

»Möchtest du etwas trinken oder essen, Sara?«, fragt er und steht auf. »Ich weiß nicht, was ich gerade im Haus habe, ich verbringe fast die ganze Zeit mit Schreiben und Skifahren, und es bleibt so wenig Zeit zum Einkaufen. Aber wie du siehst, ist hier gerade eine Gruppe zu Gast, ein Kolloquium aus Studierenden, die wirklich interessante Gedanken zum Thema Strafe und Gesellschaft haben, ja, daran arbeiten sie gerade, und sie kaufen auch ein bisschen ein und kochen.«

»Wir haben Brötchen da«, erklärt die Studentin hilfsbereit.

»Eine Tasse Tee reicht mir«, erwidere ich.

Mein Vater verschwindet hinaus, um Wasser aufzusetzen, und die Studentin folgt ihm. Sie haben die Angewohnheit, beinahe bei ihm einzuziehen, diese Studierenden, die ihn so anbeten. Irgendetwas daran erscheint abstoßend, ungesund, und ich versuche, so gut es geht, nicht darüber nachzudenken, was für ein Verhältnis er zu diesen jungen Menschen hat.

Vor einigen Jahren mietete mein Vater eine Schreibstube in Bislett an, damit er einen Ort hatte, an dem er in Ruhe arbeiten konnte. Wenn es ihm am Institut zu eng wurde, wie er sagte. Annika und ich unterhielten uns darüber, dass er auf diese Weise vielleicht seinen Jüngern entkommen wollte, die bei ihm zu Hause kampierten. Denn wofür sollte ein Mann, der alleine wohnt, sonst einen Ort brauchen, an dem er allein sein kann?

»Vielleicht hat er ihn auch, damit er einzeln mit ihnen ins Bett gehen kann«, bemerkte Sigurd auf dem Heimweg trocken, und ich erwiderte nichts darauf.

Die Büroräume von FleMaSi liegen direkt neben der Schreibstube meines Vaters. Wenn man den Kopf aus Sigurds Fenster streckt, kann man das Fenster meines Vaters sehen. Als wir einmal darüber sprachen, schlug ich ihnen vor, sie könnten doch zusammen mittagessen gehen, wenn sie so nah beieinander arbeiteten. Warum ich das tat, weiß ich nicht, denn ich konnte mir eigentlich sowieso nicht vorstellen, dass sie sich verabreden würden, und wenig überraschend fand meine Idee auch bei keinem von ihnen Anklang. Sie hatten nicht viel füreinander übrig. Mein Vater meinte, Sigurd sei nichts anderes als ein Maskenbildner, in dessen Beruf es nur um Prunk und Pomp gehe. Sigurd hat meinen Vater immer mit demselben Erstaunen betrachtet wie die meisten anderen, die ihn kennenlernten, meinte er das wirklich ernst? Ja und nein, antwortete ich. Bei meinem Vater denkt man besser nicht so genau nach. Er provoziert gerne. Je wütender du wirst, desto mehr Freude macht es ihm, dich zu ärgern. Sigurd fand einen Weg, mit meinem Vater auszukommen, und solange er sich bescheiden zurückhielt, arrangierte mein Vater sich auch mit ihm wie mit einem Möbelstück, von dem er nicht viel hielt, das er aber erduldete, weil ich darauf beharrte. Es war alles in Ordnung, einen Konflikt gab es nicht zwischen ihnen. Aber die Nähe ihrer Büros kam nur dieses eine Mal zur Sprache, und der eine hätte den anderen garantiert nie auf einen Kaffee zu sich eingeladen.

Während er draußen beschäftigt ist, werfe ich einen Blick auf die Überschrift des Ausdrucks auf seinem Tisch. *Vom Auspeitschen als Strafe mit präventivem Effekt, eine interkulturelle Literaturstudie von Vegard Zinerman.* Ich seufze. Hier ist alles beim Alten.

Als ich vierzehn war, schrieb er einen Meinungsbeitrag in der *Aftenposten*, in dem er für die Wiedereinführung des Prangers im norwegischen Justizsystem plädierte. Mein Gemeinschaftskundelehrer fragte mich: Zinerman, ist der mit dir verwandt? Da verstand ich zum ersten Mal, woher die anderen ihn kannten. Anschließend fand ich heraus, dass er während meiner ganzen Kindheit kontroverse Kommentare und Artikel geschrieben hatte. In jüngeren Jahren hatte er noch einen anderen Standpunkt vertreten, Nils Christie gelesen und befunden, dass wir den Einsatz von Strafe minimieren sollten. Dann hatte er seine Meinung offenbar radikal geändert. Wenn ich seine Texte lese, bin ich mir nie sicher, auf welcher Ebene er sich bewegt, ist es Ironie oder bildet es seine aufrichtige Meinung ab, spitzt er die Problemstellung zu, um die Paradoxien und Heucheleien unserer Gesellschaft sichtbar zu machen, oder glaubt er wirklich, was er schreibt? Nach den Anschlägen von Utøya war er sehr aktiv und verkündete lautstark seine Meinung über fast alles in jedes Mikrophon, das ihm vor die Nase gehalten wurde.

Im Jahr nach dem Pranger-Artikel sagte Annika: »Weißt du was? Ich habe nachgedacht, und ich würde gerne Mamas Nachnamen annehmen. Um ihr eine Ehre zu erweisen.«

»Möchtest du nicht länger Zinerman heißen?«, fragte mein Vater.

Ich weiß noch, dass wir beim Essen saßen, im Esszimmer dieses Hauses, mein Vater hatte gerade die Gabel halb zum Mund geführt, und in diesem Moment legte er sie wieder beiseite und betrachtete meine Schwester mit ernstem Blick. Annika starrte auf ihre Serviette.

»Ich vergesse allmählich, wie sie aussah«, sagte sie mit belegter Stimme.

Am Esstisch breitete sich Schweigen aus, und dann sagte mein Vater:

»Es ist dein Name, Liebes, du entscheidest dich für den, den du dir wünschst. Deiner Mutter hätte es gefallen.«

Annika nickte zum Dank. Mir fiel auf, dass sie keine Tränen in den Augen hatte. Sie studierte im zweiten Semester Jura. In der Woche zuvor hatte unser Vater einen Artikel im *Dagbladet* veröffentlicht: *Todesstrafe und die Würde des Staates.*

Ich wusste, ich würde nie eine zweite Chance bekommen, und ergriff sie.

»Und ich habe sie mittlerweile beinahe ganz vergessen«, sagte ich mit zitternder Stimme. »Ich erinnere mich fast besser an ihre Beerdigung als an sie.«

»Du auch?«, fragte unser Vater, und ich sah ihn nicht an, ertrug das Schweigen, zählte die Sekunden, um es durchzustehen.

»Tja, was bleibt mir anderes übrig, als es zu verstehen«, sagte er dann. »Und so oder so ist es doch schön für euch Mädchen, wenn ihr denselben Nachnamen habt.«

Der Name Zinerman stammte vom Großvater unseres Vaters, einem polnischen Seemann, der in Lissabon auf einem Schiff nach Bergen anheuerte, über seine Herkunft log und einen anderen Namen erfand, und auf diesen findigen Großvater war unser Vater unglaublich stolz. Niemand sonst hieß Zinerman. Das sei ein Qualitätsstempel, meinte er, und er bemerkte nicht, in welch unangenehme Lage er seine Töchter brachte. Es muss ihn geschmerzt haben, dass wir seinen Namen nicht weiterführten, aber es war typisch für ihn, diesen Schmerz uns gegenüber nicht nach außen zu kehren. Er zeigte uns, dass er unsere Entscheidung respektierte, indem er das Thema nie wieder erwähnte. Annika und ich fuhren zusammen zum Rathaus und beantragten per Formular die Namensänderung, und damit war es erledigt.

Als er das nächste Mal hereinkommt, ist er die Studentin los. Er trägt zwei Teetassen und stellt sie auf dem Kaffeetisch zwischen den beiden Sesseln ab, die vor dem Kamin stehen. Sein Büro ist der komfortabelste Raum im ganzen Haus; er ist groß, ein Wohnzimmer für sich, hat einen Kamin, Sessel, einen Barschrank und so weiter. Notfalls könnte er mehrere Tage dort verbringen.

»So«, sagt er und sieht mich an. »Wie geht es dir, mein Mädchen?«

Er hat klare, grüne Augen, mein Vater, wie ein alter Mann oder ein Baby. Seine Gesichtshaut ist voller Furchen, die ihm Wind und Wetter ins Gesicht gezeichnet haben, auf hohen Gipfeln und ungeschützten Felswänden, die er mit seinen Skiern bestiegen hat, und er hat dieses unbeschreiblich freundliche Lächeln, so sanft, dass man nie glauben würde, er könnte für die Todesstrafe und das Auspeitschen eintreten. Jetzt hat er die Brille weggelegt, das eine Bein über das andere geschlagen, und der Blick, den er mir schenkt, sagt, sprich, du hast meine volle Aufmerksamkeit. Und plötzlich würde ich am liebsten heulen.

Als ich klein war, habe ich mir nichts sehnlicher gewünscht, als hierhin eingeladen zu werden. Diese Ehre wurde mir nicht oft zuteil, aber ab und zu fragte er mich doch, ob ich nicht hereinkommen und ein bisschen bei ihm sitzen wolle. Manchmal kochte er uns einen Tee, und wir setzten uns in die Sessel. Ich zog die Beine unter mich und sagte fast nichts, weil ich fürchtete, ich würde die Magie des Augenblicks brechen, als würde das seltene Glück, hier mit ihm sitzen zu dürfen, vielleicht aufhören, wenn ich etwas Falsches sagte. Also redete er, und ich lauschte. Er erzählte von Wissenschaftlern, die er bewunderte, und von den großen Philosophen, von den entscheidenden Schlachten im byzantinischen Reich und Heldengedichten aus dem osmanischen Reich oder Sagen aus fernen Zeiten und Ländern, von denen ich noch nie etwas gehört hatte. Ich glaube, ich verstand höchstens die Hälfte dessen, was er sagte, aber das machte nichts. Ich konnte den Kopf anlehnen und die Augen fast vollständig schließen, sodass ich ihn nur als einen Schatten sah und seine Stimme hörte, die so rau war, als könnte man ein Streichholz daran entfachen.

Es ist nicht so, dass mein Vater mich nicht fragen würde, wie es mir geht, jetzt, da wir beide erwachsen sind. Er vergisst lediglich, sich meine Antwort anzuhören. Bei ihm bekomme ich nur ein schmales Zeitfenster. Was ich sagen möchte, muss ganz genau passen, darf nicht zu lang sein. Nach ein paar Minuten ist er in Gedanken woanders. Das weiß ich. Das ist nichts, worüber ich mir Sorgen mache. Mein Vater ist, wie er ist. Ein Mann wie er lässt sich nicht ändern. Seine Brille liegt nun auf dem Schreibtisch, aber ich erkenne noch den Abdruck auf seiner Nase, eine schwache rote Linie. Jetzt sieht er mich an, erzählt mir mit dem Blick, dass der Raum mir gehört, dass er zuhört, und ich muss mich abhärten, muss es einfach sagen, die Worte aussprechen. *Sigurd ist tot.* Es überstehen. Dann darf er dazu sagen, was er will.

Als ich in der Oberstufe war, versuchte ich eine Zeitlang, mit ihm darüber zu reden, wie es mir ging. Ich erzählte ihm, dass meine Freundinnen zusammen in die Berge fuhren, ohne mich zu fragen, ob ich mitkommen wolle, und ging zu ihm, wenn ich nachts nicht schlafen konnte, weil derjenige, in den ich verliebt war, mit einer anderen zusammenkam. Ich spürte, wie sich der Schmerz durch das Gespräch mit ihm noch verschlimmerte, *ach, ist das so,* sagte er, *jaja, das wird sich schon noch regeln.* Oft kam seine Antwort so plötzlich, dass ich genau verstand, wie wenig er zugehört hatte. Und stattdessen mit seinen eigenen Gedanken beschäftigt war. Er dachte wohl, was ich erzählte, wären ohnehin nur Teenagerdramen, etwas, das von selbst vorbeiginge. Und so war es ja auch. Aber ich kam mir jedes Mal dumm vor. Hier saß ich und hatte immer noch nichts gelernt. Und glaubte nach wie vor, diesmal sei es wichtig genug.

Als unsere Großmutter väterlicherseits ohne Vorwarnung im Wald von Huseby umfiel und starb, lud er Annika und mich auf eine Kreuzfahrt ein. Er fragte uns nicht, kaufte einfach die Tickets. Drei Wochen in der Karibik. Der Flug ging am Tag nach der Beerdigung, er musste ihn ein kleines Vermögen gekostet haben. Annika war hochschwanger und sagte: *unter keinen Umständen.* Also flogen mein Vater und ich allein. Mir passte es auch nicht gut. Ich stand kurz vor meinem Examen, verbrachte einen Großteil der Reise mit dem Kompendium auf dem Schoß in einem Liegestuhl an Deck. Abends, wenn ich schlafen sollte, dachte ich an meine Großmutter und wälzte mich im Bett herum. Mein Vater wälzte sich auch. Er durchstreifte das ganze Schiff. Er hatte immer eine besonders enge Beziehung zu seiner Mutter gehabt. Und er war nicht auf die Idee gekommen, dass auch sie einfach weg sein könnte, und dann auch noch so plötzlich. Er wanderte auf dem Schiff auf und ab, war ein rastloser Trauernder, hätte besser im Wald oder in den Bergen sein sollen, wo er sich frei bewegen konnte. Er musste jeden Moment dieser Reise gehasst haben, er hatte sie nur meinetwegen unternommen. Wahrscheinlich hatte er gedacht, sie würde Annikas und meine Trauer lindern. Er hatte sein Erspartes angebrochen, um uns diesen Urlaub zu schenken, den weder er noch ich wirklich brauchten.

Es ist nicht so, dass er sich nicht um mich kümmert. Aber ich weiß nie, was ich von ihm erwarten darf. Genauso wenig weiß ich, was ich brauche. Und ich habe gerade Sigurd verloren und kaum noch eigene Reserven.

Also sage ich: »Mir geht es gut.«

Und er fragt: »Ja? Mit der Arbeit und allem? Und mit Sigurd?«

Und ich antworte: »Ich arbeite immer fleißig weiter, und du, Papa?«

Für einen Moment sieht er mich prüfend an, als wollte er noch etwas fragen, und ich denke, er kann es mir ansehen, und jetzt muss ich es erklären. Aber dann lächelt er wieder und sagt: »Tja, du weißt ja, ich arbeite auch immer fleißig weiter.«

Dieses Lächeln ist beruhigend. Es erinnert mich daran, vor dem Kamin Märchen zu lesen, und an ein anderes Gefühl von früher: unsterblich zu sein, solange mein Vater da ist. Eine unendliche Erleichterung erfasst mich. Ich bin hergekommen, um zu erzählen. Jetzt bleibt es mir doch erspart.

»Und sonst so?«, frage ich.

»Meine Skier waren gut im Einsatz«, sagt er und fügt mit kindlichem Stolz hinzu: »Letzte Woche bin ich jeden Tag gelaufen. Wenn ich ins Sørkedalen fahre, habe ich garantiert genug Schnee.«

Ich lehne mich im Sessel zurück, wünsche mir für einen Moment, ich könnte mich mit der Wange an die Sessellehne kuscheln wie früher als Kind.

»Hast du in letzter Zeit gute Bücher gelesen?«, frage ich ihn.

Mein Vater richtet sich auf. Er hat Houellebecq gelesen.

»Dieser Kerl hat doch einiges für sich«, lautet sein Urteil. »Das Buch ist düster, keine Frage, aber gleichzeitig finde ich, man kann so viel lernen, wenn man in der Dunkelheit sitzt und von dort aus die Welt betrachtet, Sara. Genau das halte ich für essenziell. Man muss anschließend nur wieder aus der Dunkelheit herauskommen, darf nicht darin verharren.«

Ich habe Oksanen gelesen.

»Du solltest sie auch lesen«, sage ich. »Ich würde gern deine

Meinung über sie hören, ich glaube, sie würde dir gefallen. Auch sehr düster.«

So reden wir über die großen Themen des Lebens. Die Liebe, den Tod, den Schmerz, die Sinnlosigkeit. Wenn wichtige Autoren darüber geschrieben haben, können mein Vater und ich auch darüber sprechen. Ich bin so erleichtert über meine Entscheidung, ihm nichts von Sigurd zu erzählen, dass ich großmütig werde, über seine Betrachtungen lache, mit ihm scherze: Ja, anschließend wieder aus der Dunkelheit herauskommen, dafür sind wir Psychologen dann da. Während er weiter von dem Buch erzählt, lehne ich mich im Sessel zurück. In der Wärme des Kamins habe ich beinahe den Geschmack des Kakaos von meinen Audienzen als Kind auf der Zunge, und ich schließe die Augen und genieße das Gefühl, für einen kurzen Moment lang vollkommen ruhig dazusitzen.

Auf dem Weg zur U-Bahn dämmert mir, dass ich es bereuen werde. Jetzt muss ich ihm das, was passiert ist, stattdessen ein anderes Mal erzählen.

Das Haus im Kongleveien thront auf seiner Anhöhe, als ich nach Hause komme. Draußen ist es bewölkt, beinahe dunkel. In der Einfahrt steht ein Polizeiauto, und im Garten sehe ich eine Polizeibeamtin, die sich gerade bückt und ihren Hintern in die Luft streckt. Das Knirschen meiner Schritte auf dem Kies erreicht sie, und als sie sich umdreht, sehe ich, dass es Fredly ist, die Rothaarige aus dem Norden, die beim ersten Gespräch mit Gundersen in meiner Praxis anwesend war. Ich winke ihr zu, und sie winkt zurück.

In der Küche spüre ich, wie müde ich bin. Ich habe in der vergangenen Nacht seit Viertel vor drei kaum noch geschlafen. Genau genommen habe ich schlecht geschlafen, seit Sigurd verschwand. Ich fühle mich in meinem eigenen Haus nicht mehr sicher, wie sollte ich da schlafen können.

Aber mit dem Streifenwagen in der Einfahrt und Fredly im Garten fühle ich mich doch sicher. Ich gehe wie in Trance die Treppen hinauf, schleiche ins Schlafzimmer und sinke auf das Bett, auf Sigurds Bettdecke.

Der Wettbewerb hieß »Neue Horizonte«, und die Aufgabe bestand darin, ein neues Kulturhaus für einen kleinen Ort im Westen zu zeichnen. Die Kommune hatte Geld zusammengekratzt und wollte den Architekten freie Hand lassen, und Sigurd, frisch ausgebildet, ohne Arbeit und ausgehungert, stürzte sich auf die Herausforderung. Er pflasterte unsere Wohnung mit Skizzen zu, saß bis spät in die Nacht im Gästezimmer und sprang ständig zwischen dem Computer und dem Zeichentisch hin und her.

»Große Flächen«, sagte er. »Offene Plätze, Aussicht.«

»Wie schön«, sagte ich.

Neue Tage und Nächte, neue Ideen. Ich kam von der Arbeit nach Hause, ging die Vogts gate entlang und die Treppe zur Wohnung in Torshov hinauf, die wir gekauft hatten, und schloss die Tür auf. Drinnen roch es nach verbrauchter Luft und kaltem Kaffee.

»Sigurd«, rief ich, und dann kam er mit glänzenden Augen hinaus.

»Orte der Begegnung«, sagte er. »Einen Bereich zum Spielen, Lernen und Reden.«

Er hatte eine Zeichnung dabei und hielt sie mir vor die Nase: »Wie findest du's?«

»Was ist das?«, fragte ich, und eine leise Irritation zuckte in seinem Mundwinkel, ehe er es erklärte.

»Das ist die Aula, und hier ist das Foyer, da gibt es einen Gemeinschaftsraum, und dort können die Kinder spielen.«

Bibliothek, Mediathek, Bühnen. Sigurd brennt für die Bewohner des Ortes. Warum sollte nur in Oslo immer alles so fein sein? Warum durften die wettergegerbten Leute aus dem Westen nicht auch Kultur und schöne Architektur genießen?

Abends, wenn ich im Wohnzimmer fernsehe, kann ich ihn dort drinnen hören, das Knirschen des alten Druckers, der Überstunden macht, seine Füße, die das Zimmer durchqueren, um die Ausdrucke zu holen. Manchmal kommt er heraus, holt etwas zu trinken, geht zur Toilette. Ich habe aufgehört, ihn zu fragen, ob er sich zu mir setzen will.

Während des Studiums war Sigurd der Liebling aller Dozenten. Er arbeitete länger als jeder andere Student, lebte für seine Projekte. Er bekam Lob, das von ihm abperlte, und über Kritik schnaubte er nur verächtlich. Er hatte sein Ziel immer fest im Auge, als ich ihn kennenlernte, er wollte Großes vollbringen, wollte Opernhäuser und Wahrzeichen bauen und private Projekte, bei denen er sich frei entfalten konnte. Darüber konnte er sich richtig warmreden. Die Wichtigkeit dessen, womit wir uns umgeben. Gebäude, in den wir atmen können, sagte Sigurd. Wenn er einmal mit dem Erzählen begonnen hatte, verlor er sein Publikum aus den Augen. Thomas und Jan Erik ertrugen es mit einer immer dünneren Schicht von Höflichkeit. Margrethe sagte es ihm ins Gesicht, Sigurd, mein Lieber, jetzt haben wir aber genug über offene Wohnlandschaften gehört, doch es erreichte ihn nicht. Ja, er würde das beste Examen machen, was die Schule je gesehen hatte, würde mit offenen Armen von einem etablierten, aber dennoch innovativen Büro empfangen, dort von Grund auf beginnen und sich hocharbeiten, und ich glaube, er wäre nie auf den Gedanken gekommen, dass es auch anders kommen könnte.

Doch im Herbst 2013 stellten die Architekturbüros nur verhalten neue Mitarbeiter ein. Sie hatten eine Finanzkrise hinter sich und eine Ölkrise vor sich. *Vor seinem inneren Auge war Sigurd bereits ein wohlangesehener, renommierter Architekt, auf dem Papier jedoch frisch examiniert und ohne Arbeitserfahrung. In seinen ersten Monaten als Arbeitsuchender war er förmlich stumm vor Verwunderung: Wie hatte das passieren können? Auf Facebook sah er mitunter, wie seine Kommilitonen Projekte an Land zogen, und seufzte: »Ausgerechnet die, was hat die denn je Originelles geschaffen?«*

Ich bekam einen Job an einer Klinik für Kinder und Jugendliche. Sigurd und ich sprachen ziemlich wenig darüber, dass ich die Stelle wechselte. Wir hatten unsere erste Wohnung gekauft, die Massimo-Affäre hinter uns gelassen. Es sollten gute Zeiten werden.

Und dann trudelte eines Nachmittags die Ausschreibung für den Wettbewerb auf Sigurds Computer ein.

Er ist sofort Feuer und Flamme. Neue Horizonte. Er zeichnet, er redet. Dies könnte eine Möglichkeit sein. Er arbeitet ganz allein, von zu Hause aus. Wer braucht schon die großen Büros? Wer braucht die Bürokratie und die Chefs, die einem im Nacken sitzen? Ein Mann allein mit seinem Zeichentisch, das ist alles, keine anstrengende Verwaltung, reine Schöpferkraft. Die Projektarbeit zieht in unsere Wohnung ein. Und ich bin nur froh, dass Sigurd etwas zu tun hat.

Die Bekanntgabe erfolgt im Oktober. Acht Wettbewerbsbeiträge wurden zur weiteren Prüfung ausgewählt. Sieben stammen von großen Büros, der achte von einem erfahrenen niederländischen Architekten. Als ich von der Arbeit zurückkomme, riecht es verbrannt in der Wohnung. In der Dusche liegen die verkohlten Überreste des Modells. Im Gästezimmer mistet Sigurd seine Sachen aus, reißt Blätter von Zeichenblöcken.

»Es ist sicher normal, dass solche Absagen kommen«, sage ich,

»bestimmt muss man einige dieser Runden hinter sich bringen, ehe man ausgewählt wird.«

Sigurd starrt mich an, sein Blick ist finster, es ist, als würde mir ein Fremder gegenüberstehen.

»Halt einfach die Fresse, Sara«, erwidert er.

Das knallt er mir ins Gesicht. Sigurd wird mir gegenüber nie ausfällig. Und ich weiß nicht, wie ich mit dieser Wut und Raserei umgehen soll, die um meinen Liebsten herumwabert wie ein schlechter Geruch. Ich will nicht darin stochern. Es nicht noch schlimmer machen. Will nicht wissen, was sich noch in ihm verbirgt. Das ist nicht Sigurd. Ich will nichts mit ihm zu tun haben. Ich sage, dass ich mich ins Wohnzimmer setze, und dann verlasse ich das Zimmer und schließe die Tür hinter ihm.

Nach einer halben Stunde kommt er mit einem Haufen Papier in den Armen wieder heraus. Er geht ins Bad. Er holt eine Flasche Whisky und Streichhölzer. Ich sage nichts.

Den restlichen Whisky nimmt er wieder mit ins Gästezimmer. Neben dem Modell in der Dusche liegt verbranntes Papier. Ich gehe daran vorbei, putze mir die Zähne, als wäre es nicht da. Morgen möchte ich aufwachen und den Mann wiederfinden, mit dem ich verlobt bin. Ich schlafe ein und bin fest davon überzeugt, dass es so kommen wird.

Und so ist es auch. Am Morgen danach ist Sigurd still. Als ich von der Arbeit nach Hause komme, hat er aufgeräumt und fürs Abendessen eingekauft. Drei Wochen darauf bekommt er eine Stelle. Wir sprechen nie wieder über Neue Horizonte.

Annika kommt nach ihrer Arbeit zu mir. Ich sitze initiativlos herum und suche in Umzugskartons nach etwas, das ich nicht benennen kann. Wir hatten immer noch teilweise aus Kartons gelebt, Sigurd und ich. Auf einem steht Sigurd, Diverses, und das erscheint mir vielversprechend. All seine Sachen gehören jetzt mir, hat Gundersen gesagt, und Flemming hat es auch gesagt, und vielleicht geben seine diversen Sachen ja Aufschluss über Sigurd.

Alte Bilder aus der Abizeit, Sigurd und Jan Erik mit Welpenspeck im Gesicht, die Augen halb geschlossen im Alkoholrausch, an den sie sich noch nicht gewöhnt haben, die grinsenden Münder, die Abiturientenmützen. Listen mit dem Semesterpensum von der Wirtschaftsschule, die er besucht hatte, bevor er Architekt werden wollte. Postkarten mit Kunstmotiven in kleinen Papiertüten, Klimt, Rodin, Chagall, Kandinsky, Pollock und Warhol. Eine Holzkiste mit einer staubtrockenen Zigarre. Sigurd hat nichts von alledem angefasst, nicht in den letzten fünf Jahren jedenfalls, ich tappe im Dunkeln, irgendwie weiß ich es auch, aber ich brauche etwas, woran ich mich festhalten kann. Wer war Sigurd? Sein Terminkalender brennt noch in meinem Gedächtnis, Atkinson um halb zwölf. Ich weiß, dass ich mich bald nicht mehr zurückhalten können werde, ihn mit meinem eigenen Kalender abzugleichen, mich bei jedem seiner Termine mit Atkinson fragen werde: Was hatte er mir gesagt, wo er hinwollte?

Aber dies, der Inhalt der Kartons, verrät mir nichts. Wir haben auch einen mit der Aufschrift *Sara, Diverses,* voll mit ähnlichen Dingen, alten Fotos, Geburtstagskarten zu meinem 23. Geburtstag, das Programm der Sprachreise, die ich mit fünfzehn gemacht habe, und so weiter. Niemandem würde es Aufschluss über mich geben, hier drin zu kramen, man erfährt nur das Allerbanalste, als Zwanzigjährige ging sie ab und zu auf Reisen, 2007 war sie in einer Ausstellung, die darauf hindeutet, dass sie sich für Fotografie interessiert oder zumindest so tut als ob.

»Hallo«, sagt Annika.

Sie sieht mich voller Mitgefühl an. Ich halte einen knallgrünen kleinen Teddy in den Händen, so einen, wie man ihn auf dem Jahrmarkt gewinnen kann.

»Hallo«, sage ich.

Annika steht in der Küche, ich sitze auf dem Wohnzimmerboden. Sie stellt eine braune Papiertüte mit Fettflecken auf den Tisch, vermutlich das heutige Abendessen von irgendeinem Take-away-Imbiss zwischen ihrem Büro und ihrem Parkplatz in der Nähe. Aber ich darf mich nicht beschweren. Sie hat einen Vollzeitjob mit vielen Überstunden und drei Kinder unter zehn Jahren, und trotzdem kommt sie jeden Tag vorbei, um nach mir zu sehen. Und ich muss mich selbst fragen: Hätte ich dasselbe auch für sie getan, oder für unseren Vater?

»Wie geht es dir?«, fragt sie.

»Geht so«, antworte ich.

Ich sehe mich um. Die Kartons, Diverses.

»Ich habe etwas zu essen mitgebracht«, sagt Annika.

»Ich habe keinen Hunger«, erwidere ich, ohne richtig in mich hineinzuhorchen.

»Nein«, sagt sie, »aber du solltest trotzdem ein bisschen was essen.«

Sie hat indisches Essen mitgebracht. Ich kann einfach nicht fassen, wie sie auf die Idee kommt, dass man jemandem, der keinen Appetit hat, Chicken Tikka und Naan-Brot mit Knoblauch servieren sollte, aber wider Erwarten bekomme ich doch etwas herunter. Es schmeckt nicht besonders, aber mein Körper stürzt sich auf dieses Häppchen Nahrung, das ich ihm endlich zuführe, und etwas löst sich in mir, ich verstehe es, ich muss etwas zu mir nehmen. Ich esse noch ein wenig mehr.

»Ich war heute bei Papa«, sage ich zwischen zwei Bissen.

»Oh«, sagt sie.

Wir sitzen eine Weile schweigend da.

»Was hat er gesagt?«

»Das Übliche. Was er gelesen hat, was ich lesen sollte. Das Haus war voller Studierender, die ihn anhimmeln.«

»Ich meine, zu Sigurd?«

»Ach, das.«

Ich reiße ein Stück von dem Naan ab, schaue aus dem Fenster. Draußen ist es nebelig. Dort liegt die Stadt in ihrem Kessel, ich weiß es, aber ich sehe nichts, nur Nebel und die nächsten Bäume und sonst nichts.

»Ich weiß nicht«, sage ich, »ich habe es ihm nicht erzählt.«

Sie sieht mich an und kneift die Augen zu einem schmalen Schlitz zusammen, aber sie fragt nicht, warum. Stattdessen sagt sie: »Verstehe.«

Ich stelle mir für einen Moment vor, ich würde in Therapie gehen, stelle mir einen freundlichen, älteren Psychologen vor, einen Mann im Alter meines Vaters, einen, der mir zuhört und mich versteht, und der sagt: Was bedeutet es Ihrer Meinung nach, dass Sie Ihren Vater besuchen und ihm nicht erzählen, dass Ihr Mann ermordet aufgefunden wurde? Und was bedeutet es, dass Ihre Schwester diese Entscheidung ohne weiteres nachvollziehen kann?

»Ich kann ihn für dich anrufen und es ihm erzählen«, sagt Annika. »Möchtest du das?«

Möchte ich das? Ich weiß es nicht, ich weiß nichts, aber warum nicht, also nicke ich. In die Erleichterung darüber, dass es mir erspart bleibt, mischt sich ein Gram, den ich nur zu gut kenne – hier kommt Annika und regelt alles für mich.

Ich sage: »Annika? Weißt du noch, dass ich nachts ins Bett genässt habe, als ich klein war? Während Mamas Krankheit?«

»Ja?«, fragt sie.

Ist sie wachsam, frage ich mich selbst. Ist das eine schmerzliche Erinnerung für sie? Wir kauen beide schweigend.

»Glaubst du, Papa hat andere Frauen getroffen, als Mama krank war?«, frage ich.

»Wie bitte?«, fragt Annika, und dann, als ich nichts erwidere: »Du hast doch gehört, was er über Untreue sagt. Er spricht vom Pranger und so weiter.«

»Aber am Ende«, sage ich, »als sie eher seine Patientin war als seine Frau.«

Sie denkt nach. Es ist so still im Haus, wenn unser Besteck gegen die Teller klirrt, hallt es von den Wänden wider.

Wir reden nur selten über unsere Kindheit, Annika und ich. Als ich ein Teenager war, versuchte sie es manchmal. Sie lud mich mehrmals zum Essen in ihre Wohngemeinschaft ein, deckte den Tisch mit einer echten Decke und Kerzen, servierte mir billigen Rotwein, obwohl ich noch nicht achtzehn war, und fragte mich, *wie ist es eigentlich zu Hause mit Papa,* und *woran erinnerst du dich aus der Zeit, kurz nachdem Mama starb?* Ich wurde nervös. Da saßen wir, inmitten der ganzen Gemütlichkeit, und sie wollte, dass ich erzählte. Ihre Fragen waren so direkt, so aufgeladen. Es lag so viel Erwartung in allem, der zubereiteten Mahlzeit, den entzündeten Kerzen: Jetzt sollte ich mich ihr anvertrauen. Ich hatte keine Ahnung, was ich sagen sollte, alles wäre verkehrt. Am Ende antwortete ich mehr oder weniger das, von dem ich glaubte, sie wollte es hören. Und versuchte, das Gespräch in harmlosere Bahnen zu lenken.

Später las ich von der fundamentalen Bedeutung der frühen Bindung von Kindern und Eltern und begann zu überlegen, wie ich von meiner Kindheit geprägt worden war: der Verlust des einen Elternteils, die komplizierte Beziehung zum anderen. Zu diesem Zeitpunkt hätte ich gerne erfahren, woran sie sich erinnerte, um meine Erinnerungen mit ihren eigenen abzugleichen. Sie als Ältere hatte mehr mitbekommen von dem, was passierte. Aber ich fragte sie trotzdem nicht. Vielleicht wusste ich nicht, wie. Außerdem sah ich sie selten, ich wohnte in Bergen, sie in Oslo. Und ich dachte wohl, es wäre besser, das später anzugehen.

Jetzt reibt sie sich die Augen. Ich überlege, ob sie heute am Gericht war. Sie sieht so aus, herausgeputzt und geschminkt, mit akkurater Frisur.

»Wer weiß«, sagt Annika schwermütig. »Es scheint, als würde er seinen, wie sagt man, *Moralkodex* ein wenig modifizieren, je nachdem, was gerade am besten für ihn passt.«

Jetzt schlägt unser Besteck nicht mehr klirrend gegen die Teller. In weiter Ferne kann ich das Geräusch der U-Bahn hören, die zur Station Holstein hinaufklettert.

»Meinst du?«, sage ich in mein Essen hinein. »Den Eindruck habe ich nicht.«

Wir essen eine Weile schweigend. Jetzt kann ich ihr meine Fragen von damals auch nicht stellen, nur wenige Tage nach Sigurds Verschwinden. Aber vielleicht ein anderes Mal, in nicht allzu langer Zeit. Ich esse fast meine ganze Portion auf, und es tut mir gut. Annika erzählt, wie der Mittlere beim Zahnarzt war und der Zahnhygienikerin in den Finger gebissen hat. Wir versuchen uns zu entspannen.

Von der Zeit, in der meine Mutter krank war, weiß ich nicht mehr viel. Ich erinnere mich, dass sie starb, ich erinnere mich an die Beerdigung und die Zeit danach. An ein paar Details erinnere ich mich auch, Löffel statt Gabeln, ihr albernes Lachen, kranke und gesunde Gedanken. Aber ich erinnere mich kaum noch daran, wie es mir ging. War ich traurig? Hatte ich Angst?

Verunsicherte es mich, dass meine Mutter plötzlich eine Erwachsene war, auf die ich mich nicht mehr verlassen konnte?

Ich erinnere mich jedoch noch daran, dass ich anfing, nachts ins Bett zu machen. Erinnere mich sehr genau an das Gefühl, wach zu werden und nass zu sein, das feuchte Bett, das Gefühl von Scham, daran erinnere ich mich sehr genau, mein Bedauern, wie peinlich, dabei war ich doch schon so groß. Ich weiß noch, dass ich Annika geweckt hatte. Schon damals muss ich verstanden haben, dass auf meine Mutter kein Verlass mehr war, und meinen Vater weckte ich wegen so etwas nicht, vor ihm wollte ich gut dastehen. Also ging ich zu Annika, rüttelte meine Schwester so lange, bis sie wach war, und gestand es ihr mit gesenktem Blick. Widerwillig half sie mir. Nach einigen Malen meinte sie, ich könnte jetzt selbst damit klarkommen. Sie war elf oder zwölf, sie fand es eklig. Ich selbst fand es auch eklig. Es machte *mich* eklig. Am liebsten hätte ich es niemandem erzählt.

Im Studium lernte ich, dass Bettnässen, *Enuresis nocturna,* von emotionalem Stress herrühren kann. Ich erinnere mich, wie mich dort im Vorlesungssaal, während ein Psychologe aus der Kinder- und Jugendpsychiatrie im Schnelldurchlauf alle Krankheiten aus dem Diagnosehandbuch durchging, eine kindliche Erleichterung überkam: Vielleicht war es damals nur der Stress. Vielleicht war mit dem Kind, das ich war, gar nichts verkehrt. Vielleicht war ich nur neben der Spur, weil unsere Mutter krank war.

Später dachte ich, es lieferte mir immerhin einen Anhaltspunkt dafür, wie es mir ging. Ich erinnere mich so wenig an Schmerz, so wenig an Angst, überhaupt kaum an Gefühle. Ich erinnere mich nur an das, was passierte. Erinnere mich in erwachsenen Floskeln daran, also musste ich etwas übernommen haben, was andere für mich gedeutet und mir erklärt hatten. Ansonsten weiß ich so wenig darüber, wie sich dieses ungeheure Erlebnis, diese schreckliche Kindheitstrauer, eigentlich anfühlt.

Eines Nachts wurde ich wieder von etwas Warmem, Feuchten unter dem Hintern und zwischen den Beinen wach und dachte verzweifelt *oh, nein*. Ich ging hinaus in den Flur zum Wäscheschrank, fand ein neues Laken und neue Bettbezüge, wie Annika es mir gezeigt hatte, und versuchte, das Bett neu zu beziehen. Es war ein Spannbettlaken. Als ich auf dem Bett saß und mit den Ecken kämpfte, wurde das neue Laken ebenfalls nass, es sog die Flüssigkeit aus der Matratze auf. Ich begann zu weinen.

Wie ich auf dem Treppenabsatz endete, weiß ich nicht mehr. Ich muss in den Flur hinausgegangen sein, als es mir nicht gelungen war, das Bett neu zu beziehen. Ich wagte es nicht, Annika zu wecken, aber ich weiß noch, wie ich die Tür zum Schlafzimmer meiner Eltern aufschob und meine Mutter dort liegen sah, und wie ich eine gewaltige Verzweiflung darüber verspürte, dass es nichts helfen würde, sie zu wecken. Und dass das Bett meines Vaters leer war. Und ich mich wunderte, weil ich gehört hatte, wie die beiden ins Bett gegangen waren und wie sie sich anschließend unterhalten hatten, aber jetzt war er nicht da. Ich weiß noch, dass ich mich schrecklich allein fühlte. Ich kann mich nicht erinnern, wie ich auf den Treppenabsatz kam, nur, dass ich dort sitze. Ich weine so lautlos, wie ich kann, damit niemand wach wird, und dann höre ich die Tür. Von meinem Platz aus kann ich den Flur sehen. Mein Vater kommt herein. Er sieht mich nicht. Er zieht sich die Schuhe aus. Er steckt die Hand in die Jackentasche, holt etwas heraus. Nestelt daran herum. Ich sehe nicht, was er in den Händen hält. Als er die Jacke aufhängt, sieht er mich und sagt:

»Sara? Sitzt du hier?«

Ich nicke. Ich frage ihn nicht, warum er unterwegs war, wo er gewesen ist. Ich sage nichts. Er hebt mich hoch, ich lehne den Kopf an seine breite Schulter, er riecht nach kalter Luft und diesem Rasierwasser, das ich so sehr mit ihm verbinde, und ich wünschte, er würde nie wieder gehen. Er bringt mich ins Schlafzimmer und legt mich auf das neue Laken, und ich traue mich nicht, ihm zu erzählen, dass es nass geworden ist, traue mich nicht, ihm zu sagen, dass ich ins Bett gemacht habe. Ich lege mich in das nasse Bett und versuche zu schlafen.

Drei Wochen, nachdem Sigurd und ich geheiratet hatten, saß ich in meinem Büro in der Klinik und rieb mir die Hände ein. Ich hatte eine Familie in Therapie gehabt, sie war gegangen, und ich desinfizierte mich mit dem Gel aus dem Spender. Ich achtete immer streng darauf, das hatte ich bei meinem Job mit den psychotischen Jugendlichen gelernt: immer die Hand geben, aber auch immer anschließend die Hände reinigen. Noch hatte ich mich nicht an den Ehering gewöhnt, ich trug erst das Gel auf, und es klebte am Rand des Ringes. Ich zog ihn aus, legte ihn auf das Pult und rieb mir die Finger ein. Anschließend wischte ich den Ring mit einem Kleenex ab, und da, in dem Moment, als ich ihn wieder anzog, wurde mir plötzlich vollkommen bewusst, was ich an jenem Abend gesehen hatte, dort auf dem Treppenabsatz des Hauses in Smestad, als mein Vater an etwas herumnestelte. Knapp zwanzig Jahre später kommt eine Erfahrung hinzu, die der Erinnerung einen Sinn verleiht: Mein Vater hatte dort gestanden und seinen Ehering wieder angezogen.

Als wir gerade das Essen wegräumen, klingelt es an der Tür. Annika und ich sehen uns an, und ich nehme an, dass ich ängstlich aussehe, denn sie sagt sofort, sie würde aufmachen.

Noch während sie die Treppe hinuntergeht, kommt Gundersen schon hinauf. So ist es inzwischen, das Haus gehört mir kaum noch, die Polizei kommt und geht, wie sie will, und Gundersen hat keine Zeit, um zu warten, bis ich mich endlich gefasst habe und ihm die Tür öffnen kann.

Sie kommen gemeinsam wieder die Treppe herauf, Gundersen zuerst, er nimmt zwei Stufen auf einmal. Ich sehe, dass er in seinem energischen Modus ist. Annika folgt ihm, erneut wachsam, die Stirn gerunzelt und die Augen starr auf ihn gerichtet, als wolle sie mit ihrem ganzen Körper sagen, er solle sich in Acht nehmen, weil sie ihn beobachte.

Gundersen begrüßt mich und setzt sich neben mich an die Kücheninsel, ohne etwas zu sagen.

»Wie geht's?«, frage ich.

»Ach ja«, sagt er.

Er denkt nach, starrt in die Luft, ein Gegensatz zu seinem energischen Auftritt, und dann fragt er: »Wie war der Rest dieses Wochenendes? Sie waren beim Training, Sie kamen nach Hause, Sie haben Wein getrunken und diese Nachricht gelöscht, und dann sind Sie ins Bett gegangen. Korrekt?«

»Ja.«

»Und was ist dann passiert?«

Ich überlege.

»Dann bin ich erst am nächsten Tag wieder aufgewacht«, sage ich. »Julie war hier, Julie ist die Freundin von Thomas, dem Freund von Sigurd, sie wollte wohl sehen, ob es mir gut geht. Keine Ahnung. Wir … Tja. Sie ist nicht lange geblieben.«

Es würde wohl keinen guten Eindruck machen, wenn ich Gundersen im Detail meine Begegnung mit Julie schildern müsste, denke ich. Natürlich hat es nichts mit dem Fall zu tun, denn mittelblondes Haar hin oder her, ich kann mir nicht vorstellen, wie Julie Sigurd von hinten erschießt. Aber zu erzählen, dass ich mich mit der Freundin von Sigurds bestem Freund stritt? Nachdem ich die Nachricht auf der Mailbox gelöscht hatte?

Gundersen wirkt aber ohnehin nicht interessiert, er sagt nur: »Ja, okay, und dann?«

»Dann bin ich in die Stadt gefahren. Ich habe die U-Bahn nach Majorstua genommen, bin ein bisschen durch die Stadt gestreift und dann zu Annika nach Nordstrand gefahren. Da... habe ich ihr erzählt, was passiert ist, und sie hat mich zur Polizei gefahren, damit ich Sigurd als vermisst melde. Ja, ich hatte schon morgens mit einer Frau von der Polizei gesprochen, ich wollte eine Vermisstenanzeige aufgeben, und sie hat gesagt, ich sollte noch warten, bis mindestens vierundzwanzig Stunden vergangen sind.«

»Und dann?«

»Dann sind wir wieder zurück nach Nordstrand gefahren. Ich habe bei Annika übernachtet.«

»Das stimmt«, sagt Annika.

Sie steht breitbeinig und mit verschränkten Armen da, wie eine Türsteherin mit ihren Lederstiefeletten und in ihrem Kleid.

»Wann waren Sie wieder hier?«

»Sonntagnachmittag. Ich war eine Weile bei Annika, und dann bin ich nach Hause gefahren.«

»Okay.«

Gundersen denkt weiter nach, trommelt mit den Fingern auf die Küchenbank, und ich sehe ihn dort sitzen, blicke zu Annika hinüber, drehe mich wieder zu ihm um.

»Wieso fragen Sie?«

»Reine Routine«, sagt er. »Und wie war das mit dem Telefon, ich meine, Sie hätten mir erzählt, dass Sie ihn angerufen haben?«

»Ja, die ganze Zeit, bis bei seinem Handy wahrscheinlich der Akku leer war.«

»Okay, und wann war das?«

»Samstagmorgen. Während Julie hier war. Da sprang sofort so eine automatische Ansage an, die Person, die Sie anrufen, ist nicht erreichbar oder so.«

Gundersen nickt.

»Wissen Sie, wir haben Sigurds Telefon gefunden.«

»Ach?«

Wir starren ihn an, Annika und ich.

»Ja«, antwortet Gundersen ruhig. »Es lag hier draußen im Garten.«

»Aber«, sage ich. »Hier? Im Garten?«

»Ja. Fredly hat es heute Nachmittag gefunden.«

Für einen Moment ist es vollkommen still. Ich starre in den Nebel, allmählich dämmert es, und ich denke an das letzte Mal, als ich ihn anrief, oben im Schlafzimmer, während Julie unten im Wohnzimmer lauerte. An die nächtlichen Schritte auf dem Dachboden, die offene Haustür.

Am Donnerstagabend hatte Sigurd zu mir gesagt, er wolle versuchen, um halb sieben am Morgen bei Thomas zu sein, damit sie früh bei der Hütte wären und noch den ganzen Tag vor sich hätten. Ich bin dieses kurze Gespräch so oft im Kopf durchgegangen, dass der Unterschied zwischen dem, was er wirklich sagte, und dem, was er in meiner Vorstellung sagt, allmählich verschwimmt. Kann ich ganz sicher sein, dass meine Erinnerung an dieses Gespräch dem realen Ablauf entspricht, so wie ich mir bisher immer sicher sein konnte? Besteht nicht beispielsweise die Möglichkeit, dass er von halb sieben am Abend sprach statt halb sieben am Morgen? Und hat er wirklich, ganz unumstößlich, davon gesprochen, dass er Thomas abholen würde? Kann ich sicher sein, dass ich es nicht missverstanden habe? Oder die Details nur vor dem Hintergrund dessen vermische, was ich seit dem Gespräch gelernt habe? Habe ich die Erinnerung durch all die Male, die ich sie mir vorgestellt habe, unmerklich verändert? Sie zurechtgeschliffen, ohne mir dessen bewusst zu sein?

Ohne Gundersen anzusehen, frage ich: »Was ist denn aus dem Bericht der Gerichtsmedizin geworden?«

»Ja, das ist die zweite Sache«, antwortet Gundersen. »Inzwischen liegt er uns vor. Sigurd wurde am Freitag ermordet. Die Todesursache ist eine Schussverletzung. Und der Mann, der gefunden wurde, ist Sigurd, daran besteht kein Zweifel mehr.«

Ich denke an den Freitag, an sein Telefon, das immer weiter klingelte. An die Nachricht. Hallo Liebste. In der Hütte angekommen. Der Zeichenköcher, die Gardinen, die Töpfe.

Ich frage: »Kann ich ihn sehen?«

Gundersen fragt: »Die Leiche?«

Ich antworte: »Sigurd. Kann ich ihn sehen?«

Gundersen sagt: »Inzwischen sind mehrere Tage vergangen, ich weiß nicht, ob das so ratsam ist.«

»Aber könnte ich?«

Er zuckt mit den Schultern.

»Ich kann es Ihnen nicht verwehren, natürlich nicht. Aber wie gesagt, er ist schon eine Weile tot. Der Verwesungsprozess setzt schnell ein.«

Ich sage: »Ich möchte ihn sehen. So schnell wie möglich.«

Annika sagt: »Oh, Sara.«

Aber sie protestiert nicht.

»Wenn das so ist«, sagt Gundersen, »würde ich dazu raten, dass wir es schon heute Abend einrichten.«

Der Keller im staatlichen Gesundheitsinstitut ist gekachelt. Ich folge einer Dame in grüner Berufskleidung, die den Mundschutz ins Haar geschoben hat wie andere Leute ihre Sonnenbrille. Annika hat mich hergefahren, aber sie wartet oben, sie hat mich mit bleichem, verzerrtem Gesicht angesehen und gesagt, *ich schaffe es nicht, mit dir da runterzugehen.* Es ist schon in Ordnung. Ich gehe allein, mit der Dame in Grün.

Ich habe keine Angst. Ich weiß nicht, was ich bin, überdreht vielleicht. Ich fühle mich wach. Ich habe eine Entscheidung getroffen. Ich erinnere mich noch genau an den Anblick des alten Torp, ich weiß, was mit einem toten Körper passiert, der drei Wochen auf dem Dachboden gelegen hat. Weiß auch, dass ich es wissen muss.

Sigurds Handy lag im Garten. Sein Zeichenköcher ist von selbst wieder aufgetaucht. Irgendjemand geht in meinem Haus umher. Als ich gestern auf dem Fußboden in meiner Praxis lag und das Küchenmesser so fest umklammerte, dass meine Knöchel ganz wund und blutleer waren, wollte ich instinktiv nach Sigurd rufen.

Warum sollte ich nach ihm rufen? Er ist tot. Ich glaube nicht an Übersinnliches; wenn man stirbt, ist die Tür für immer verschlossen. Ich glaube nicht, dass es ein Geist war, der auf meiner knarzenden Treppe umherlief, der davonrannte und die Haustür sperrangelweit offen stehen ließ, aber an irgendeinem kleinen, unsicheren Ort tief in meinem Kopf dachte ich: Was, wenn es Sigurd ist? Und heute haben sie sein Handy gefunden.

Also haben sie es in Nordberg gefunden. Was nicht heißen muss, dass Sigurd bei mir gewesen ist. Es ist die einfachste Sache der Welt, einem toten Mann sein Telefon wegzunehmen. Und es ins Gebüsch vor seinem Haus zu werfen. Zum Beispiel, wenn man mitten in der Nacht durch den Garten rennt. Man kann es dabei sogar verlieren.

Aber es fällt mir so schwer zu glauben, dass Sigurd weg ist. Diese Nachricht auf der Mailbox. All die Dinge, die ich seither über ihn erfahren habe, seine Lügen. Die Frau, die vor seinem Büro auf ihn wartete. Atkinson. Sigurd ist tot, und ich habe gerade erfahren, wie wenig ich über ihn weiß. Die Gerichtsmediziner können sich täuschen. Oder? Aber ich kann es nicht. Wenn ich mit eigenen Augen sehe, dass es Sigurd ist, dann ist es so. Und deshalb bin ich hier. Um sicher zu sein.

Sie öffnet die Tür zu einem Saal. Im Gegensatz dazu, was ich mir vorgestellt hatte, sieht es hier eigentlich ganz gemütlich aus. Der Raum ist gut beleuchtet. Kein dunkler, feuchter Keller, keine tiefen Schränke voller Leichen, keine furchteinflößenden, perversen Ärzte. Die Dame, die mich begleitet, ist in Annikas Alter, sie trägt goldene Ohrstecker und hat breite Hüften, wie einige Frauen sie entwickeln, nachdem sie ein Kind zur Welt gebracht haben. Es gibt ein Waschbecken, eine Art Küchenschrank und eine Art Theke, und dann steht dort ein Metalltisch, auf dem jemand liegt, der mit einem Laken zugedeckt wurde. Wenn dieser Tisch nicht gewesen wäre, hätte ich auch an jedem beliebigen anderen Ort sein können. Mit ein paar Tischen und Stühlen zum Beispiel der Pausenraum in einer Poliklinik.

Aber da ist dieser Tisch.

Die Dame reicht mir einen Mundschutz.

»Es kann ein wenig riechen«, erklärt sie.

Ich setze ihn auf, und sie zieht ihren aus dem Haar herunter.

»Sind Sie bereit?«

»Ja«, antworte ich, und erst jetzt spüre ich, wie nervös ich bin.

Dies ist der entscheidende Moment. Entweder er ist es, oder er ist es nicht. Sie zieht das Laken weg.

Ich kann es nicht beschreiben. Wenn mich jemals jemand nach diesem Moment fragt, werde ich nicht viel sagen können. Er liegt mit geschlossenen Augen da. Er ist tot, schon seit mehreren Tagen, und es besteht nicht der geringste Zweifel daran. Es ist Sigurd. Ich sehe ihn so und erinnere mich an Details von ihm, an die ich mich in den letzten Tagen nicht erinnert habe, oder an die ich nicht denken wollte. Die braunen Wimpern, deren Spitzen hell waren. Der Hauch von Sommersprossen auf seiner Nase. Wie sich das dichte Haar, das er nie richtig kurz schneiden wollte, in der Stirn kräuselte.

In ihm ist kein Leben. Es sieht nicht so aus, als würde er schlafen, wie es die Leute manchmal von Toten behaupten. Es sieht aus, als wäre er tot. Das Blut ist aus seinem Gesicht gewichen. Als ich ihn betrachte, entfährt mir ein einzelner Schluchzer, der sowohl mich als auch die Dame in Grün überrascht, nur ein einziger, auf den keine Tränen folgen. Ich weiß bereits, dass ich mich für den Rest meines Lebens daran erinnern werde, wie ich hier stand und Sigurd betrachtete, der tot war. Ich spüre keine Erleichterung, keinen Abschluss oder eine Katharsis. Nur die Gewissheit, dass es ernst ist. Was ich jetzt sehe, lässt sich nicht mehr vergessen.

Im Grunde nimmt ein neues Leben an dem Tag seinen Anfang, an dem sich eine Frau zu einem Mann beugt und ihm ins Ohr flüstert: Wollen wir es nicht versuchen? Wir sitzen auf dem Sofa. Es ist ein Tag wie jeder andere. Wir haben Fischfrikadellen gegessen und sehen fern. Die Werbung mit dem Delphin kommt. Sigurd sagt, er hasse Delphine.

Ich sage: »Niemand hasst Delphine.«

Sigurd sagt: »Ich schon.«

»Warum?«, frage ich.

»Sie denken, sie wären unglaublich niedlich. Schwimmen durch die Gegend, als würden alle sie toll finden: Guck mich an, wie niedlich ich bin.«

Ich lache und küsse ihn.

»Ich meine es ernst«, sagt Sigurd. »Du glaubst, ich würde Witze machen, aber ich meine es ernst.«

Ich lege meinen Arm um seinen Nacken. Ich beuge mich zu ihm hinüber.

»Sigurd«, flüstere ich ihm ins Ohr, »wollen wir es nicht versuchen?«

Der erste Versuch findet noch am selben Abend statt. Während Sigurd mich packt und umklammert, denke ich, jetzt passiert es, jetzt wirst du gezeugt, jetzt, kleiner Freund.

Im darauffolgenden Monat schlafen wir in der günstigen Woche jeden Abend miteinander. Jetzt, jetzt, jetzt. Ich rechne aus, wann ich einen Test machen kann. Am Abend davor entdecke ich ein bisschen Blut im Slip. Ich starre fassungslos auf den Fleck, das kann doch nicht wahr sein? So oft, wie wir es versucht haben. Unermüdlich.

Im darauffolgenden Monat schaffe ich es, den Test zu machen, bevor das Blut kommt. Der Strich im Testfenster ist allein, blau und streng.

Viele probieren es lange. Im Durchschnitt ein halbes Jahr, lese ich im Internet. Ehe man es nicht mindestens ein Jahr versucht hat, besteht kein Grund zur Sorge. Ich erzähle niemandem davon. Ich stelle mir vor, was ich sagen werde, wenn es eine Tatsache ist, wenn zwei sich kreuzende Striche im Fenster aufgetaucht sind, stelle mir vor, wie ich es Annika erzähle, geradezu beiläufig, ach übrigens, strahlendes Lächeln, ich muss dir etwas erzählen. Stelle mir vor, was ich Ronja sagen werde.

Aber nicht das. Nicht dieses Nichts, dieses Zwischenstadium. Wir versuchen es. Das ist nichts Neues. Es ist nichts, ein leeres Versprechen, nicht einmal das.

Drei Monate vergehen. Dann sind Sommerferien. Margrethe fährt mit ihren Freundinnen nach Italien und sagt zu uns, kümmert euch doch ein bisschen um euren Großvater, vielleicht könnt ihr ihn einmal in der Woche besuchen. An einem warmen Spätsommertag fahren wir hin und finden ihn auf dem Dachboden.

Als wir nach Nordberg ziehen, versuchen wir es schon seit sechs Monaten. Wenn wir im Durchschnitt lägen, wäre es jetzt passiert. Viele versuchen es länger, steht im Internet. Unfreiwillige Kinderlosigkeit ist keine Krankheit, wettert ein Meinungsbeitrag in der Zeitung, und ich falte sie wieder zusammen und werfe sie weg, will das nicht lesen, will nicht wissen, warum das nicht das Ende von

allem ist, wie reich ein Leben ohne Kinder sein kann, wie dank-
bar ich für das sein sollte, was ich besitze. Sigurd arbeitet wie ein
Wahnsinniger an meiner Praxis, und in dieser Woche passiert es.
Ich gehe zu ihm hinaus. Er steht mitten im Raum, im Overall und
mit Schutzbrille und Schleifmaschine. Es dauert eine Weile, bis er
mich sieht, und ich stehe still im Türrahmen und beobachte ihn,
während er mit gebeugtem Nacken unter der Dachschräge schleift,
voll und ganz auf diesen Boden konzentriert. Und ich denke, soll
ich es jetzt machen, ihn verführen, ihn mit ins Schlafzimmer lo-
cken, soll ich es wirklich tun? Ich in Jogginghose, er in Arbeitskluft.
Er weiß nicht, dass ich hier bin, weiß nicht, dass ich ihn beobachte,
und ich denke, ist es nicht schon an sich ein Wunder, dass es über-
haupt dazu kommt? Dass die Leute zwischen all dem anderen Zeit
für Sex finden?

Dann sieht er mich. Er stellt die Maschine aus, schiebt die
Schutzbrille hoch und hebt den Gehörschutz.

»Ja?«, fragt er.

Er hat Staub vom Boden in den Haaren. Seine Lippen sind ris-
sig von der Arbeit hier. Er glaubt, ich wäre gekommen, um ihm
eine Nachricht zu überbringen, er wartet: Ja, was ist? Ich stehe da,
in Jogginghosen, und es kommt mir wie eine unmögliche Aufgabe
vor, ihn zu verführen.

»Nichts«, antworte ich. »Ich wollte nur Bescheid sagen, dass ich
jetzt ins Bett gehe.«

»Okay. Gute Nacht.«

Das alles macht Sigurd für mich, diese Böden, diese Praxis. Ich
gehe nach oben, dusche, lege mich schlafen. Liege ein, zwei Stun-
den wach. Es ist halb eins. Immer noch kein Sigurd.

Ich wache auf und schlafe wieder ein, schrecke hoch und horche,
ist jemand hier? Ich habe einen Stuhl vor die Tür gestellt und

halte ein Küchenmesser in den Händen. Es knackt, draußen auf der Straße fährt ein Auto vorbei, und irgendwann höre ich ein Kind weinen. Ich schlafe wieder ein, wache kurz darauf erneut auf. Ich gleite in den Schlaf hinein und wieder hinaus.

Acht Monate sind vergangen, immer noch nichts. In den letzten Monaten waren unsere Versuche allerdings auch ein wenig halbherziger. Sigurd ist mit der Praxis fertig, aber es gibt noch so viel anderes zu erledigen. Küche, Bad, Schlafzimmer. Im Büro hat er auch einiges zu tun. Er kommt um sechs nach Hause, isst vor dem Fernseher etwas und fängt an, in der Küche zu hämmern. Ich habe meine Praxis eröffnet, aber sie läuft nur langsam an. Tagsüber surfe ich im Internet, Tipps zum Thema Fruchtbarkeit. Essen Sie fetten Fisch und Zitrusfrüchte. Meiden Sie Alkohol und Kaffee. Legen Sie sich nach dem Sex ein Kissen unter das Gesäß, schlafen Sie möglichst morgens miteinander.

Unser ganzes Leben dreht sich um das Haus. Ich arbeite und wohne hier, bewege mich kaum noch hinaus. Sigurd verschwindet jeden Tag zur Arbeit, kommt nachmittags oder abends wieder, arbeitet bis tief in die Nacht. Sieht ausgezehrt und fahl im Gesicht aus.

Es ist wieder die richtige Zeit, die goldene Woche. Sigurd reißt die Tapeten von der Wand des Arbeitszimmers im Keller. Ich ziehe ein Nachthemd an, schön kurz, schön sexy, und öffne mein Haar, ehe ich hinuntergehe. Der Boden ist mit Tapetenstreifen übersät, mit allem, was er mit den Händen abreißen konnte. Den Rest kratzt er mit dem Spachtel ab, ein Geräusch, das mir Gänsehaut bereitet, so wie das Quietschen von Messern auf Keramiktellern.

»Sigurd?«

Er dreht sich um. Leim im Haar, die Schutzbrille auf der Nase.

»Möchtest du mit mir nach oben kommen?«

»Ich wollte eigentlich noch ein bisschen weitermachen.«

»Aber es ist die richtige Woche«, sage ich verzagt, »wenn, dann müssen wir es jetzt machen.«

»Gut, dass du das sagst.«

Er schiebt die Brille ins Haar, reibt sich die Augen, streckt sich und kommt auf mich zu. Seine Schritte sind schwer. Er bleibt stehen, stützt sich mit dem Arm an den Türrahmen. Steht so nah bei mir, dass ich die Abdrücke der Schutzbrille in seinem Gesicht sehen kann, rote Ränder wie die, die der Kopfkissenbezug hinterlassen hatte, wenn wir in Bergen zusammen aufwachten.

»Ich habe ein bisschen nachgedacht«, sagt er. »Und überlegt, was du davon hältst, wenn wir noch ein bisschen damit warten? Mit dem Kind?«

Die Luft wird aus dem Raum gesogen, ich zittere in meinem Nachthemd.

»Warten?«

Er schluckt. Er sieht mich an, die graublauen Augen, das Muttermal unter dem linken.

»Wir sind doch gerade beide vollkommen erschöpft, Sara. Wir machen uns selbständig. Und dann die ganze Sache mit dem Haus.«

»Aber dieses Zimmer«, sage ich und spüre, wie meine Stimme bricht, wie mir die Tränen kommen.

Hier stehe ich in meinem kurzen Nachthemd und mit offenem Haar.

»Nicht lange«, sagt er. »Nur bis das mit der Arbeit läuft und das Haus fertig ist. Oder zumindest ein bisschen fertiger. Hm?«

Er streicht mir über die Wange. Ich unterdrücke die Tränen, will auf keinen Fall hier im Nachthemd stehen und heulen.

»Es ist nur so, dass ich es gerade nicht schaffe. Ich bin so wahnsinnig kaputt. Ich habe gar keine Energiereserven mehr.«

»Ja«, sage ich. »Das verstehe ich. Wir warten noch ein bisschen. Aber bitte nicht so lange.«

»Nein, nein«, sagt Sigurd. »Nur bis wir wieder ein bisschen Luft holen können.«

Ich setze mich auf die Bettkante im ersten Stock und versuche in mich hineinzuhorchen, ob ich traurig bin. Es ist nicht so, als würde ich nicht auch eine gewisse Erleichterung verspüren. Dieses pflicht-schuldige Vögeln los zu sein. Die monatlichen Niederlagen, den einzelnen, wütenden blauen Strich. Das Ganze etwas entspann-ter angehen. Miteinander ins Bett gehen, wenn wir es wollen. Das Haus fertig umbauen. Und wer weiß. Vielleicht passiert es dann ja von selbst. Das schreiben sie auch in den Blogs. Man versucht es jahrelang, und dann, wenn man am wenigsten damit rechnet… Überrascht lehne ich mich zurück. Eigentlich hat es auch etwas Gutes an sich. In einem Haus zu wohnen, das fertig ist, wenn der Bauch wächst. Warte noch ein bisschen, kleiner Freund. Bald darfst du kommen, und dann ist alles für dich bereit.

Mittwoch, 11. März: Große helle Flächen

Wieder war jemand in meinem Haus. Ich sehe es sofort, als ich die Treppe hinaufkomme, sehe, dass etwas anders ist. Als mein Blick in die Küche fällt, erkenne ich, es ist der Kühlschrank. Sigurd und ich hatten dort Fotos aufgehängt, einige von uns, einige von Annikas Jungs, ein paar Postkarten und zwei Karten von Lieferdiensten. Jetzt sind sie alle weg. Die Kühlschranktür ist ganz leer, rein und weiß, unbelebt. Und zusätzlich, wie zur Betonung, dass wirklich jemand da war, hängen alle Magneten am oberen rechten Rand des Kühlschranks. Ich starre ein oder zwei Sekunden darauf, bis ich es begriffen habe, und dann schreie ich.

Ich habe mich wieder und wieder selbst daran erinnert. Sigurd wurde ermordet, aber erst jetzt ist es wirklich in mein Bewusstsein vorgedrungen, jetzt, da ich ihn mit eigenen Augen gesehen habe. Irgendjemand hat heute Nacht die Fotos von unserer Kühlschranktür entfernt, und ich weiß ganz sicher: Er war es nicht. Was bedeutet, dass es ein Fremder gewesen sein muss, und wer kann das sein, wer anderes als die Person, die Sigurd erschossen hat. Ein Mörder war in meinem Haus. Ist vielleicht immer noch da. Ich schreie, so laut ich kann. Und dann drehe ich mich und renne die Treppe hinunter, schließe die Haustür auf und stürme hinaus.

Im selben Moment, als ich auf den Rasen hinausrenne, parkt ein Polizeiauto in der Einfahrt. Hinter dem Steuer sitzt Fredly, und auf der Beifahrerseite steigt die Polizistin aus, die meiner

Meinung nach aussieht wie eine Tussi aus dem Osloer Westen. Sie haben Pappbecher mit Kaffee in den Händen und scheinen gerade irgendetwas zu besprechen, als sie mich erblicken. Beide sehen schockiert aus, was sicher auch nicht verwunderlich ist, wenn man bedenkt, dass ich barfuß im Bademantel über den nassen Rasen renne, auf dem der Schnee immer noch in Klumpen liegt, und auf sie zukomme. Aber ich sehe sie, und ich denke nur: die Rettung. Ich schreie wohl nach wie vor.

Fredly steht vorn, sie muss mich auffangen. Sie sieht es wohl auch kommen, als ich mich nähere, oder sie hat einen guten Instinkt, denn sie lässt den Becher auf den Rasen fallen, aus dem Kaffee und Milch herauslaufen. Ich werfe mich ihr in die Arme, und sie hält mich fest und fragt: »Was ist los?«

Ich bekomme kein Wort heraus. Ich schluchze, schnappe nach Luft, weine beinahe, jedoch ohne Tränen, zittere vor Kälte und Furcht, bringe keinen Satz zustande. Die andere Kollegin sehe ich nicht, ich spüre nur Fredlys Schulter an meiner Wange, lehne mich an sie, zittere, lasse mich von ihr umarmen, bis ich mich ein wenig beruhigt habe, und dann sage ich: »Jemand war in meinem Haus.«

»Okay«, erwidert Fredly und wirkt alarmiert.

»Vielleicht ist er sogar noch da«, sage ich schluchzend.

»Wir werden das untersuchen«, erwidert sie, und die Tussi aus Oslo West geht wieder zum Streifenwagen, vielleicht will sie Verstärkung anfordern.

»Könnten Sie kurz erzählen, was passiert ist?«

»Als ich heute nach unten kam, habe ich gesehen, dass jemand da gewesen ist«, schluchze ich. »Derjenige hat alle Fotos von der Kühlschranktür abgehängt, und die Magneten waren an einem anderen Ort.«

»Die Kühlschranktür?«

»Ja. Wir hatten immer verschiedene Sachen da hängen, Fotos und Postkarten und Speisekarten und so weiter, aber jetzt ist alles weg.«

»Aha. Und war noch etwas, ich meine, hat etwas anderes gefehlt?«

»Ich weiß nicht. Ich habe nur gesehen, dass das alles weg war, und dann bin ich losgerannt.«

»Sind Sie sicher, dass die Bilder noch da waren, als Sie ins Bett gegangen sind?«, fragt eine Stimme hinter uns, und ich sehe, dass Fredlys Kollegin wieder aus dem Auto gestiegen ist.

»Ja«, antworte ich, »ich glaube, ich hätte gemerkt, wenn sie nicht da gewesen wären.«

»Mm.«

Fredly sagt:

»Gibt es Einbruchsspuren?«

»Ich weiß nicht«, sage ich und werde allmählich unruhig, warum diese ganzen Fragen, wollen sie denn nicht endlich etwas unternehmen?

»Stand die Haustür offen? War das Schloss aufgebrochen oder Ähnliches?«

Ich überlege.

»Nein«, sage ich. »Sie war abgeschlossen.«

Sie tauschen einen Blick. Zwischen ihnen herrscht irgendein stummes Einverständnis. Ich trete einen Schritt beiseite, sodass Fredlys Arm, der immer noch auf meiner Schulter liegt, von mir herabgleitet.

»Wollen Sie das nicht untersuchen?«

Sie sehen sich erneut an. Jetzt wirken sie unangenehm berührt, nein, resigniert.

»Doch, doch«, antwortet Fredly freundlich, »wir werden es uns ansehen.«

Ihr Ton klingt ein wenig herablassend, als wäre ich ein Kind und sie meine Babysitter, und ich hätte sie soeben darum gebeten, die Monster aus dem Keller zu vertreiben.

Sie gehen hinein. Ich lehne mich an den Streifenwagen und warte. Es macht doch nicht den Eindruck, als würde noch Verstärkung kommen. Ich warte einen Moment, stehe draußen und friere und denke, ich hätte stehen bleiben und meine Joggingschuhe anziehen sollen, als ich um mein Leben rannte. Ich stelle den einen Fuß auf den anderen, plane, ihre Position später zu wechseln, um die Erfrierungen wenigstens gleichmäßig zu verteilen. Einige Zeit vergeht. Ich sehe, wie die Polizistin, die nicht Fredly ist, die Verandatür öffnet und wieder schließt. Ich gehe langsam über den Rasen und in den Hausflur.

Im Wohnzimmer treffe ich Fredly. Ihre Kollegin ist gerade im ersten Stock und überprüft alle Fenster. Sie reicht mir einen Stapel Fotos und Zettel und fragt:

»Meinten Sie diese hier?«

Ich blicke darauf.

»Ja.«

Ob welche fehlen? Ich versuche mich zu erinnern, welche Fotos wir aufgehängt hatten. Die Karte von Margrethe aus Budapest, hatten wir die vor ein paar Wochen weggeworfen, oder hing sie immer noch da?

»Es gibt keine Zeichen für einen Einbruch«, sagt Fredly.

Ich nicke. Wir sehen zum Kühlschrank hinüber, zu den belastenden Kühlschrankmagneten. Ich spüre, wie mir das Blut ins Gesicht steigt, rot und heiß. Ich bin im Bademantel schreiend barfuß durch den Schneematsch gelaufen. Wegen sieben Kühlschrankmagneten.

Aber es *war* jemand hier, das weiß ich, und im Prinzip macht es keinen Unterschied, ob jemand Sigurds Laptop gestohlen und alle unsere Schränke durchwühlt oder die Fotos von der Kühlschranktür abgehängt hat, aber irgendwie wirkt es trotzdem lächerlich. So sinnlos. An der Tür hing nichts von Bedeutung. Aber vielleicht nur scheinbar, denn es wirkt ja auch sinnlos, Sigurd zu töten. Es muss ein Muster dahinterstecken.

»Überprüfen Sie noch einmal, ob Sie alles haben«, sagt Fredly. »Ich meine, Wertpapiere und so etwas.«

Sie nimmt es ernst, das muss man ihr lassen, aber allzu enthusiastisch kommt sie mir auch nicht vor. Kühlschrankmagneten. Während sie in einem Mordfall ermitteln. Ich ziehe willkürlich ein paar Schubladen auf und blättere sie durch, der Eigentumsnachweis zum Haus, unsere Steuererklärungen. Ganz oben in der einen Schublade liegt Sigurds Terminkalender, wo ich ihn gestern verstaut habe. Atkinson. Ein Stechen in der Brust. Ich nehme den Kalender und verstecke ihn unter meinem Bademantel. Meine Hände zittern noch immer.

Luft holen und von vorn anfangen. Ich stehe unter der Dusche und wärme meinen Körper unter dem heißen Wasser auf. Meine durchgefrorenen Füße werden wieder warm, es kribbelt und sticht darin. Ganz ruhig werden. Entspannen. Die Welt so wahrnehmen, wie sie ist. Angst ist etwas Natürliches, ich stehe neben mir, in meinem Haus wurde zweimal eingebrochen, seit mein Mann ermordet aufgefunden wurde. Aber die Angst ist kein verlässlicher Ratgeber. Sie überlistet die Sinne, überhitzt die Gedanken. Luft holen.

Heute Nacht war wieder jemand in meinem Haus. Das scheint unbestritten. Es war nicht Sigurd, das weiß ich jetzt. Ich weiß auch, dass die Tür abgeschlossen war, als ich hinausrannte. Ich weiß, wie ich darauf zurannte und daran rüttelte und die Verzögerung verfluchte, die dadurch entstand, dass ich sie aufschließen musste, denn immerhin fürchtete ich, ein irrer Mörder wäre mir auf den Fersen. Tja. Das Haus war leer, was aber bedeutet, dass derjenige, der hier war, entweder eingebrochen ist oder, und diese Alternative erscheint noch viel unheimlicher, einen Schlüssel besitzt.

Meine Schlüssel liegen in meiner Tasche. Sigurds Schlüssel bei der Polizei. Margrethe hat einen Ersatzschlüssel. Das ist alles.

Natürlich kann man sie nachmachen lassen. Ich überlege. Ich hatte einmal die Schlüssel zu unserer vorherigen Wohnung verloren und musste neue machen lassen. Der Schlüssel zur Haustür war ein Sicherheitsschlüssel, doch beim Schlüssel zu unserer Tür gab es keinerlei Hindernisse. Ich konnte zum Schlosser im Einkaufszentrum gehen und im Laufe einer halben Stunde so viele Schlüssel nachmachen lassen, wie ich wollte. Also kann auch Sigurd sie nachmachen lassen haben, ohne dass ich etwas davon weiß. Er könnte sie großzügig an alle möglichen Leute verteilt haben. Warum er das getan haben sollte, weiß ich nicht, aber er scheint ja ohnehin mehr Geheimnisse vor mir gehabt zu haben, als ich ahnte. Zum Beispiel jenes, von dem Mammod mir erzählt hat, die Frau mit den halblangen, mittelblonden Haaren, die auf ihn wartete. Ich habe ein Bild von ihr vor meinem geistigen Auge, wie sie sich an die Laterne vor den Büroräumen der FleMaSi-Architekten lehnt und nach ihm Ausschau hält. Ist sie ein Mensch, dem Sigurd seine Schlüssel gegeben hätte?

Und dann die Kühlschrankmagneten. Ich kann mir keinen Reim darauf machen. Alle Bilder, an die ich mich erinnern kann, liegen dort, aber bei einigen bin ich mir unsicher, die Postkarte von Margrethe, ein Einkaufszettel für den Baumarkt, um das Bad in Stand zu setzen. Haben wir die Karte weggeworfen? Hat Sigurd den Zettel abgehängt, oder könnte ich das selbst getan haben? Aber warum sollte sich irgendwer dafür interessieren, was Margrethe uns aus Budapest geschrieben hat? Warum sollte es jemanden kümmern, was wir noch einkaufen wollten? In meinem Kopf überschlägt sich abermals alles, und ich lege die Hände auf die dreckigen alten Badezimmerfliesen des alten Torp. Kodierte Einkaufszettel, geheimnisvolle Postkarten, die vielleicht doch nicht von Margrethe stammten? Das scheint zu weit hergeholt.

Es ist Mittwoch. Der Tag liegt offen vor mir, meine Patiententermine sind abgesagt. Ich weiß nicht, was ich machen soll, aber ich werde ganz sicher nicht hierbleiben, wo die Polizei herumschnüffelt und mich die Kühlschrankmagneten anschreien. Ich könnte in die Stadt fahren. Mich ein bisschen umsehen. In St. Hanshaugen zum Beispiel. Sigurds Terminkalender liegt hier bei mir auf dem Waschbecken, unter dem Bademantel versteckt, und ich sehe die letzten Seiten vor mir, auf denen die Adresse stand. Atkinson. Oder ist das dumm? Verstricke ich mich in etwas, wenn ich dorthin fahre? Ich stelle das Wasser aus. Wahrscheinlich ist es besser, wenn ich es ruhig angehe. Luft hole. Und von vorn anfange.

Als ich in die Küche komme, ist sie leer. Der Streifenwagen ist verschwunden. Ich stehe im Fenster und sehe im Garten den Pappbecher von Fredly, der noch da liegt, wo sie ihn fallen ließ, und ich weiß, die Polizei hat mit der Kühlschrankgeschichte abgeschlossen. Ich sehe mich so, wie sie mich sehen, eine Frau, die allmählich den Verstand verliert. Meine Glaubwürdigkeit schwindet nach und nach. Am Montag hatten wir noch über berufliche Prinzipien gesprochen, über das Recht der Patienten darauf, dass ihre Akte nicht herausgegeben wird. Ich habe Sasha empfangen. Innerhalb von wenigen Tagen habe ich viel verloren.

Aber meine persönliche Sicherheit möchte ich behalten. Ich

hole mein Tablet und recherchiere im Internet. Alarmanlagen. Eine der ersten Firmen, die auftaucht, heißt Arilds Sicherheit. Ihr Logo ist ein Haus mit einem Schloss ringsherum, und das Bild vermittelt Geborgenheit. Ein ordentliches Schloss, genau das brauche ich, denke ich.

Ich gebe die Nummer ins Telefon ein, bleibe dann aber stehen, ohne anzurufen. Dann betrachte ich die Nummer und denke: Bin ich mir sicher? Waren die Kühlschrankmagneten gestern Abend wirklich an ihrem Platz? Habe ich die völlige Gewissheit? Wie war es zum Beispiel gestern, als ich in der Küche stand und aufräumte, nachdem Annika und ich gegessen hatten. Ich weiß noch, dass ich die Spülmaschine eingeräumt habe. Ich sehe die Kühlschranktür vor mir. Ich hatte sie nur mit dem Blick gestreift, aber doch, alles hing an seinem Platz, die Lieferservicekarten, die Fotos, ein Faltblatt zum Thema Mülltrennung. Hingen die Postkarte und die Einkaufsliste zu dem Zeitpunkt auch da? Ich schaffe es nicht, diese Details in meiner Erinnerung scharfzustellen, schaffe es nicht, mein Gedächtnis zu einer Entscheidung zu zwingen. Aber alles andere ist da. Oder? Erinnere ich mich falsch? Sehe ich einen anderen Tag vor mir? Ist Annika beispielsweise in genau dieser Erinnerung dabei? Ich versuche, meinen Blick durch den Raum wandern zu lassen, sie in der Küche auszumachen, aber es gelingt mir nicht. Ich sehe nur die Kühlschranktür und die geöffnete Spülmaschine.

Ich erinnere mich kaum noch daran, was ich gemacht habe, nachdem ich aus der Gerichtsmedizin zurückgekommen bin. Sicher habe ich in der Küche ein Glas Wasser getrunken. Und das weggeräumt, was noch dort stand. Doch diese Erinnerungen sind so unklar, sie entgleiten mir, wenn ich versuche, sie festzuhalten. Ich, die sich immer an alles erinnert. Kann ich die Magneten selbst umgehängt haben? War ich so aus der Fassung geraten, dass ich unbewusst gehandelt habe? So verwirrt, dass ich mich anschließend nicht mehr daran erinnerte? Kann ich mich nach wie vor darauf verlassen, was ich sehe, woran ich mich erinnere?

Auf meinem Telefondisplay leuchtet noch die Website. Arilds Sicherheit. Ich entscheide mich um. Speichere die Nummer ein. Ich kann immer noch später anrufen.

Einige Stunden später gehe ich über den Vår Frelser Friedhof. Hier ist es auf einmal seltsam still. Keine Schulklassen mit Reflexwesten und Ranzen und Lehrern, die ihre Schäfchen immer wieder zählen, um sicher zu sein, dass sie keines verloren haben, so wie es oben in St. Hanshaugen wäre. Keine Hipsterpärchen mit Kaffee in Mehrwegbechern, die von *dem* Konzert reden und von *der* neuen Bar. Keine Grüppchen von Müttern, die ihre Kinderwagen wie einen Schutzschild vor sich herschieben. Es ist beinahe leer. Nur eine ältere Dame mit Stock. Und ein Mädchen mit einem angeleinten Hund. Die Grabsteine. Große, uralte Bäume.

Die Wohnung der Atkinsons liegt ein paar Straßen weiter in einem klassischen Altbau. Das Haus sieht sehr gepflegt aus. Nicht besonders schick wie in den Straßenzügen weiter oben, sondern eher gewöhnlich. An einigen Stellen blättert die Farbe ab, aber die Fassade scheint vor nicht allzu langer Zeit neu gestrichen worden zu sein. Die Eingangstür ist nicht abgeschlossen, und als ich hineingehe, kann ich einen Blick in den Hinterhof und auf ein Fahrrad mit Kindersitz und einen rosa Puppenwagen erhaschen. Das Treppenhaus ist groß und geräumig, ganz anders, als Sigurd und seine Architektenfreunde Treppenhäuser zeichnen würden, denn heute zählt jeder Quadratmeter. Die Atkinsons wohnen im Erdgeschoss. Die Tür verrät nichts weiter, Atkinson steht dort, auf einem alten Messingschild, das mit rostigen Schrauben an der Tür befestigt ist. Ich sammle meinen Mut, überlege, was ich sagen könnte. Sigurd hat mir nur erzählt, dass er Engländer ist und etwas mit Seefahrt zu tun hat, und sie eine richtige Meckertante. Aber ich vertraue nicht mehr darauf, was Sigurd gesagt hat. Atkinson. Sie könnten alles Mögliche sein.

Ich betätige die Klingel. Drinnen schrillt es laut und aggressiv. Es hört sich nicht so an, als würde sich irgendetwas regen. Auch an der Türleiste blättert die Farbe an einigen Stellen ab, und die Fußmatte, auf der ich stehe, wurde wohl schon länger nicht ausgeschüttelt. Ich weiß nicht, ob das etwas zu bedeuten hat.

Ich klingele erneut, derselbe schrille Laut ertönt, und dann höre ich drinnen Schritte. Mein Magen verkrampft sich. Bin ich kurz davor, in Gundersens Revier zu wildern? Allerdings ist es jetzt zu spät, um wieder kehrtzumachen, und das will ich auch gar nicht. Das Schloss klickt. Die Tür wird einen Spalt weit geöffnet, sie wird von einer dicken Sicherheitskette gehalten, und drinnen fragt eine dünne und kieksende Stimme: »Ja?«

Ich spähe durch den Spalt und sehe nur ihre Konturen, eine weiße Haarwolke, ein hellblaues Auge.

»Ja«, sage ich und räuspere mich. »Mein Name ist Sara Lathus. Ich komme von den FleMaSi-Architekten.«

Stille.

»Ja?«, fragt die Stimme dann erneut.

Drinnen riecht es süßlich, muffig und stickig, ein altmodischer Geruch, würzig und schmuddelig zugleich.

»Ich hätte nur ein paar Fragen.«

Ich räuspere mich erneut.

»Ich bin die Assistentin von Sigurd Torp.«

Die Tür wird noch einige Zentimeter weiter geöffnet, und jetzt sehe ich sie. Sie ist klein und alt, mindestens achtzig. Ihre Haut hat nicht viele Falten, nicht im Gesicht, aber ihr Haar ist weiß und dünn, fast durchsichtig, und ihr Hals besteht nur aus Sehnen und Hautfalten. Sie trägt ein blau geblümtes Kleid und hat diese blauen Augen, wie man sie häufiger bei älteren Menschen sieht, ganz hellblau und ein bisschen feucht, als hätte die Sonne sie jahrzehntelang gebleicht und beansprucht. Sie riecht nach Rauch, zusätzlich zu all den anderen Gerüchen. Ihr Mund ist klein und schmal, sie befeuchtet sich mit einer rosa Zunge die Lippen. Um den Hals trägt sie eine schwere Goldkette. Jetzt lächelt sie mich an, sie starrt und lächelt, und dann sagt sie: »Ach ja. Sigurd Torps Assistentin.«

Ihre Stimme ist schleppend. Wenn sie mir in einer Klinik begegnet wäre, hätte ich vermutet, sie würde irgendein starkes Beruhigungsmittel nehmen. Ich bin ein wenig enttäuscht darüber, dass ich ganz eindeutig nicht der geheimnisvollen mittelblonden Frau gegenüberstehe.

Ich sage: »Ja. Es gibt da ein paar Sachen, die er sich gefragt hat. Oder wir. Das Büro. Ist es … ich meine, dürfte ich vielleicht hereinkommen?«

Sie nickt langsam, schließt die Tür, rasselt mit der Kette und öffnet dann ganz. Jetzt schlägt mir der volle Geruch der Wohnung entgegen, dicker Rauch, Parfüm und alte Dame. Ich habe das Gefühl, als würde durch meinen Besuch zum ersten Mal seit Tagen ein wenig frische Luft hereingelassen. Ich trete trotzdem ein, hole vorher noch einmal tief Atem und gehe in den Flur. Sie ist barfuß und hält eine Zigarette in einem Mundstück.

»Ich hätte da ein paar Fragen«, sage ich, während sie die Tür hinter uns zumacht und wieder abschließt.

»Kommen Sie doch erst einmal herein«, sagt sie.

Sie geht an mir vorbei, und ich folge ihr ins Wohnzimmer, in dem dichter Rauch wabert. Es ist dämmerig, weil die Jalousien heruntergelassen sind, aber draußen scheint die Sonne dennoch so stark, dass das Licht in Streifen hereinbricht; ein Streifen scheint auf den Kamin und beleuchtet den Nippes auf dem Sims, ein anderer trifft das dunkle Regal aus Mahagoni, ein dritter wird von einer Glasglocke auf einem Beistelltisch neben einem riesigen, brokatbezogenen Sessel reflektiert und blendet mich. Die Dame des Hauses setzt sich auf die Kante eines Stuhls aus glattem, dunkelbraunem Holz. Sie hat ihr weißes Haar mit einer Plastikspange hochgesteckt. Jetzt ascht sie in einen massiven Aschenbecher aus Ebenholz. Ich sehe mich um, in erster Linie, um sie nicht ansehen zu müssen, lasse meinen Blick über das altmodische Inventar und die Bilder an der Wand gleiten, ein dahingekleckstes Gemälde von zwei kleinen Kindern in Matrosenanzügen, ein Foto von einem strengen Mann in Uniform in einem Silberrahmen.

»Möchten Sie einen Tee?«, fragt sie.

»Ja, gerne«, antworte ich.

Sie bleibt trotzdem sitzen, ascht erneut, nimmt noch einen Zug von ihrer Zigarette. Ich sehe ihre nackten Füße, sie sind geschwollen, beinahe blau. Vorsichtig drückt sie die Zigarette aus, nimmt den Stummel aus dem Mundstück und legt ihn in den Aschenbecher. Für einen Moment hält sie das Mundstück in die Luft; es hat ein verschnörkeltes Muster, das sie studiert.

»Gefällt es Ihnen?«, fragt sie.

»Ja«, antworte ich und schlucke.

Die Luft ist trocken. Ich wünschte, ich hätte eine Flasche Wasser dabei.

»Das habe ich in Paris gekauft«, sagt sie.

Sie legt es in eine Schachtel, die auf dem Tisch steht, und verschließt sie sorgfältig.

»Ist nur irgendein billiger Kram«, erklärt sie und schiebt die Schachtel über den Tisch.

Ich nicke. Sie erhebt sich vom Stuhl.

»Nehmen Sie doch Platz«, sagt sie. »Ich setze uns Teewasser auf.«

Sie verschwindet durch einen Vorhang aus dem Zimmer. Ich blicke auf den Stuhl, wo sie gesessen hat, auf das Kissen mit dem kostbaren Stoff, der abgewetzt aussieht. Im selben Moment streift etwas mein Bein. Ich zucke zusammen. Eine fette, haarige Katze reibt sich an mir. Sie sieht nicht einmal zu mir auf, als ich zusammenzucke. Aus ihrer Kehle dringt ein tiefes Schnurren, und ich fasse es nicht, wie Katzen diesen Laut zustande bringen, er klingt so fremd und nicht, als käme er von einem Tier. Die Katze streicht mir weiter um die Beine. Ich rühre mich nicht. Irgendwann ist sie fertig und stolziert mit hocherhobenem Schwanz weiter. Auf halber Strecke durchs Zimmer dreht sie sich um und sieht mich an. Ihre Augen sind schmal und grün. Jetzt nehme ich eine Bewegung im Bücherregal wahr. Eine weitere Katze schleicht über eine Reihe von Büchern mit rotem Einband, eine Regalreihe über der Stelle, die von dem Lichtstreifen erhellt wird. In der Küche scheppert ein Kessel. Ich drehe den Kopf und suche mit dem Blick das Sofa ab, wo noch eine Katze liegt, eine weiße, die aber genauso fett und langhaarig ist wie jene, die mir um die Beine strich. Ich kann nicht fassen, dass mir Sigurd nie von all dem erzählt hat, vom Rauchgestank und den vielen Katzen.

Lautlos schwebt die Dame des Hauses wieder herein. Jetzt trägt sie eine Art Diadem von der billigeren Sorte im Haar, wie es sich kleine Mädchen zu Weihnachten wünschen, mit Plastiksteinen und Glitzer. Ich sage nichts dazu, ich weiß nicht, was ich sagen soll.

»Ich habe das Teewasser aufgesetzt«, erklärt sie.

»Ja«, sage ich. »Sind Sie Frau Atkinson?«

»Ja«, antwortet sie und lächelt. Sie hat mehrere Zahnlücken. »Ja, die bin ich. Sehr erfreut.«

Sie macht einen Knicks, wobei ihre Füße nach innen zeigen, und für einen Moment sieht sie aus wie ein Kind.

»Ich bin Sara.«

»Ja. Das sagten Sie bereits.«

»Gibt es etwas hier, das Sigurd entworfen hat?«, frage ich ungeschickt. »In diesem Raum?«

Sie schüttelt den Kopf. Eine vierte Katze schleicht an ihren Beinen entlang und verschwindet in der Küche.

»Wie war das noch«, sage ich zögernd, um den richtigen Anfang zu finden, »er sollte den Keller ausbauen, oder?«

Es ist ungewohnt, Informationen aus jemandem herauszubekommen, ohne ehrlich zu sein. Psychologen dürfen nach den privatesten Dingen fragen. Bei den Assistenten von Architekten verhält es sich vermutlich anders.

Frau Atkinson betrachtet mich, ihre kleinen Murmelaugen kullern hin und her, dann sagt sie: »Mein Mann ist auf See. Wussten Sie das?«

»Oh«, sage ich unbeholfen. »Nein, das wusste ich nicht.«

»Er ist die Liebe meines Lebens.«

Sie deutet auf ein Foto auf einem Beistelltisch neben dem Sofa. Ein Brautpaar, der Mann im Anzug, die Frau in einem knöchellangen, weißen Kleid. Sie stehen vor einer kleinen Kirche. Der Fotograf ist zu weit entfernt, als dass ich ihre Gesichtszüge erkennen könnte; ich sehe nicht, ob sie jung sind oder hübsch, ja nicht einmal, ob es sich tatsächlich um dieselbe Frau handelt, die jetzt auch vor mir steht.

»Was macht er denn auf See?«, frage ich.

»Er fährt mit dem Schiff«, antwortet sie und schließt die Augen. »Er fährt und fährt.«

Ich nicke. Sie bleibt einen Moment regungslos stehen. Dann öffnet sie die Augen wieder und geht einen Schritt auf mich zu.

»Ich werde Ihnen den Raum zeigen. Kommen Sie.«

Sie nimmt meine Hand. Ihre ist klein und knochig, aber stark, sie drückt meine Finger, als hinge ihr Leben davon ab. Ich würde am liebsten stehen bleiben, möchte nicht tiefer in diese Wohnung hineingehen, möchte in der Nähe des Ausgangs bleiben, aber sie zieht mich mit sich. Wir gehen durch den Vorhang in einen dunklen Korridor. Sie führt mich den Flur entlang, an einer Tür vorbei und zu einem weiteren Vorhang aus dickem Samt. Mit ihrer anderen kleinen Hand schiebt sie ihn zur Seite. Dahinter liegt noch eine Tür, die sie öffnet.

Auf der anderen Seite ist alles offen und hell, ein leerer Raum mit schmutzigen Fenstern, die auf den Hinterhof hinausgehen, ich sehe einige Fahrräder, und ich atme erleichtert durch, als hätte ich für einen Moment geglaubt, diese finstere Wohnung würde niemals enden. Draußen scheint die Sonne. Im Hinterhof steht sogar eine Rutsche aus Plastik.

»Hier soll die Treppe hinabführen«, erklärt meine kleine Gastgeberin, ohne meine Hand loszulassen. »Wenn mein Mann zurückkommt.«

Überall liegen Platten verstreut, einige groß und breit, und eine Kiste mit der Aufschrift Hilfsmittelzentrale. Einiges hier erinnert an eine Baustelle, aber es sieht nicht so aus, als hätten die Arbeiten bereits begonnen.

»Haben Sie sich denn mit Sigurd darauf geeinigt, wie es werden soll?«, frage ich.

Sie fixiert mich und mustert mich von oben bis unten, fast eine Minute stehen wir so da, und ich lasse mich mustern, während meine Hand in ihrer ruht. Dann sagt sie: »Aber wissen Sie das denn gar nicht?«

»Was denn?«, frage ich.

»Sigurd hat schon vor Weihnachten alles fertig gezeichnet«, sagt sie. »Er war schon seit Monaten nicht mehr hier.«

Ich kann kaum noch atmen, als ich ihr wieder ins Wohnzimmer folge. Möglicherweise gibt es noch mehr Informationen, die ich einholen sollte, wo ich schon einmal hier bin, aber ich habe nicht mehr die Ruhe, ihr noch länger etwas vorzuspielen. Zum Glück hat sie meine Hände losgelassen, die so unaufhörlich zittern. Ich will nur noch hier raus, so schnell wie möglich, doch als wir in den dunklen Flur zurückkommen, geht sie nicht in die Küche, wie ich es gehofft hatte, sondern biegt erneut vor mir ins Wohnzimmer ab. Ich folge ihr willenlos, hole drinnen Luft und fülle meine Lungen mit dem süßen, würzigen Rauch, der über allen ihren Möbeln hängt. Sie sagt nichts, sondern geht zum Tisch, öffnet das Etui mit dem Mundstück aus Paris und nimmt eine neue Zigarette heraus. Ich richte meinen Blick fest auf das Porträt an der Wand, auf den strengen Herren in Uniform, atmen, sage ich zu mir selbst, atmen. Die beiden Kinder in Matrosenkleidung starren mich von dem klecksigen Gemälde an, ein kleiner Junge und ein kleines Mädchen, beide blond und blauäugig. Dieselbe Katze wie beim ersten Mal streicht um meine Beine herum. Ich sehe wieder zu dem Mann in Uniform hinüber. Auf der Brust seiner Jacke erkenne ich ein Hakenkreuz.

»Sie wirken überrascht«, sagt sie.

Sie hat sich wieder hingesetzt und raucht. Ich sage nichts. Das Diadem ist kurz davor, in ihre Stirn zu rutschen. Sie hat es in ihr Haar gesteckt, aber es ist zu dünn, mit kahlen Stellen. An den knochigen Fingern trägt sie Goldringe.

»Die Polizei war es auch«, sagt sie. »Sigurd Torp hat also gesagt, er wäre den ganzen Winter über hier gewesen. Die Zeichnungen waren im Laufe eines Monats fertig. Ich habe ihn seit November nicht mehr gesehen.«

Ich kann nur nicken. Ein Stück entfernt hängt noch ein älteres Bild, in der Nähe des Bücherregals, noch ein Mann, noch eine Uniform. Ich möchte ihn mir nicht genauer ansehen, möchte nicht wissen, in welchem Krieg er gekämpft hat.

»Sigurd ist tot, hat die Polizei gesagt.«

»Ja«, sage ich.

»Sie sind nicht seine Assistentin.«

»Nein, ich bin seine Frau.«

»Ach so. Jaja.«

Sie nickt mehrmals hintereinander, wiegt ihren Kopf.

»Mein Mann fuhr monatelang zur See. Ich wusste nie, wo er war. Wusste nicht einmal, ob er wieder nach Hause kommen würde.«

Es wird still. Neben dem anderen Mann in Uniform hängt ein Dolch. Die Klinge ist rostig und schwarzgefleckt. Frau Atkinson raucht mit geschlossenen Augen. Dann bimmelt die Glasglocke neben dem Sessel, und sie steht auf.

»Ich hole den Tee. Sie nehmen doch bestimmt Zucker?«

Als sie den Vorhang erreicht, dreht sie sich noch einmal um. Sie betrachtet mich erneut, und für einen Moment wirken ihre kranken blauen Augen beinahe freundlich.

»Sie scheinen mir ein nettes Mädchen zu sein«, sagt sie. »Sigurd Torp war es nicht wert. Es ist besser für Sie, dass er verschwunden ist.«

So stehen wir eine Weile da und betrachten einander, es ist vollkommen still, und in Frau Atkinsons Augen leuchtet der Wahnsinn, sie sind zu rund, der Blick ist zu stechend, ihr Lächeln wirkt deplatziert. Ich sage nichts, und plötzlich dreht sie sich um und geht. Sie lässt den Vorhang fallen und verschwindet, und während ich es in der Küche klirren höre, schleiche ich zur Wohnungstür, schließe sie auf und schlüpfe in den Hausflur. Ich ziehe die Tür so leise wie möglich hinter mir zu, und dann renne ich, ins Treppenhaus, durch die Haustür und hinaus auf den Bürgersteig, ich renne so schnell, wie ich kann, denselben Weg zurück, den ich gekommen bin. Erst ein paar Straßen weiter werde ich langsamer.

Ich bin immer zu Hause. Die weiteste Strecke, die ich an einem gewöhnlichen Tag zurücklege, führt zum Supermarkt in Nordberg. Ansonsten bin ich in meiner Praxis oder im Haus. Lese Mails. Gehe auf Facebook. Warte auf Sigurd.

Warte auf Patienten. Warte darauf, dass sie mich finden. Suche nicht aktiv nach ihnen, jedenfalls nicht aktiv genug. Spüre den Druck auf meiner Kehle, ich sollte, ich sollte. Wir haben nicht viel Geld. Ich müsste einen größeren Beitrag leisten. Müsste genauso viel und genauso verbissen arbeiten wie Sigurd. Keine Müdigkeit vortäuschen, keinen Widerwillen zeigen. Immer weiter Gas geben.

Ich warte auf Sigurd. Warte auf jemanden, mit dem ich reden kann, mit dem ich Zeit verbringen kann. Er kommt spät nach Hause und ist kaputt. Will nirgends hingehen. Will auch nicht reden. Will nur mit seinem Laptop auf dem Schoß herumsitzen.

Ich stelle ihm Fragen. Wann werden wir hier fertig? Das Bad, der Flur unten, das Schlafzimmer? Die ganzen Treppen? Sigurd sagt, ich reiße mir den Arsch auf, ist dir das noch nicht aufgefallen, und es ist schließlich nicht so, als hätten wir einen Haufen Geld, um das alles zu bezahlen. Ich erzähle ihm von meinem Alltag. Versuche ihm zu erklären, wie einsam es in diesen vier Wänden ist, wie es sich anfühlt, stundenlang hier zu sein, ohne jemanden zum Reden zu haben. Sigurd sagt, stell dir vor, du hättest immer Flemming im Nacken, mit seinen ganzen idiotischen Ideen, wie wir unsere Firma betreiben sollen, dieser kleine, aufgeblasene Pseudo-chef, der denkt, er wäre ein Geschäftsgenie, weil er sich an irgend-welchen Stoff aus dem zweiten Semester seines Wirtschaftsstu-diums erinnert. Wir haben kaum noch Sex.

Eines Abends finde ich eine Dose Snus-Tabak in seiner Tasche. Ich habe ihm nicht hinterhergeschnüffelt, sondern nur die Jacke angehoben, und da fiel sie heraus.

»Sigurd«, sage ich, »nimmst du Snus?«

Und er sieht mich mit leerem Blick an und sagt: »Ja.«

»Machst du das schon lange?«

»Ein paar Monate.«

»Wie viele?«

»Keine Ahnung, vier, fünf.«

Ich muss lachen. Er sieht mich nur an.

»Was ist?«, fragt er, und ich versuche, nicht mehr zu lachen, und sage: »Ach, ich weiß nicht, ich denke nur. Warum hast du mir das nicht erzählt?«

Er zuckt mit den Schultern.

»Warum sollte ich es groß erzählen?«

Er wollte das nicht mit mir teilen. Er braucht nichts zu erklären. Ich verstehe es schon. Wir reden nicht mehr darüber.

Ich bin ja auch nicht unkompliziert. Meine Wutausbrüche im Bad morgens, es ist zu kalt, bald haben wir Winter, ich habe das Ge-fühl, das Wasser aus der Dusche gefriert unter meinem Kinn zu Eiszapfen. Ich wäre gerne freundlich. Ich hätte gerne einen leich-ten, unbekümmerten Ton im Umgang mit ihm, so wie früher. Einen gemeinsamen Humor. Aber dann sehe ich rot. Die ganze verdammte Einsamkeit.

Morgens, wenn er zur Arbeit gegangen ist, sitze ich da und blicke auf den Fjord, von meinem privilegierten Platz hier in Nordberg, die Dame im Eigenheim. Was habe ich für einen Grund, mich zu beschweren?

Und dann kann ich mich eines Tages im Dezember nicht mehr beherrschen. Wir haben wie immer vor dem Fernseher gegessen. Ich frage ihn, ob wir uns einen Film ansehen wollen, es gibt einen neuen auf Netflix, von dem jemand auf Facebook total geschwärmt hat. Sigurd ist zu müde, sagt er, er hat wieder seinen Laptop auf dem Schoß, will nur etwas spielen und dabei mit halbem Auge irgendeine dumme Fernsehserie gucken, die eigentlich keiner von uns regelmäßig sieht, und ein paar Stunden totschlagen, bevor er ins Bett geht. Nichts Schlimmes, nur das. Okay, sage ich und räume die Teller ab und bringe sie in die Küche. Unterwegs stoße ich mir den Zeh an einer Unebenheit zwischen zwei Dielenbrettern, nicht besonders schmerzhaft, aber ich verliere für einen Moment das Gleichgewicht, und der eine Teller fällt zu Boden und geht zu Bruch.

»Verdammte Scheiße«, sage ich.

Sigurd reagiert nicht. Ich brauche mich nicht umzudrehen, um zu sehen, wo er sitzt, mit gebeugtem Rücken über dem Laptop, entrückt von der Welt. Ich habe ihn schon oft so sitzen sehen. Er muss mich gehört haben. Ich bin nur zehn Meter entfernt, und es hat geklirrt, als der Teller auf dem Boden zerbrach. Aber er sagt nichts.

Alle wollen respektiert und geliebt werden, das ist nur menschlich, aber schlimmer, als gehasst zu werden, ist es, gar nicht gesehen zu werden. Nicht als diejenige gesehen zu werden, die man sein will, ist eine Sache, aber gar nicht erst in seiner Existenz anerkannt zu werden? Wenn man in den Wald hineinruft und niemand antwortet, hat man dann eigentlich gerufen? Wenn der Teller auf dem Boden zu Bruch geht und dein Mann nichts sagt, ist es dann passiert? Oder wird der Platz, den du einnimmst, dieses win-

zige Stückchen von Existenz, das du in Anspruch nimmst, überhaupt nicht registriert von dem Menschen, mit dem du Haus und Bett teilst? Das ist ein ganz eigener Schmerz. Er steigt in meinem Hals auf, als müsste ich würgen, bricht in Form eines kläglichen Schluchzers hervor, und dann fange ich an zu weinen.

In den Sekunden, die er braucht, um zu mir zu kommen, habe ich auch den anderen Teller auf den Boden geschleudert, diesmal mit einer solchen Kraft, dass er in viele kleine Scherben zersplittert, die sich über den ganzen Boden verteilen. Ich bin zusammengesunken, knie dort und schlinge die Arme um mich und weine lauthals zwischen schmutzigen Scherben und Besteck.

»Was um alles in der Welt ist denn jetzt los?«, fragt Sigurd, anscheinend in erster Linie wütend, weil ich auch den anderen Teller zerschmettert habe, als würde er nicht sehen, wie schlecht es mir geht, und ich schreie ihn an: »Bist du verrückt, bist du vollkommen durchgeknallt, denkst du wirklich nur an den TELLER?«

Und als er nichts erwidert, sage ich: »Ich habe den Eindruck, dass ich dir inzwischen vollkommen egal bin. Ich glaube, du liebst mich nicht mehr. Ich glaube, ich bin einfach nur eine weitere Sache in diesem Haus, mit der du dich abfindest.«

Er sinkt neben mir auf den Boden, und da sitzen wir.

Dann reden wir. Nicht darüber, was ich gesagt habe. Aber über alles andere. Wie schwierig es gerade ist. Wie erschöpft wir sind. Dass die Dinge nicht so laufen, wie wir sie uns vorgestellt haben, und wir ein bisschen naiv waren, als wir in unserer Küche in Torshov saßen und die Pläne und Konturen eines Lebens entwarfen, das wir in diesem neuen Haus führen wollten, mit unseren neuen Jobs.

Dass er völlig ausgelaugt ist.

»Ich habe das Gefühl, ich würde versagen und dich im Stich lassen«, sagt er. »Dabei wollte ich doch so erfolgreich werden.«

Dass ich einsam bin. Dass er es weiß, aber nicht die Kraft hat, es an sich heranzulassen.

Und dann beschließen wir, zwischen den Jahren zu verreisen. Eigentlich können wir es uns nicht leisten, aber wir werden das Geld schon irgendwie zusammenkratzen, uns etwas von meinem Vater leihen, von Margrethe. Unserer Beziehung zuliebe, sagen wir. Weil eine Scheidung viel teurer wäre, sagt Sigurd mit einem schiefen Grinsen. Es ist ein Scherz, aber nicht nur. Wir gehen ins Internet, recherchieren, sehen Bilder von sonnenbeschienenen weißen Hotels und knallblauen Swimmingpools. Vielleicht da hin, vielleicht auch dort. Erste Hilfe. Es wärmt bereits innerlich.

Donnerstag, 12. März: Die Festung

»Arild, hallo?«, sagt die Stimme am Telefon.

»Spreche ich mit *Arilds Sicherheit*?«, frage ich.

Ich sitze an der Kücheninsel in meinem Haus.

Letzte Nacht habe ich wieder in meiner Praxis geschlafen, ich habe die aufblasbare Gästematratze mit hineingenommen, um wenigstens nicht direkt auf dem Boden zu liegen, aber ich habe trotzdem kaum ein Auge zugetan. Die meiste Zeit habe ich in die Dunkelheit gestarrt und gelauscht. Zweimal bin ich aufgestanden und zum Fenster gegangen, zu der Glaswand mit den Sesseln, und habe im Dunkeln gestanden und hinausgestarrt. Die Straße, die am Haus vorbeiführt, ist beleuchtet. In der Einfahrt gibt es kein Licht, obwohl der alte Torp immerhin so schlau war, eine Außenlampe an der Hauswand zu befestigen, und in diese Lichtquelle starre ich, in den kleinen Kreis ringsherum.

Habe ich etwas gehört? Kann ich jemanden sehen? Huschen Schatten hinter den dunklen Fenstern in meinem Haus umher? Hat sich die Gardine oben im Wohnzimmer bewegt? Ich bin mir nicht mehr sicher. Ich umklammere das Küchenmesser. Wenn mich jemand so sehen würde, hielte er mich für verrückt.

Aber was kann ich tun? Ich lege mich wieder auf die aufblasbare Matratze, die ein wenig unter meinem Gewicht einsinkt, die knarrt, wenn ich mich umdrehe, sodass es in den Wänden widerhallt. Ich liege mit geöffneten Augen da. Ich umklammere das Messer. Ich versuche zu schlafen, aber eigentlich warte ich nur. Dass es Morgen wird. Oder dass etwas passiert. Ich kann meinen Sinnen nicht mehr trauen. Ständig höre ich etwas. Autos, die sich nähern. Das Geräusch von Metall auf Metall, das Schloss der Haustür, die geöffnet wird. Das Unbehagen aus Frau Atkinsons finsterer, muffiger Wohnung hat sich in meinem Körper festgesetzt, und ich weiß, dass ich mir nicht mehr sicher sein kann, was ich wirklich höre. Es gelingt mir nicht, das Geräusch meiner Tür vom Geräusch der Tür eines Nachbarn zu trennen, und meine Einbildung, sie würde geöffnet, von der Wirklichkeit.

Um halb sieben Uhr morgens beschließe ich, dass ich jetzt in Sicherheit sein und der Einbrecher verschwunden sein müsste. Ganz sicher bin ich mir nicht, aber mein Exil in der Praxis treibt mich allmählich in den Wahnsinn. Ich nehme das Messer mit, als ich die Einfahrt überquere. Ich schließe meine Haustür auf und gehe hinein. Im Flur bleibe ich stehen, ich schnuppere, ich lausche, kann ich jemanden wahrnehmen? Ich halte das Messer in beiden Händen. Ich rufe Hallo und höre, wie verzagt und ängstlich ich klinge. Kein bisschen wie eine bewaffnete Hausbesitzerin, die bereit ist, ihr Eigentum zu verteidigen.

Ich gehe zur Küche hinauf und sehe mich um. Die Gardinen hängen unordentlich. Und irgendetwas ist mit dem Bücherregal. Doch ich kann den veränderten Gardinenwurf oder eine Unregelmäßigkeit im Bücherregal nicht mehr von der Angst unterscheiden, die sich in meiner Brust eingenistet hat. Jetzt weiß ich nicht mehr, was ich sehe und was ich nur zu sehen glaube.

Ich gehe ins Schlafzimmer hinauf. Verspüre einen intensiven Widerwillen dagegen, stelle mir vor, jemand würde dort liegen, hinter jeder Tür würde eine neue Grausamkeit lauern, vor allem hinter dieser, der Tür zum intimsten Raum des Hauses. Doch es ist leer. Ich spähe in die Schränke. Ich sehe unter dem Bett nach.

Ein wenig beruhigt vom Anblick des leeren Schlafzimmers wage ich mich auf den Dachboden. Im Büro des alten Torp ist es still. Auch hier ist niemand. Aber es war jemand hier. Jemand hat Spuren im Staub auf dem Tisch hinterlassen und die Aktenordner in dem Regal bewegt. Das kann ich an den Abdrücken in der Staubschicht erkennen.

Ist es heute Nacht geschehen? War es vorige Nacht? Könnte es die Polizei gewesen sein, als sie das Büro durchsucht hat? Ich gehe wieder hinaus. Dann mache ich auf dem Treppenabsatz noch einmal kehrt. Mir ist etwas eingefallen. Es gibt eine Sache, die ich nachsehen sollte, eine Sache, die ich nicht geprüft habe, seit Sigurd verschwunden ist. Ich gehe wieder hinein, steuere direkt auf das letzte Bücherregal zu, gehe vor dem untersten Fach in die Hocke und schiebe einige der Aktenordner beiseite, mit denen sich der paranoide alte Torp umgab, bis ich an die flache Schachtel gelange. Auf den ersten Blick wirkt sie nicht auffällig, aber der alte Torp zeigte uns den Inhalt, als seine Tage gezählt waren – vielleicht hoffte er, sein Enkel würde den Kampf weiterführen. Ich öffne die Schachtel und sehe, dass sie leer ist.

Dort drinnen hatte sein alter Revolver gelegen. Ein richtiges Kleinod und auch einiges wert, das hatte der Besitzer zumindest erzählt, als er ihn uns mit glänzenden Augen zeigte. Angeblich hatte er einem Mann gehört, der in der Russischen Revolution gekämpft hatte, obwohl wir den Verdacht hatten, dass der Vorbesitzer sie einige Zeit danach gekauft haben musste. Sie war immer noch voll funktionstüchtig. Welche Waffe wäre besser geeignet, um den Feinden des Kommunismus eine Kugel in den Kopf zu jagen?, hatte der alte Mann rhetorisch gefragt. Er besaß auch Patronen dafür, sie lagen neben der Schachtel. Die Waffe war einsatzbereit. Wann hatte ich sie mir zum letzten Mal angesehen? Wann war ich überhaupt das letzte Mal hier oben gewesen? Ich denke nie an den Revolver. Es war mir auch nicht in den Sinn gekommen, danach zu schauen, nachdem Sigurd verschwunden war, mir war nicht einmal eingefallen, dass ich sie holen könnte, als ich etwas brauchte, um mich zu verteidigen. Ich hatte schlichtweg nicht mehr daran gedacht.

Sie liegt nicht mehr in der Schachtel. Hat der Eindringling, diese Person, die in jener Nacht ins Haus eingebrochen und hier oben herumgestapft war, sie genommen? Hatte sie gezielt danach gesucht? Es gibt mehrere hundert Schachteln in diesem Raum, die meisten sind voll mit Zeitungsausschnitten und anderen Dokumenten und den vollgeschriebenen Notizblöcken des alten Torp. Das Allermeiste davon ist vollkommen uninteressant. Was für ein Glück musste der Einbrecher gehabt haben, wenn er rein zufällig diese Schachtel geöffnet hatte, in der eine Waffe lag? Beinahe zu viel Glück. Beinahe so, als hätte er schon vorher von der Waffe gewusst. Doch der alte Torp hatte nicht viele Menschen getroffen. Margrethe, Sigurd, mich. Vielleicht noch Harald, wenn er einmal in der alten Heimat war, im Abstand von vielen Jahren. Kaum jemand weiß von diesem Revolver.

Ich schließe die Dachbodentür hinter mir, weiß nicht, wo der Schlüssel ist, denn sonst hätte ich gerne abgeschlossen, und dann renne ich die Treppe hinunter und in die Küche, wo mein Handy liegt. Ich versuche, meinen Atem zu beruhigen, ehe ich anrufe. Vielleicht war es einfach nur die Polizei, die den Revolver mitgenommen hat. Also rufe ich Gundersen an. Er geht nicht ans Telefon, und ich hinterlasse eine Nachricht auf seiner Mailbox, erzähle ihm von dem Fund und sage, ich hoffe, es seien seine Leute gewesen, und ob er mir das sagen könne, denn ich hätte ein wenig Angst. Und dann, an der Kücheninsel sitzend, denke ich, verdammt, was soll's, und rufe Arild an.

»Wie kann ich Ihnen weiterhelfen?«, fragt Arild.

Er spricht mit dem sanften Akzent jener Menschen, die aus der Gegend um Drammen kommen, aus Mjøndalen oder Hokksund oder Ähnlichem, ein bisschen entspannt, ein bisschen gemütlich, und allein, dass er mir seine Hilfe anbietet, wirkt schon Wunder, er klingt vertrauenswürdig.

»Jemand hat sich Zutritt zu meinem Haus verschafft«, sage ich.

Ich erzähle die ganze Geschichte. Vom Mord an Sigurd. Den nächtlichen Einbrüchen. Der Gleichgültigkeit der Polizei, den Magneten, diesem Moment mit Fredly auf dem Rasen, als ich erkenne, dass sie mich für hysterisch hält. »Aha. Mhm. Ja«, sagt Arild, während ich es ihm erzähle, und er wirkt nicht einen Augenblick so, als würde er denken, ich wäre überspannt oder wolle mich wichtigmachen. Er hört mir zu. Manchmal stellt er eine Frage. »Es war also so, dass in allen Fällen die Tür abgeschlossen war und es keine Hinweise auf einen Einbruch gab?«, erkundigt er sich. »Haben Sie eine Alarmanlage?«

Als ich meine Geschichte beendet habe, sagt er: »In diesem Fall würde ich Ihnen ein etwas umfangreicheres Paket empfehlen. Eine Fallenüberwachung mit Bewegungsmeldern für bestimmte Bereiche des Hauses, zum Beispiel könnte man es so einrichten, dass jede Bewegung vor Ihrem Schlafzimmer nachts einen Alarm auslöst. Einen separaten Außenhautalarm, der alle Türen absichert. Neue Schlösser natürlich, und vielleicht auch zusätzliche Schlösser, darüber können wir diskutieren. Außerdem würde ich auch ein Licht vor dem Eingang installieren, das durch einen Bewegungsmelder eingeschaltet wird. Ob es auch an den Alarm gekoppelt wird, müssten Sie entscheiden.«

»Ich möchte alles haben«, sage ich.

»Das wäre natürlich auch ein wenig teurer.«

»Ist mir egal. Ich möchte mich nur sicher fühlen.«

Ob das Geld ausschlaggebend ist oder nicht, kann ich nicht beurteilen, aber Arild verspricht mir, persönlich mit seinem Assistenten vorbeizukommen. In anderthalb Stunden würden sie da sein. Ich solle versuchen, solange ruhig zu bleiben. Ich gebe ihm meine Adresse, und bevor wir auflegen, sagt er: »Bis bald.«

Und diese Worte erfüllen mich mit einer unbeschreiblichen Erleichterung. Arild ist unterwegs.

Während ich auf Arild warte, ruft Gundersen an, und ich erzähle ihm von dem Revolver.

»Sie haben eine Schusswaffe im Haus und erzählen mir nichts davon?«, fragt er ein wenig gereizt.

»Ich hatte einfach nicht mehr daran gedacht«, wiederhole ich. »Wenn es mir eingefallen wäre, hätte ich sie ja auf meinen Nachttisch legen können, um mich gegen die Einbrecher zu verteidigen, aber ich hatte sie völlig vergessen. Ich weiß nicht mal, ob sie wirklich funktioniert. Sigurds Großvater hat das behauptet, aber sie ist ja steinalt.«

»Sie sollten unter keinen Umständen einen Revolver in Ihrem Schlafzimmer aufbewahren, um sich zu verteidigen«, blafft Gundersen mich an. »Revolver sind lebensgefährlich, am Ende könnten Sie selbst damit erschossen werden. Oder jemanden umbringen. Sie sind doch wohl klug genug, um das zu verstehen. Und wenn Sie keinen Waffenschein besitzen, hätten Sie sie gar nicht erst im Haus haben dürfen.«

»Ich weiß«, erwidere ich seufzend. »Genau das sage ich doch, ich hatte vergessen, dass sie dort oben lag.«

Es rauscht bei ihm im Hintergrund. Vielleicht sitzt er im Auto, vielleicht höre ich den Verkehr.

»Wann haben Sie den Revolver zuletzt gesehen?«

Ich überlege.

»Wir hatten ihn uns nach unserem Einzug angesehen, als wir die Sachen vom alten Torp durchgegangen sind, also vielleicht im August letzten Jahres. Oder warten Sie, im Herbst habe ich dort oben mal geputzt, und da habe ich die Schachtel geöffnet und mir die Waffe angesehen. Der alte Torp hatte behauptet, sie sei einiges wert, und sie hatte einen verzierten Griff, da wollte ich sie einfach noch einmal anschauen. Aber sonst? Nein, das muss das letzte Mal gewesen sein. Wir haben diesen Raum nie betreten.«

»Wann im Herbst?«

»Es war eine Art Vorweihnachtshausputz. Ende November vielleicht.«

Er schweigt einen Moment. Ich stelle mir vor, wie er einparkt und kurbelt, um das Auto an seinen Platz zu manövrieren, wie er den Schulterblick macht, während er zurücksetzt.

»Aha«, sagt er dann. »Es könnte also auch Sigurd gewesen sein, der die Waffe genommen hat, in einem ganz anderen Zusammenhang.«

»Was für ein Zusammenhang sollte das sein?«, frage ich.

»Ich weiß es nicht. Vielleicht wollte er ihn verkaufen, wenn er so wertvoll war.«

»Ja, vielleicht«, sage ich. »Ich weiß es nicht. Ich weiß nur, dass es Ende November war und er jetzt weg ist.«

Er schweigt erneut.

»Und es waren nicht Ihre Leute, die ihn mitgenommen haben?«, frage ich versuchsweise.

Es wäre so schön, wenn es so wäre. So beruhigend zu wissen, dass dieser dumme Revolver, den ich fast vergessen hatte, sicher in einem Lager der Polizei aufbewahrt wird, ordentlich in einem Register vermerkt, das in Gundersens Besitz ist.

»Nein«, antwortet Gundersen entschieden. »Gibt es noch

etwas, das ich wissen sollte? Weitere Waffen? Jagdgewehre oder Flammenwerfer, was weiß ich? Antike, hübsch verzierte Folterinstrumente? Oder komplexe Überwachungssysteme?«

»Nein«, erwidere ich müde. »Nicht, dass ich wüsste. Hören Sie, das war nichts, was ich absichtlich verschwiegen habe. Ich habe einfach nicht daran gedacht.«

»Verstehe. Ich muss jetzt auflegen. Wir hören uns.«

Nachdem wir das Telefonat beendet haben, bleibe ich sitzen und trommele mit den Fingern auf den Tisch. Ich wage es nicht, meine eigenen Sachen anzufassen, mir einen Kaffee oder Tee zu machen, weil ich fürchte, mein ungebetener Gast könnte etwas in den Schränken umgeräumt haben. Stattdessen sitze ich einfach nur da und warte. Nach dem Gespräch mit Gundersen grummelt es unangenehm in meinem Magen, weil mir bewusst geworden ist, dass ich es mir zunehmend mit ihm verderbe.

Arild erweist sich als ein Mann Mitte fünfzig mit angegrauten roten Locken und einem breitschultrigen, breitbeinigen, bärigen Körperbau. Er trägt einen grauen, buschigen Schnauzbart, der über seinem Mund hängt wie ein Besen. Während er mir freundlich die Hand schüttelt und sagt, nett, Sie kennenzulernen, würde ich am liebsten an seine Brust sinken, weil er genau die Art von Mensch ist, den ich jetzt brauche: eine vertrauenerweckende, stabile Vaterfigur, ganz anders als mein wirklicher Vater, und noch dazu mit einer ganzen Batterie an Geräten ausgestattet, die zu meinem Schutz dienen. Er hat einen jungen Mann dabei, der kaum älter als zwanzig sein kann und schlaksig, still und etwas schüchtern wirkt; er heißt Kristoffer, und Arild bezeichnet ihn konsequent als *den Lehrling*.

»Dann wollen wir mal«, sagt Arild und stemmt entschlossen die Hände in die Taille, »dieses Haus möchten Sie also sichern lassen?«

»Ja«, antworte ich. »Soll ich Sie herumführen?«

Wir beginnen im Flur, und ich zeige ihnen das Büro im Keller, das einmal ein Kinderzimmer werden sollte, die Waschküche, das zweite Schlafzimmer dort unten und die Abstellkammer. Dann gehen wir hinauf ins Erdgeschoss, und sie sehen sich eifrig in der Küche und im Wohnzimmer um. Arild winkt den Lehrling zu sich, und sie bleiben stehen und studieren interessiert das Schloss an der Verandatür. Ich zeige ihnen den Kücheneingang und schließe ihnen auf, sodass sie die Tür von außen wie auch von innen betrachten können. Anschließend gehen wir ins erste Stockwerk, und sie nehmen das Schlafzimmer in Augenschein, vor allem das Fenster, und das Bad, und dann gehen wir bis auf den Dachboden. Ich erzähle ihnen kurz vom alten Torp und dem verschwundenen Revolver, weil mich der Gedanke plagt, seit ich mit Gundersen telefoniert habe. Unten in der Küche fertigt Arild eine grobe Skizze von den vier Etagen des Hauses an.

»Ja«, sagt er, »ich denke, als Erstes müssen wir alle Türen ordentlich sichern. Die Verandatür hat ein schwaches Schloss, und das Holz, in dem es sitzt, ist so verwittert, dass man es mit etwas Kraft leicht eintreten könnte. Ich sage das nicht, um Ihnen Angst zu machen, aber wir müssen realistisch sein. Auf längere Sicht müssen Sie die Tür wohl austauschen, aber mit einem ordentlichen Schloss werden wir schon weit kommen, und ich habe einen Freund in Nittedal, der ein richtig fähiger Schlosser ist. Der Kücheneingang bräuchte auch ein neues Schloss, und dann empfehle ich, beide Türen noch mit einem zusätzlichen Sicherheitsschloss zu verstärken. Es wirkt ja nun so, als hätte Ihr Eindringling einen Schlüssel, jedenfalls gibt es keine Einbruchsspuren an den Türen oder Fenstern, und Sie hatten ja gesagt, sie wären nicht geöffnet gewesen, deswegen sollten wir uns wohl auf die Haustür konzentrieren. Aber wenn der Täter hineinwill und eine Tür unüberwindbar findet, weiß ich nicht, was er stattdessen tun wird, deshalb wäre ich dafür, alle potentiellen Eingänge so gut wie möglich zu sichern. Es ihm so schwer wie möglich zu machen, oder?«

»Ja«, erwidere ich dankbar, »das finde ich auch.«

»Gut«, sagt Arild, und ein Lächeln erhellt sein zugewachsenes Gesicht. »An der Haustür tauschen wir auch das Schloss aus, und außerdem finde ich, wir sollten richtig in die Vollen gehen mit einem ordentlichen Sicherheitsschloss mit Doppelbart. Ein Schloss, mit dem nicht zu spaßen ist, würde ich vorschlagen. Mein Kumpel in Nittedal bietet eine große Auswahl an, und wir sollten eines der besten wählen, die es gibt. Mit Sicherheitskette und einem Extraschloss, vorsichtshalber. Der Außenhautalarm wird dafür sorgen, dass bei allen Versuchen, durch die Türen rein- oder rauszugehen, ein Alarm ausgelöst wird, und den sollten Sie die ganze Zeit eingeschaltet lassen und nur ausstellen, wenn Sie das Haus verlassen oder betreten, jedenfalls, solange die Dinge so stehen wie jetzt. Den Bewegungsmelder im Haus sollten sie einschalten, wenn Sie schlafen, und wenn Sie möchten, können wir auch das Fenster im Schlafzimmer gegen Einbruch sichern und ein richtiges Schloss in die Schlafzimmertür einbauen, damit Sie sich dort drinnen sicher fühlen, selbst wenn draußen der Alarm ausgelöst wird.

»Ja«, sage ich und spüre, wie die Angst der letzten Nacht schon bei dem Gedanken weniger wird.

»Alle Alarmsysteme sind mit unserer Zentrale in Økern verbunden, die rund um die Uhr besetzt ist«, erklärt Arild. »Normalerweise rufen wir Sie an und sprechen mit Ihnen ab, inwiefern wir kommen sollen oder nicht, aber in diesem Fall würde ich denken, wir vereinbaren eine Alarmstufe rot, was bedeutet, dass wir auf jeden Fall kommen, egal, was Sie uns am Telefon sagen. Ich meine, bis auf weiteres. Bis der Fall...«

Er schaut ein wenig verlegen aus dem Fenster.

»Der Fall mit Ihrem Mann gelöst ist.«

»Gut«, sage ich.

»Na, dann fangen der Lehrling und ich sofort an. Es wird ein paar Stunden dauern, das alles einzurichten, also machen Sie einfach solange das, was Sie sowieso vorhatten, und wir arbeiten in der Zwischenzeit. Ist es in Ordnung, dass wir eine Kopie von Ihrem Haustürschlüssel anfertigen lassen und ihn in der Zentrale aufbewahren?«

Ich gebe ihnen alles, worum sie mich bitten. Während sie im Haus sind, wage ich es, in die Dusche zu gehen und mich anzuziehen. Erst als ich auf die U-Bahn warte, schießt mir durch den Kopf, wie angreifbar ich mich mache, indem ich wildfremden Menschen, die ich über das Internet gefunden habe, einfach so vollen Zugang zu meinem Haus gewähre.

Ich sehe sie schon von weitem, als ich aus der Bahn aussteige. Sie stehen vor dem Bestattungsinstitut und warten auf mich. Margrethes lange, schlanke Gestalt, dem Anlass entsprechend ein wenig wackelig, neben einem großen, leicht gebeugten Mann, der Harald sein muss. Neben ihm steht eine kleine, schmale Frau; zweifellos die berühmte Lana Mei. Ich bin zu weit entfernt, um alle Einzelheiten zu erkennen, aber Margrethes Silhouette ist unverkennbar.

Sie unterhalten sich und sehen mich nicht. Harald und seine Freundin wickeln sich zum Schutz vor dem Wind enger in ihre Jacken. Margrethe steht einfach nur da. Ich habe sie seit mehreren Tagen nicht mehr gesehen. Vielleicht hätte ich sie besuchen sollen, aber ich bin mir nicht sicher. Hätte sie nicht mindestens ebenso sehr die Verpflichtung, mich zu besuchen? Vielleicht möchte sie am liebsten alleine sein, so wie ich auch. Ich kann mir nicht vorstellen, dass wir einander Trost spenden können.

Ich bleibe einen Moment stehen und betrachte sie. Eine Familie, die auf jemanden wartet. Es kommt mir nicht so vor, als würden sie auf mich warten. Natürlich würden sie das sagen, wenn man sie fragte. Doch im Grunde warten sie auf ihn. Dort steht Sigurds Familie und wartet auf Sigurd. Und plötzlich bekomme ich Lust, einfach kehrtzumachen und wieder nach Hause zu fahren. Sigurd wird ja nie kommen. Vielleicht warten sie eigentlich auch nicht auf ihn. Vielleicht warten sie nur darauf, dass die Zeit vergeht. Oder dass sie sich überhaupt wieder in Bewegung setzt.

Als ich noch etwa fünfzig Meter entfernt bin, entdeckt mich Harald. Er hebt die Hand und winkt, was ein Signal für die anderen ist, die ebenfalls ihre Köpfe in meine Richtung drehen, während ich auf sie zugehe.

»Hallo«, sage ich.

Sie sehen mich an. Margrethes Augen sind rot und gleichzeitig vernebelt. Ich umarme sie, ihr Körper ist vollkommen kraftlos. Ich umarme auch Harald, der sich steif und fremd anfühlt, aber immerhin klopft er mir auf den Rücken. Dann begrüße ich Lana.

Man würde sie wohl als niedlich beschreiben. Wie auf den Bildern, die ich gesehen habe, aber vielleicht etwas weniger attraktiv in Wirklichkeit. Oder jedenfalls hier, auf diesem Parkplatz in Smestad, wo es niemanden gibt, für den man posieren könnte. Sie nimmt meine Hand.

»Es freut mich, dich kennenzulernen«, sagt sie in nasalem Amerikanisch, »obwohl ich mir natürlich gewünscht hätte, die Umstände wären andere.«

Ich versuche zu lächeln. Ich habe nur ungern an Lana Mei gedacht, seit Margrethe Sigurd und mir zum ersten Mal ein Foto von ihr zeigte und uns erzählte, Haralds neue Freundin sei *unglaublich intelligent* und habe einen *Doktor in angewandter Physik und einen wirklich guten Job bei einer dieser Energiefirmen in Kalifornien, die unsere Klimaprobleme lösen werden,* aber jetzt, da ich weiß, dass wir einander nie richtig kennenlernen werden, denn sie wird gerade in die Familie aufgenommen, und ich verlasse sie, empfinde ich eine Art verwandtschaftliches Wohlwollen ihr gegenüber. Ich schaffe es nur nicht zu lächeln.

»Tja«, sagt Harald und wickelt die Jacke noch fester um sich, »wollen wir hineingehen?«

Der Mann, der uns in Empfang nimmt, ist in meinem Alter und formell gekleidet, im Anzug. Er ergreift nacheinander unsere Hände. Meine und Margrethes Hand hält er am längsten, genau gleich lang. Wir folgen ihm in sein Büro.

»Jetzt müssen viele Entscheidungen getroffen werden«, sagt er ernst. »Aber ich bin hier, um Ihnen zu helfen.«

Ich bin überrascht, wie gut er den angemessenen Ton findet. Nicht zu pathetisch, aber auch nicht alltäglich oder anbiedernd. Dieser Mann wirkt nahezu neutral. Mir wird bewusst, dass ich mich nicht erinnere, wie er heißt.

Dann beginnt die Diskussion. Welcher Sarg, welche Innenausstattung? Welche Blumen? Wo soll die Zeremonie stattfinden, und sollte sie religiös sein oder weltlich? Hat die Familie schon eine Grabstätte, und wenn nicht, haben wir schon eine Vorstellung, wo er seine letzte Ruhe finden soll? All diese absurden Fragen, die ich kaum ernst nehmen kann. Doch Margrethe, die anscheinend starke Beruhigungsmittel nimmt, damit sie sich überhaupt auf den Beinen halten kann, wird plötzlich rege. Sie hat alles geplant. Sie wünscht sich einen klassischen, eleganten Sarg mit Goldbeschlägen. Sie möchte, dass die Zeremonie im Krematorium auf dem Westfriedhof stattfindet und Sigurd dort beigesetzt wird, in der Grabstätte ihrer Eltern.

»So wie ich auch einmal«, sagt sie, und ihre Stimme klingt zutiefst tragisch, aber auch ein wenig theatralisch.

Der Bestatter nickt sanft, als hielte er das für eine durchdachte und geschmackvolle Wahl, und dann dreht er sich zu mir um.

»Und was denken Sie?«, fragt er.

»Für mich ist das in Ordnung«, sage ich mit belegter Stimme.

Ich bin dankbar, dass er mich fragt, und gleichzeitig nicht in der Lage, mir eine eigene Meinung zu dieser Frage zu bilden. Margrethe grübelt derweil über das Dilemma rote und weiße Rosen oder weiße Lilien.

»Was meint ihr, was hätte Sigurd gefallen?«, fragt sie.

Und ich muss mir auf die Lippen beißen, um einen Laut zurückzuhalten, der in meiner Brust aufsteigt. Was hätte Sigurd gefallen? Ihm hätte es gefallen, älter als dreißig zu werden. Aber es wäre natürlich niemandem damit geholfen, diesen Gedanken auszusprechen. Was das Thema Rosen contra Lilien angeht, kann ich mir nur schwer vorstellen, dass er eine entschiedene Meinung dazu gehabt hätte, vor allem im Hinblick auf seine eigene Beerdigung.

Nur einmal im Laufe des Gesprächs äußere ich einen Vorschlag. Wir reden über Musik. Margrethe schlägt *Solveigs Lied* von Edvard Grieg vor und *Bridge over troubled water* von Simon and Garfunkel.

»Nicht das letzte«, sage ich, »das mochte Sigurd nicht.«

»Das haben wir immer gehört, als er klein war«, erwidert Margrethe ein wenig verletzt. »Dann hat er sich an mich gekuschelt und gelauscht.«

»Er mochte es nicht«, entgegne ich. »Freunde von uns haben das auf ihrer Hochzeit gespielt, und er meinte, es sei ein Klischee.«

»Das hat er mir gegenüber nie geäußert.«

Ich zucke mit den Schultern.

»Ich weiß nicht, wie ernst er das damals gemeint hat, aber ich möchte nicht hier sitzen und ein Lied hören, von dem er mir gesagt hat, er fände es klischeehaft. Sigurd hasste Klischees.«

»Jetzt höre doch auf, ständig von Klischees zu reden, Sara«, faucht Margrethe gereizt, und für einen Moment sehe ich die alte Margrethe aus dem Nebel auftauchen, in den sie die Beruhigungsmittel eingehüllt haben. »Ich mag das Lied. Es erinnert mich an Sigurd.«

Der Bestatter räuspert sich vorsichtig.

»Wir empfehlen, etwas zu wählen, mit dem sich alle arrangieren können«, sagt er, und Margrethe fixiert ihn.

»Wir reden hier von meinem Sohn«, sagt sie. »Er wird mich für den Rest meines Lebens begleiten. Kannst du dasselbe behaupten, Sara?«

Mir steigen die Tränen in die Augen. Margrethe wusste schon immer, wie sie diejenigen treffen kann, die gegen sie aufbegehren, und wie jede richtige Giftspritze weiß sie, dass einen die Wahrheit am meisten verletzt. Wie werde ich in zehn oder zwanzig Jahren über Sigurd denken? Welchen Platz wird er in der Geschichte meines Lebens einnehmen, wenn sie eines Tages erzählt wird? Darüber habe ich noch nicht nachgedacht. In dieser knappen Woche, die seit Sigurds Verschwinden vergangen ist, habe ich in erster Linie versucht, durch die Tage zu kommen. Der Gedanke an all die Jahre, die folgen, ist so groß. Was soll ich mit ihnen anfangen?

Dann bewegt Harald unruhig seine Beine und sagt:

»Mutter. Es gibt doch wohl auch noch andere Lieder, die du gehört hast, als Sigurd klein war.«

Ich sehe aus dem Augenwinkel zu ihm hinüber und empfinde eine zärtliche Dankbarkeit für ihn, weil er mich in dieser Sache verteidigt. Mich, die dabei ist, aus dieser Familie zu verschwinden, und die er nie wirklich gekannt hat. Jetzt sehe ich, dass er Sigurd ein wenig ähnlich ist. Eine gewisse Integrität in Dingen wie diesen, Prinzipiensachen. Die Art und Weise, wie er den Kiefer anspannt, wenn er sich gegen seine Mutter wehrt. Vielleicht kann man darin den Vater erkennen.

Margrethe muss kurz schluchzen und sieht weg.

»Haben wir nicht auch immer Bob Dylan gehört, als wir klein waren?«, fragt Harald.

»Und was willst du von ihm spielen«, fragt Margrethe, »*Like a rolling stone?*«

Harald erwidert nichts. Es vergehen einige Sekunden, in denen wir alle nur warten, und dann sagt er:

»Wie heißt noch mal das Fröhliche? Das davon handelt, wie sich alles verändert?«

»*The times they are a-changin'*«, antwortet der Bestatter.

»Ja, genau, das«, sagt Harald. »Was ist denn damit?«

Margrethe ist kurz still. Sie schaukelt langsam vor und zurück. Sigurd war ihr Lieblingssohn.

»Eigentlich war es eher dein Vater, der Dylan so mochte«, sagt sie dann resigniert.

»Ich kenne eine junge Sängerin, die oft bei Trauerfeiern auftritt«, sagt der Bestatter. »Ich habe einmal gehört, wie sie dieses Lied gesungen hat, und es war wirklich schön. Es ist ein anderer Ausdruck, als wenn man eine Aufnahme hört. Würdevoller. Ich könnte mich erkundigen, ob sie Zeit hat?«

Margrethe nickt langsam.

»Singt sie auch Grieg?«, frage ich als Friedensangebot, und der Bestatter antwortet sofort, da sei er fast sicher.

Ich darf mir auch ein Lied wünschen, der Bestatter fragt mich. Ich wähle *Blackbird* von den Beatles. Ich weiß nicht, warum. Es ist nicht so, dass es *unser Lied* wäre oder so. Aber es hat etwas Leichtes an sich. So wie Sigurd auch. Nicht nur. Aber wenn ich diese Zeremonie überstehen soll, ist es besser, wenn ich an die guten Tage zurückdenke. *Take your broken wings and learn to fly.*

Die Beisetzung soll am Montag stattfinden. Der Zeitpunkt spielt keine Rolle für mich, ich habe keine Pläne. Alles, was ich fühle, als es um den Montag geht, ist die Furcht vor der langen Woche, die offen vor mir liegt.

Nach dem Termin bin ich völlig ausgelaugt, dabei ist es erst ein Uhr. Auf dem Parkplatz vor dem Bestattungsinstitut ruft Harald ein Taxi, während Lana Mei, Margrethe und ich ihn stumm betrachten. Sie wollen gemeinsam zu Margrethe fahren. Als das Taxi unterwegs ist, fragt mich Harald, wo ich hinmüsse. Wenn es auf dem Weg liege, könnten sie mich doch mitnehmen, sagt er, doch weil ich mich nicht aufdrängen möchte, antworte ich, ich wolle noch kurz bei meinem Vater vorbeischauen. Das sei gleich hier in der Nähe, versichere ich ihm, und ich würde gern ein bisschen laufen, frische Luft schnappen. Er nickt, erleichtert, wie mir scheint. Ich verstehe ihn. Ich bin jetzt eine Außenstehende. Sie trauern, und es ist am besten für sie, dabei allein zu sein, nur sie drei. Wir verabschieden uns, ich umarme jeden von ihnen, wir sagen: bis nächste Woche. Keiner verwendet das Wort Beisetzung. Lana Mei sagt, es habe sie gefreut, mich zu treffen. Ich gehe langsam über den Parkplatz zum Fußweg nach Holmen, und als ich mich umdrehe, stehen sie mit dem Rücken zu mir und blicken in die Richtung, aus der das Taxi kommen wird. Harald hat den Arm um seine Mutter gelegt, sie lehnt den Kopf an seine Schulter. Ich krümme mich innerlich zusammen.

Eigentlich hatte ich gar nicht vor, meinen Vater zu besuchen. Ich bin zu erschöpft, zu dünnhäutig. Ich will einfach nur fort von den dreien auf dem Parkplatz, will warten, bis sie verschwunden sind, und dann wieder hinuntergehen und die U-Bahn nach Hause nehmen. Ich folge dem schmalen Pfad, der von der lauten Smestadkreuzung wegführt, zwischen den alten Doppelhaushälften entlang, die in einer Zeit erbaut wurden, als dies ein Stadtteil wie jeder andere war, und weiter in Richtung der alten, ehrwürdigen Villen und den neuen Einfamilienhäusern. Direkt nebenan verläuft der vielbefahrene Sørkedalsveien, die Bewohner von Smestad haben sich zur Straße hin mit hohen Holzzäunen verbarrikadiert. So versucht man in diesem Wohngebiet die Illusion zu bewahren, man würde ländlich wohnen, obwohl diese Hauptverkehrsader von Majorstua nach Røa und zum östlichen Bærum direkt vor der Haustür vorbeitobt.

Ich bin froh, dass ich nicht mit zu Margrethe unterwegs bin. Dass ich nicht in einem Taxi auf der Rückbank sitze, eingeklemmt zwischen Harald und seiner Freundin. Dass ich nicht in Margrethes Wohnzimmer sitzen muss, wo ich das Gefühl habe, ich würde Unordnung anrichten, sobald ich nur einen Stuhl herausziehe oder ein Kissen wegschiebe, um mich auf das Sofa zu setzen. Dass mir die immer leicht angestrengte Stimmung in ihrem Haus erspart bleibt, die jetzt noch angestrengter sein wird, wenn diese gewaltige, ausufernde Trauer so dicht zwischen uns wabert, dass wir nicht atmen können, ohne sie tief in die Lunge aufzunehmen. Und gleichzeitig fahren sie zusammen los. Und ich gehe allein meines Wegs.

Es gibt viele Arten zu trauern. Ich vermute, dass ich den Verlust meiner Mutter betrauert habe, als ich ein Kind war, aber ich erinnere mich kaum. Ich habe ein paar vage Erinnerungen daran, dass ich nachts weinte, mit dem Kopf unter dem Kissen, damit Annika und mein Vater es nicht hörten. Eine andere Trauer besteht darin, diese Erinnerungen nicht richtig einordnen zu können, nicht sicher sagen zu können, ob es wirklich *darum* ging, ob ich in dieser vagen Erinnerung weinte, weil ich meine Mutter vermisste. Dann gibt es noch die Trauer, die nicht allein von ihr handelt, sondern von allem, was mit ihr verlorenging, allem, was noch hätte sein können, wenn sie nicht gestorben wäre. Diese Trauer dauert am längsten. Sie verschwindet nie ganz, taucht in unregelmäßigen Abständen auf, ganz ohne Vorwarnung. Als ich nach der Schule mit zu einer Freundin ging, deren Mutter beim Essen mit uns herumalberte und fragte, ob wir auch nett zu den Lehrern seien. Als Ronjas Mutter uns zeigte, wie man einen Fischgrätenzopf flicht, sich hinter den Stuhl ihrer Tochter stellte, das Zopfgummi aus ihrem Haar zog und anfing, mit energischen Bewegungen zu flechten, während sie es erklärte. Als Sigurds Bruder gerade eben auf dem Parkplatz den Arm um seine Mutter legte und sie ihren Kopf an ihn lehnte.

Der Fußweg, den ich entlanggehe, endet in einem kurzen Wegstück, das nur wenige Straßen von der Straße entfernt liegt, in der ich aufgewachsen bin. Ich bleibe stehen. Es dauert sicher nicht lange, bis das Taxi die drei auf dem Parkplatz abgeholt hat, vielleicht sind sie schon weggefahren. Eigentlich kann ich jetzt umdrehen und mich auf den Heimweg begeben. Andererseits habe ich nur noch ein Elternteil. Ich könnte meinen Vater wirklich besuchen. Könnte eine Tasse Tee mit ihm trinken, oder noch besser, mich einfach hoch in mein altes Schlafzimmer setzen. Es existiert immer noch, beinahe unverändert, seit ich ein Kind war. Mit dem großen, weißen Überwurf auf dem Bett, den meine Mutter für mich gehäkelt hatte. Wenn man im Bett liegt, kann man sich daranschmiegen, ihre Handarbeit an der Wange spüren.

Mein Telefon klingelt, als ich auf dem Weg zu meinem Elternhaus bin, ich gehe über buckeliges Eis, Radspuren und schmutzigen Schnee, der noch nicht geschmolzen ist.

»Gundersen hier«, sagt Gundersen, sobald ich mich melde. »Ich habe eine Frage an Sie. Wenn Sie Ihre Sitzungsprotokolle schreiben, wie ehrlich sind Sie dann?«

»Was meinen Sie?«

»Ich meine, inwieweit schreiben Sie, was Sie wirklich denken. Wenn Sie der Meinung sind, ein Patient sei völlig durchgeknallt oder einfach nur wehleidig, was schreiben Sie dann?«

Ich sage: »Das ist keine einfache Frage. Ich bin immer ehrlich. Aber professionell. Und die Patienten haben ja das Recht, die Akten einzusehen, deshalb versuche ich, so zu schreiben, dass er oder sie nicht gekränkt sein wird.«

»Also, was bedeutet das? Sie schreiben ein wenig um den heißen Brei herum?«

Ich seufze. Die Erschöpfung vom Besuch beim Bestatter meldet sich wieder.

»Der Bericht spiegelt nicht meine persönliche Meinung über den Patienten wider. Vollkommen durchgeknallt – ich weiß nicht einmal, was das eigentlich bedeuten soll. Aber wenn jemand beispielsweise wehleidig ist … Tja, es kommt darauf an. Wenn jemand über etwas klagt, worüber er eigentlich die Kontrolle hat, was sich ändern ließe, schreibe ich vielleicht etwas darüber. Aber dann bespreche ich es natürlich auch mit dem Betreffenden.«

»Hm. Ich frage mich nur – es gibt auch einen Teil, der ›Einschätzung‹ heißt.«

»Lesen Sie gerade meine Dokumentation?«

»Nur in Auszügen. Um mir ein Bild zu machen.«

»Ein Bild wovon?«

Er macht eine kurze Pause.

»Von Ihrem Arbeitstag. Was in Ihren Sitzungen passiert.«

»Das sind vertrauliche Informationen«, sage ich, aber ich rege mich nicht mehr so sehr auf wie bei unseren früheren Diskussionen über das Thema. »Es ist eine Sache, dass Sie das Recht auf Ihrer Seite haben, wenn Sie die Akten lesen, aber Sie haben auch eine ethische Verpflichtung, das Privatleben meiner Patienten zu schützen. Wenn Sie eine Frage dazu haben, was in meinen Sitzungen passiert, sollten Sie lieber mich fragen.«

»Okay, verstanden«, sagt er ungeduldig, und ich habe das unwiderrufliche Gefühl, dass er meine Unterlagen auch in Zukunft so behandeln wird, wie es ihm gefällt. »Aber jetzt frage ich Sie ja. Wie sind diese Einschätzungen zu verstehen?«

Während wir reden, biege ich in die Straße ein, in der das Haus meines Vaters steht. Die Sonne scheint mir auf den Rücken, vor mir fällt mein unregelmäßiger Schatten auf den Kies des Bürgersteigs.

»Ich ordne das Verhalten meiner Patienten ein. Die Behandlung. Ich versuche, nach jeder Sitzung eine solche Einschätzung vorzunehmen.«

»Und was schreiben Sie, wenn Sie beispielsweise glauben, ein Patient würde Sie anlügen?«

»Mich anlügen? Das glaube ich eigentlich selten. Sie übertreiben höchstens mal. Oder vermeiden es, mir das zu erzählen, was sie eigentlich quält. Ein Patient kann mir beispielsweise von einer Kindheitserinnerung erzählen, von etwas Tragischem, was ihm widerfahren ist, und dann sagen: *Aber eigentlich war das gar nicht so schlimm.* Dann denke ich vielleicht, an dieser Stelle will er etwas überspielen, und wechsle schnell das Thema, also steckt wahrscheinlich etwas dahinter. Eine Fünfjährige denkt nicht, dass es eigentlich nicht schlimm ist, wenn – was auch immer es gewesen ist. Verstehen Sie? In einem solchen Fall würde ich es in meiner Einschätzung erwähnen.«

»Und was schreiben Sie dann?«

»Hm. *Patient erscheint affektarm, wenn man den Ernst des Vorfalls bedenkt. Meiner Bewertung nach könnte sich hinter diesem Ereignis mehr verbergen, als in dieser Sitzung zum Tragen kam. Beim nächsten Mal näher darauf eingehen.* Vielleicht so etwas?«

»Verstehe«, sagt Gundersen. »Haben Sie vielen Dank. Ich melde mich bald wieder.«

»Warten Sie«, sage ich, während ich die Einfahrt zum Haus meines Vaters hinaufgehe. »Sind Sie der Lösung des Falls nähergekommen? Ich meine, werden Sie den Täter kriegen?«

Es wird einen Moment still, und ich überlege, ob er von etwas anderem abgelenkt wird, während er mit mir spricht, doch dann sagt er: »Wir gehen unterschiedlichen Spuren nach. Wir glauben, dass wir wissen, warum Sigurd an jenem Tag im Krokskogen war. Aber das ist alles, was ich bisher sagen kann, und ich muss Sie fast auffordern, nicht weiter darüber nachzudenken. Und uns in Ruhe unsere Arbeit erledigen lassen.«

»Habe ich Sie etwa daran gehindert, Ihre Arbeit zu erledigen?«, frage ich.

»Ich weiß, dass Sie bei Frau Atkinson waren«, sagt er. »Ich kann Sie natürlich nicht daran hindern, sie aufzusuchen, wenn Sie das wollen. Aber es wäre klüger, es künftig sein zu lassen. Davon bin ich überzeugt.«

Die Warnung trifft mich wie ein Schlag in die Magengrube. Nicht, weil es mir peinlich ist, dass er von meinem Besuch bei der alten Dame weiß und möglicherweise auch von meiner panischen Flucht, auch wenn es tatsächlich peinlich ist. Sondern weil er andeutet, ich würde ihn bei der Arbeit behindern. Als wäre ich ein dummes Mädchen, das sich die Zeit damit vertreibt, Detektivin zu spielen. *Es wäre klüger, das sein zu lassen.* Als würde ich mich dadurch selbst belasten. Warum sonst sollte Gundersen so interessiert daran sein, was in meinen Sitzungen passiert, wie mein Arbeitstag aussieht? Schließlich, vielleicht zu meiner Verteidigung, platze ich mit dem kleinen bisschen an Information heraus, das ich bisher für mich behalten habe, mit dem, was ich ihm eigentlich nicht erzählen wollte.

»Es gab eine Frau, die manchmal draußen vor seinem Büro auf ihn gewartet und ihn abgeholt hat. Wussten Sie das? Ich habe mit seinen Kollegen gesprochen, und die haben es mir erzählt. Sie hatten beobachtet, wie er hinausgegangen ist und sie getroffen hat.«

Jetzt verschlägt es Gundersen erneut die Sprache.

»Was Sie nicht sagen«, erwidert er dann. »Das wusste ich nicht. Aber es ist interessant. Wer hat Ihnen das erzählt, sagen Sie?«

»Mammod. Von den FleMaSi-Architekten.«

»Danke.«

»Keine Ursache.«

Doch ich verspüre keine Befriedigung dabei, Gundersen diese Information ins Gesicht zu schleudern, habe nicht das Gefühl, ihm ebenbürtig zu sein.

»Ich habe es gestern erst erfahren«, füge ich deshalb schnell hinzu und höre selbst, dass es wie eine Ausrede klingt.

»Ich muss jetzt auflegen. Wir hören uns wieder.«

Dann ist die Verbindung unterbrochen. Ich lege das Handy in die Tasche und klingle an der Tür.

Niemand öffnet mir. Ich warte lange. Als ich keinen Zweifel mehr daran habe, dass keiner im Haus ist, gehe ich die Eingangstreppe wieder hinunter und zu den vier Blumentöpfen, die an der Wand neben dem Eingang stehen. Es sind große Terrakottakübel, die wohl noch von meiner Mutter gekauft und bepflanzt wurden und die seither auch nicht unbedingt sorgfältig gepflegt worden sind. In den letzten Jahren standen sie leer, und der eine hat einen großen Sprung, aber sie stehen immer noch da, vier Töpfe auf vier Untersetzern, und im Untersetzer des dritten, gut auf der Rückseite versteckt, liegt der Ersatzschlüssel zum Haus. Er liegt dort, solange ich denken kann. Ich taste mich ohne Handschuhe mit den Fingern voran und greife danach, eine kleine Plastikfigur in Form eines Hundes, ein Band und ein Schlüsselring mit einem Schlüssel.

Drinnen ist es still. Glücklicherweise stehen keine weiteren Stiefel im Flur. Alle Schuhe gehören meinem Vater: ein Paar Laufschuhe, ein Paar Anzugschuhe, ein Paar Skistiefel, aber nicht seine besten, wenn ich mich richtig erinnere, vielleicht ist er also gerade beim Skifahren, oder vielleicht liegen die guten Stiefel einfach nur hinten im Auto, damit er auch spontan in den Wald fahren kann, wenn ihm danach ist, wie er es oft tut. Ich stelle meine Schuhe neben seine Reserveskistiefel.

»Papa!«, rufe ich sicherheitshalber.

Niemand antwortet. Ich gehe ins Wohnzimmer.

Mein Vater hat das Haus von seinen Eltern geerbt, kurz nachdem ich geboren war. Meine Eltern und Annika wohnten in einer kleinen Wohnung in Holmen, und meine Großmutter meinte, eine vierköpfige Familie bräuchte ein großes Haus dringender als ein älteres Ehepaar. Was mein Großvater dazu meinte, weiß ich nicht. Sie zogen in eine Wohnung in Frogner, hinterließen uns aber einige Möbel: einen alten Wäscheschrank, eine antike Kommode, Großvaters altes Schreibpult. Und dann muss meine Mutter einen erheblichen Beitrag zur Einrichtung geleistet haben, aber in der Zeit nach ihr ist in diesem Bereich nur wenig passiert. Mein Vater interessiert sich nicht für Möbel, Tapeten oder Kunst, das ist für seinen Geschmack zu weltlich. Das Wohnzimmer zu betreten, ist wie eine Erinnerung an meine Familiengeschichte. Wie ein Archäologe kann derjenige, der sie kennt, Schicht für Schicht davon abtragen. Der große Spiegel, der in der Gipsstuckatur über dem Kamin hängt, stammt von meinen Großeltern. Das graumelierte Sofa wahrscheinlich von meiner Mutter. Die Kommode an der Wand gehörte meiner Oma, das weiß ich, denn sie hat gern erzählt, dass dieses Stück einst in ihrem eigenen Elternhaus stand und ihre Mutter ihr versprach, sie würde es zu ihrer Hochzeit bekommen. Allein beim Gedanken daran kamen meiner Oma immer die Tränen vor Rührung. Auf der Kommode steht das Hochzeitsfoto meiner Großeltern, im Übrigen das einzig persönliche Bild in diesem Zimmer, mein unsentimentaler Vater muss doch noch ein Fünkchen Sentimentalität in sich haben, wenn er es nicht zu den anderen Bildern in eine Kiste im Keller gelegt hat. Davon abgesehen wirkt die Dekoration sehr spartanisch. Über der Kommode hängt ein Porträt von einer Frau, von der ich lange dachte, sie wäre die Mutter meiner Großmutter, sicher wegen der Geschichte mit der Kommode, doch wie ich später erfuhr, ist es Hannah Arendt. Warum mein Vater ausgerechnet sie an die Wand hängte, weiß ich nicht, aber ihr Blick hat etwas Beruhigendes an sich, sie hat unbeirrbare, selbstsichere Augen und lächelt gleichzeitig ein wenig. Als ich noch glaubte, sie wäre meine Urgroßmutter, setzte ich mich manchmal vor das Bild und redete mit ihr.

Über dem Sofa hängt ein großes, hässliches Stillleben von einer Vase mit roten Blumen vor einem grellen, hellgrünen Hintergrund. Mein Vater bekam es zu seinem sechzigsten Geburtstag vom Institut geschenkt, und ganz im Gegensatz zu allem, was ich von ihm zu wissen glaubte, liebte er es und hängte es auf. Er legte einen solchen Enthusiasmus an den Tag, dass ich für einen Moment dachte, er wäre verrückt geworden; ist das nicht schön, fragte er entzückt, passt das nicht wunderbar in diesen Raum? Das Bild ist so hässlich, dass ich insgeheim sogar überlegte, ob seine Kollegen es genau deswegen ausgewählt hatten. Aufgrund seiner kontroversen Äußerungen hat mein Vater nicht viele Freunde am Institut. Vielleicht hatte jemand das Gefühl, dies sei das perfekte Geschenk, ein hässliches Bild für einen unliebsamen Kollegen. Und im Grunde passte es dann wiederum doch gut zum Charakter meines Vaters, wenn er es genau aus dem Grund aufgehängt hatte – weil er die Absicht dahinter durchschaute. Es war ihm durchaus zuzutrauen, dass er sich geschmeichelt fühlte, wenn ihm die anständigen Leute den Rücken kehrten.

Sein Arbeitszimmer ist der einzige Raum im Haus, der meinem Vater wichtig zu sein scheint. Es liegt hinter dem Wohnzimmer, das man durchqueren muss, um dorthin zu gelangen. Bevor er es übernahm, war es das Büro seines Vaters, der Regale aus dunkler Eiche an die Wände baute, vom Fußboden bis zur Decke, und sie mit seinen Büchern füllte. Als Großvater auszog, nahm er all seine Bücher mit, und mein Vater füllte sie mit seinen eigenen. Wenn er das Appartement in Bislett als Schreibstube nutzt, ist das Arbeitszimmer seine Bibliothek. Er hat den Schreibtisch seines Großvaters behalten, ein Koloss aus blankpoliertem Kirschholz mit einer Menge Schubladen, die sich mit kleinen, vergoldeten Schlüsseln abschließen lassen. Als ich klein war, habe ich diese Schubladen geliebt, sie waren wie kleine Schatzkammern, die mein Vater zu meiner großen Enttäuschung nicht abschließen wollte. Er habe nichts zu verbergen, behauptete er. Am Ende des Arbeitszimmers befindet sich ein Kamin, den mein Vater von Oktober bis April täglich einheizt und oft auch im Frühling und Sommer. Mein Vater ist stolz darauf, dass der Holzkorb daneben immer gefüllt ist. Ebenso viel Wert legt er darauf, das Feuer am Laufen zu halten, und zu diesem Zweck besitzt er eine Reihe von Utensilien, die an einem kleinen Metallstativ hängen: mehrere Blasebälge und Metallstangen, um in der Asche zu stochern, ein kleiner Besen und ein Kehrblech für die Reinigung, nachdem das Feuer erloschen ist. Vor dem Kamin stehen zwei Chesterfield-Sessel, in denen wir zu den seltenen Audienzen saßen, als ich ein Kind war. Auf dem Tisch dazwischen liegen Bücher, und jetzt werfe ich einen Blick darauf und sehe dort einen Roman von Dag Solstad liegen, einen der eher obskuren, glaube ich, jedenfalls habe ich ihn nicht gelesen.

Hier drinnen hält sich mein Vater nicht zurück mit der Dekoration. In seinem tiefsten Inneren ist er ein Sammler, obwohl er es sonst nur selten zeigt. Auf den Fensterbrettern steht eine alte Waage, die angeblich von den Goldgräbern in Klondike benutzt wurde, und eine Uhr, die das Einzige war, was der Vater seines Vaters – dieser polnische Schwindler, dessen Namen Annika und ich ablegten –, mit nach Norwegen brachte. Mein Vater hat sie nach allen Regeln der Kunst instand gehalten, und sie geht nach wie vor. Daneben stehen eine Büste von Darwin, ein Krug, den er wohl illegal aus dem Iran importiert hat, und ein mit hübschen Schnitzereien verzierter Kalenderstab.

Mein Vater betrachtet sich selbst in erster Linie als Wissenschaftler. Auch wenn er eigentlich ein Sozialwissenschaftler ist, sieht er sich in der direkten Nachfolge von Newton, Darwin und Kopernikus; die Naturwissenschaften sind nur ein Zweig von vielen in seiner geliebten Wissenschaft, und wenn jemand eine andere Meinung zum Verhältnis dieser Disziplinen hat, zeigt er sich entweder aufrichtig überrascht oder tut es nachdrücklich ab. Die Wissenschaft ist eine Methode der Wahrheitssuche, die er für den reinsten, edelsten Weg zum Wissen hält. Deshalb widmet er den Platz auf seinem Schreibtisch jenen Gegenständen, die er als Symbol für ebendiese Wissenschaft ansieht: einen altmodischen Sextanten, eine Kopie vom Foucaultschen Pendel, ein Stückchen von einem Meteoriten, ein Kugelstoßpendel. Zu all diesen Gegenständen kann er endlos Geschichten erzählen. Er betrachtet sie mit der gleichen Zärtlichkeit, die andere Männer an den Tag legen, wenn sie die selbstgehäkelten Klorollenschützer oder Styroporkugelschneemänner ansehen, die ihre Kinder gebastelt haben. Mein Vater hat nie etwas aufbewahrt, was meine Schwester und ich aus dem Kindergarten oder aus der Schule mitgebracht haben. Annika verletzt das. Ich hätte mir vielleicht gewünscht, dass es anders wäre, verstehe aber zugleich, dass es nicht aus mangelnder Liebe geschieht, sondern nur aus einem mangelnden Verständnis dafür, was ein Weihnachtsmann aus Milchkartons für ein Kind bedeuten kann. An all das denke ich, während ich meine Finger vorsichtig über die Schätze auf seinem Schreibtisch gleiten lasse. Meine Schwester sieht nur seine Beschränkungen. Er ist ein Mann, der sich nicht in andere Menschen hineinversetzen kann und der sich selbst am nächsten ist. Aber ich sehe die kleinen Dinge, die er uns in unserer Kindheit ermöglichte, die Besuche in seinem Arbeitszimmer und die Märchen, die er vorlas, oder die langen Vorträge über den Sextanten und das Pendel, durch die er uns in das einweihen wollte, was er liebte. Ich sehe die schreckliche Kreuzfahrt, auf die er mich mitnahm, als Großmutter starb, als Beweis dafür an, dass wir ihm etwas bedeuteten. Wenn es wirklich darauf ankäme, würde er sich für uns opfern, aber es gelingt ihm nicht, all das zu tun, was in unserem wirklichen Leben von Bedeutung ist: uns besuchen, Interesse für seine Enkel zu zeigen, sich nach unserer Arbeit und unseren Freunden und Ehen zu erkundigen. Uns zu Weihnachten etwas zu kaufen, was wir wirklich gebrauchen können. Uns an unserem Geburtstag anzurufen. Es ist nicht seine Schuld. Er ist einfach nur nicht mit dem Talent gesegnet, Interesse für etwas zu zeigen, was ihn in seinem tiefsten Inneren nicht interessiert.

Vor dem Fenster liegt der Garten, der an andere Gärten mit anderen Häusern grenzt. Vor zehn Jahren teilte unser Vater den Garten auf und verkaufte ein Stück davon an eine Immobilienfirma, und jetzt steht dort, wo früher unsere Schaukel stand, ein neues, weißes Einfamilienhaus. Es sieht aus wie ein Würfel und hat eine Dachterrasse mit Stahlgeländer, wo jemand einen graublauen Sonnenschirm vergessen hat, der den Kopf hängen lässt, mitgenommen von Frost und Feuchtigkeit. Parallel zu unserem liegt der Garten der Familie Winge, die auch während meiner Kindheit schon dort wohnte. Der Sohn hieß Herman und ging in meine Parallelklasse, und ich war ganze drei Schuljahre lang so sehr in ihn verliebt, dass ich glaubte, ich würde von innen zerrissen, ohne dass ich je etwas sagte, weder ihm noch irgendjemand anderem. Ich schrieb seinen Namen in Kladden, die ich in der geheimen Schublade in meinem Schreibtisch versteckte, und versuchte, zur selben Zeit zu Hause aufzubrechen wie er, damit wir gemeinsam zur Schule gehen konnten. Der Schreibtisch meines Vaters steht dort, wo er immer stand, und ich weiß aus Erfahrung, dass man von dort eine gute Sicht auf das Haus der Familie Winge hat, wenn man den Schreibtischstuhl umdreht, man kann dort sitzen und nach Herman Winge Ausschau halten, ihn vielleicht sogar sehen. Aber ich kann mir nicht vorstellen, dass mein Vater ihn je umgedreht und hinausgeschaut hat. Diese vornehmen Häuser und Gärten bieten ihm keinerlei Inspiration, und er hat den Schreibtisch so gestellt, dass er mit dem Rücken zum Fenster sitzt.

Auf dem Schreibtisch liegt ein großes, geöffnetes Buch mit Deckeln aus dicker Pappe und leeren, schwarzen Seiten, die mit Zeitungsartikeln beklebt sind. Ein Archivbuch meines Vaters. Er katalogisiert all seine Veröffentlichungen, egal ob wissenschaftliche Artikel oder Beiträge in Zeitungen oder Fachzeitschriften. Was er gerade eingeklebt hat, weshalb das Buch vermutlich noch offen dort liegt, ist ein Artikel, der aussieht, als stammte er aus einer Zeitschrift für Leser mit besonderen Interessen. »Zeit und Gesellschaft«, steht in der Kopfzeile, und ich weiß nicht, was das für eine Publikation ist, aber oft sind es die eher kritischen kleinen Medien, die die Texte meines Vaters drucken wollen. *Zehn Dinge, die sich verbessern würden, wenn Norwegen die Scharia ratifizieren würde,* lautet der Artikel. Ich blättere ein wenig zurück. Wenn sein Beitrag eine Doppelseite ausfüllt, hat er das auch in seinem Archivbuch nachempfunden; die beiden Seiten sind an der Falzlinie so exakt zusammengeleimt, dass man fast glauben könnte, es wäre eine Seite. Es ist beinahe rührend, wie viel Mühe er sich gemacht hat; wie gerade er alles ausschneidet, wie sorgfältig er es einklebt, keine Leimspuren an den Rändern der Ausschnitte, keine Falten oder Blasen. Vieles, was er geschrieben hat, verstehe ich nicht, Paragraph soundso diskutiert vor dem Hintergrund der Theorien von Wissenschaftler soundso. Aber dann kommen diese Bomben, die er ab und zu platzen lässt. *Strafe als wirksames Mittel gegen Sozialhilfemissbrauch.* Oder: *Menschenrechte, eine Bedrohung für unser Gerechtigkeitsempfinden?* Ich lese selten, was er schreibt, vielleicht weil Annika es eine Weile getan hatte und das immer damit endete, dass sie am Esstisch gegen ihn tobte und irgendwann davonstürmte. Annika griff ihn an, und unser Vater, der unverbesserliche Querulant, wich keinen Millimeter von seiner Meinung ab. Wenn unsere Großmutter da war, betätigte sie sich manchmal als Friedensvermittlerin.

»Vegard provoziert gerne, aber er denkt sich gar nicht so viel dabei«, sagte sie.

Ich glaubte ihr. Ich glaube ihr immer noch. Das Markenzeichen meines Vaters ist, dass er sich von der Logik irgendwohin führen lässt, ohne dabei auf ethische Fragen Rücksicht zu nehmen. Die Moral lässt er konsequent außer Acht und erstellt Kosten-Nutzen-Analysen, gewürzt mit einer Messerspitze seiner besonderen Lebensphilosophie, einer persönlichen Mischung aus Charles Darwin, John Stuart Mill, Per Fugelli und Rage Against the Machine, verquirlt zu einem seltsamen Utilitarismus. All das trägt er mit naivem Blick und milder Stimme vor: Wenn ein unschuldig Verurteilter eine lange Strafe absitzen muss, sei das doch immer noch besser, als wenn ein Schuldiger frei herumlaufe und zehn Unschuldige darunter leiden müssten?

»Nein!«, protestierte Annika dann, als sie fünfzehn oder zwanzig oder fünfundzwanzig war. »Der Staat kann niemanden verurteilen, der nichts verkehrt gemacht hat, das ist ein Eingriff in die Grundrechte!«

»Aber meine liebe Annika«, erwiderte mein Vater daraufhin mit seiner freundlichsten, unschuldigsten Stimme, »ist es denn nicht so, dass wir als Gesellschaft die Lösung vorziehen müssen, die am wenigsten Leid verursacht? Wäre das nicht logisch?«

»Vegard stellt so gerne alles auf den Kopf, worüber wir uns einig sind«, beschwichtigte meine Großmutter, »aber jetzt sprechen wir über etwas Netteres.«

Natürlich hatte Annika jedes Mal recht. Natürlich kann man

Menschen, die nur vielleicht einen Fehler begangen haben, nicht zu harten Strafen verurteilen. Natürlich sollte man Gesetzesbrecher nicht auspeitschen oder den Falschen bestrafen. Trotzdem bin ich der Meinung, dass unsere Großmutter recht hatte und es besser war, einfach über etwas Netteres zu sprechen.

Ich blättere im Archivbuch. Überlege, wie viele Stunden er damit zugebracht hat, seine Taten zu dokumentieren. Stelle mir vor, wie er hier saß, als ich gerade neu geboren war. Wie unsere Mutter im Wohnzimmer saß, oder vielleicht in einem Sessel hier drinnen, und meinen Bettüberwurf häkelte, während ich schlief, und er mit größter Sorgfalt einen hauchdünn mit Klebstoff bestrichenen Zeitungsausschnitt auf einer Buchseite platzierte, wie er sich darauf konzentrierte, dass alles gerade war, und dann vorsichtig mit der Hand glattstrich. Vielleicht sahen sie sich an, meine Eltern. Vielleicht lächelte er, ein wenig verlegen darüber, bei seinem Ritual beobachtet worden zu sein, und vielleicht neckte meine Mutter ihn, oder lachte einfach nur und dachte bei sich: Vegard und sein Archiv.

Was schrieb mein Vater in der Zeit, als meine Mutter starb? Er schrieb ganz sicher immer noch, saß ganz sicher hier und schnitt tief konzentriert seine Artikel aus und klebte sie fest, während sie krank war, und wenn er nicht in den Tagen direkt vor ihrer Beerdigung etwas schrieb, dann auf jeden Fall anschließend, während das Haus in Trauer versank. Ich war nie auf die Idee gekommen, das nachzuprüfen. Ich war nie an seiner Arbeit interessiert, hatte auch nie Lust, etwas darüber zu hören, habe es immer gemieden, ihn darauf anzusprechen. Ich hatte gehört, wie Annika ihn anschrie, hatte sie in Tränen aufgelöst vom Tisch aufspringen sehen und am ganzen Körper die gespannte Stimmung im Haus in den Tagen danach gespürt, wenn sie nicht mehr miteinander redeten. Mein Vater, der betont fröhlich und gleichgültig ist, Annika, die ihren Widerwillen erst überwinden muss, ehe sie wieder halbwegs mit ihm auskommt. Ich bin den Konflikten aus dem Weg gegangen, habe gedacht, je weniger ich darüber weiß, was er meint und schreibt, desto besser. Aber er muss auch in der Zeit, in der er meine Mutter verlor, etwas geschrieben haben. Und jetzt bin ich hier und habe auch meinen Partner verloren. Ich weiß, wo die Archivbücher stehen. Im untersten Fach in Großvaters alten Eichenregalen, direkt neben dem Kamin, ein Buch nach dem anderen wie das, was jetzt auf seinem Schreibtisch liegt, sorgfältig datiert seit dem Ende der Siebzigerjahre. Meine Mutter starb im Juni 1988. Ich ziehe die Jahrgänge 86–91 heraus, lege sie auf den Tisch zwischen die Sessel und öffne sie. Blättere die schweren, dicken Seiten mit der alten Druckerschwärze durch. 86–86–86–87–87–87–88. Februar. Der nächste Ausschnitt ist aus dem Oktober. Im Februar: *Über das Korruptionsgesetz*. Im Oktober: *Moralismus und was für die Herde am besten wäre*. Ich interessiere mich nicht für die Korruption, aber vielleicht für den Moralismus und die Herde.

Der Artikel beginnt mit einer Geschichte über bestimmte Wildhunde, die in Herden in der afrikanischen Steppe leben. In diesen Herden, berichtet mein Vater in seinem Text, zählt das Wohl der Gemeinschaft am meisten. Kranke, alte und verletzte Tiere verlassen die Gruppe, um sie nicht zu schwächen. Die Hunde sehen ein, wann sie der Herde zur Last fallen, und ziehen selbst die Konsequenz daraus: Sie sterben, vor Hunger, durch Krankheiten oder Angriffe anderer Raubtiere, ganz allein. Damit die anderen besser durchkommen.

Eine solche Selbstaufopferung gebe es in manchen Kulturen auch bei den Menschen, schreibt mein Vater dann.

Doch in den westlichen, individualistisch ausgerichteten Gesellschaften zählen die Rechte des Einzelnen mehr als das Wohl der Herde. Wir sind wie Vogeljunge, jeder von uns piepst: Ich! Ich! Ich! Dabei wissen wir durch die Moral, die uns die Weltreligionen lehren, jener Moral, die wir auch unseren Kindern beibringen, dass die edelste Handlung darin besteht, seine eigenen Wünsche zum Wohle der Gemeinschaft zurückzustellen. Und wo sehen wir das deutlicher als in der Familie, der wichtigsten Einheit dieser Gemeinschaft? Eltern und Großeltern opfern Zeit, Kraft, Geld und andere Ressourcen, damit es den nachfolgenden Generationen besser geht. Eine Mutter würde sich vor einen Lastwagen werfen, um ihr eigenes Kind zu retten. Wir sind also durchaus mit der edlen Handlung vertraut, andere uns selbst gegenüber vorzuziehen, scheuen uns jedoch, diese Handlungsmaxime auch bis in ihre letzten logischen, existentiellen Konsequenzen umzusetzen.

So erwarten ältere Kranke, von ihren Kindern gepflegt und versorgt zu werden, obwohl diese Kinder oft selbst genug damit beschäftigt sind, ihre eigenen Kinder zu versorgen und auf den rechten Weg zu bringen – jene Generation, die einmal die Welt von uns erben wird. Die Alten zehren von den Ressourcen der Gemeinschaft, um Jahr für Jahr mit ihren Krankheiten zu überleben, selbst wenn sie unheilbar sind. Sie haben keine andere Zukunft vor sich als weitere Krankheiten und einen langsamen Tod, meinen aber nichtsdestotrotz, ihnen stünde das Recht zu, Ressourcen zu verschwenden, die die Jüngeren viel dringender bräuchten und sinnvoller nutzen könnten. Wäre es nicht eine große Entlastung für die Gesellschaft – für das Gesundheits- und Sozialwesen, aber auch für die einzelne

Familie –, wenn sich diese Alten so verhielten wie die Steppenhunde? Wäre dies nicht die edelste aller Handlungen? Ähnliches gilt auch für die unheilbar Kranken, für jene mit chronischen psychischen Leiden oder degenerativen Hirnerkrankungen.

Angenommen, die Menschen wollen diese Wahl jedoch nicht wie die Hunde freiwillig treffen – sollte es für diesen Fall nicht ein Organ geben, das ihnen dabei hilft? Ich stelle mir einen Rat vor, an den man sich wenden kann, wenn ein solches Individuum eine zu große Belastung geworden ist. Um ihre Familie, ihre Herde zu schützen, könnten die Angehörigen den Rat anrufen, um die betreffende Person aus der Herde entfernen zu lassen. So müssten Kinder beispielsweise auch nicht im Schatten einer derartigen Krankheit aufwachsen. So könnten Ehepartner und andere Angehörige ihre Ressourcen darauf verwenden, diejenigen zu unterstützen, die einen Beitrag für unsere Gesellschaft leisten, und müssten ihre Zeit nicht am Krankenbett oder in Pflegeheimen fristen. In Ermangelung eines solchen Rates werden einzelne Individuen eine solche Entscheidung eigenverantwortlich treffen, und ich frage mich: Kann ich diese Menschen moralisch verurteilen? Oder sind sie nicht diejenigen, die in letzter Konsequenz die edelste Handlung begehen?

Der Artikel geht noch weiter, aber ich habe genug gelesen. Ich schließe das Buch und lasse es zweimal fallen, bevor es mir gelingt, es wieder ins Regal zu stellen. Ich stehe auf und gehe zurück zum Schreibtisch, klappe auch das Buch zu, das dort steht, nehme den kleinen Sextanten in die Hand, halte ihn fest und versuche mich zu beruhigen.

Er will gar nicht viel damit sagen. Er provoziert gerne. Jetzt reden wir über etwas Netteres.

Ich wünschte, mir wäre diese Eingebung nie gekommen. Vor allem jetzt, da mein Mann weg ist und mein Haus nicht mehr sicher und die Polizei bei mir ein und aus geht und ich die ganze Nacht mit einem Küchenmesser in der Hand in meiner Praxis ausgeharrt habe. Jetzt, da ich so dringend Ruhe bräuchte.

Ich versuche, normal zu atmen. Dieser Zeitungsausschnitt steht schon seit den Achtzigerjahren im Regal. In meiner Kindheit und Jugend hätte ich jederzeit hier hineingehen, das Buch aufschlagen und ihn lesen können. Es ist nichts Neues, nichts Akutes.

Ich wünschte, ich hätte den Artikel nie gelesen, aber jetzt, da ich es getan habe, kann ich nicht mehr aufhören, darüber nachzudenken. Das Wichtigste ist, jetzt nicht in Panik zu geraten. Ich weiß schon seit vielen Jahren, dass mein Vater einiges an durchgeknallten Sachen geschrieben hat.

Ich stelle den Sextanten wieder hin. Hebe das unebene Meteoritenstückchen auf, streiche vorsichtig mit dem Finger über die Oberfläche. Luft holen. Und sammeln.

Diesen Text schrieb mein Vater nur wenige Monate, nachdem seine eigene Frau gestorben war. Und seine Frau litt unter dem, was er so unsensibel als *degenerative Hirnerkrankung* bezeichnete, ein Leiden, das die Betroffenen seiner Logik nach dazu inspirieren sollte, selbst den Tod zu wählen. Ich frage mich fast, wie er es wagen konnte, das zu schreiben. Es zu schreiben und zu veröffentlichen – kurz nachdem seine eigene Familie eine solche Tragödie erleben musste. Nicht allein das, er ist überdies der Ansicht, wenn Menschen wie meine Mutter sich nicht freiwillig das Leben nähmen, sollte der Staat es für sie erledigen. Und weil der Staat es nicht tut, geht er sogar so weit, diejenigen zu verteidigen, die ihre Angehörigen umbringen. Was mich zu der Frage führt, die ich am liebsten nicht würde stellen müssen: Heißt das, er wäre selbst im Stande, so etwas zu tun?

Aber das wäre wahnsinnig. Ich lege das Meteoritenstückchen beiseite. Deswegen bin ich nicht gekommen. Ich bin hergekommen, um Ruhe zu finden, um mich zu Hause zu fühlen, sicher und geborgen. So etwas kann ich gar nicht gebrauchen, nicht jetzt. Ich verlasse das Arbeitszimmer, eile die Treppen hinauf, laufe in das Zimmer, das früher meins war, und schließe die Tür hinter mir.

Hier drinnen sieht alles noch so aus wie vor meinem Auszug. Die Wände mit den geblümten Tapeten. Die weißen Spitzengardinen. Der Setzkasten an der Wand, der Korbsessel, darauf das Kissen mit Borte. Ein weißer Schreibtisch. Ein Familienbild aus der Zeit, als ich noch klein und die Krankheit meiner Mutter noch nicht so weit fortgeschritten war. Ein Strohhut als Dekoration an der Wand, eine Porzellanpuppe ganz oben auf dem Bücherregal. Es gibt auch typische Elemente eines Jugendzimmers, an der Tür hängt ein Bild von Leonardo DiCaprio, das ich nicht ganz so sorgfältig aus einer Jugendzeitschrift ausgeschnitten habe wie mein Vater die Artikel für sein Archiv. Über dem Bett ist ein Gedicht von Dorothy Parker festgepinnt, das ich mit kindlicher Schreibschrift auf liniertes Papier geschrieben hatte, und im Bücherregal stehen die Bücher, die ich als Teenager gelesen habe; natürlich waren es Bücher für Erwachsene, Bjørneboe, Dostojewski, Plath, Woolf, Kafka. Im Setzkasten stehen sogar ein paar Schnapsgläser. Insgesamt aber sieht das Zimmer noch so aus, als würde ein kleines Mädchen darin wohnen.

Sie hatte es für mich eingerichtet, und deshalb konnte ich es nie wieder ändern. Wenn ich jetzt auf das Bett sinke, spüre ich ihn wieder, diesen schweren, dumpfen Klumpen in meiner

Brust; die Trauer über alles, was hätte sein können. Dieses ganze Familienleben, das ich nie hatte. Wie sehr es geliebt worden sein muss, das Kind, für das dieses Zimmer eingerichtet worden war. Welche Mühe seine Mutter sich gab, die Wände mit genau den richtigen geblümten Tapeten zu tapezieren. Wie sehr sie darüber nachgedacht haben muss, welche Gardinen am besten dazu passten. Welches Bett. Wie viele Stunden es gedauert hat, den Bettüberwurf zu häkeln. Alles, um das beste Kinderzimmer für ihre Tochter zu gestalten. Bevor sie krank wurde. Bevor sie zu viele Medikamente genommen hatte und auf dem Boden im Flur dieses Hauses zusammenbrach.

Wenn sie tatsächlich zu viele Medikamente nahm. Ich meine, wenn es wirklich ein Unglück war. Ich lehne mich auf dem Bett zurück. Das ist ein ungeheuerlicher Verdacht. Möchte ich diesem Gedanken wirklich weiter nachgehen? Der Logik bis zur letzten Konsequenz folgen, wie mein Vater es ausdrücken würde. Möchte ich diesen Weg gehen?

Angenommen, es war kein Unglück. Angenommen, mein Vater hatte – ausgehend von der Argumentation, die er nur wenige Monate später so ausführlich darlegte – beschlossen, seine Frau umzubringen. Ihr dabei geholfen, das edelste Opfer zu erbringen, wie er es formulieren würde. Wäre das überhaupt möglich gewesen?

Sie bekam viele Medikamente. Ich habe nie verstanden, wie es möglich war, dass eine Frau mit Alzheimer so viele potenziell gefährliche Medikamente einnehmen sollte, dass ein einziger Fehler sie umbringen konnte. Offenbar hatte sie große Angst, weshalb man ihr zusätzlich zu den schmerzstillenden Medikamenten auch Beruhigungsmittel verschrieben hatte. Ich habe mich schon früher gefragt, wie das mit der Überdosis passieren konnte. Wie um alles in der Welt war es möglich, dass eine Patientin, deren Krankheit doch gerade davon bestimmt war, dass sie alles durcheinanderbrachte, für ihre eigene Medizin zuständig sein sollte?

Aber ganz so war es ja nicht. Es gab Pflegerinnen, die kamen und gingen. Einige führten Gespräche mit mir. Eine von ihnen brachte Minzpastillen mit, die sie mir anbot, sie waren weich und klebten zwischen den Zähnen. Ich erinnere mich an die Pflegerinnen. Sie hatten Tablettendosierer dabei. Ich erinnere mich auch noch, wie diese kleinen Behälter aussahen, breit und aus Plastik, mit verschiedenen Fächern für die Pillen, eins für Montag, eins für Dienstag, Mittwoch und so weiter. Als ich klein war, erinnerten sie mich an den Setzkasten, der an meiner Wand hing. Die Pflegerinnen zählten alle Medikamente ab und verteilten sie in den Dosierern. Außerhalb ihrer Arbeitszeiten war die Familie dafür verantwortlich. Das heißt unser Vater.

Wie einfach es für ihn gewesen wäre, ihr zu viel von den Medikamenten zu geben, oder andere als jene, die sie einnehmen sollte. Sie verstand nichts. Alles um sie herum war kompliziert und chaotisch. Sie wusste, dass sie die Tabletten nehmen musste. Und wenn ihr Mann sagte, nimm diese zehn auf einmal, hätte sie es dann nicht einfach getan? So wie sie alles tat, was er ihr sagte: die Straße überquerte, wenn er sagte, jetzt sei sie frei, oder sich hinlegte, wenn er es ihr sagte, und aufstand, wenn er sagte, jetzt sei es aber Zeit. So wie sie im Haus blieb, obwohl sie hinauswollte, weil er sagte, es sei mitten in der Nacht oder es gieße in Strömen, oder irgendeinen anderen Grund nannte, den sie nicht verstand, aber trotzdem akzeptierte. Weil die Welt so unübersichtlich für sie geworden war. Weil sie bei so vielen Dingen Hilfe brauchte. Sie fand sich damit ab, dass es so war. Wir essen das, was er sagt. Wir benutzen das Besteck, von dem er sagt, es sei das richtige. Wenn er einen Haufen Tabletten vor sie legt und sagt, sie solle sie nehmen, tut sie das auch. Natürlich tut sie es. Wenn sie anfinge, das in Frage zu stellen, worum er sie bittet, wo würde sie dann enden?

Auf die Frage, wie dieses Unglück möglich war, warum die Medikamente nicht kontrolliert wurden und eine Alzheimerpatientin eine tödliche Überdosis einnehmen konnte, hieß es anschließend, das sei menschliches Versagen gewesen. Bei der Aufbewahrung der Medikamente, vielleicht auch eine Schlamperei mit dem Tablettendosierer. Mein Vater beteuerte, sie habe genau das bekommen, was für diesen Tag vorgesehen war. Er hatte gerade einen Spaziergang gemacht. Sie musste allein an den Medizinschrank gegangen sein. Sie musste gedacht haben, sie bräuchte mehr Tabletten. So war sie ja. Sie konnte immerhin auch auf die Idee kommen, in Unterwäsche draußen spazieren zu gehen. Natürlich hätten die Medikamente eigentlich in einem abgeschlossenen Schrank aufbewahrt werden müssen, zu dem sie keinen Zugang hatte. Aber ihr Zustand verschlechterte sich oft so schnell. Die Sicherheitsmaßnahmen hielten nicht mehr Schritt mit dem Krankheitsverlauf. Das System hatte versagt, wie es hin und wieder einmal passierte. Vielleicht hätten die Krankenpflegerinnen diese Gefahr kommen sehen müssen, vielleicht hätte der Arzt sehen müssen, wie viel schlechter es ihr seit dem letzten Gespräch ging, vielleicht hätte unser Vater die Initiative ergreifen und die Medikamente einschließen müssen. Aber wer wollte in einer solchen Situation schon mit dem Finger auf andere zeigen? Sie war ja krank und wäre ohnehin nie wieder gesund geworden. Dies war ein trauriges Ereignis in einer Familie, die schon genug mit der Tragödie gestraft gewesen war, die eine solche Krankheit bedeutete. Der Vater und seine beiden kleinen Töchter sollten in Ruhe trauern dürfen. Die Untersuchung des Vorfalls wurde eingestellt. Das Krankenhaus würde seine Abläufe noch einmal neu überdenken. Und so weiter.

Es war eine Standardantwort, vollkommen verständlich, weil Unglücke immer passieren. Und gleichzeitig doch unbefriedigend. Wenn es ihr so schlecht ging, dass so etwas passieren konnte, wieso war es dann niemandem aufgefallen?

Wenn mein Vater es allerdings so bezweckt hatte, wäre das eine ganz andere Sache. Das würde vieles erklären.

Und da ist noch etwas. In jener Nacht, als ich ins Bett genässt hatte und unseren Vater spät nach Hause kommen sah und beobachtete, wie er sich seinen Ehering ansteckte, hatte unsere Mutter noch gelebt. Dessen war ich mir vollkommen sicher. Warum sollte er den Ehering abnehmen? Was für einen anderen Grund konnte es dafür geben, als dass er andere Frauen traf? Allerdings hasste er Untreue. Denn damit stellte man seine eigenen Bedürfnisse ganz eindeutig über die der Familie. Und die Familie ist die Herde. Der wichtigste Bestandteil der Gesellschaft. Der Ursprung der Menschheit. Einzelne Individuen müssen immer das tun, was für die Familie am wichtigsten ist. Die heilige Familie für seine eigene, vorübergehende Befriedigung zu riskieren, war ein Musterbeispiel für Egoismus. Ehebruch ein Verbrechen an der Familie, und wer ein Verbrechen an der Familie verübte, sollte hart bestraft werden. All das hatte er uns selbst erklärt, in unmissverständlichen Worten. Mehrmals. Und daran hatte Annika wohl auch gedacht, als ich sie beim letzten gemeinsamen Mittagessen danach fragte.

Aber wenn er unsere Mutter damals nicht mehr als einen Menschen betrachtete? Daran hatte ich gedacht, danach hatte ich Annika eigentlich gefragt. Wenn er dachte, weil sie krank sei, gelte sie auch nicht mehr als Mitglied unserer Familie oder unserer Gesellschaft, sondern lediglich als eine Last, derer wir uns entledigen müssten. Wie bei den Steppenhunden. Dann betrog er sie auch nicht mehr, wenn er ein Verhältnis mit einer anderen anfing. Folgte man seiner eigenen Logik, wäre er dann moralisch ebenso unangreifbar gewesen wie zuvor.

Ist das nicht zu weit hergeholt? Ich weiß nicht mehr, ob ich meinen eigenen Schlüssen trauen kann. Ich werde so müde, dass die Blumen auf der Tapete vor meinen Augen flirren. Ich schließe sie. Nur einen kleinen Moment, nur um sie kurz auszuruhen.

Sigurd und ich fuhren nach Teneriffa. Eine Woche über Neujahr, bezahlt von Margrethe, die uns eine Art Kredit gewährte. Ein bisschen prollig, sagten wir, bevor wir fuhren. Eine Pauschalreise auf die Kanaren. Das passte gar nicht richtig zu uns.

Zusammen mit einer Familie aus Nordnorwegen und zwei über sechzigjährigen Freundinnen aus Løten wurden wir von einem Minibus abgeholt und ins Hotel gefahren. Es war in die Jahre gekommen, und man hatte das Gefühl, dass seit den Siebzigerjahren höchstens Schönheitsreparaturen vorgenommen worden waren. Wir bekamen ein Zimmer mit Teppichboden, dessen Rauchgeruch kein Raumspray der Welt hätte bekämpfen können. Aber wir hatten Aussicht aufs Meer und einen kleinen Balkon.

Wir hatten Vollpension gebucht, und weil wir uns nichts anderes leisten konnten, stand fest, dass wir alle Mahlzeiten dort einnahmen. Es gab einen Pool, einen Tennisplatz, einen kleinen Sandstrand und einen Fitnessraum, und das war alles. Bei der im Internet beschriebenen Wellnessabteilung handelte es sich lediglich um eine Sauna und einen Whirlpool. In dem nahe gelegenen Einkaufszentrum, mit dem sie warben, gab es einen billigen Schmuckladen, ein chinesisches Restaurant, eine Bingohalle und eine skandinavische Kneipe, und das war es. Nachdem wir all das schon an unserem ersten Tag besichtigt hatten, warfen wir uns einen vorsichtigen Blick zu und versuchten zu lächeln und unsere Befürchtung zu überspielen, dass unser Urlaub ein ziemlicher Reinfall werden würde.

Und dann geschah das genaue Gegenteil. Ganz anders, als man es angesichts dieser Umstände erwarten sollte, hatten wir es am Ende richtig schön. Wir schliefen lange, hatten morgens Sex, Sigurd umklammerte mich. Dann gingen wir nach unten, plünderten das Frühstücksbüffet, setzten uns auf unseren Balkon und aßen. Wir spielten jeden Tag Tennis und waren beide gleich schlecht, aber wir lachten Tränen dabei. Eines Tages mieteten wir ein Auto und umrundeten die Insel, ein anderes Mal liehen wir uns im Hotel Fahrräder und fuhren am Wasser entlang. Wir gingen sogar in das traurige Einkaufszentrum, bestellten Hähnchen süß-sauer im chinesischen Restaurant und spielten eine Runde Bingo. Wir lagen oft am Swimmingpool und lasen, und ab und zu zitierten wir etwas, von dem wir glaubten, es würde den anderen interessieren. Wir schwammen, holten uns gegenseitig ein und umarmten uns unter Wasser. Sigurd schmuggelte Flaschenbier von der Bar in den so genannten Wellnessbereich, und wir setzten uns in den Whirlpool und betrachteten den Sonnenuntergang und wurden ein bisschen angeheitert und kicherten. Beim Abendessen führten wir lange, tiefgründige Gespräche, und ich war davon überzeugt, dass uns die anderen Gäste im Restaurant beneideten; wir waren das verliebteste Paar dort. Nach dem Essen kauften wir uns Drinks und setzten uns wieder an den Pool, oder wir spielten Karten auf unserem Balkon und betranken uns mit Weißwein. Der Urlaub hatte nichts Elegantes oder Luxuriöses oder Geschmackvolles an sich, aber genau das brauchten wir. Den stinkenden alten Teppich und alles andere.

Ich träume davon, wie Sigurd und ich nach Teneriffa fuhren, aber im Traum ist nichts so, wie es war. Das Hotel sieht anders aus, ist weißer, mit einem glatten Boden ohne Teppich. Ich bin mit Sigurd da, aber Sigurd ist tot. Nicht tot wie in der Wirklichkeit, er geht neben mir her und macht dasselbe wie ich, aber er ist ganz hell, beinahe durchsichtig, und er sagt nichts. Ich beschließe, dass wir trotzdem verreisen sollten und niemand es bemerken wird. Ich spreche für ihn, stellvertretend für uns beide. Er sitzt dort mit mir, es gibt keinen Grund, sich davon beeinträchtigen zu lassen, dass er nicht mehr lebt. Ich bestelle im Restaurant für ihn, er nimmt ein Steak, danke, sage ich, und ein Glas Rotwein, und die Kellner sehen uns besorgt an, sie sagen nichts, aber ich winde mich unter ihren Blicken. Dass sie uns sehen, bereitet mir mehr Unbehagen als die Tatsache, dass Sigurd tot ist. Ich zwinge mich zu lächeln, damit sie sich nicht unwohl fühlen. Streichle Sigurds kalte Hand, die nicht ganz wirklich ist, sich nicht richtig anfassen lässt. Er sagt nichts. Er sieht gequält aus. Ich kann keinen Augenkontakt zu ihm herstellen. Ich kann gar keinen Kontakt herstellen und tue trotzdem so, als wäre alles in Ordnung, ich lächle und lache und übernehme beide Gesprächsparts, damit niemand im Hotel bemerkt, wie schlimm es wirklich um uns steht.

Und weil ich abrupt aufwache, erinnere ich mich an den Traum, er ist so kurz und bizarr. Allein, dass wir im Urlaub sind. Und Sigurd tot ist. Und ich so tue, als würde ich es nicht sehen.

Es brummt. Ich höre es in meinem Traum. Erst denke ich, ich könnte es einfach ignorieren, und es würde verschwinden, wenn ich mich nicht darum kümmere, aber kaum ist es mir bewusst geworden, höre ich es immer lauter, und dann ist es zu spät. Ich bemerke, dass es mein Telefon ist. Ich wache auf, blinzele, sehe mich um.

Ich liege in meinem Kinderzimmer und brauche einen Moment, um es zu verstehen. Es wird allmählich Abend. Die Sonne geht gerade unter oder ist bereits verschwunden. Der Schatten des Fensters an der Wand ist lang, und um mich herum herrscht Dunkelheit. Ich taste mit der Hand nach dem summenden, vibrierenden Telefon neben meinem Bett.

»Hallo?«

»Ja, hallo, hier ist Arild von Arilds Sicherheit.«

»Ach, hallo.«

»Wir sind hier bald fertig. Es hat etwas länger gedauert als gedacht, wir mussten eine Weile auf den Schlosser warten und solche Sachen, aber jetzt ist alles eingerichtet. Wir packen demnächst zusammen, aber, ich weiß nicht genau, sind Sie zufällig in der Nähe? Ich muss Ihnen ja zeigen, wie das System funktioniert.«

»Ja, natürlich«, sage ich und sehe auf die Uhr, es ist fast sechs. »Ich bin noch in Smestad, ich, ja, um ehrlich zu sein, war ich eingeschlafen, ich hatte letzte Nacht ja nicht viel geschlafen, aber jedenfalls mache ich mich sofort auf den Weg. Ich bin in ungefähr zwanzig Minuten zu Hause. Allerhöchstens dreißig.«

»Schön«, sagt er.

Ich setze mich auf meinem Bett auf, reibe mir die Augen, habe das unangenehme Gefühl, aus dem Tagesrhythmus geraten zu sein; ich habe so tief geschlafen wie in der Nacht, und dann wache ich auf, und der Abend setzt ein. Vielleicht ist mein Vater schon zu Hause. Das Unbehagen, das ich vor dem Einschlafen hatte, liegt mir noch dumpf im Magen. Am liebsten würde ich ihm jetzt gar nicht begegnen. Ich sitze mit dem Telefon am Ohr da, und dann wird mir klar, dass Arild immer noch in der Leitung ist. Er scheint zu zögern.

»Ist noch etwas?«, frage ich.

»Ja«, sagt er, »ja, eine Sache.«

Er verstummt erneut. Ich reibe mir mit der Hand über das Gesicht und warte.

»Ich wollte nur fragen... wissen Sie, dass in Ihrem Haus Überwachungstechnik installiert worden ist?«

»Wie bitte?«, frage ich.

»Ich meine Kameras«, sagt er. »Und Mikrophone. Überwachungstechnik. Ich wollte Sie erst fragen, weil es ja sein könnte, dass Sie sie selbst eingebaut haben.«

»Was sagen Sie da?«, frage ich, »ich meine, ich verstehe das nicht.«

»Wir haben Überwachungstechnik bei Ihnen gefunden«, wiederholt Arild. »Eine Kamera in Ihrem Flur, eine Kamera und ein Mikrophon in Ihrer Küche. Wenn Sie nicht Ihnen gehört, sieht es ganz so aus, als hätte jemand Sie ausspioniert.«

»Oh Gott«, sage ich, und dann sage ich lange Zeit gar nichts mehr.

»Ist alles in Ordnung?«, fragt Arild.

Ich sehe hunderte kleiner Situationen vor mir. Ich, wie ich auf Sigurd warte. Wie ich in der Küche Kaffee trinke. Mir vielleicht in der Nase bohre. Julie, die dort unten herumschleicht. Annika, die versucht, mich zum Reden zu bringen. Gundersen, der seinen Hausdurchsuchungsbefehl auf den Tisch in der Küche knallt. Alle möglichen peinlichen, privaten Dinge. Bin ich in Unterwäsche nach unten gegangen und habe mir etwas zu essen geholt? Habe ich gesungen? Habe ich mir den Slip unter der Hose zurechtgezupft oder mich im Schritt gekratzt? Habe ich wegen Sigurd geweint, habe ich getobt oder etwas zerstört?

»Können Sie sagen, wie lange diese Sachen schon da sind?«, frage ich ihn, meine Stimme ist rau und belegt.

»Das lässt sich unmöglich bestimmen«, antwortet Arild. »Vielleicht zwei Tage, vielleicht zwei Monate.«

»Vielleicht war das die Polizei«, murmle ich, mehr zu mir selbst, aber Arild sagt: »Das würde ich bezweifeln. Ich glaube, die hätten eine viele professionellere Ausrüstung. Das sind Sachen, die sich jeder beschaffen kann. Man kann sie für ein paar hundert Kronen kaufen. In Oslo gibt es mehrere Spezialgeschäfte, oder man bestellt sie im Internet.«

Mich gruselt. Jeder kann an so etwas herankommen. Ich räuspere mich. Versuche Luft zu holen, von vorn anzufangen.

»Arild«, sage ich. »Haben Sie das ganze Haus nach solcher Überwachungstechnik abgesucht?«

»Ich habe mir einen ziemlich guten Überblick über den Keller und das Erdgeschoss verschafft.«

»Darf ich Sie um eine Sache bitten? Könnten Sie das ganze Haus durchsuchen? Können Sie alle Zimmer so gründlich wie möglich in Augenschein nehmen? Ich zahle auch für die zusätzliche Zeit, die Sie brauchen. Ich muss nur unbedingt wissen, dass mich niemand mehr ausspionieren kann.«

»Ja, natürlich«, sagt Arild.

»Dann sehen wir uns gleich.«

»Ja.«

Meine Knie zittern, als ich aufstehe und mein altes Zimmer durchquere. Jetzt habe ich erst recht keine Lust mehr, meinen Vater zu treffen. Zwei Tage oder zwei Monate. Zwei Monate sind eine Ewigkeit an Leben in der Küche; wie viel kann jemand über mich erfahren, über uns, indem er uns zwei Monate lang heimlich beobachtet? Alles, worüber wir sprechen. Alles, worüber wir *nicht* sprechen. Das bedrückende Schweigen, all das Unausgesprochene und Unbeantwortete, die Fragen und Vorwürfe, die Scherze, hinter denen man die qualvolle Traurigkeit, die unter der Oberfläche schwelt, auch nicht verbergen kann. Die auch nicht erwidert werden. Ich, die eine Einladung ausspricht, die

Sigurd fragt, willst du dich nicht auch bald hinlegen? Er, der antwortet, ohne vom Laptop aufzusehen, jaja, ich komme gleich. Und dann dauert es Stunden, bis er sich bewegt. Und all das kann jemand anderes beobachten.

Ich schleiche die Treppe hinunter. Ich höre nichts, aber ich weiß, dass er da ist. Ich kann es unten im Flur erkennen, die Anzugschuhe, die Joggingschuhe, die Skischuhe. Und jetzt auch ein paar Winterstiefel. Ich stecke die Füße in meine eigenen Schuhe, und dann, als ich irgendwo Schritte höre, schnappe ich mir meine Jacke, öffne die Haustür und gehe so schnell wie möglich hinaus, ohne zu laufen. Gehe mit großen Schritten durch die Einfahrt. Ich muss kurz an meine Flucht aus Frau Atkinsons Wohnung denken. Als ich die Straße erreicht habe, renne ich los.

Wichtig ist, der Angst nicht die Oberhand zu überlassen. Nicht die Fassung zu verlieren und zu versuchen, den Verstand einzuschalten. Vieles wird erst klar, wenn man darüber nachdenkt. Nur ein Beispiel. Als ich heute Morgen mit Gundersen telefoniert und ihm erzählt habe, dass der Revolver des alten Torp verschwunden sei, hat er mich beinahe gereizt gefragt, ob ich noch etwas anderes vergessen hätte. *Keine anderen Waffen*, fragte er. *Jagdgewehre oder Flammenwerfer, was weiß ich? Keine alten, hübsch verzierten Folterinstrumente? Keine komplexen Überwachungssysteme?*

Ich hatte das als Sarkasmus interpretiert. Ich legte auf und dachte, er wäre dabei, die Geduld mit mir zu verlieren. Aber trotzdem war es eine seltsame Aufzählung. Von Revolvern über Flammenwerfer und Folterinstrumenten hin zu den Überwachungssystemen. Wie kam er darauf? Was hatte das miteinander zu tun?

Ich habe die U-Bahn-Station von Smestad erreicht. Die Bahn

kommt in fünf Minuten, steht auf der Anzeigetafel. Ein wenig entfernt steht ein Grüppchen Jugendlicher und unterhält sich, sie scheinen ganz mit sich beschäftigt, und ansonsten ist niemand da, und dann denke ich, was soll's, und rufe ihn an.

»Gundersen«, sagt er.

»Was meinen Sie mit dem Überwachungssystem?«, frage ich.

»Sara Lathus?«

»Warum sind in meinem Haus Kameras?«

»Warten Sie mal.«

Ich höre Schritte, es klingt, als würde er eine Tür öffnen und schließen, und dann sagt er: »Ja, die Kameras. Ja.«

»Sind das Ihre?«

Er seufzt.

»Nein.«

»Aber Sie wussten davon?«

»Ja. Fredlys Team hat sie gefunden, als es das Haus durchsucht hat.«

Das ist mehrere Tage her.

»Ganz genau«, sage ich, und dann beginnt die Wut in mir zu toben, was für eine Ungerechtigkeit, jemand hat mich beobachtet, als ich dachte, ich wäre allein. »Und Sie kamen nicht auf die Idee, es mir zu sagen? Sie kamen nicht auf die Idee, dass es mich vielleicht interessieren könnte, wenn mich jemand ausspioniert? Und abhört?«

Er ist still. Untypisch still, würde ich sagen.

»Verdammt noch mal, Gundersen«, schreie ich.

Jetzt sehen die Jugendlichen zu mir herüber.

»Sie haben mich einfach so weitermachen lassen, mich herumlaufen lassen, in einem Haus, in das schon mehrmals eingebrochen wurde, Sie *haben mich dort allein gelassen,* ohne es für nötig zu halten, mir zu sagen, dass mich jemand sehen kann.«

»Ich verstehe, dass Sie wütend sind.«

»Sie *verstehen*, dass ich wütend bin, na, dann ist ja alles in Ordnung. Es ist mir scheißegal, inwieweit Sie verstehen können, dass ich wütend bin. Ich möchte einfach nur wissen, wer mich ausspioniert. Ich möchte wissen, wer diese verdammten Kameras in meinem Haus installiert hat.«

»Beruhigen Sie sich. Hören Sie mir zu.«

»Sie haben es mir gegenüber heute sogar erwähnt. Als wir miteinander telefoniert haben und ich Ihnen von dem verschwundenen Revolver erzählt habe. Da haben Sie mich gefragt. Sarkastisch. Ein Scherz, habe ich gedacht. *Komplexe Überwachungssysteme.*«

»Ja«, sagt er ernst. »Das war dumm von mir. Ich dachte, so könnte ich herausfinden, ob Sie etwas davon wissen.«

»Aha, und als Sie festgestellt haben, dass ich es nicht weiß, haben Sie gedacht, dann kann ich sie genauso gut noch ein bisschen im Ungewissen lassen?«

Er atmet schwer. Und mein Zorn ebbt allmählich ab. Ich erreiche ohnehin nichts damit.

»Wir hatten das Überwachungssystem gefunden. Fredly rief mich an. Ich musste eine Entscheidung treffen. Jemand hatte Kameras installiert. Das hätten Sie gewesen sein können, um Sigurd zu überwachen. Oder er, um Sie zu überwachen. Einer von Ihnen beiden oder eine dritte Person, die Sie beide überwachen wollte. Das Ganze hätte auch ein Schauspiel zu unseren Ehren sein können, Sie hätten die Kameras dort platzieren können, damit wir sie finden. Um den Eindruck zu erwecken, jemand würde Sie ausspionieren.«

»Wozu um alles in der Welt sollte das gut sein?«, frage ich müde.

»Da würden mir mehrere Gründe einfallen«, sagt er. »Jedenfalls gab es verschiedene mögliche Erklärungen, als wir die Ausrüstung gefunden haben. Fredly hatte mich gefragt: Was machen wir jetzt damit? Und ich habe gedacht, wenn ich Sie gefragt hätte, wäre Ihre Antwort natürlich gewesen, dass Sie nichts davon wussten. Und ich wäre genauso schlau gewesen wie vorher. Aber wenn ich die Kameras hängen lasse und einfach nur abwarte, wird sich die Bedeutung vielleicht von selbst offenbaren.«

»Und, hat sie sich offenbart?«

»Tja«, erwidert er. »Ich bin mir nach wie vor nicht hundertprozentig sicher, warum sie dort angebracht wurden. Aber immerhin konnte ich einige Alternativen ausschließen, um es mal so zu sagen.«

»Und während sie Alternativen ausschließen, bekommt irgendein Irrer Einblicke in mein Privatleben?«

»So könnte es aussehen. Und das tut mir leid. Es tut mir wirklich leid.«

»Tja«, erwidere ich resigniert. »Aber was hilft es mir schon, dass es Ihnen leidtut. Aber wo Sie schon einmal so offen sind, können Sie mir vielleicht auch erzählen, wie viele Kameras Sie gefunden haben?«

»Zwei. Eine im Flur und eine in Ihrem Schlafzimmer.«

»Im Schlafzimmer?«

»Ja, die im Schlafzimmer war auch mit einem Mikrophon verbunden.«

In der Bahn auf dem Heimweg weine ich. Erst leise. Dann nicht mehr ganz so leise.

Keiner sagt etwas. Keiner sieht in meine Richtung. Ich bin eine geworden, mit der niemand etwas zu tun haben möchte. Die peinliche Frau, die lauthals in der Öffentlichkeit weint. Vielleicht würden die anderen mehr Mitgefühl zeigen, wenn sie wüssten, dass mein Mann vor einer knappen Woche gestorben ist. Am bedenklichsten ist vielleicht, dass es mir egal ist, was sie denken. Ich heule ununterbrochen von Smestad bis Majorstua, auf dem Bahnsteig von Majorstua, als ich umsteige, und dann weiter in der Sognsvannsbahn in Richtung Nordberg. Niemand setzt sich neben mich.

Arild hat die Kamera im Schlafzimmer ebenfalls gefunden. Er hat alle drei abmontiert und auf die Arbeitsfläche in der Küche gelegt, damit ich sie sehen kann. Sie sind so winzig wie die Radiergummistückchen an Druckbleistiften und haben einen kleinen Kabelstummel, an dessen Ende eine flache Scheibe von der Größe einer Einkronenmünze hängt. Das sei der Sender, erklärt mir Arild. Vermutlich sende er die Daten an den Laptop des Empfängers, oder sogar an sein Telefon. Für einen kurzen Moment schwingt Bewunderung in Arilds Stimme mit – was dank der modernen Technik alles möglich ist! Dann zeigt er mir die Stückchen des schwarzen Klebebands, mit der die Kameras befestigt waren. Im Keller am Rand der Deckenlampe. In der Küche von innen am Lüftungsgitter des Kühlschranks. Im Schlafzimmer auf einer Lampe. Die Mikrophone sind genauso klein und waren sowohl an die Kamera in der Küche als auch im Schlafzimmer angeschlossen. Wenn man sie klug versteckt, sind sie nur schwer zu erkennen. Arild ist sich nicht sicher, ob diese hier auch so klug versteckt waren, halbklug vielleicht, aber sie sind trotzdem leicht zu übersehen, wenn man nicht weiß, wonach man suchen muss, und vor allem, wenn man gar keinen Grund hat, überhaupt von ihrer Existenz auszugehen. Er hat das Haus gründlich durchsucht. Ob auf dem Dachboden noch eine versteckt sei, könne er nicht mit Sicherheit ausschließen, aber beim Keller, der Treppe, dem Erdgeschoss und dem ersten

Stock sei er sicher. Die Zimmer, in denen ich mich regelmäßig aufhalte, sind jetzt frei von Überwachung.

Dann erklärt er mir mein neues Sicherheitssystem, mit dem nicht zu spaßen ist. Vor der Haustür befindet sich eine Lampe mit Bewegungssensor. Wenn sich jemand dem Sensor nähert, springt die Lampe an. Ein Pendant dazu befindet sich an der Terrassentür.

»Sie brauchen keine Angst zu haben, wenn das Licht ausgelöst wird«, sagt er. »Meistens ist es nur eine Katze. Aber wenn man irgendwo einbrechen möchte und plötzlich im Flutlicht steht, bekommt man erst mal einen ordentlichen Schock.«

Zusätzlich wurde dort draußen auch eine Kamera installiert, direkt unter dem Dachfirst über der Haustür. Es verleiht mir ein Gefühl der Genugtuung; jetzt bin ich diejenige, die Kameras installiert. Die Kamera filmt ununterbrochen und sendet die Filme an die Zentrale in Økern, aber auch zu mir. Arild hilft mir dabei, eine App herunterzuladen, sodass ich das Video auf meinem Telefon verfolgen kann. Wir loggen uns ein und sehen die leere Türschwelle vor der Haustür.

Außerdem wurde die Königin aller Schlösser an meiner Außentür montiert, ein massives Ding mit mehreren Schlüsseln und einer dicken Sicherheitskette für innen. Arild zeigt mir, wie die Bewegungsmelder im Eingang, in der Küche, an der Verandatür und der Treppe hinauf zum ersten Stock funktionieren. Als sie sie eingebaut haben, sind sie auf die Kameras gestoßen. Arild wiederum hat eine Kamera an der Wand vor meinem Schlafzimmer installiert, sodass ich von dort auch den Bereich vor der Tür und die Treppe im Blick behalten kann. Er zeigt mir den Mechanismus eines weiteren beeindruckenden Schlosses an der Schlafzimmertür und überreicht mir einen Schlüsselbund, der eher zu einem Gefängniswärter passen würde. Das Fenster im Schlafzimmer hat einen verstärkten Haken, sodass ich es nachts öffnen kann und es trotzdem nahezu unmöglich aufzubrechen ist. Wenn der Alarm ausgelöst wird, heulen die Sirenen im ganzen Haus und in der Tag und Nacht besetzten Zentrale von Arilds Sicherheit, wo Kristoffer oder der andere Lehrling sitzen und alles verfolgen. Der betreffende Lehrling wird daraufhin sofort in sein Auto springen und mich von unterwegs anrufen. Arild zeigt mir, wie ich den Ton herunterdrehen kann, empfiehlt mir jedoch, den Alarm ruhig einige Minuten schrillen zu lassen, um den Eindringling zu verjagen. Der Lehrling wird *octavia* sagen, wenn er anruft, woraufhin ich *risotto* antworten soll. Er hat die Codewörter festgelegt, falls der Eindringling jemand ist, der mich und meine Art zu denken kennt. Das Ganze wirkt sehr ausgeklügelt, und das gefällt mir. Mir gefällt alles, der Schlüsselbund, die App zur Videoüberwachung, die Codewörter. Ich fühle mich sicher.

Es ist fast acht, als Arild zum Gehen bereit ist. Bestimmt hätte er normalerweise längst Feierabend.

»Danke, dass Sie so nett sind«, sage ich.

Er zuckt die Schultern und sieht plötzlich jung aus.

»Ich habe eine Tochter«, sagt er. »Wenn das ihr passiert wäre ...«

Wir verabschieden uns, und er fährt seines Wegs. Ich gehe wieder ins Haus, schließe die Tür ab, hänge die Sicherheitskette ein und gehe hinein. Ich sehe mich in meinen vier Wänden um, die jetzt wie eine Festung gesichert sind. Ich bin zu Hause.

Jetzt wird alles anders, versprechen wir einander. Wir stoßen mit billigem Sekt an, während die Silvesterraketen den südländischen Himmel rot und blau und grün färben. Wir werden Teneriffa mit nach Hause nehmen – all das, was wir eigentlich sind, sagen wir einander. So, wie es früher war. Wir hatten doch immer eine schöne Zeit miteinander. Haben uns umeinander gekümmert. Im letzten Jahr war nur so viel los, das Haus, das Geld, unsere Jobs. Aber jetzt wird es anders.

»Ich werde mit dem Snus aufhören«, sagt Sigurd. »Das war einfach nur dumm.«

»Ich werde dich nicht mehr so drängen«, sage ich. »Ich weiß, dass es Zeit braucht mit dem Haus, aber du machst es, so gut du kannst.«

»Ich werde dich nicht mehr so drängen, mehr Patienten zu finden.«

»Ich werde dich unterstützen, wenn du viel zu tun hast und lange arbeiten musst.«

»Ich werde nicht mehr so lange arbeiten«, sagt Sigurd. »Das wird besser werden. Ich bin mit Atkinson fertig.«

Wir besiegeln unsere Abmachung mit einem Kuss. Jetzt wird alles anders werden. Doch eigentlich haben wir schon wieder Angst. Als drohte schon die Erwähnung des Alltags, unseres Lebens in Oslo, hier im Urlaub, wo es uns so gut geht, alles zu zerstören. Anschließend sprechen wir nicht mehr darüber.

Es fängt gut an. Sigurd arbeitet nicht mehr so oft abends. Ich erwähne nicht, was noch alles in unserem Bad zu tun wäre. Ab und zu gehen wir zusammen aus, nichts Teures, aber manchmal essen wir in einer Kneipe oder gehen ins Kino. An meinem Geburtstag reserviert er einen Tisch in einem etwas besseren Restaurant, und wir betrinken uns ein wenig und versuchen, die Stimmung aus Teneriffa wieder heraufzubeschwören. Es gelingt einigermaßen. Um halb eins sind wir wieder zu Hause und haben Sex, ehe wir einschlafen.

Wann ändert es sich? Wann fängt Sigurd an, wieder mehr zu

arbeiten? Eines Tages im Februar kommt er spät nach Hause, er-
zählt, er sei doch wieder bei Frau Atkinson gewesen, sie lasse einen
einfach nie in Ruhe, sagt er, jetzt sei um die Treppe herum weniger
Licht, als sie es sich vorgestellt habe, und sie müssten noch einmal
von vorn anfangen. Ich finde eine Snusdose in seiner Jacke.

»Hast du wieder mit dem Snus angefangen?«, frage ich ihn, und
er seufzt nur schwer und sagt: »So kann ich mich besser konzent-
rieren, wenn ich länger arbeite.«

Es sei nicht so wie früher, erklärt er mir, es handele sich nur um
eine vorübergehende Phase. Ich ziehe beim Zähneputzen meine
Sandalen an, weil der Betonboden im Bad eiskalt ist, und dann
denke ich, warum soll ich mich eigentlich an die Absprache halten,
wenn er es nicht tut?

»Ich will gar nicht schon wieder damit anfangen«, sage ich,
»aber es ist so eiskalt im Bad, ich halte es bald nicht mehr aus.
Können wir uns nicht am Wochenende darum kümmern, im
Baumarkt Fliesen angucken und Wärmeleitungen für den Boden?
Nur, um ein bisschen voranzukommen?«

»Und wie sollen wir das bezahlen?«, fragt Sigurd. »Es ist nicht
so, dass ich mich vor Geld nicht mehr retten kann, ich weiß ja
nicht, wie es bei dir aussieht?«

Nicht so wie vorher, sagen wir. Wir wollen nichts gegeneinander
ausspielen. Aber es wird doch wohl erlaubt sein, die Herausforde-
rungen des Alltags zu erwähnen.

Ich weiß nicht, wann wir wieder in die alten Muster gefallen
sind. Irgendwann sprachen wir nicht mehr darüber, dass sich
unsere jetzige Situation von der Krise vor Weihnachten unter-
scheide. Irgendwann tat sie das auch nicht mehr.

Sigurd machte Überstunden. Schickte eine Nachricht, dass es
spät würde. Kam gegen neun oder zehn nach Hause. Holte sich die
Reste des Abendessens aus der Küche oder schmierte sich ein Brot,

wenn ich nichts gekocht hatte. Ich kochte immer seltener. Wozu?
Er setzte sich mit dem Laptop vor den Fernseher. Ich ging zuerst
ins Bett. Er sagte, er komme bald. Meistens schlief ich schon, wenn
er sich dazulegte. Wenn ich noch wach bin, sind wir sowieso zu
müde für mehr als einen schnellen Kuss. Morgens hat er im Laufe
von zehn Minuten das Haus verlassen. Ich gehe nie irgendwohin,
bin immer zu Hause.

Er erzählt, dass er mit seinen Freunden in die Berge fahren will,
und ich unterdrücke den Impuls, ihn zu fragen, wie er sich das
zeitlich leisten kann, obwohl das Bad immer noch in einem so
katastrophalen Zustand ist. Ich bekomme eine Mail von Ronja,
die in Argentinien ist und dort Englisch unterrichtet und Tango
tanzen lernt. Ich habe niemanden, mit dem ich ein Wochenende
verreisen könnte.

Es ist noch dunkel, als er geht, an diesem frühen Morgen. Ich
werde wach, als er sich über mich beugt und mich auf die Stirn
küsst. Ich gehe jetzt, flüstert er. Schlaf einfach weiter.

Ich höre seine Schritte auf der Treppe, döse aber wieder ein,
noch bevor die Tür hinter ihm ins Schloss fällt.

Freitag, 13. März: Krokskogen

Das Klingeln reißt mich brutal aus dem Schlaf. Es ist kein richtiges Klingeln, sondern ein viel aufdringlicheres Geräusch. Eher ein Dröhnen oder Tuten. Ich schrecke hoch, taste benommen nach dem Handy, um mich zu orientieren, gebe dann aber auf und presse mir erst ein Kissen auf den Kopf. Während ich es mir mit der einen Hand auf die Ohren halte, gelingt es mir, mit der anderen das Handy zu finden. Es ist halb fünf, und auf dem Display steht: ALARM AKTIVIERT! ALARM AKTIVIERT! ALARM AKTIVIERT! Mit großen Buchstaben und wütenden Ausrufezeichen. Ich stehe auf, stelle die Füße auf den kalten Boden und halte mir immer noch das Kissen auf den Kopf, während ich zu der Schalttafel gehe, die Arild für mich installiert hat. Ich muss mich erst mit meinem Fingerabdruck identifizieren und danach einen Code eintippen, und während ich damit beschäftigt bin, tönt der Alarm in brutalen Wellen weiter, wütend und unheilverkündend, so laut, dass es in den Ohren wehtut. Beim ersten Mal vertippe ich mich, als mir das Kissen vom Kopf rutscht, und die Schalttafel gibt einen lauten, stechenden Piepton von sich, der nur in der Pause zwischen zwei Alarmtönen zu hören ist. Beim zweiten Versuch gebe ich den richtigen Code ein, und der Lärm lässt nach.

Die anschließende Stille wirkt ungewohnt. Das muss man Arild lassen, er hat einen ordentlichen Alarm eingerichtet. Es würde mich überraschen, wenn jetzt nicht halb Nordberg aus dem Bett gefallen ist. Ich sinke auf das Bett und fühle mich fast taub nach der lauten Sirene, als würde ich die üblichen Geräusche der Nacht nicht mehr hören, das Knarzen des Holzes, den Wind draußen, ein vorbeifahrendes Auto, die U-Bahn an der Station Holstein, weil mein Gehör vorübergehend gedämpft wurde. Dann vibriert mein Handy.

»Hallo«, sage ich, in der Stille nach dem Alarm spreche ich leise und verzagt.

»Octavia«, sagt eine Stimme in der Leitung.

»Risotto«, antworte ich.

»Hier ist Kristoffer von Arilds Sicherheit.«

»Hallo.«

»Ist alles in Ordnung?«

Ich hatte noch keine Zeit, richtig nachzufühlen.

»Ich glaube schon.«

»Wo sind Sie?«

»In meinem Schlafzimmer.«

»Ist das Schloss noch unversehrt?«

Ich gehe zur Tür und prüfe es nach. Die dicke Kette hängt weiterhin da, wo sie hing, als ich mich hingelegt hatte. Ich ziehe an der Tür, ohne die Klinke herunterzudrücken und spüre, dass sie fest im Rahmen sitzt.

»Ja«, antworte ich, »es wirkt so.«

»Gut«, sagt Kristoffer. »Ich bin jetzt auf dem Weg in die Garage, ich werde in fünfzehn Minuten bei Ihnen sein. Bleiben Sie einfach so lange im Schlafzimmer, dann durchsuche ich das Haus, wenn ich komme.«

»Okay«, sage ich.

Dafür, dass er noch so jung ist, beweist der Lehrling in dieser Krisensituation eine bemerkenswerte Autorität.

Es fühlt sich gut an, eine Aufgabe zu haben. Ich logge mich

sofort in die App ein, nachdem wir aufgelegt haben. Während ich auf dem Bett sitze, kann ich mir rückwirkend ansehen, was vor der Haustür passierte, bevor der Alarm ausgelöst wurde. Arilds System vermittelt ein Gefühl von Selbstermächtigung. Nachdem ich so lange ungeschützt gewesen und der Polizei überlassen war, die sich nicht besonders fürsorglich zeigte, habe ich jetzt endlich selbst die Kontrolle übernommen. Ich klicke auf das Icon zur Wiedergabe und sehe einen dunklen Bildschirm zu der Zeit, als noch alles ruhig war, und empfinde eine gewisse Befriedigung darüber, dass ich jetzt den Spion ausspioniere.

In den ersten Minuten starre ich auf den leeren Bildschirm. Dann springt plötzlich das Licht an. Ich sehe meine Türschwelle, auf der eine schwarzgekleidete Gestalt steht und die Hand zur Tür ausstreckt. Sie erstarrt im Licht und bleibt für einen Moment vollkommen still stehen. Dann entzieht sie sich der Reichweite der Kamera. Einige Minuten vergehen, in denen nichts passiert. Ganz unten auf dem Bildschirm steht *automatisches Licht aktiviert um 4:33 Uhr*. Nach zwei Minuten schaltet sich das Licht wieder aus. Ich warte. Es verstreichen noch fast zwei weitere Minuten. Dann geht das Licht erneut an, ein Gegenstand fliegt so schnell über den Bildschirm, dass ich ihn fast nicht sehen kann, er verschwindet, und dann steht unten am Bildschirmrand ALARM AKTIVIERT! mit derselben Warnschrift wie zuvor. Ich bleibe sitzen und betrachte das Bild noch zwei Minuten länger, bis das Licht wieder ausgeht. Dann geschieht nichts mehr. Ob der Eindringling wieder gegangen ist oder versucht hat, an einer anderen Stelle einzubrechen, ist unklar, aber da der Alarm nicht erneut ausgelöst wurde, scheint es ihm immerhin nicht gelungen zu sein, wieder ins Haus zu gelangen. Ich wechsle zur Ansicht der Kamera im Treppenhaus. Es ist leer.

Mehrere Minuten vergehen, und nichts geschieht. Der

schlimmste Schock ist vergangen, und mit dem Telefon in der Hand, in meinem sicheren Kontrollraum, fühle ich mich halbwegs geschützt. Natürlich liegt das Küchenmesser noch auf Sigurds Nachttisch, falls ich mich verteidigen muss, aber mittlerweile erscheint das eher unwahrscheinlich. Allein der Durchmesser der Sicherheitskette an der Tür lässt den Gedanken absurd erscheinen. Ich habe mir den Schutz angeschafft, den ich brauche.

Ich spiele den Film erneut ab. Jetzt sehe ich, dass der dunkle Bildschirm nicht ganz dunkel ist, der Schein von der etwas entfernten Außenlampe sorgt dafür, dass man eine Art Umriss von der schwarzgekleideten Gestalt sehen kann, ehe die Lichtschranke aktiviert wird. Dann wird das Bild von einem gleißenden Licht geflutet, und die schwarzgekleidete Person, die sich bis jetzt bewegt und die Hand ausgestreckt hat, steht vollkommen still da und zieht sich dann zurück. Schnell. Rückwärts. Als hätte sie sich die Finger an etwas verbrannt. Ich spiele den Film erneut ab. Diese Sequenz ist so kurz, nur sechs Sekunden lang. Ich sehe sie wieder und wieder.

Der schwarzgekleidete Mensch ist nicht besonders angsteinflößend. Zum einen lässt er sich schon von dem Licht einen Heidenschrecken einjagen. Das wirkt ein bisschen jämmerlich. Nicht so, wie ich es von einem psychopathischen Mörder erwarten würde. Zum anderen ist er dünner, als ich es erwartet hätte, weniger stark. Je häufiger ich den Film sehe, desto deutlicher wird es. Vielleicht handelt es sich um einen sehr jungen Mann, vielleicht auch um eine Frau. Vom Gesicht erkenne ich nichts. Die Person hat sich eine Kapuze über den Kopf gezogen und senkt ihren Kopf, sobald das Licht angeht. Möglicherweise war das schlau, um zu verhindern, dass die Gesichtszüge in der Kamera sichtbar werden. Aber es ist auch feige. Mit gesenktem Kopf zurückweichen.

Je häufiger ich den Film sehe, desto sicherer fühle ich mich. Diese Gestalt hat mich also in den Tagen seit Sigurds Verschwinden in Angst und Schrecken versetzt. Diese schreckhafte, dünne Person hat mich dermaßen paranoid gemacht, dass ich Angst hatte, den Verstand zu verlieren. Diese Gestalt, die erstarrt, sobald sich nur ein Licht auf sie richtet. Die mit gesenktem Blick aus dem Blickfeld weicht wie ein beschimpfter Hund. Über die ich jetzt die Kontrolle übernommen habe. Die ich verjagt habe. Mit der Kamera eingefangen.

Im ersten Moment würde ich am liebsten lachen. Ich halte das Bild in dem Moment an, in dem die schwarzgekleidete Person den ersten Schritt von der Tür zurückweicht. Schließlich wallt der Zorn in mir auf, vom Bauch bis in den Hals. Meine Arme und Beine werden von Energie und Willenskraft erfüllt. Mein Atem beschleunigt sich. Und dann nehme ich das Küchenmesser von Sigurds Nachttisch, stehe vom Bett auf, stelle den Alarm aus, gehe zur Tür und schließe auf.

Im Haus ist es dunkel und still. Ich gehe hastig mit dem Messer in einer Hand die Treppe hinunter. Als ich sehe, dass das Wohnzimmer und die Küche leer sind, werde ich mutiger, renne energisch die nächste Treppe hinunter, trampele auf den Stufen. Bin so eifrig, dass ich die lockeren Leisten vergesse und mir die Zehen des linken Fußes stoße, die von einem stechenden Schmerz durchbohrt werden.

Das Milchglas, das Sigurd in der Haustür eingesetzt hatte, ist zerbrochen. Durch das klaffende, runde Loch kann ich auf die Bäume unterhalb der Einfahrt hinaussehen. Kühle Nachtluft sickert herein. Auf dem Boden liegt ein Gegenstand zwischen ein paar Scherben. Ich gehe hin, hocke mich daneben und hebe ihn auf. Nehme ihn in die Hand.

Es ist eine Glaskugel im Sisalnetz, an deren Ende ein Schlüssel und ein Zettel hängen. Der Schlüssel glänzt, auf dem Zettel steht mit Margrethes schräger, sorgfältiger Schrift: *Krokskogen*.

Ich sitze am Küchentisch, als Kristoffer kommt. Ich höre, wie er parkt und die Tür aufschließt, wie er dort unten herumläuft, ein paar Türen öffnet und dann die Treppe hinaufgeht. Er schreckt zusammen, als er mich sieht.

»Hallo«, sage ich.

»Hallo«, sagt er. »Ist alles in Ordnung?«

»Ja.«

»Ich habe unten Blut gesehen?«

»Ach, sage ich und sehe auf meinen Fuß hinab, »das ist nur von mir. Ich meine, ich bin mit dem Zeh gegen eine Leiste gestoßen. Kein Grund zur Sorge.«

Er nickt langsam.

»Sie sollten doch eigentlich in Ihrem Zimmer bleiben?«

»Es wurde etwas ins Haus geworfen. Ich musste nachsehen, was es war.«

Er wirkt nicht sonderlich überzeugt, und ich füge hinzu:

»Es hätte ja eine Brandbombe sein können, oder ... wie heißt das noch ... ein Molotowcocktail.«

»Und was war es?«, fragt er.

Ich deute mit dem Kopf auf den Schlüssel, der vor mir auf dem Tisch liegt. Er geht zu ihm, kneift die Augen zusammen, beugt sich hinab, um ihn richtig zu erkennen.

»Was ist das?«

»Das ist eine Glaskugel, um Fischernetze oben zu halten«, sage ich. »Es gibt sie in verschiedenen Größen, für unterschiedlich schwere Netze.«

Ich höre Sigurd wie ein Echo in meinem Ohr, während ich rede. Dieser unpassende, unbegreifliche Stolz über das Souvenir des Vaters, den weder ich noch andere, denen er davon erzählte, nachvollziehen konnten. Kristoffer sieht mich fragend an, und ich füge hinzu:

»Unser Ferienhüttenschlüssel war daran befestigt.«

»Ach so.«

Er begibt sich hinaus, um das Haus zu sichern, sieht oben und unten nach, im Keller, in den Schränken und Abstellräumen. Es dauert eine knappe halbe Stunde. Ich bleibe am Küchentisch sitzen. Ich fühle mich so ruhig. Ich habe alles unter Kontrolle. Die Glaskugel liegt vor mir, ich starre darauf. Es scheint mir so, als befände sich die Lösung dort in der Kugel, hinter dem dunkelgrünen Glas, das ans Meer erinnert.

»Haben Sie die Polizei angerufen?«, fragt Kristoffer, nachdem er alles gesichert hat.

»Nein«, antworte ich, ohne den Blick von der Kugel abzuwenden.

»Das sollten Sie aber tun.«

»Bald.«

Ich rühre mich nicht. Der Schlüssel ist zu mir zurückgekehrt, ein Eindringling hat sie durch die Türscheibe geworfen, und trotzdem wirkt er so unschuldig, wie er dort liegt. Nur eine Blase aus Glas, ein bisschen Garn und der Schlüssel zu einer Hüttentür. Was bedeutet das? Warum wurde er auf diese Weise zurückgebracht? Ist es eine Herausforderung oder eine Einladung? Ein Hinweis?

Ich habe keine Angst. Der Krokskogen. Es wirkt so einfach, so fassbar. In der Kugel, hinter den Maschen des gehäkelten Netzes, beginne ich etwas zu erahnen, doch schon nach einem kurzen Moment ist es wieder verschwunden.

»Na gut«, sagt der Lehrling.

Er betrachtet erst mich, dann die Kugel.

»Ich sollte mich allmählich wieder auf den Weg ins Büro machen«, sagt er.

»Okay«, sage ich.

Er wartet. Er hätte gern, dass ich noch etwas sage, dass ich ihn ansehe, aber ich fühle mich so weit weg. Aus dem Augenwinkel merke ich, wie er mich ansieht, wie er mit hängenden Armen dort steht und darauf wartet, dass ich zur Vernunft komme, und irgendwo tief in meinem Hinterkopf dämmert mir, dass er recht hat und es außerdem gewisse Regeln dafür gibt, wie man sich verhält, wenn man Gäste hat: Man hört ihnen zu und antwortet ihnen, wenn sie etwas sagen, man begleitet sie zur Tür. Aber dafür habe ich jetzt keine Zeit. Wenn ich mich nur lange genug auf die Garnkugel konzentriere, wird diese kurz aufblitzende Einsicht von eben wieder zu mir zurückkehren.

»Sie sollten die Polizei anrufen«, wiederholt der Lehrling.

»Mm«, brummle ich.

»Machen Sie das wirklich?«

»Ja«, antworte ich und reiße meinen Blick kurz von dem Gegenstand auf dem Tisch los. »Ja, ich rufe an, wenn sie wach sind.«

»Da ist auch jetzt jemand anwesend. Sie können sofort anrufen.«

»Ich meine Gundersen«, sage ich und starre erneut auf die Kugel. »Ich werde Gundersen in ein paar Stunden anrufen. Wenn er wach ist.«

Das hat keine Eile. Ich rufe die Polizei an, wenn ich dafür bereit bin. Ich werde sie schon noch benachrichtigen, aber erst, wenn ich selbst der Meinung bin, die Zeit dafür sei gekommen. Und ich habe alle Zeit der Welt.

»Okay«, sagt Kristoffer.

Er bleibt noch ein oder zwei Minuten stehen, doch als ich selbst nichts mehr sage, steckt er die Hände in die Taschen und geht. Verabschiedet er sich? Ich weiß es nicht. Ich bringe ihn nicht zur Tür. Ich höre, wie er sein Auto startet. Draußen dämmert es allmählich.

Gegen sechs erhebe ich mich von meinem Stuhl und bereite mir ein Frühstück. Ich esse mit gutem Appetit. Die Glaskugel liegt neben mir, ab und zu werfe ich einen Blick darauf. Die Kühlschranktür ist jetzt leer, ich habe die Magneten abgehängt, aber der Anblick bereitet mir keine Angst mehr. Wenn ich überhaupt etwas empfinde, ist es Zufriedenheit. Der Schlüssel ist zu mir zurückgekehrt. Die Art und Weise der Rückgabe hat etwas Bedrohliches an sich, das lässt sich nicht leugnen. Gleichzeitig habe ich das Gefühl, ich würde etwas verstehen. Als wäre die Lösung so sehr zum Greifen nah, dass ich einfach nur die Hand danach auszustrecken brauche. Ich weiß, was zu tun ist.

Ich trinke ein großes Glas Saft. Ich dusche und ziehe mich an. Ich mache das Bett und stelle den Teller und das Glas in die Spülmaschine. In einem Schrank unten im Flur finde ich einen Rucksack. Ich lege das Küchenmesser hinein, vorsichtshalber. Nehme auch die Glaskugel mit. Ehe ich sie in den Rucksack lege, halte ich sie mir vors Gesicht. Schnuppere daran. Rieche ich etwas? Ich weiß es nicht. So bleibe ich eine Weile sitzen, mit dem rauen Garn an der Nase, und am Ende habe ich das Gefühl, ich würde Salzwasser riechen.

Als es sieben Uhr ist, schalte ich die Alarmanlage ein und schließe die Tür ab. Mit dem Rucksack auf dem Rücken gehe ich ruhigen Schrittes zur U-Bahn.

Es ist einer dieser frühen Frühlingstage, an denen man das Gefühl hat, der Sommer stünde direkt vor der Tür. Ich sitze in einem Mietwagen und fahre aus der Stadt hinaus, gegen den

Verkehrsstrom, mit einer Sonnenbrille auf der Nase. Das Fahren macht Spaß, das Auto tut alles, was ich will. Ich hätte Musik mitnehmen sollen, aber das Radio spielt Soft Rock, und das ist schon in Ordnung, ich summe mit, fühle mich tatkräftig. Ich weiß, was ich tun muss. Weiß auch, dass ich ein Risiko eingehe. Natürlich weiß ich es. Die dünne schwarzgekleidete Gestalt mit der Kapuze ist kein Freund. So gesehen hat der Lehrling recht. Andererseits muss ich herausfinden, was passiert ist. Koste es, was es wolle. Die Fahrbahn vor mir wird von der Sonne erleuchtet, während ich am Tyrifjord entlangfahre. Die nackten Birken klammern sich an die Felsen am Ufer. Weiter oben am Waldrand liegt immer noch Schnee.

Diesen Weg hatte Sigurd vor ganz genau einer Woche genommen. Ich kann nicht glauben, dass ich nicht eher daran gedacht habe, hierherzufahren. Ich stelle mir vor, ich wäre er. Und gleichzeitig fühle ich mich kein bisschen unsicher. Ich habe das Gefühl, ich würde mich ihm nähern. Als würde ich beginnen, ihn zu verstehen.

Ich parke ein Stück vor Kleivstua am Straßenrand, schwinge den Rucksack auf den Rücken und betrete den Wald. Es ist nicht weit, vielleicht eine Viertelstunde zu Fuß, oder zwanzig Minuten, wenn man langsam geht. Anfangs steigt der Weg leicht an, an einigen Stellen wuchert er allmählich zu, hin und wieder ragen mittendrin Steine auf, und ich muss einen Schritt zur Seite treten. Nur auf dem Weg ist der Schnee getaut, ringsherum liegt er noch, und ich trete mehrmals in matschige Schneeverwehungen und gerate außer Atem.

Ich war schon lange nicht mehr hier, und insgesamt vielleicht drei oder vier Male. Ich fand es nicht sehr gemütlich in dem Haus, das kein fließendes Wasser und nur ein eiskaltes Außenklo hat. Nach einer Viertelstunde überlege ich, ob ich mich ver-laufen habe. Ich kann mich nicht an die Felsen am Wegrand erinnern. Ich meine, die Bäume hätten nicht ganz so dicht bei-sammengestanden, und sollte ich nicht auch an einem Moor vorbeikommen? Ein Teil meiner Selbstsicherheit von der Auto-fahrt schwindet. Ich schwitze. So hatte ich mir das nicht vor-gestellt. Ich hatte ein Bild vor Augen, wie ich in den Wald hin-einschwebe, und die Hütte liegt in Licht getaucht vor mir, und während ich die Türklinke herunterdrücke, fühle ich mich er-leuchtet. Gundersen hätte mich nie fahren lassen, und deshalb habe ich ihn nicht angerufen, aber jetzt überlege ich, ob ich ihm nicht trotzdem hätte erzählen sollen, dass ich hier bin. Ich über-lege, das Handy einzuschalten und ihn anzurufen. Und bei die-ser Gelegenheit vielleicht auch gleich einen Blick auf die Karte zu werfen. Doch dann sehe ich die Hütte oben am Hang, die hinter ein paar hohen Fichten vom Weg abgeschirmt liegt. Ich hatte mich doch richtig erinnert.

Der Krokskogen ist ein dichter Wald, aber die Hütte liegt auf einer Lichtung, einer Felskuppe, mit einer Art Aussicht – zu-mindest kann man von der Veranda aus den Tyrifjorden sehen. Sigurds Vater, der prinzipientreue Waldliebhaber mit dem mil-den Lächeln, erbaute sie lange, bevor Sigurd geboren war. Sie ist klein und spartanisch. Das Solarmodul auf dem Dach, das für Elektrizität sorgt, wurde erst nach seinem Tod montiert. Die Hütte ist aus braungebeiztem Holz und hat die üblichen klei-nen Sprossenfenster. Als ich die Türschwelle erreiche, bleibe ich einen Moment stehen, lehne mich an das Geländer und ver-schnaufe.

Es ist so still hier. Die Hütte ist völlig abgelegen, man sieht nichts als Bäume, und ab und zu blitzt der Fjord zwischen den Wipfeln auf. Ich höre keinen Verkehrslärm, auch keine Vögel.

Wenn die leichte Brise nicht wäre, die ab und zu in den Büschen raschelt, wäre kein Laut zu hören. Die Fichten sind dunkel, ich konnte sie noch nie leiden, diese dichte Wand aus Wald, die das Ferienhaus umschließt. Aber jetzt, da ich hier stehe und sehe, wie der Tyrifjord zwischen ihnen glitzert, muss ich selbst zugeben, dass es im Wald schön sein kann. Hoffentlich ging es Sigurd auch so, denke ich, hoffentlich waren seine letzten Stunden schön.

Ich wühle im Rucksack, hole die Glaskugel hervor. Sie liegt gut und schwer in der Hand, der Schlüssel ist nur ein vergleichsweise kleines Anhängsel. Ich betrachte ihn, versuche die Ruhe vom Morgen wiederzugewinnen, aber es gelingt mir nicht, jetzt bin ich ein wenig unruhig, die Dunkelheit aus dem Wald hat sich in meiner Brust festgesetzt. Doch der Schlüssel gleitet widerstandslos ins Schloss hinein, und die schwere Tür gleitet an ihren gut geölten Angeln auf.

Auch drinnen ist alles still. Die Wohnzimmermöbel sind einander zugewandt, als würden sie sich gerade beratschlagen. An der Wand gegenüber befindet sich die Küchenzeile, auf der Arbeitsfläche stehen noch ein Teller und ein leeres Glas. Am Küchentisch wurde der eine Stuhl herausgezogen. Als wäre derjenige, der dort saß, nur zu einem kurzen Spaziergang aufgebrochen. Nichts verrät, dass hier ein halbes Dutzend Polizisten mit schweren Stiefeln herumgetrampelt sind. Sie müssen sich Mühe gegeben haben, alles wieder herzurichten. Ich bleibe mit dem Rücken zur Haustür stehen, kann mich nicht überwinden, hineinzugehen. Dann reiße ich mich doch zusammen.

Die Luft ist nicht so stickig, wie man glauben sollte. Ich stelle den Rucksack neben der Tür ab und betrete den Raum. Die Bodendielen knarren, als ich darauftrete, sie werden allmählich alt. Ich gehe zu dem Küchenstuhl, der herausgezogen wurde. Hat Sigurd an jenem Morgen hier gesessen? Oder war es nur ein Polizist, der vergessen hat, den Stuhl wieder an den Tisch zu schieben, bevor sie von hier wegfuhren?

Von der Küche geht ein kleiner Flur ab, an dessen Ende die beiden Schlafzimmer liegen, eins für die Eltern, eins für die Jungs. Ich gehe zu den Türen, in Margrethes Zimmer hinein. Dort stehen das unbequeme Doppelbett aus Kiefernholz mit einem Patchwork-Überwurf und der Kiefernschrank. Dort hängen die kleinen Leselampen aus Eisen mit den kleinkarierten Schirmen. Ich streiche mit den Fingern über die Patchworkdecke. Es sind keine Vertiefungen darauf zu erkennen, kein Hinweis darauf, dass jemand auf dem Bett gesessen hat.

Die Tür zum Schlafzimmer der Jungs ist abgeschlossen. Ich rüttele daran, aber sie bewegt sich keinen Zentimeter. Das überrascht mich. Ich wusste gar nicht, dass man sie abschließen kann, habe nie einen Schlüssel darin stecken sehen, aber ein Schlüsselloch gibt es, also muss es auch einen Schlüssel geben. Ich versuche es mehrmals, stemme mich gegen die Tür.

Warum sollte das Zimmer abgeschlossen sein? War das Sigurd? Oder die Polizei?

Ich gehe zurück ins Wohnzimmer. Irgendetwas hier kann ich nicht einordnen. Irgendein Detail, das ich übersehe. Ich schaue mich um. Streiche mit dem Finger über den Kaminsims. Nicht ein Staubkorn bleibt daran hängen.

In der Spüle sind kleine Wassertropfen zu sehen. Der Teller auf der Arbeitsfläche wurde benutzt, es liegen ein paar Krümel darauf, und das leere Milchglas daneben hat einen weißen Rand, darüber ist es leicht beschlagen, als wäre das Glas eben noch gefüllt und von der Milch gekühlt gewesen. Ich drücke einen Finger auf einen Brotkrumen, der sich rau anfühlt. Daneben liegt ein kleines Stück Käse, ich lege auch darauf den Finger. Der Käse ist noch weich, gibt nach. Er hat keine Rinde und schwitzt nicht. Er ist so kalt, als wäre er gerade erst aus dem Kühlschrank genommen worden. Ich zerquetsche ihn auf dem Teller.

Spätestens jetzt sollte ich zusehen, dass ich hier wegkomme. Meinen Rucksack schnappen und so schnell wie möglich verschwinden. Stattdessen stehe ich wie festgefroren in der Küche und starre diese Krümel an. Mein Körper ist plötzlich so schwer, als würde es mir Unmengen von Energie abverlangen, mich zu bewegen. Oder vielleicht vergeht dieser Moment auch nur so schnell. Und als ich es verstehe, ist es schon zu spät.

Ein metallischer Laut hallt in der Stille wider: Es knackt im Türschloss des Jungenzimmers.

Es ist zu spät, um zu fliehen. Ich höre Schritte auf dem Flur. Der Augenblick scheint gar nicht mehr vorbeizugehen. Als würde ich dort in der Küche stehen, mit dem Rücken zur Tür, und einfach nur warten.

Die Schritte halten hinter mir inne. Ich höre jemanden atmen, flach und hektisch. Dann sagt sie: »Dreh dich um.«

Ich habe keine Lust, mich zu ihr umzudrehen, kann es aber auch nicht sein lassen. Ich drehe mich so langsam um, wie es geht, sehe ihre Füße in Socken auf den abgelaufenen Dielen, die Pulloverärmel mit den zerfransten Rändern, das Armband mit der kleinen Silberperle, die Hände, die etwas Metallisches umschließen, und das helle Haar, das zu einem Pferdeschwanz gebunden ist. Bin ich überrascht? Ich weiß nicht, mit wem ich gerechnet hatte. Mein Gehirn kommt mir träge vor.

»Vera«, sage ich, und ich spreche es wie eine Frage aus, als könnte ich selbst nicht ganz fassen, dass dies geschieht.

Wir stehen uns gegenüber und starren uns an. Vera ist konzentriert. Ihr Kiefer ist angespannt. Dann hebt sie langsam die Hände. Sie halten einen Revolver. Ganz sicher bin ich nicht, aber es sieht aus wie der Revolver des alten Torp. Mir wird innerlich ganz kalt, als ich ihn sehe, ich weiß nicht warum, aber ich habe noch nie zuvor erlebt, dass jemand eine Waffe auf mich richtet, und dieses eisige Gefühl ist anders als alles, was ich je erlebt habe. Als würde ich in eiskaltes Gebirgswasser sinken. Nur dass es von innen kommt.

»Vera«, frage ich erneut.

Sie sagt nichts. Sie presst die Lippen zusammen. Ich lasse alle Einzelheiten an ihr auf mich wirken, habe noch nie jemanden so intensiv wahrgenommen. Die Locken an den Schläfen, die sich aus ihrem Pferdeschwanz gelöst haben. Die leicht geröteten Wangen. Die Unregelmäßigkeit neben der Nase, die aussieht wie eine Aknenarbe, sie muss schon lange dort sein, warum war sie mir nicht aufgefallen? Die Nägel der Finger, die den Revolver umklammern, sind abgekaut, aber ich versuche nicht hinzusehen, weil ich meinen Blick nicht auf den Revolver richten kann, es ist, als würde ich in die Sonne starren.

Aber sie zielt auf mich. Das sehe ich. Es ist keine reine Bedrohung, sondern nur ein Vorstoß, um Aufmerksamkeit zu erlangen. Sie konzentriert sich darauf, die Waffe richtig zu halten, hat mich mitten im Visier. Sie ist erst achtzehn Jahre alt. Eine Schülerin. Ich kann mir nicht vorstellen, was es ihr nutzen sollte, mich zu erschießen.

»Warte«, sage ich.

Ich strecke die Hand aus. Will etwas sagen. Sie aufhalten. Uns aus der Situation heraushelfen.

»Nicht bewegen!«, sagt sie.

Ihr Ton ist scharf, hat dieses Verbissene, das manchmal bei ihr zum Vorschein kommt, *haben Sie überhaupt Freundinnen?* Ich ziehe meine Hand zurück. Sie hat sich entschieden. Sie spannt den Hahn der Waffe. Das Silberarmband gleitet in den Pulloverärmel.

Jetzt muss ich klug handeln. Die Erwachsene sein. Die Psychologin. Ich muss einen Zugang zu ihr finden, die erlösenden Sätze sprechen. Den richtigen Ton treffen. Natürlich gibt es einen Ausweg. Natürlich gibt es Worte, mit denen ich sie erreichen kann. Ich hole Luft.

»Nein«, sagt sie, bevor ich etwas sagen kann. »Heute reden wir verdammt noch mal nicht.«

Sie zielt. Konzentriert sich. Kneift die Augen zusammen. Ihre Kiefermuskeln zittern. Sie hat ebenfalls Angst, sie muss Angst haben, oder zumindest aufgeregt sein, aber sie nimmt keine Hilfe an, um aus dieser Situation zu kommen. Vor allem nicht von mir. Sie ist klüger als alle anderen, sie braucht niemanden.

Ich atme schneller, flacher. Ich weiß, dass ich etwas tun sollte. An ihr Mitgefühl appellieren, an die Menschlichkeit hinter der Waffe. Aber ich verliere die Kontrolle. Es ist, als würden mir die Worte entgleiten. Ich kann nicht klar denken, nicht so, mit dem auf mich gerichteten Revolver. Meine Knie werden weich. Ich bin so klein. Habe nichts zu sagen.

»Vera«, sage ich noch einmal.

Und dann kann ich nichts mehr tun. Soll es so enden? Ich schließe die Augen.

Samstag, 14. März: Warten, grübeln

Ich wache mit einem Ruck auf. Mein Nacken schmerzt. Ich hatte nicht gemerkt, dass ich eingeschlafen war. Ich war müde gewesen und hatte mich auf das unbequeme Sofa gelegt. Die Uhr an der Wand neben der Tür zeigt zehn Minuten nach Mitternacht. Es ist Samstag, streng genommen. Ich hatte den Nacken verdreht, den Kopf halb auf die Armlehne gelegt. Keine ideale Schlafposition. Aber ich befinde mich seit fast zehn Stunden in diesem Raum. Ich habe versucht, ruhig auf dem Sofa zu sitzen, entspannt im Sessel, habe versucht, durch das Zimmer zu gehen, mich zu strecken, auf dem Sofa zu liegen.

Noch habe ich sie nicht gefragt, wann ich wieder nach Hause darf. Ich fürchte mich vor der Antwort. Sie sind die Polizisten. Sie könnten auf die Idee kommen, mich in eine Zelle zu verlegen. Bis dahin darf ich mich immerhin mit diesem Raum zufriedengeben, ich bin in einer Art Zwischenstadium. Nicht verhaftet, aber auch nicht frei.

Sie hatten mich tagsüber befragt. Zwei Polizisten, die mit mir sprachen, ein Mann in den Sechzigern, der so grau und gewöhnlich war wie Knäckebrot, und eine Frau mit ostasiatischem Aussehen. Sie waren professionell. Seriös. Sie baten mich, einfach nur zu erzählen, was passiert war. Ich erzählte. Begann bei Arilds Sicherheit. Erzählte, wie ich unter den Einbrüchen gelitten hatte und die Polizei es nicht ernst nahm. Ihre Gesichter waren bemerkenswert ausdruckslos, sie nickten, um zu zeigen, dass sie mich verstanden, schienen aber nicht beschämt über das Versagen ihrer Kollegen, obwohl ich jetzt einen Videobeweis für die Einbrüche und dafür, dass ich die ganze Zeit recht gehabt hatte, vorlegen konnte. Das nehme ich der Polizei immer noch übel. Ich erzählte von der Alarmanlage, die plötzlich anschlug, von der schwarzgekleideten Gestalt auf meiner Türschwelle, vom Schlüssel zur Hütte im Krokskogen. Von Vera, die mit dem Revolver von Sigurds Großvater auf mich zielte. Das interessiert die Beamten weniger, aber sie haben einige Folgefragen zum Einbruch.

Oder besser gesagt Einbruchsversuch. Ich unterzeichne eine Vollmacht darüber, dass sie den Film bei Arilds Sicherheit abholen können. Sie können alles haben, was sie wollen. Die Frau bringt mich in diesen Raum. Auf dem Weg dorthin frage ich sie, wo Gundersen stecke. Sie antwortet: »Die Ermittlungen sind jetzt in einer kritischen Phase. Deshalb darf ich nicht viele Informationen mit Ihnen teilen.«

Das ist keine Antwort auf meine Frage. Oder vielleicht doch. Ich weiß es nicht, und ich traue mich nicht zu fragen. Mein Kopf ist müde und vernebelt. Ich habe seit den frühen Morgenstunden auf Hochtouren gedacht, seit ich dort in der Küche stand und Vera den Revolver auf mich richtete. Diese ganze Grübelei war so anstrengend, dass ich kaum noch zu logischen Schlüssen fähig bin. Das seriöse Ermittlerteam von heute hatte nicht durchblicken lassen, was es dachte. Als die Frau gegangen ist, beginne ich erneut zu frieren. Glauben sie, ich hätte Sigurd umgebracht? Ich traue mich nicht, sie zu fragen.

Vera spannte den Hahn der Waffe, ich schloss die Augen, und genau in dem Moment, als ich dachte, sie würde den Abzug betätigen, hörte ich draußen Schritte. Ich hatte nicht hinter mir abgeschlossen, und jetzt wurde die Tür energisch aufgestoßen. Wir blickten beide dorthin. Fredly stürmte in voller Montur herein, mit Krawatte und allem, sie war rot im Gesicht und hatte eine schweißnasse Stirn, und ihre kupferfarbenen Locken kräuselten sich an den Schläfen. So standen wir alle drei und ließen unseren Anblick aufeinander wirken, es konnte höchstens eine Hundertstelsekunde gewesen sein, aber für mich war es, als würde die Zeit in diesem Moment stehenbleiben und als könnte ich jetzt dorthin zurückgehen und mich umsehen, alle Einzelheiten wahrnehmen, Fredlys Haut, ihre geweiteten Nasenflügel, wie sie uns anstarrte, die aufgerissenen Augen. Und Vera. Die Aknenarbe, der Pferdeschwanz. Auch sie mit großen Augen und offenem Mund, und trotzdem atmete sie nicht, sie stand wie erstarrt da und hielt die Luft an.

Fredlys Hand schnellte zur Hüfte, sie zog ihre Waffe, lud sie durch und richtete sie auf Vera.

»Lass die Waffe fallen«, rief sie.

Zwei Gestalten kamen hinter ihr zum Vorschein, beide ebenfalls in Uniform. Ich konnte sehen, wie irgendetwas blitzschnell über Veras Gesicht huschte, es ging so schnell, dass sicher nur ich es sehen konnte, denn ab dem Moment, in dem ich glaubte, ich würde sterben, verging die Zeit unendlich langsam. Sie dachte nach. Sie reflektierte, was sie tun sollte. Dann ließ sie den Revolver des alten Torp fallen, der geradewegs auf Margrethes Teppich plumpste und untätig dort liegen blieb, und Veras Augen wurden schmal und unglücklich. Sie kniff die Lippen zusammen, und dann rief sie: »Um Gottes willen, halten Sie sie doch auf!«

Sie wandte sich an Fredly, ging zwei Schritte auf sie zu und sah aus, als wollte sie sich ihr direkt in die Arme werfen, während Fredly weiterhin die Waffe auf sie richtete und rief: »Stehen bleiben!«

Vera hielt mitten im Zimmer inne. Ihre Arme hingen leer

und nutzlos an ihrem Körper herunter. Sie stieß einige Laute aus, die an Schluchzen erinnerten. Auch ich stand einfach nur da. Die beiden Beamten hinter Fredly kamen ins Zimmer, der eine trampelte über meinen Rucksack, der immer noch auf dem Boden lag. Beide hatten Waffen und zielten auf mich.

Fredy teilte uns auf. Ich wurde mit einem ihrer beiden Helfer in Margrethes Schlafzimmer geschickt. Er war noch ziemlich jung, Mitte zwanzig vielleicht, und wirkte nervös. Er legte mir Handschellen an. Ich ließ es zu, daran hindern konnte ich ihn natürlich sowieso nicht, aber ich protestierte auch nicht dagegen. Ich streckte nur die Arme vor, als er mich darum bat. Er hatte Muttermale im Gesicht, die aber nicht unattraktiv wirkten, sondern interessant. Seine Hände waren feucht. Anschließend ging er im Zimmer auf und ab, noch immer mit der Pistole in der Hand. Er wandte nicht den Blick von mir ab, es war für uns beide unangenehm.

Ich dachte: Vera hatte geplant, mich zu erschießen. War sie wütend, war sie ängstlich? Hatte sie es womöglich ernst gemeint, als sie Fredly zurief, sie solle mich aufhalten? Doch sie hatte etwas anderes ausgestrahlt, als sie auf mich zielte, diese Entschlossenheit und dann der Satz, *heute reden wir verdammt noch mal nicht.* Nein. Sie hatte wirklich geplant, mich zu erschießen. Sie musste diejenige gewesen sein, die den Schlüssel durch die Scheibe in der Haustür geworfen hatte. Die mich zur Hütte gelockt hatte. Sie hatte nicht ängstlich ausgesehen. Sie war wütend gewesen, aber bei klarem Verstand. Sie wollte ihr Vorhaben umsetzen. Und wenn die Polizei nicht gekommen wäre, hätte sie es auch vollendet.

Fredly kam herein.

»Wie geht es Ihnen, Sara?«, fragte sie, und wandte sich sofort an den Beamten mit den Muttermalen, ohne meine Antwort abzuwarten.

»Hast du ihr etwa Handschellen angelegt?«

Er murmelte etwas von einer unübersichtlichen Lage.

»Ist sie bewaffnet?«, fragte Fredly.

»Ich weiß nicht«, antwortete er.

»Dann sieh nach«, sagte sie.

Der Beamte schloss die Handschellen auf, bat mich, die Hände auszustrecken, und klopfte meinen Körper auf eine Weise ab, die mich an die Sicherheitskontrolle am Flughafen erinnerte. Er war sorgfältig. Ich stand einfach nur da. Fredly schaute irgendetwas auf ihrem Handy nach. Als er fertig war, zog er sich zum Fenster zurück und lehnte sich an die Fensterbank. Fredly blickte immer noch auf ihr Handy. Ich setzte mich wieder, wartete auf sie. Ihr Kollege wartete auch.

»Wir bringen Sie beide bald von hier weg«, sagte sie zu mir. »Wir warten nur noch auf die Verstärkung.«

Ich nickte. Sie war zielgerichtet, ihr Blick sprang hin und her, sie suchte nach unvorhersehbaren Elementen, verschaffte sich einen Überblick. Ich wünschte, sie hätte etwas Beruhigendes gesagt. *Wir haben sie, jetzt sind Sie in Sicherheit,* zum Beispiel, oder *endlich haben wir den Fall gelöst.* Doch dann summte ihr Handy.

»Wir reden nachher weiter«, sagte sie und ging hinaus.

Der Beamte mit den Muttermalen begann erneut, im Zimmer auf und ab zu gehen, aber immerhin verschonte er mich von den Handschellen. Es verging noch eine weitere Stunde, ehe sie die Hütte evakuierten.

Die beiden Beamten, die hinter Fredly hereingestürmt waren, fuhren mich in die Stadt und ins Polizeipräsidium. Sie saßen vorne, ich hinten. Ich sprach die ganze Fahrt über kein Wort.

Als ich herkam, kümmerte sich eine Frau um mich, die Janne hieß. Sie war in Zivil, ich glaube, sie war eine Art Empfangsdame, ihr Name stand auf einem kleinen Schild, das mit einer Sicherheitsnadel an ihrem Pullover befestigt war. Sie organisierte eine Limonade und ein Baguette für mich. Ich hätte die Wahl zwischen Roastbeef und Krabben, sagte sie, aber sie rate mir, die Krabben zu nehmen. Ich folgte ihrer Empfehlung.

»Essen Sie etwas«, sagte sie. »Man kann nicht genau wissen, wie lange Sie hierbleiben müssen.«

Ich war froh über ihre Fürsorge und aß mein Baguette, es war trocken, aber ich bekam es herunter. In der ersten Stunde tröstete ich mich mit dem Gedanken daran, dass Fredly den Beamten wegen der Handschellen zurechtgewiesen hatte.

Nach der Begegnung mit den seriösen Ermittlern finde ich nicht mehr so viel Trost darin. Sie waren so ausdruckslos. Man konnte unmöglich wissen, was sie dachten, aber nichts von dem, was sie sagten, erschien mir beruhigend, nichts erinnerte auch nur annähernd an einen Satz wie *Sie können ganz beruhigt sein, bald sind Sie wieder zu Hause.* Wäre das nicht ein angemessener Satz für eine Person gewesen, die vor kurzem fast erschossen worden wäre?

So vergehen die Stunden. Es gibt nichts zu tun hier. Janne hat mir ein paar alte Zeitschriften gebracht, ich blättere sie durch, lese etwas über irgendwelche Promis, die Kinder bekommen oder sich getrennt haben, nichts interessiert mich, nichts bleibt hängen. Ich wünschte, Gundersen wäre hier. Wünschte, Fredly würde vorbeikommen. Wünschte, jemand könnte mir irgendetwas erzählen. Am Rande meines Bewusstseins wabert Veras Ausruf und taucht in regelmäßigen Abständen wieder auf, *um Gottes willen, halten Sie sie doch auf!*

Janne holt mir einen Kaffee. Gegen vier gibt sie mir einen

Roman mit verschnörkelten Buchstaben auf dem Titel, den sie wärmstens empfiehlt; es gehe um eine britische Adelige, die sich in den Stallknecht verliebe, erklärt sie, und ihre Familie gerate natürlich außer sich, aber dann komme der Erste Weltkrieg. Ich nehme das Buch entgegen, habe zwar kein bisschen Lust, es zu lesen, und werde es sicher auch nicht tun, bin aber erneut dankbar für ihre Fürsorglichkeit. Ich würde sie zu gern ausfragen: Was für einen Status habe ich eigentlich, wie lange muss ich wohl hier sitzen bleiben, wie gehen solche Angelegenheiten Ihrer Erfahrung nach aus – aber ich sage nichts.

Gegen fünf wird Janne durch eine ältere, schlechter gelaunte Frau ersetzt, die lange nicht so aufmerksam ist. Ich versuche, etwas daraus abzuleiten, befinde ich mich jetzt unter strengerer Bewachung, bin ich der Zelle einen Schritt näher? Aber nichts von alledem muss etwas bedeuten. Luft holen und von vorn anfangen. Ich kann das nur teilweise. Als es halb acht ist, fange ich doch an, Jannes Roman zu lesen. Und er ist tatsächlich ziemlich fesselnd, da muss ich ihr recht geben.

Warum sollte Vera Sigurd umbringen? Warum sollte sie uns ausspionieren, Kameras installieren, in unser Haus einbrechen? Warum sollte sie mich erschießen wollen? Gundersen hatte mich ja zu meinen Patientinnen und Patienten befragt, ob es jemanden gebe, der mich hassen würde, oder jemanden, der in mich verliebt sei. Und ich hatte sofort mit Nein geantwortet. Dann hatte ich meine Antworten überdacht, und selbst wenn es den einen oder anderen Patienten gab, bei dem ich kurz überlegte, wäre ich nie auf Vera gekommen.

Bisher hatten wir vielleicht acht Therapiesitzungen. Sie kommt einmal in der Woche, sagt nie ab. Sie hatte angegeben, meine Hilfe zu brauchen, weil ihr alles so sinnentleert vorkomme, und dann waren da noch die Beziehungen. Der ältere, verheiratete Liebhaber. Konnte das Sigurd gewesen sein?

War Sigurd mir untreu? Mir ist nicht entgangen, dass Vera mittelblond und jung ist. Geht sie zur Frau ihres Liebhabers, um Hilfe bei ihren Problemen mit ihm zu bekommen? Ich stehe auf, schlurfe im Zimmer auf und ab. Will mir das alles auf keinen Fall vorstellen, kann es aber auch nicht sein lassen.

Sie treffen sich in einer Bar. Vera ist eigentlich zu jung, um dorthin zu gehen, hat sich aber hineingeschlichen, keiner hat sie nach ihrem Ausweis gefragt, sie ist ganz aufgedreht, setzt sich an den Tresen und sieht sich um, von ihrem eigenen Übermut berauscht. Sigurd ist mit einem Kumpel da. Er zögert das Ende des Abends hinaus. Sein Kumpel, vielleicht Jan Erik, ja, bestimmt Jan Erik, würde gern nach Hause gehen, aber Sigurd sagt Nein, bleib doch noch, nur ein Bier. Er will nicht zurück in das unfertige Haus und zu der ganzen Arbeit, die noch erledigt werden müsste, er will nicht zu mir. Stattdessen geht er an die Bar, um dieses letzte Bier zu holen, und da sitzt sie.

Sicher ist er derjenige, der sie anspricht. Vielleicht sagt er etwas über den Raum, siehst du, wie dunkel es hier drinnen ist? Wenn man die ganze Wand dort drüben wegnehmen und große Fenster einsetzen würde, könnte man das Licht viel besser ausnutzen. Irgend so etwas. Vera nickt, als hätte Sigurd etwas außergewöhnlich Eindrucksvolles gesagt. Sie stimmt ihm zu. Ob er sich gut mit solchen Sachen auskenne? Ja, antwortet Sigurd, in der Tat, er sei Architekt. Er lächelt scheinbar bescheiden, ist nur eine emsige Ameise in einem kleinen Architekturbüro, hat aber durchaus seine Meinung darüber, wo es mit der norwegischen Architektur schlimmstenfalls hingehen könnte. Und er teilt seine Visionen mit ihr. Sicher vergehen nicht mehr als zwei Minuten, ehe er in luftigen Phrasen davon erzählt, wie man Räume für positive Interaktionen schaffen könne. Jan Erik kommt zu ihnen, jetzt gehe ich aber wirklich, sagt er. Sigurd nickt, Jan Erik geht, und dann sind Sigurd und Vera allein. Sigurd, der redet. Vera, die lauscht. Und ist sie nicht eine viel bessere Zuhörerin als ich? Legt echten Enthusiasmus an den Tag, wo ich längst abschalte, stellt aufmerksame Fragen, während ich nur darauf warte, dass er sich endlich leergeredet hat. Nickt mit halbgeöffnetem Mund und konzentriertem Blick, als würde sie immer noch darüber nachdenken, was er gerade gesagt hat, und er kann ihr ansehen, wie fasziniert sie von dem ist, was er sagt. Er denkt, sie wäre intelligent. Allein aus dem Grund, dass sie ihm zuhört. Vielleicht sagt er ihr es auch, du bist wirklich schlau. Das muss Vera zutiefst schmeicheln. Sie schenkt ihm ihr schönstes Lächeln, ja, danke, schlau ist sie tatsächlich.

Bin ich jetzt zu gemein? Zeichne ich sie zu überzogen, den selbstverliebten Mann, die naive junge Frau, das stereotype Kennenlernen? Vielleicht war es gar nicht so. Vielleicht sind Veras Eltern Freunde von Margrethe. Vielleicht haben sie sich in dem Sommerhaus kennengelernt, das sie auf Hankø mietet, an dem einen Wochenende im Sommer, als er allein dorthin fuhr.

Aber es spielt keine Rolle, wie sie sich kennengelernt haben, all die Szenen, die ich mir ausmale, sind nur der Auftakt zu der einen, auf die ich hinauswill. Sie mieten sich ein Hotelzimmer direkt neben der Bar. Sie schließen sich in ein Gästehäuschen auf der Insel ein. Sie gehen zusammen in unser Schlafzimmer im Kongleveien, oder sie können die Finger nicht voneinander lassen, während sie das letzte Stück zur Hütte im Krokskogen gehen, wo sie endlich übereinander herfallen, sich die Kleider vom Leib reißen, und ich brenne innerlich vor Schmerz, wenn ich daran denke, brenne so sehr, dass ich das Tempo erhöhen muss, mit großen Schritten von der einen schmalen Wand zur anderen schreite, in diesem kleinen Raum, um all die sinnlose, pochende Energie loszuwerden. Warum sie, Sigurd, warum das, wie konntest du so etwas tun?

Wie konnte er mich so hintergehen? Wie konnte er eine andere haben, Abend für Abend, an jedem angeblichen Termin mit Atkinson? Ja, ich weiß, ich bin selbst nicht ganz unschuldig, es gab diese eine, unheilvolle Nacht in Bergen, aber Sigurd, das war nur einmal, und ich musste schon reichlich dafür zahlen. Ich sinke auf dem Sofa zusammen, habe keine Kraft mehr. Lege mich hin. Schließe die Augen. Will einfach nur schlafen, kann es aber nicht, es ist zu hell hier drinnen, das Sofa zu hart, und in meinem Bauch brennt es so sehr, dass ich mich zusammenkrümmen muss, Sigurd, Sigurd, was hast du getan?

Gegen neun wird die schlechtgelaunte Frau von einem jungen Mann abgelöst. Er kommt nicht herein, um sich vorzustellen, aber ich sehe ihn, als ich Wasser aus dem Spender neben der Rezeption hole, wo er sitzt. Er liest, sieht kaum auf, als ich herauskomme. Er sagt nichts, gibt keinerlei Hinweise auf irgendetwas; ist die Wartezeit bald vorbei, wird jemand kommen, um mich zu holen? Er blickt erneut in sein Buch, aber als ich die Tür zu dem Zimmer öffne, in dem ich warte, und mich umdrehe, sehe ich, dass er mir mit dem Blick folgt.

Am Freitag vor einer Woche saß Vera in meiner Praxis, und wir sprachen über Vertrautheit. Sie warf mir diesen Satz an den Kopf, *haben Sie überhaupt Freundinnen?* Weil sie wütend war, dachte ich damals. In der ersten Sitzung, die wir überhaupt hatten, drückte sie fest zu, als ich ihr die Hand gab. Die meisten Patienten sehen sich um, wenn sie hereinkommen, betrachten das große Fenster und die Stühle. So wie man es eben macht, wenn man einen neuen Raum betritt. Jedoch nicht Vera. Sie starrte nur mich an. Drückte meine Hand länger als normal, hielt sie so lange, dass ich mich konzentrieren musste, um sie nicht wegzuziehen. Drückte so fest zu, dass mein Ehering in die anderen Finger schnitt.

Gab es auch während unserer Sitzungen den einen oder anderen Moment, als dieses Unbehagen aus der ersten Sitzung wieder auftauchte? Einmal stürmte und regnete es, und sie war ganz nass und kalt, als sie in meine Praxis kam. Ich reichte ihr ein paar Kosmetiktücher und drehte die Heizung auf, während ich sagte, durch die Wärme würde sie schneller trocknen und nicht krank werden. Sie klatschte die nassen Tücher auf den Tisch und sagte zitternd, das sei doch *bullshit*.

»Wie bitte?«, fragte ich, aber sie antwortete nicht.

Anschließend, als sie ein wenig trockener war, fragte ich sie, was sie gemeint hätte. Sie zuckte mit den Schultern. Ich versuchte es für sie zu deuten und sagte, es sei fast so gewesen, als wäre sie wütend auf mich geworden, als ich mich um sie gekümmert hätte.

»Das war nur, weil ich so nass und durchgefroren war«, sagte sie.

»Sie haben gesagt, das wäre *bullshit*.«

»Ich meinte das Wetter.«

Unsere Sitzungen waren anstrengend. Das ist bei depressiven Patienten nicht ungewöhnlich. Die belastende Depression, die Hoffnungslosigkeit, kann sich auf die Therapeutin übertragen, sodass schließlich beide das Gefühl haben, nichts hätte mehr einen Sinn. Aber so war es mit Vera eigentlich auch nicht. Es war eher so, als kämen wir nicht weiter. Sie wollte immer über ihren Liebhaber reden. Oder die großen Themen diskutieren, die Liebe, den Sinn des Lebens. Sie wollte nicht über die anderen

Dinge sprechen, ihre Eltern, die Schule, die Freundinnen, ihr *tatsächliches* Leben. Sie hielt mich auf Distanz. Hatte sie mich getestet? Wollte sie herausfinden, wer ich war? Oder wollte sie etwas über mich erfahren und über mein Leben mit Sigurd? Ein wenig panisch versuche ich mich zu erinnern. Normalerweise erzähle ich meinen Patienten nicht viel über mich, das gehört nicht in die Therapie, aber es kommt vor, dass ich das eine oder andere erwähne. Was habe ich Vera über mein Leben erzählt?

Und dann ihr Anruf in jener Woche. Ihre Nachricht auf dem Anrufbeantworter, *ich muss mit Ihnen sprechen, können Sie mich anrufen?* Das war so untypisch für sie. Warum musste Vera vor der nächsten Sitzung mit mir sprechen? War es so, dass sie auf meinen Rat hörte und mich kontaktierte, weil sie in Schwierigkeiten war? Ich hatte sie zurückgerufen, und sie hatte nur gesagt, es sei nichts. Damals wunderte ich mich darüber, aber es ging in all den anderen Ereignissen unter.

Aber ich kann keinen klaren Gedanken dazu fassen. Es ist einfach zu schlimm. Und ich bin so ausgelaugt, so erschöpft vom vielen Warten, und habe solche Angst. Ich muss gegen elf auf diesem Sofa eingeschlafen sein und eine knappe Stunde mit verrenktem Nacken geschlafen haben, und jetzt ist es schon nach Mitternacht, und ich befinde mich immer noch unfreiwillig in diesem Raum.

Vor dem Zimmer, in dem ich sitze, liegt ein Gang mit vielen geschlossenen Türen. Vielleicht verbergen sich dahinter Büros, oder Besprechungsräume, oder auch mehr Warteräume wie dieser, in denen weitere Menschen wie ich sitzen und überlegen, wie lange sie noch ausharren müssen, bevor sie jemand holt. In der Mitte des Ganges befindet sich eine Art Empfang, wo der junge Mann wartet, der die Nachtschicht übernommen hat. Ich gehe zu ihm. Der Boden, auf dem ich gehe, ist merkwürdig gedämpft, meine Schuhe machen kein Geräusch auf dem weichen Belag, und ich überlege, ob ich jetzt vollkommen aufgehört habe zu existieren.

Er blickt erst auf, als ich direkt vor ihm stehe. Sein Buch liegt aufgeschlagen vor ihm, ich würde vermuten, dass es ein Sachbuch ist, bin aber nicht sicher.

»Ich müsste nur mal zur Toilette«, sage ich.

Er nickt und deutet auf die beiden Türen gegenüber. Als wüsste ich nach zwölf Stunden immer noch nicht, wo sie liegen.

Über dem Waschbecken sehe ich mein Spiegelbild. Ich bin blass, abgekämpft, und dann die Augen. Sie sind weit aufgerissen. Vielleicht liegt das an dem grellen Licht hier drinnen. Aber sie wirken so, als hätte ich etwas wirklich Schreckliches gesehen. Ich spritze mir Wasser ins Gesicht, nachdem ich auf der Toilette war, versuche, mich selbst zu wecken. Es ist mitten in der Nacht, und ich habe nicht mehr richtig geschlafen, seit der Alarm gestern Nacht gegen halb fünf losging, aber wer weiß, wann ich mich wieder hinlegen darf?

In der Tür zu meinem Warteraum begegne ich einem uniformierten Beamten. Er ist in den Vierzigern und hat braunes, dichtes Haar und trägt eine runde Brille.

»Sara Lathus?«, fragt er.

»Ja«, antworte ich,

»Ja, wir sind dann so weit, Sie können jetzt gehen.«

Ich atme mit einem hörbaren Seufzer aus.

»Es tut mir sehr leid, dass wir Sie so lange hierbehalten mussten«, sagt er, während ich meine wenigen Sachen zusammensuche, einen Pullover, eine Jacke, einen Rucksack. »Es gab einige Details, die wir abklären mussten, aber jetzt hat alles seine Ordnung.«

»Gut«, sage ich müde, und plötzlich ist mir alles gleichgültig, ich möchte nur noch ins Bett.

Er begleitet mich hinaus, zeigt mir den Weg. Ich schlurfe hinter ihm her.

»Vermutlich haben Sie noch nicht viel erfahren«, sagt er, während wir dort entlanggehen, »aber Sie werden noch hinreichend informiert, das verspreche ich Ihnen. Es ist nur so, dass wir uns zu diesem Zeitpunkt der Ermittlungen nicht zu sehr in die Karten schauen lassen dürfen.«

»Die kritische Phase«, sage ich.

»Genau«, sagt er. »Aber Sie werden bald zu einem Gespräch geladen, bei dem wir den ganzen Handlungsablauf noch einmal mit Ihnen durchgehen, und dann wissen Sie mehr als nach der heutigen Befragung.«

»Aha.«

Wir fahren schweigend mit dem Aufzug nach unten. Als wir fast den Ausgang erreicht haben, sagt er: »Ach, übrigens. Es ist wohl besser, wenn Sie in den nächsten Tagen erst einmal nicht in Ihr Haus zurückkehren. Wir müssen dort noch einige Untersuchungen durchführen. Können Sie woanders unterkommen?«

»Ja«, antworte ich.

»Gut. Dann melden wir uns wieder. Ich rufe Ihnen ein Taxi.«

Er dreht sich um und geht hinein. Ich bleibe stehen. Es ist ungemütlich, ich wickle mich enger in die Jacke. Mir fällt ein, dass ich ihn nicht danach gefragt habe, wo Vera ist.

Das Taxi ist im Nu da, hinter dem Steuer sitzt ein älterer, pakistanischer Mann. Ich versinke in der glatten Lederbank.

»Wo möchten Sie hin?«, fragt er.

»Nach Nordstrand«, antworte ich.

Samstag, 14. März bis Montag, 16. März: Nordstrand

Eigentlich möchte ich nur noch mit meinen Neffen spielen. Möchte nicht mehr an Sigurd und Vera denken, an die Ermittlungen und die Überwachung oder den Revolver. Ich will nichts als Höhlen bauen und mit Ninja-Lego und Feuerwehrautos und Seeräuberschiffen spielen.

Ich nehme die Jungen mit in den Laden, um ihnen Süßigkeiten zu kaufen. Der kleinste sitzt im Einkaufswagen, die beiden anderen gehen rechts und links von mir und plappern drauflos, *weißt du was, weißt du was, weißt du was,* fragen sie wild durcheinander. *Weißt du, dass in dieser Straße eine Hexe wohnt?* Ich mache ein staunendes Gesicht. *Echt wahr, eine Hexe?* Die Jungs werden ganz eifrig und zeigen mir das Haus und erzählen, wie sie einmal dort vorbeiradelten und die Hexe ihnen etwas hinterherschrie. Diese wunderbaren Kinder. Wie sehr sie sich mit solchen Dingen beschäftigen können, Radfahren und Fußball und Nachbarn, die vielleicht Hexen oder Trolle sind. Dass ich nie verstanden habe, wie man sich damit ablenken kann.

Ich bin ganz verrückt nach ihnen. Setze mich auf den Boden und baue mit ihnen eine komplizierte Modelleisenbahnstrecke um den Esstisch herum. Suche Knete und Bügelperlen und Malsachen heraus, setze mich mit ihnen hin. Überrasche mich selbst damit, alte Talente wiederzuentdecken. Ich kann Himmel oder Hölle aus Papier falten und gut Hunde zeichnen. Ich biete an, sie ins Bett zu bringen, damit ihre Eltern sich ausruhen können, und setze mich zu ihnen, bis sie eingeschlafen sind. Die beiden Älteren legen sich ins selbe Zimmer, und ich setze mich auf die Bettkante und lese ihnen vor und erzähle Märchen. Ich bleibe länger dabei als gewohnt, denn normalerweise lesen wir nur ein Buch, und dann heißt es Licht aus, aber diesmal erzähle ich so viele Märchen, wie sie wollen. Ganz insgeheim wünsche ich mir, dass sie gar nicht einschlafen und ich einfach hier sitzen bleiben und mit ihnen reden darf. Aber irgendwann schlafen sie doch ein, und ich streiche ihnen über das Haar.

Die Nächte sind am schwierigsten. Ich gehe erst schlafen, wenn ich so müde bin, dass ich fast vor dem Fernseher einnicke, aber wenn ich erst einmal auf dem Ausziehsofa im Souterrain liege, kann ich doch nicht schlafen. Ich suche mir Strategien, um nicht nachzudenken, ich zähle von hundert herunter und überspringe jede dritte Zahl, ich gehe im Kopf das Alphabet durch und versuche, auf so viele Städte wie möglich mit dem jeweiligen Anfangsbuchstaben zu kommen. Ich will mich selbst hinters Licht führen, um einzuschlafen. Es gelingt mir nur teilweise. Je müder ich werde, desto schneller taucht Sigurd wieder in meinem Bewusstsein auf. Und Vera auch. Ich kann nicht aufhören, an Vera zu denken. Wenn ich dann endlich einschlafe, schlafe ich unruhig. Ich bin nicht ausgeruht, wenn ich aufwache, sondern verspannt und benommen, aber die Jungs stürzen sich auf mich, sobald ich aufstehe, und ich sage zu den Eltern, sie sollten einfach weiterschlafen, ich würde mich schon um die Kinder kümmern, und sinke neben ihnen auf den Boden, dankbar für die Pause, die sie mir ermöglichen.

In der zweiten Nacht wache ich auf und habe Durst. Selbst das Haus von Annika und Henning erscheint mir im Dunkeln fremd. Es ist so still, die Familie schläft im ersten Stock, und als ich vom Keller hinauf in die Küche gehe, um Wasser zu holen, höre ich nur meine eigenen Schritte. Gibt es niemanden, der sich dort oben im Schlaf wälzt? Jemanden, der schnarcht oder hustet. Irgendein Zeichen menschlichen Lebens? Doch ich höre nichts, nur ein Auto dort draußen auf der Straße und meine eigenen Geräusche.

Während ich ein Glas mit Wasser fülle, habe ich das Gefühl, ich würde beobachtet. Ich weiß nicht, wie ich es bemerke, ich stehe dort mit dem Glas unter dem Strahl des Wasserhahnes und nehme irgendetwas im Augenwinkel wahr. Und als ich mich zum Küchenfenster umdrehe, sehe ich, wie sich dort etwas bewegt. Fünf eiskalte Sekunden lang stehe ich wie angewurzelt da und starre auf das dunkle Glas, die Umrisse der Bäume draußen, eine Straßenlaterne und das Licht am Haus des Nachbarn. Ich denke: Ist das Vera? Ich kneife die Augen zusammen und konzentriere mich auf die Dunkelheit dort draußen, doch ich sehe nur mich selbst im Licht über der Arbeitsfläche. Erst in dem Moment, als ich zwei Schritte auf das Fenster zugehe und meinen eigenen Bademantel flattern sehe, wird mir klar, dass ich meine eigene Bewegung wahrgenommen haben muss. Ich versuche, darüber zu lächeln, doch es gelingt mir nicht. Ich blicke weiter zum Fenster hinüber, sehe mein Spiegelbild im Nachthemd und im Morgenmantel. Ich bleibe einfach nur dort stehen und begegne meinem eigenen Blick, während ich darüber nachdenke, wie beunruhigend es ist, dass die Person, die ich für Vera hielt, in Wirklichkeit ich selbst war.

Die Polizei ist immer noch in meinem Haus beschäftigt, deshalb muss ich mir am Morgen für die Beerdigung ein schwarzes Kleid von Annika leihen. Es ist mir an den Hüften zu weit, aber das hat keine Bedeutung. Während ich im Badezimmer in Nordstrand stehe und mich bereitmache, klingelt das Telefon.

»Hier ist Gundersen«, sagt seine Stimme, »könnten Sie vielleicht morgen vorbeikommen? Sagen wir um zehn? Im Polizeipräsidium?«

»Ja, doch«, sage ich und zupfe meine Strumpfhose zurecht. »Das geht schon.«

Ich habe keine große Lust. Ich wünschte, er würde mir einfach jetzt erzählen, was er auf dem Herzen hat, am Telefon.

»Gut«, sagt er, »dann sehen wir uns. Und. Alles Gute. Für heute. Ich meine, ich hoffe, es wird eine schöne Zeremonie.«

»Danke«, erwidere ich, und dann legen wir auf, und erst danach denke ich, was für eine bizarre Bemerkung für ihn, er ist eigentlich nicht der Typ dafür.

Die Kapelle des Westfriedhofs ist voll. Margrethe stützt sich auf den Sohn, der ihr geblieben ist. Vor dem aufgebahrten Sarg liegt ein Meer aus Blumen. Davon abgesehen gibt es nicht viel zu berichten, außer dass *Solveigs Lied* wirklich gelungen war. Der Bestatter hatte recht. Die Sängerin ist ziemlich jung und hat wirres, rotes Haar und eine tiefe Stimme. *Der Winter mag scheiden, der Frühling vergehen.* Es ist der schönste Moment der Zeremonie.

Anschließend stehen wir draußen an der Treppe, Margrethe, Harald, Lana Mei und ich. Wir geben allen, die herauskommen, die Hand. Flemming und Mammod, Thomas, Julie und Jan Erik, meinem Vater, Annika und Henning. All seinen Kommilitonen, deren Namen ich durcheinanderbringe, ich erinnere mich kaum noch an sie. Für einen kurzen Moment glaube ich, dass ich Frau Atkinson ganz hinten in der Menschenmenge sehe, aber ich bin mir nicht sicher, und falls sie es war, kommt sie später nicht, um mir zu kondolieren.

Im Gegensatz zu Benedicte und Ida. Ich wusste nicht, dass sie da sein würden. Ich hatte ihnen nichts gesagt, wusste nicht

genau, wie ich es sagen sollte. Bestimmt hat Annika sie angerufen, sie hatte auch meinen Vater informiert, wie immer war
es Annika, die sich um alles kümmerte. Benedicte kommt auf
mich zugerannt und umarmt mich, während ich auf der Kir-
chentreppe stehe, Sara, liebe Sara, flüstert sie in mein Haar, und
erst da, während der innigen Umarmung, als ich ihren vertrauten, geliebten Geruch wahrnehme, beginne ich zu weinen.
Als sie mich wieder loslässt, will ich sagen, wie sehr es mich
freut, dass sie gekommen sind, aber ich bringe keinen geraden
Satz zustande. Natürlich sind wir gekommen, sagt Ida und umarmt mich ebenfalls, und sie verstehen gar nicht, wie wenig ich
glaube, von ihnen erwarten zu dürfen.

Am meisten überrascht es mich, dass Fredly da ist. Sie drückt
hastig meine Hand und sieht sich um, versucht wohl immer
offensichtlich, sich einen Überblick zu verschaffen. Sie ist auf
meiner Seite. Ich erkenne das an ihrem Blick, sie hält mich damit fest, als wolle sie mir etwas mitteilen, doch am Ende sagt sie
nur: *Mein Beileid.*

Während der ganzen Zeremonie musste ich daran denken,
ob Vera auch da war. Am Anfang konnte ich sie nirgends sehen,
aber es würde gut zu ihr passen, sich später hereinzuschleichen
und uns unbemerkt aus einer dunklen Ecke oder von einer ver-
steckten Empore herab zu beobachten. Während wir dort saßen
und der Pfarrer redete, während Harald redete, während das
rothaarige Mädchen sang, drehte ich mich um und versuchte,
ihr Gesicht in der Menge auszumachen. Ich spürte ihre Anwe-
senheit, sah sie jedoch nicht. Ich war mir sicher, sie war da. Es
sei denn, sie befand sich noch immer in Polizeigewahrsam? Das
weiß ich ja nicht, ich hatte Gundersen nicht danach gefragt.
Aber falls sie frei ist, war sie heute hier und hat mich angesehen.

Nachdem alle Hände gedrückt sind, gehen wir zum Parkplatz,

um zum Leichenschmaus zu fahren. Die Jungs zanken sich ein wenig. Mein Vater legt mir den Arm auf die Schulter. Vermutlich will er mir Halt geben, aber es ist eine ungewohnte Geste, und keiner von uns weiß genau, wie wir damit umgehen sollen. Sein Arm bleibt schwer und regungslos auf meiner Schulter liegen wie ein totes Tier, und es ist eine Erleichterung, als er ihn wieder wegnimmt. Ich lächle ihn an, so gut es geht, und er lächelt zurück. Ein wenig beklommen, wie mir scheint. Vielleicht hatte Annika ihn gebeten, mich ein wenig zu trösten.

Anschließend findet im Holmenkollen Restaurant ein Leichenschmaus statt. Harald hält erneut eine Rede, er erzählt Geschichten aus der Kindheit, es ist, als würde er von jemandem reden, den ich nicht kenne. Ich soll auch etwas sagen, schaffe es aber nicht, ich verliere den Faden und komme so schnell wie möglich zum Ende, *auf Sigurd, den besten Mann, den ich nur haben konnte.* Annika nimmt meine Hand, als ich mich wieder setze. Die Leute klatschen trotzdem und heben ihr Glas. Es ist eine merkwürdige Stimmung. Einige seiner Kommilitonen wollen ihn feiern. Einer der Redner sagt, wir sollten lieber feiern, dass Sigurd gelebt hat, als darüber zu trauern, dass er gestorben ist. Die Kommilitonen jubeln. Wir Angehörigen jubeln nicht. Ich erhasche Mammods Blick, der ebenfalls nicht jubelt, er sieht ein wenig betreten aus.

Kurz darauf gehen wir.

Dienstag, 17. März: Bestätigungsfehler

Er muss auf mich gewartet haben, denn er taucht fast im selben Moment auf, in dem er vom Empfang informiert wird. Er trägt ein verwaschenes Hemd und abgewetzte Jeans und ein Plastikschild mit Namen und Foto um den Hals, wie ich es bis jetzt noch nicht an ihm gesehen habe. Ansonsten ist er wie immer, doch als ich ihm ins Gebäude folge – auf und ab und durch ein Labyrinth aus Gängen, in dem man sich vermutlich erst nach Jahren so mühelos bewegt, wie er es tut –, frage ich mich doch, ob er nicht ein wenig blasser aussieht als sonst. Ein wenig ausgebrannt, nach mehreren Tagen mit viel Arbeit und wenig Schlaf.

Wir holen uns Kaffee in einer kleinen Küchenecke, die zwischen offenen Bürolandschaften und Gängen mit kleinen Bürozellen auftaucht, tief im Bauch dieses Gebäude-Untiers. Während Gundersen im Schrank nach Tassen sucht, kommt eine Frau in Blazer und Hemd herein, ergreift meine Hand und stellt sich mir als Staatsanwältin vor.

»Ich arbeite an diesem Fall«, sagt sie. »Gunnar möchte jetzt den Stand der Ermittlungen mit Ihnen durchgehen. Ich kann leider nicht dabei sein, bin mir aber sicher, dass er gründlich sein und all ihre Fragen beantworten wird. Und wenn Sie später noch etwas wissen möchten, können Sie mich ja anrufen.«

Ich nicke. Gundersen und ich wechseln einen so schnellen Blick, dass sie ihn nicht bemerken konnte, beide ein wenig peinlich berührt, weil sie seinen Vornamen verwendet hat. Irgendetwas an ihm vermittelt mir den Eindruck, dass selbst seine eigene Mutter ihn Gundersen nennt.

Er führt mich in einen Besprechungsraum, der genauso spartanisch ist wie jener, in dem ich am Freitag warten musste; Stühle mit rosa Wollstoff von der Sorte, wie ihn Behörden in den Neunzigern gerne billig erstanden hatten, ein Resopaltisch mit Stahlbeinen, eine billige Schreibtischlampe, eine längliche, rechteckige Deckenleuchte, die an zwei Drähten hängt, und in der Ecke ein Gummibaum, von dem ich nicht sagen kann, ob er echt oder künstlich ist, mit einer beträchtlichen Staubschicht auf den Blättern. Gundersen setzt sich auf einen Stuhl. Er signalisiert mir, dass ich mich auf die andere Seite setzen soll. Dort stehen zwei Stühle, und für einen kurzen Augenblick muss ich an meine Praxis denken. Dann nehme ich aufs Geratewohl den rechten. Gundersen stellt die Kaffeetasse vor mir ab, und da sitzen wir.

»So«, sagt er.

»So«, sage ich.

Wir sehen einander an.

»Sie haben sicher ein wenig darüber nachgedacht, was am Freitag passiert ist.«

Ich nicke. Er sagt: »Darf ich Ihnen, bevor wir anfangen, noch eine Frage stellen?«

»Ja, natürlich.«

»Wussten Sie wirklich nicht, dass Sie Vera auf den Spuren waren? Als Sie am Freitag zum Krokskogen fuhren?«

»Nein«, antworte ich. »Ganz ehrlich. Ich hatte keine Ahnung, dass sie es war.«

»Aber Sie wussten doch schon, dass es nicht irgendein dahergelaufener irrer Mörder sein konnte, der Sie in diese Einsamkeit locken wollte? An den Tatort?«

Ich blicke auf die Tischplatte, verstehe, wie das für ihn aussehen muss.

»Ich wusste nicht, dass es Vera war«, sage ich, starre auf meine
Hände, versuche es zu erklären. »Aber ich habe die Gestalt auf
dem Video der Sicherheitsfirma gesehen, und ... na ja. Sie wirkte
nicht besonders bedrohlich. Eher ein bisschen erbärmlich.«

Es ist nicht so, dass ich seit Freitag nicht darüber nachgedacht
hätte. Aber ich kann es trotzdem nicht leicht erklären. Ich hole
tief Luft, versuche es erneut.

»Ich weiß nicht, ob Sie verstehen können, wie sehr ich mich
gefürchtet hatte«, sage ich. »Ich habe durchaus verstanden, dass
es gefährlich sein könnte. Aber es war einfach so, dass ... ich es
verstehen musste. Egal, wie die Sache ausgehen würde. Sicherlich war ich auch leichtsinnig, und natürlich denke ich inzwischen anders darüber. Aber zu Hause bin ich allmählich verrückt
geworden, nach der Sache mit den Kameras und den Schritten
auf dem Dachboden und den Kühlschrankmagneten. Ich wollte
nicht nur wissen, was mit Sigurd passiert war. Ich hatte auch das
Gefühl, es ginge um mein Überleben.«

Er sieht mich an und hat den Kopf ein wenig schiefgelegt.

»Wie auch immer, es ist ja noch mal glimpflich ausgegangen.
Aber ich sage Ihnen eines: Sie können diesem jungen Mann von
der Sicherheitsfirma wirklich dankbar sein. Arilds Sicherheit?
Dieser junge Grünschnabel? Er hat uns morgens angerufen und
erzählt, was passiert war. Und uns erklärt, dass er den Verdacht
hätte, Sie könnten vielleicht dorthin fahren. Es klang, als würde
er richtige Seelenqualen erleiden, als würde er seine Schweigepflicht verletzen. Ein bisschen so wie Sie, als wir über Ihre
Patientenakten sprachen. Na, wie auch immer. Dieser Jüngling
hat uns alarmiert, Fredly ist sofort ins Auto gesprungen und hat
zur Verstärkung ein paar Kollegen aus Hønefoss aufgesammelt.

Zum Glück, muss man sagen. Das hätte auch richtig schiefgehen können.«

Er sieht mich erneut an, vielsagend. Ich nicke. Gundersen arbeitet schon lange bei der Polizei. Er hat sicher einiges erlebt. Er würde die Einschätzung, dass man sein Leben aufs Spiel gesetzt hat, nicht leichtfertig abgeben.

»Jedenfalls«, er ordnet einige Papiere, die vor ihm auf dem Schreibtisch liegen; eine Mappe mit Blättern, etwas, das aussieht wie Ausdrucke von Exceltabellen, ein paar maschinengeschriebene Seiten, alles mit Notizen, die mit unleserlicher Handschrift an den Rand und auf jeden freien Platz gekritzelt wurden. »Lassen Sie uns am Anfang anfangen. Vera. Haben Sie irgendwelche Gedanken zu ihr? Ich meine, wie schätzen Sie ihre Rolle in dem Ganzen ein?«

»Tja«, sage ich. »Ich habe darüber nachgedacht. Ich weiß es nicht. Am wahrscheinlichsten ist wohl, dass sie ein Verhältnis hatten. Nehme ich an.«

Gundersen nickt langsam.

»Ja, so war es auch. Es tut mir leid, das sagen zu müssen.«

Ich empfange diese Nachricht wie einen erwarteten Schlag in den Magen. Ein dumpfer Schmerz, von dem ich weiß, dass ich ihn genauso stark empfinden werde wie am Freitagabend im Warteraum. Aber erst später. Jetzt ist es nur das, ein Hieb in die Magengegend, der das bestätigt, womit ich schon gerechnet hatte. Ich atme mehrmals ein und aus.

Gundersen blickt mich über seine Papiere hinweg an. Ich überlege, wie lange er das wohl schon wusste. Ich gehe einige unserer Gespräche im Kopf durch. Das eine, als wir in meiner Praxis saßen und er mich fragte, welche Probleme wir gehabt hätten, Sigurd und ich. *Wir hatten eine gute Ehe,* sagte ich damals. Wusste er es da schon?

»Sie hat Sigurd kennengelernt, als er den Anbau am Haus ihrer Eltern zeichnete«, erklärt Gundersen. »Sie wohnen in einer Doppelhaushälfte in Sogn. Einige Male musste Sigurd dorthin, um etwas auszumessen, als ihre Eltern verreist waren, und sie sagten, Vera ist zu Hause, sie lässt Sie herein. Na ja.«

Ich möchte mir die Fortsetzung gar nicht vorstellen. Mir nicht ausmalen, wie es passiert. Ich weiß, dass sie anschließend miteinander ins Bett gehen werden, nachdem ich mich schlafen gelegt habe, all diese Abende in einer überschaubar kurzen Zukunft. Ich versuche, stattdessen an all die anderen zu denken. Und ich denke an die Polizisten, die unser Haus durchsuchten, die letzten Montag unsere Schubladen durchwühlten, während ich apathisch dasaß und zu verstehen versuchte, was passiert war. Wussten sie es? Und wussten Jan Erik und Thomas es? War ihnen klar, dass Sigurd eine andere hatte, als sie mich an jenem Abend anriefen, als er nicht in das Ferienhaus kam? Und wenn sie es wussten, wusste Julie es auch?

Gundersen räuspert sich.

»Soweit ich es verstehe, und ich hoffe, Sie nehmen es mir nicht übel, hatten Sie durchaus Eheprobleme. Es liegt nicht in meinem Ermessen, in einer solchen Situation zu beurteilen, was richtig oder falsch ist, mir ist bewusst, dass es schwierig genug ist, verheiratet zu sein, aber um zu verstehen, wie sich dieses Verhältnis weiterentwickelte, muss ich mich doch fragen: Was hat Sigurd dazu bewogen, sich darauf einzulassen? Ein erwachsener Mann, verheiratet und alles? Mit einer Schülerin? Natürlich war sie achtzehn Jahre alt und dem Gesetz nach erwachsen, aber im Grunde ist sie doch immer noch eine Teenagerin. Es steht mir nicht zu, Ihnen zu erzählen, warum, aber wenn Sie wissen wollen, was ich denke, glaube ich, er war frustriert, weil seine Ehe nicht ganz so war, wie er es sich vorgestellt hatte. Ich habe das schon so oft gesehen. Vor allem bei Männern. Wissen Sie, es gibt so vieles in Ehen, was man tun und lassen und sein soll und wozu man Stellung beziehen muss. Schwiegereltern und Haus und Arbeit und Geld. Es gibt so vieles, womit man einander enttäuschen kann. Und auch sich selbst. Und dann kommt eine andere. Eine, die jung und offen ist und keine Forderungen stellt. Die dich bewundert, ohne zu verlangen, dass du mehr verdienen oder arbeiten oder leisten sollst. Wenn man sich lange genug unzulänglich gefühlt hat, kann es so verlockend sein, dieses großzügigere Bild von der eigenen Person anzunehmen. Und wenn die andere dann auch noch jung und hübsch ist, tja.«

Das ist also Gundersens Analyse von Sigurd. Hätte ich ihn auch so gesehen, wenn ich ihn von außen betrachtet hätte? Ich weiß es nicht. Am liebsten würde ich mein Gesicht zwischen den Händen verbergen. Ich sehe frühere Wochenendausflüge mit Thomas und Jan Erik vor mir. Sigurd am Abend, aufgeheizt und rot im Gesicht nach ein paar Bier und der Hitze des Kamins, soll ich euch etwas erzählen, wenn ihr mir versprecht, es nicht Sara zu sagen? Ich sehe, wie sie beide grinsen, ja, erzähl es uns, wir halten natürlich dicht.

Gundersen sagt: »Anfangs ist es eine reine Bettgeschichte, in dem Haus in Sogn, wenn die Eltern weg sind. Dann entwickelt sich ein Verhältnis daraus. E-Mails und Nachrichten. Treffen in seinem Büro am späten Abend, wenn die anderen nach Hause gegangen sind, manchmal auch im Auto, und irgendwann immer häufiger in der Hütte im Krokskogen, wo sie garantiert ungestört sind. Vera verliebt sich Hals über Kopf. Es dauert nicht lange, und sie ist überzeugt, dass sie beide füreinander bestimmt sind.

Na ja. Einer der Vorteile unserer beinahe grenzenlosen Kommunikationsmöglichkeiten sind all die Spuren, die wir hinterlassen. Die mobile Kommunikation hat meinen Beruf vollkommen verändert. Es geht nicht länger darum, nach dem einen kompromittierenden Brief zu suchen, den es *vielleicht* gibt. Wenn zwei Menschen ein Verhältnis eingehen, hinterlassen sie immer Spuren. Sie richten heimliche Mailkonten und Skype- oder Facebookprofile und weiß ich nicht alles ein. Die Mailadressen und das Skypeprofil haben wir schon aufgedeckt, aber Vera hat uns auch die Kommunikation auf einigen anderen Plattformen gezeigt. Ich habe drei Hilfskräfte, die alles durchgehen, denn es ist wirklich eine enorme Menge; seitenlange Chats. In diesen Chats können wir die Temperatur ihrer Beziehung messen. Beobachten, wie sie sich entwickelt.

Nicht lange nach der ersten Begegnung, den ersten Mails, erklärt Vera, dass sie ihn liebt. Sie ist nicht gerade zurückhaltend; sie habe noch nie jemanden wie ihn getroffen, schreibt sie, die Sache zwischen ihnen sei etwas ganz Einzigartiges. Ihre Liebe etwas sehr Besonderes. Solche Sachen. Anfangs geht Sigurd darauf ein. Er erwidert ihre Bekundungen, vielleicht nicht ganz so blumig, aber trotzdem folgt er ihrer Linie. Manchmal entlockt er ihr mehr, *Woran denkst du, wenn du mich vermisst.* Und um es so zu sagen: Sie lässt sich nicht lange bitten.«

Ich nicke traurig. Sigurd, der ein Codewort brauchte, um mir zu sagen, dass er mich liebte. *Liebste.* Ich, die es auch brauchte. Und dann Vera, denke ich, die in ihren eigenen Augen intelligenter ist als wir, aber die Bedeutung eines gelebten Lebens unterschätzt. Sicher hat sie sich selbstbewusst in diese erwachsene Affäre hineinbegeben, vielleicht erst einmal nur, um so etwas auszuprobieren. Vielleicht hat sie gedacht, sie wäre stärker als die, die jemandem verfallen, den sie nicht haben können. Und erst verstanden, in was für einer mächtigen Position sie sich befand, als es schon zu spät war. Ihre abschließenden Worte in unserer letzten Sitzung, an jenem Freitag, als Sigurd ermordet wurde, waren: *Ich brauche nur Liebe.* Ich denke: Das muss gewesen sein, kurz bevor sie in den Krokskogen fuhr, um ihn zu erschießen.

»Nach einer Weile wirkt es so, als würden die Gefühle ein wenig abkühlen«, sagt Gundersen. »Er bittet sie nicht um eine Pause oder ähnliches, aber er erwidert ihre Liebeserklärungen nicht mehr, oder jedenfalls weniger, als sie es verlangt. Das ist einige Monate vor dem November. Jetzt wird sie konkreter. Sie wünscht sich, dass sie sich zusammen auf eine Reise begeben, und das nicht in Gedanken, sie hat sogar realistische Pläne geschmiedet, wie sie es umsetzen könnten. Ein Sparkonto, ein Freund der Familie, der eine Wohnung in London hat, solche Sachen. Sie möchte, dass er sich von Ihnen trennt, sie möchte heiraten. Und das, muss ich ebenfalls sagen, ist die völlig vorhersehbare Fortsetzung der Geschichte über das verliebte junge Mädchen, das keine Forderungen stellt. Veras Persönlichkeit ist noch dazu ein bisschen intensiver als die der meisten anderen Menschen. Als sie ihm schreibt und sich für das Schmuckstück bedankt, das er ihr geschenkt hat, nennt sie es *ein Symbol tiefster Liebe.* Ich glaube, sie kommt nicht ansatzweise auf die Idee, dass Sigurd etwas anderes empfinden könnte.«

»Was für ein Schmuck war das?«, murmle ich, ich weiß es längst, muss es aber trotzdem hören.

»Das Geschenk? Ein Armband mit einer Perle.«

Ich sage nichts. Ich weiß, dass ich auch diese Last später schmerzlich spüren werde.

Gundersen sagt: »Im Chatverlauf wird deutlich, dass er sich im Laufe des Herbstes distanziert. Darin sind sich all meine Hilfskräfte einig. Als es auf Weihnachten zugeht, sagt Sigurd nur noch auf ihre Aufforderung hin, dass er sie liebt. Und Mitte Dezember macht er mit ihr Schluss.«

Das war wohl, direkt nachdem wir beschlossen hatten, unsere Beziehung zu retten, denke ich. Als wir einander während des Silvesterfeuerwerks auf Teneriffa Besserung gelobten, sagte er: *Ich bin mit Atkinson fertig.* Ich hörte es und nickte. Dachte nach wie vor, es ginge um Architektur. Verstand nicht, was er mir eigentlich sagte.

»Der richtige Bruch findet nicht über elektronische Kommunikation statt«, sagt Gundersen, »aber der Chatverlauf gibt uns die Möglichkeit, die Nachwehen davon zu verfolgen. Vera fleht ihn an, zu ihr zurückzukehren, erklärt ihm ihre Liebe, droht mit Selbstmord. Sigurd versucht ihr seine Entscheidung zu erklären, bittet sie, sich Hilfe zu suchen, wenn es ihr nicht gut geht, und ist zunehmend kurz angebunden. Wenn ich mit Vera über diese Zeit spreche, gibt sie Ihnen alle Schuld. Er hätte Schluss gemacht, weil er Angst vor Ihnen hätte, meint sie. Vera erzählt, dass sie wiederum große Sorge gehabt hätte, wie es mit ihm weitergehen würde. Sogar um sein Leben habe sie gefürchtet.

Als Sie im Dezember verreisen, baut sie kleine drahtlose Kameras in Ihrem Haus ein. Sie hat das ganz freiheraus erzählt, sie hätte sie in einem Laden im Zentrum gekauft, um darauf aufpassen zu können, dass es *ihm gut geht.* Sie hat auch zugegeben, dass sie schon zu einem frühen Zeitpunkt in der Beziehung Sigurds Schlüssel nachmachen ließ. Ihre Erklärung ist ein wenig schwammig, deshalb vermute ich, sie hatte ihm einfach den Schlüssel aus der Hosentasche gestohlen.«

Ich weiß zu gut, was jetzt kommt. Der Beginn unserer Therapie. Als ich sie im beruflichen Rahmen empfing und glaubte, ich wäre ihre Psychologin. Als ich Therapeutin war, während sie mir gegenübersaß und alle möglichen privaten Dinge über mich wusste. Sie hatte mich nackt gesehen, im wahrsten Sinne des Wortes, indem sie mein Schlafzimmer überwachte, aber sie sah mich auch weinend im Bett sitzen, während Sigurd unten hinter seinem Laptop hockte. Sie hatte gehört, wie ich Sigurd erzählte, dass ich einsam bin, hatte es sich gemerkt und es mir in einem Anfall von Wut an den Kopf geworfen, *haben Sie überhaupt Freundinnen?* Sie hatte mich dort getroffen, wo ich am verletzlichsten war. Kein Wunder, dass ich vor den Sitzungen mit ihr oft einen Widerwillen verspürte. Sie saß im Sessel in meiner Praxis und wusste, dass ich von meinem Mann betrogen wurde. Was habe ich gesagt, welche Weisheiten über das Leben und die Liebe konnte ich ihr bieten? Und sie nickte und nahm alles in sich auf, und gleichzeitig kannte sie die intimsten Seiten des Mannes, der mein war.

Gundersen fährt fort: »Im Laufe des Januars nehmen sie den Kontakt wieder auf. Vera schlägt einen anderen Ton an im Chat, sie ist zurückhaltender. Sie möchte, dass sie Freunde bleiben, mehr nicht. Nach wenigen Wochen nehmen sie die Affäre doch wieder auf. Dann ruft sie Sie an und bittet um eine Therapiestunde. Um zu sehen, wer Sie sind, sagt sie. Um zu verstehen, was Sigurd an Ihnen findet.«

Ich habe keine Lust, mit Gundersen darüber zu reden. Ganz gleich, wie verständlich es ist, dass ich ihr geglaubt habe, werde ich das Gefühl nicht los, ich hätte mich übers Ohr hauen lassen. Als wäre ich zu gutgläubig gewesen und hätte zu viel von mir preisgegeben. Und weil ich ihm das alles nicht erklären will, frage ich schnell:

»Aber warum hat sie ihn umgebracht? Wollte er wieder mit ihr Schluss machen? Oder gab es einen anderen Auslöser?«

»Tja«, antwortet Gundersen und schiebt seine Papiere zurecht, »das ist es eben.«

Eine Weile schweigt er, sieht auf seine Papiere und sagt nichts, und dann sieht er mit diesem Blick zu mir auf, den er ab und zu bekommt, mit diesen glasklaren, ehrlichen Augen. Ich weiß nicht, ob es eine Technik ist oder nicht, ob er das auf der Polizeischule gelernt hat, aber es wirkt; gegen diese Ehrlichkeit kann man sich unmöglich wehren.

»Ich glaube nicht, dass sie Sigurd ermordet hat.«

Am Wochenende saß ich bei Annika auf dem Fußboden und baute mit meinen beiden ältesten Neffen eine Zugstrecke, legte Brücken über Kabel und Kurven um Stuhlbeine und vertiefte mich voll und ganz in diese Aktivität: gemeinsam mit diesen Jungen wie ein Kind zu denken. Auf eine Welt zu reagieren, die überschaubar ist, Eis und Märchen und Nachbarinnen, die vielleicht Hexen sind. Und jetzt, als mir die Folgen dessen bewusst werden, was Gundersen sagt, als ich meinen panischen Blick im Küchenfenster in jener Nacht in Nordstrand sehe und mich bei dem Gedanken ertappe, dass ich vielleicht doch etwas gesehen habe, dass mich immer noch jemand verfolgt, wünsche ich mir nur eines: wieder zu diesem Augenblick mit den Jungen auf dem Fußboden zurückkehren zu können, als es auf nichts anderes ankam, als ein paar Modelleisenbahnschienen über den Teppichrand zu legen.

»Ich verstehe nicht, was Sie meinen«, sage ich.

Gundersen blickt beinahe entschuldigend drein, presst die Lippen aufeinander und zieht die Mundwinkel bis unter den Bart, die ganze Zeit über mit diesem ehrlichen Blick.

»Sie hat uns überwacht«, sage ich. »Sie hat die Hüttenschlüssel durch meine Haustür geschleudert, mich dorthin gelockt, und ich *weiß,* dass sie mich umbringen wollte. Sie wird sicher behaupten, es wäre reine Selbstverteidigung gewesen oder ähnliches, aber Gundersen, Sie haben sie nicht so gesehen, wie ich sie gesehen habe.«

»Ich verstehe, was Sie meinen«, sagt er. »Und falls Sie das tröstet, haben Sie in Ingvild Fredly eine Verbündete. Sie sagt dasselbe wie Sie, es besteht kein Zweifel daran, dass Vera Sie dort oben im Krokskogen erschießen wollte.«

»Aber«, sage ich, und jetzt zittert meine Stimme, ich muss kämpfen, um die Tränen zurückzuhalten, »aber wer soll es denn dann sein? Denn ist es nicht ziemlich ungewöhnlich, dass Sigurd, ein ganz normaler Architekt aus Røa, nicht nur einen, sondern gleich zwei potentielle Mörder kennen sollte?«

»Guter Einwand«, erwidert er. »Aber die Fakten sprechen einfach dagegen. Es wäre nahezu unmöglich für sie gewesen, das zu schaffen.«

»Es muss trotzdem möglich gewesen sein. Sie haben irgendetwas übersehen.«

Er schweigt einen Moment; er wartet darauf, dass ich mich beruhige, denke ich, und ich versuche es auch, ringe damit, die Fassung wiederzuerlangen.

»Ich bin nur ein einfacher Mann«, sagt Gundersen. »Ich sehe mir das an, was mir vorliegt, und frage: Ist es möglich, dass X das getan hat? Hatte X tatsächlich physisch die Möglichkeit, diese Tat zu begehen? Und wenn das nicht der Fall ist, tja, dann müssen wir entweder eine Möglichkeit finden, wie X es dennoch geschafft haben kann, oder wir müssen diese Hypothese schlichtweg verwerfen. In meinem Beruf versteift man sich allzu leicht auf die Lösung, die am besten zu passen scheint. Hat man erst einmal einen Verdacht, sieht man nur noch das, was ihn bestätigt. Man ignoriert alles, was darauf hindeutet, dass man sich täuscht, und sucht selektiv nach den Details, die für die eigene These sprechen.«

»*Bestätigungsfehler*«, sage ich. »So nennt man das. Die Tendenz, nach Informationen zu suchen, die das bestätigen, was man sowieso schon glaubt.«

»Ein ziemlich eindeutiger Schnitzer«, sagt er. »Vollkommen grundlegend, aber das hindert selbst erfahrene Ermittler nicht daran, in diese Falle zu tappen. Es hätte zu gut gepasst, wenn sie es gewesen wäre, oder? Nur leider kann es nicht stimmen.«

Er blättert in seinen Unterlagen und findet noch eine ausgedruckte Exceltabelle.

»Fangen wir einmal damit an, was wir über Freitag, den 6. März wissen. Das geht ganz schnell. Mal sehen. Sigurd steht um halb sechs auf. Er duscht, zieht sich an, sucht ein paar Sachen zusammen, trinkt eine Tasse Kaffee und verabschiedet sich von Ihnen. Auf Veras Videoaufnahmen können wir sehen, dass er um 6:10 Uhr durch die Haustür hinausgeht. Wir wissen, dass er gegen halb sieben bei FleMaSi ankommt. Er parkt das Auto auf dem Bürgersteig, gut sichtbar für die Kamera vor dem Eingangsbereich. Dort bleibt er die nächsten anderthalb Stunden, bis es 7:53 Uhr ist – dann zeigt die Kamera, wie er wieder zu seinem Auto geht. Einige Minuten nach acht wird das Auto auf dem Weg nach Westen an der Mautstation bei Majorstua registriert. Um 8:44 Uhr passiert er die Mautstation nach Kleivstua. Das ist die letzte gesicherte Spur, die Sigurd hinterlässt.

Nichtsdestotrotz können wir das GPS auf seinem Handy verfolgen. Das ist natürlich nicht ganz fehlerfrei, weil das Telefon eines Menschen nicht Teil seines Körpers ist. Aber wir haben ja eine Zeugin – Sie –, die bestätigen kann, dass Sigurd um zehn nach halb zehn damit telefoniert hat. Den Koordinaten des Handys zufolge parkt Sigurd drei Minuten, nachdem er die Mautstation passiert hat, auf der Straße unterhalb von Kleivstua und läuft eine Viertelstunde durch den Wald, ehe er um kurz nach neun die Hütte erreicht. Ab diesem Zeitpunkt bewegt sich das Telefon nicht mehr.

Sigurd hat mit Vera vereinbart, dass sie gegen elf oder zwölf zur Hütte kommt. Um kurz nach neun schickt er ihr über Skype eine Nachricht, dass er jetzt angekommen sei, und bittet sie, sich zu melden, bevor sie in den Bus einsteigt, damit er sie an der Haltestelle abholen kann. Und dann gibt es noch einen ausgehenden Anruf von seinem Telefon, der zu Ihrer Behauptung passt, er hätte Ihnen auf Band gesprochen. Leider ist es dem Anbieter nicht gelungen, diese Nachricht zu rekonstruieren, weshalb ich es nach wie vor bedauere, dass Sie sie gelöscht haben, aber so, wie sich alles darstellt, neige ich trotzdem dazu, Ihnen in Bezug auf den Inhalt zu glauben. Diese gelöschte Nachricht ist jedenfalls die letzte Spur, die Sigurd hinterlässt. Der Gerichtsmediziner und unser eigener Arzt sind sich einig, dass er um spätestens fünfzehn Uhr starb, sodass er nur wenige Stunden nach diesem Anruf getötet worden sein muss.

Nach der Sitzung mit Ihnen sagt Vera, dass sie zur U-Bahn-Station Holstein gegangen wäre, von dort zum Hauptbahnhof fuhr und versuchte, Sigurd zu erreichen, um ihm Bescheid zu geben, dass sie jetzt auf dem Weg in den Krokskogen war. Sie hatte an diesem Tag ihr Handy zu Hause vergessen, weshalb wir sie nicht wie Sigurd anhand der GPS-Koordinaten verfolgen können. Fredly hat mehrmals darauf hingewiesen, wie praktisch das für sie war. Bevor Sie ähnliche Schlüsse ziehen, möchte ich deshalb nur sagen, dass aus den Chats auch hervorgeht, wie oft sie ihr Handy, ihr Portemonnaie und ihre Schlüssel verlegte, aber nun ja. Vera versuchte also, ihn auf andere Weise zu erreichen, sie ging in ein Internetcafé am Bahnhof, fragte in einem Klamottenladen, ob sie das Telefon benutzen dürfe, und rief an, erreichte ihn jedoch nicht. Sie ließ einen Bus abfahren, und als sie so lange gewartet hatte, bis sie auch die nächste Abfahrt verpasst hatte, fuhr sie zurück zur Schule und kam dort in Nydalen um Viertel vor zwölf an.

Vera hat großes Glück, dass ausgerechnet an diesem Tag der Schulfotograf da ist. Und anhand der Informationen zur Bilddatei kann man genau erkennen, wann ein bestimmtes Foto aufgenommen wurde. Wenn Vera nach der Sitzung mit Ihnen in den Krokskogen gefahren wäre, um Sigurd zu erschießen, hätte sie hin und zurück fast zweieinhalb Stunden gebraucht. Im Idealfall, ohne jedwede Verspätung, hätte sie um 12:15 Uhr wieder in der Schule sein können. Das wäre der allerfrühste Zeitpunkt gewesen.

Doch das erste Bild von Veras Klasse wurde um 12:03 Uhr aufgenommen, und da steht Vera schon zwischen Marie und Max Mustermann und lächelt blass in die Kamera.«

Er legt die Handflächen auf den Tisch. Ich betrachte sie, versuche mich zu einem Gegenargument aufzuraffen.

»Jetzt denken Sie wohl«, sagt er und formuliert es für mich, »dass die zeitliche Abweichung ziemlich gering ist. Wenn das erste Bild um 12:03 Uhr aufgenommen wurde, sind es ja nur zehn Minuten. Aber ich habe jeden Schritt mit spitzer Feder und der schnellstmöglichen Zeit berechnet. Nur ein paar rote Ampeln, zähfließender Verkehr in Sollihøgda, ein Telefonat mit Sigurd, um ihn aus dem Haus und in den Wald zu locken, ein gemütlicher Autofahrer am Tyrifjorden oder eine zusätzliche Runde, um einen Parkplatz in Nydalen zu finden, und dieser Zeitplan platzt. Ich würde sagen, dass es sogar ziemlich unwahrscheinlich wäre, wenn sie die Schule schon um Viertel nach zwölf erreicht hätte, obwohl es rein technisch gesehen möglich wäre. Außerdem habe ich aber auch mit dem Fotografen gesprochen. Wenn das erste Bild um 12:03 Uhr aufgenommen wurde, bedeutet das, dass sich die Schüler schon einige Minuten davor aufgestellt haben mussten. Vera steht mitten in der Gruppe. Sie kann nicht als Letzte angekommen und gerade noch ins Bild gesprungen sein.

Ich weiß es also nicht. Wäre ich ein Staatsanwalt, könnte ich vielleicht versuchen, daraus eine Anklage zu basteln. Aber wenn Sie mich fragen, glaube ich nicht, dass sie es war. Sie hätte es nicht geschafft. Sie hätte es *fast* schaffen können. Aber leider ...«

»Aber Sie haben doch gesagt, er wäre spätestens um 15 Uhr gestorben. Dann hätte sie es doch nach dem Klassenfoto schaffen können«, wende ich ein.

»Ja«, sagt Gundersen, »aber das Klassenfoto ist nicht der einzige Beweis. Zwischen 12:24 Uhr und 12:29 Uhr machte der Fotograf mindestens vier Porträtaufnahmen von Vera. Und zwischen 14:19 Uhr und 14:30 Uhr eine Reihe von Bildern mit allen Schülerinnen und Schülern. Wenn sie aufgebrochen wäre, nachdem das letzte Foto aufgenommen worden war, hätte sie erst nach fünfzehn Uhr im Krokskogen sein können, und da war Sigurd bereits tot.

Hinzu kommt, dass wir alle ihre Versuche verfolgen können, ihn von der Innenstadt aus zu erreichen. Alle Log-ins und all die Anrufe auf seinem Telefon stimmen mit der Version überein, die sie uns erzählt hat.«

»Aber sie könnte jemand anders dazu gebracht haben«, gebe ich zu denken. »Einen Freund oder einen anderen Menschen, den sie manipuliert hat.«

»Tja«, sagt er und zuckt mit den Schultern. »Das *könnte* sie natürlich getan haben. Aber ohne einen Täter gibt es auch keine Anklage. Nichts deutet darauf hin, dass Vera Kontakt zu einem Auftragsmörder hatte, und sie scheint nicht viele Freunde gehabt zu haben, jedenfalls nicht viele enge. Niemanden, an den man sich wenden könnte, wenn man Hilfe bei einem Mord braucht. Noch dazu stammen die Kugeln in Sigurds Körper nicht von einer Waffe wie dem Revolver, der aus Ihrem Haus gestohlen wurde. Wenn Vera Sigurd getötet haben sollte, müsste sie zwei

Waffen gehabt haben, und das ist vielleicht möglich, aber es unterstützt Ihre These trotzdem nicht gerade.«

Ich seufze schwer und schaue zu dem verstaubten Gummibaum in der Ecke hinüber.

»Aber wie geht es denn jetzt weiter«, frage ich. »Stehe ich immer noch unter Verdacht?«

»Nein«, sagt Gundersen, und jetzt lächelt er. »Wissen Sie, bei aller Demütigung, die Sie angesichts des Überwachungssystems in Ihrem Haus empfunden haben müssen, ist es in dieser Hinsicht Ihr Glück. Rein theoretisch gesehen hätten Sie ja in den Krokskogen fahren und Sigurd töten können zwischen... wie heißen die beiden noch?«

Er sieht in seinen Papieren nach.

»Zwischen Christoffer und Tryggve. Dank Veras Überwachung habe ich jedoch eine Menge Videos von Ihnen aus dieser Zeit, wo Sie im Wohnzimmer auf und ab gehen, etwas zu essen zubereiten, die Zeitung lesen, am Computer sitzen, die Spülmaschine ausräumen und so weiter. Ich nehme nicht an, dass Sie gegenüber Vera irgendeine besondere Dankbarkeit oder Wärme verspüren, aber sollten Sie eines Tages auf die Idee kommen, auf sie zuzugehen, dann vielleicht deswegen. Sie hat Ihnen ein Alibi gegeben.«

Es ist leicht, Informationen zu finden, die das bestätigen, was man sowieso glaubt. So wie ich am Freitag, als ich im Polizeipräsidium warten musste. Es ist leicht, die Informationen zu ignorieren, die nicht dazupassen. So wie alles in mir Gundersens Ausführungen abstreiten will.

Doch je mehr er erklärt, desto schwieriger wird es. Während er weiterredet, versucht mein Gehirn das wegzurationalisieren, was er mir erzählt hat. Natürlich kann sie es getan haben. Sie hatte einen Helfer. Sie hat ihn an einem anderen Ort getötet und die Leiche dorthin gebracht. Es gibt irgendetwas, das wir nicht bedacht haben. Natürlich hat sie Sigurd umgebracht, wer sollte es sonst gewesen sein?

Während ich innerlich alles bestreite, berichtet Gundersen mir, wie die letzte Woche für Vera verlief. Wenn wir ihre Version der Geschichte akzeptieren, wie er sagt. Er erzählt, dass sie an jenem Tag von der Schule nach Hause fuhr und den ganzen Abend darauf wartete, dass Sigurd anrufen und ihr erklären würde, warum er die Verabredung nicht einhalten konnte. Und sich Sorgen machte, als sie nichts von ihm hörte. Sie beobachtete mich auf den Filmen, die ihr die Kamera übermittelte, hörte mich mit Thomas telefonieren, hörte mich tags darauf mit der Polizei telefonieren, als ich ihn als vermisst melden wollte. Am Samstagnachmittag lieh sie sich heimlich das Auto ihrer Mutter, fuhr in den Krokskogen hinauf und fand in der Hütte seine Sachen, doch ansonsten war sie leer. Als wäre er nur für einen kurzen Moment hinausgegangen, sagt Gundersen. Und hätte das Handy auf dem Tisch liegen lassen. Und den Zeichenköcher ans Fenster gelehnt. Und den Rucksack offen stehen lassen, und einen Teller mit einer halben Scheibe Brot auf dem Küchentisch. Als könnte er jeden Moment wiederkommen und die Scheibe aufessen.

Sie habe das Handy und den Zeichenköcher genommen, sagt Gundersen, und den Hüttenschlüssel. Natürlich war sie es, die diesen Zeichenköcher wieder zurück in mein Haus brachte. Sie war es, die sein Handy in meinem Garten hinterließ. So wollte sie versuchen, den Verdacht auf mich zu lenken. Der Polizei helfen, nannte sie es laut Gundersen. Sie sei sich sicher, dass ich Sigurd umgebracht hätte. Gundersen erzählt, als er sie mit all den Fakten konfrontiert habe, dass ich es *nicht* gewesen sein könne – ihren eigenen Aufnahmen zum Beispiel –, hätte sie es einfach bestritten. Sie sei überzeugt, dass ich einen Verbündeten hätte. Ich wäre eifersüchtig gewesen, weil ich herausgefunden hätte, dass Sigurd eine andere gehabt hätte, hatte Vera in einer Befragung voller Überzeugung gesagt, und hätte ihn aus Rache getötet. Sie behauptet, ich hätte bestimmt von den Kameras gewusst und die Rolle der besorgten Ehefrau nur gespielt, während mein Komplize in den Krokskogen gefahren sei. Als Gundersen dagegen argumentiert, tut sie es ab. Sie glaubt ihm nicht, wenn er sagt, dass es unmöglich so abgelaufen sein könne. Gundersen erzählt, dass sie immer nur fragt, wer es denn sonst gewesen sein solle?

Mein Widerstand nimmt immer mehr ab. Es wird zu schwierig.

Er erzählt, dass sie zugibt, bei mir eingebrochen zu sein. Sie nahm den Revolver des alten Torp, Sigurd hatte ihr davon erzählt, und sie wusste ungefähr, wo er lag. Nach ihm suchte sie in jener Nacht, als ich sie auf dem Dachboden hörte. Durch ihr Mikrophon hörte sie, was die Polizei sagte. Wie sie es sagte. Gundersen sieht für einen Moment tatsächlich ein wenig gequält aus, und sagt: »Ab und zu haben wir uns vielleicht unprofessionell ausgedrückt, das gebe ich zu. Meine Mitarbeiter und ich auch. Bevor wir wussten, dass wir überwacht wurden. Als Sie uns die Patientenakten nicht herausgeben wollten. Als Sie die Nachricht von der Mailbox gelöscht hatten. Ich muss zugeben, dass mich das irritiert hat. Und ja, vielleicht hat das auch zu dem geführt, was ich zu meinen Mitarbeitern gesagt habe, als ich glaubte, niemand würde mich hören. Vera hat es gehört. Das könnte sie beeinflusst haben.«

Und dann entdeckte die Polizei *sie*. Das heißt, sie hackten sich in Sigurds PC ein und fanden heraus, dass er ein Verhältnis mit einer sehr jungen Frau hatte. Gundersen erzählt, dass sein Team sie befragte und sie zugeben musste, für den 6. März kein vollständiges Alibi zu haben. So fiel der Verdacht plötzlich auf Vera. Sie wollte ihn wieder auf mich zurücklenken und fing an, sich einzumischen. Sie begriff, dass ich Angst bekam, nachdem ich sie in meinem Haus gehört hatte. Sie beobachtete mich. Belauschte, was ich zur Polizei sagte, und registrierte, dass die Beamten mir gegenüber distanzierter wurden. Wollte dieses Misstrauen mir gegenüber noch vergrößern.

»Die Kühlschrankmagneten waren ein schlauer Einfall«, sagt Gundersen. »Das wirkte so idiotisch. Es *war* idiotisch. Für uns professionelle Ermittler, die schon seit Jahrzehnten in Mordfällen ermittelten, klang das so trivial. Es schien unwahrscheinlich und konnte leicht als nervlich überspannt interpretiert werden. Ein Mensch, der dabei ist, die Kontrolle zu verlieren. Und gleichzeitig muss es Ihnen natürlich eine Heidenangst eingejagt haben.«

»Ich verstehe aber nicht, dass niemand auf die Idee kam, es könnte eine andere Möglichkeit geben. Dass jemand versucht, die Aufmerksamkeit auf mich zu lenken.«

»Tja«, sagt Gundersen. »Der Gedanke hat mich natürlich gestreift, um es so zu sagen. Dass es mehrere Lösungen geben könnte. Entweder waren Sie vollkommen durchgedreht und paranoid, dachte ich, oder Sie wollten sich selbst zum Opfer machen – aber mit einer ziemlich unklugen Masche. Oder jemand versuchte wirklich, Ihnen zu schaden. Deshalb hatte ich sicherheitshalber einen Kollegen vor Ihrem Haus platziert. In der Nacht auf Freitag, den 13. März, wurde Vera also nicht von Ihrem, oder besser gesagt, Arilds Überwachungssystem ertappt, sondern auch von meinem Mann vor Ort beobachtet. Er folgte ihr, als sie wegrannte, aber dann verschwand sie in einem Garten im Carl Kjelsens vei, und er verlor ihre Spur.«

Ein Hauch von Sicherheit legt sich über meine Erinnerung an jenen Abend. Also gab es doch jemanden, der mich beschützt hätte. Also war ich nicht ganz mir selbst überlassen gewesen.

Gundersen vermutet, dass Vera irgendwann klar wurde, dass die Polizei sie im Visier hatte. Sie konnte auf den Aufnahmen sehen, dass die Polizisten mich seltener besuchten, und ehe Fredly die Kameras fand, konnte sie hören, wie seine Kollegen und er über weitere verdächtige Personen sprachen, inklusive der *Liebhaberin,* wenn sie glaubten, niemand würde sie hören. Allerdings kannte sie weder die Obduktionsberichte noch die Fotodateien mit der genauen Uhrzeit, sie wusste nicht, dass sie vom Verdacht befreit war. Natürlich hätte sie nichts dagegen gehabt, wenn ich des Mordes an Sigurd angeklagt worden wäre. Doch nach und nach musste ihr auch gedämmert haben, dass es nicht schlecht wäre, wenn ich auch stürbe. Gundersen erzählt, Vera dachte, ich hätte ihr Sigurd gleich zweimal weggenommen: zum einen, weil er sich mehrmals für mich und gegen sie entschieden hatte, zum anderen, weil sie davon überzeugt war, dass ich ihn umgebracht hätte. Sie hätte mich erschossen und behauptet, es wäre Notwehr gewesen, und so wäre der Verdacht vollends auf mich gelenkt worden. Und ich wäre nicht mehr in der Lage gewesen, mich zu verteidigen, was das Ganze umso überzeugender gemacht hätte. Mich zu ermorden, wäre außerdem eine Strafe für meine Tat. So könnte Vera gedacht haben.

Die Hütte war ein guter Tatort. Sie musste mich aus meinem Haus weglocken – denn es gab ja keinen überzeugenden Grund, warum sie mich in meinen eigenen vier Wänden besuchen sollte. Sie ergriff die Gelegenheit, mir eine Aufforderung zukommen zu lassen: Hier ist der Schlüssel, die Antwort, die du suchst, liegt im Krokskogen.

»Das sind aber alles nur Spekulationen«, sagt Gundersen. »Es kann sein, dass sie Sie bewusst in eine Falle gelockt hat und Sie töten wollte. Aber wir können diese Absicht nicht beweisen.«

Ich seufze. Was braucht er denn? Einen Zettel, auf dem sie ihren Plan notiert hat? Ein Geständnis?

»Veras Version lautet, dass sie in Ihr Haus hineinwollte, um den Schlüssel zurückzubringen, und Angst bekam, als der Alarm ausgelöst wurde, und in Panik handelte. Und dass Sie außer sich geraten wären, als Sie sie in der Hütte im Krokskogen entdeckt hätten, und dort in der Küche gestanden und sie bedroht hätten. Sie glaubte, Sie wollten sie umbringen.«

»Das ist doch lächerlich«, entgegne ich. »*Sie* hat die Waffe auf *mich* gerichtet.«

»Ja«, sagt Gundersen. »Aber sie hat nicht geschossen.«

»Sie *hätte* geschossen! Wenn Fredly nicht gekommen wäre, hätte sie mich umgebracht.«

»Das können wir so sagen«, erwidert Gundersen unerschütterlich. »Und dann wird Veras Verteidiger uns fragen, wie wir das wissen können? Die Verteidigung wird das ganze Register ziehen, achtzehn Jahre alt, keine Vorstrafen, nie zuvor eine Waffe in der Hand gehalten, und so weiter.«

»Und dann versuchen Sie es nicht einmal?«, frage ich und kann die Tränen nur schwer zurückhalten. »Sie wollte mich umbringen, aber da wir nichts beweisen können, sagen wir nur, jaja, das ist wirklich schade? Und lassen sie gehen?«

Jetzt ist es an ihm zu seufzen. Plötzlich tritt die Müdigkeit in seinem Gesicht hervor. Er reibt sich die Augen, und als er die Hände wegzieht, ist es, als würde die Bewegung in seiner Haut hängenbleiben, die Falten und die dünne, ein wenig geschwollene Haut darunter zittern noch immer.

»Unter welchen Voraussetzungen wir versuchen, ihre Verurteilung zu erwirken, liegt in der Hand der Oberstaatsanwaltschaft. Die Staatsanwältin, die Sie ja kennengelernt haben, wird ihre Empfehlung abgeben. Und man kann sagen, was man will, aber sie ist sehr kompetent. Wenn sie von einem Mordversuch ausgeht, bestehen gute Chancen, dass dem Antrag auch stattgegeben wird.«

»Wenn.«

»Ja. Und wenn nicht, erfüllt sie ja noch genügend andere Tatbestände. Hausfriedensbruch, Verfolgung Unschuldiger, illegale Überwachung. Waffendiebstahl. Belästigung und Bedrohung.«

»Und womit hat eine Achtzehnjährige ohne Vorstrafen bei diesen Verstößen zu rechnen?«

»Vielleicht eine Haftstrafe«, antwortet Gundersen, »aber wahrscheinlich eher nicht. Möglicherweise eine Bewährungsstrafe. Vielleicht auch Sozialstunden und eine hohe Geldstrafe.«

Wir schweigen lange. Ich denke an meine erste Begegnung mit Vera. Ihren Tonfall, als sie mich *Frau Doktor* nannte. Ich überlege, wie es danach sein wird, neue Patienten zu empfangen. Werde ich alle, die zu mir kommen, ansehen und mich fragen, welche Hintergedanken sie wohl haben – all diese gequälten Jugendlichen, die sich meine Treppe hinaufwagen, in der Hoffnung auf die Hilfe, die sie so dringend brauchen? Werde ich je wieder therapeutisch arbeiten können? Wäre es ethisch zu verantworten, und wäre es überhaupt möglich?

Gundersen und ich sind am Ende angelangt. Ehe ich gehe, versichert er mir, dass der Fall immer noch höchste Priorität habe. Wenn sie nach einer Woche keinen Tatverdächtigen hätten, könne es sein, dass sie den Täter nie finden, räumt er ein, versichert mir jedoch zugleich, dass es durchaus möglich sei, den Fall noch zu lösen. Er persönlich tue jedenfalls sein Bestes, und sie gingen bereits anderen Tatmotiven nach. FleMaSi beispielsweise, die Besitzverhältnisse. Sie würden auch Margrethes

Bekanntenkreis untersuchen und weiterhin daran arbeiten, sich die Personen in Veras Umkreis genauer anzusehen. Nicht zuletzt könne viel Interessantes dabei herauskommen, alles komplett auf den Kopf zu stellen und von vorn anzufangen, sagt er und wirkt durchaus optimistisch, aber irgendetwas an seinem Ton verrät mir dennoch, dass ich mir nicht zu große Hoffnungen machen sollte. Während ich ihm durch das Labyrinth aus Fluren und verschlossenen Glastüren zum Empfang folge, denke ich, hier hört es auf. Einige Zeit wird vergehen, und dann werde ich einen Brief bekommen, oder jemand wird mich anrufen und darüber informieren, dass man nicht mehr alle Ressourcen für die Ermittlung einsetzen könne. Anschließend wird der Fall eingestellt oder auf Eis gelegt, wo er darauf wartet, irgendwann wieder neu aufgerollt zu werden – ein neuer Ansatz, eine rauchende Pistole, eine verdächtige E-Mail. Vermutlich vergeblich. Aller Wahrscheinlichkeit nach werde ich nie erfahren, was eigentlich mit Sigurd geschah.

Als er mir die letzte Glastür aufschließt, sagt Gundersen: »Sara? Darf ich Ihnen einen Rat geben?«

»Ja?«

Er räuspert sich, fährt sich mit der Hand über den Mund.

»Versuchen Sie doch, Ihre Zeit jetzt mit denen zu verbringen, die Ihnen Gutes wollen. Mit Ihrer Familie. Ihrem Vater. Und Ihrer Schwester, die scheint mir eine zu sein, auf die Sie immer zählen können. Eine tolle Frau, wenn ich das so sagen darf. Geben Sie diesen Menschen den Vorzug.«

Ich nicke. Ich danke ihm für den Rat. Wir reichen uns die Hand, und ich gehe durch die Glastür hinaus. Als sie hinter mir zufällt, drehe ich mich um und will ihm nachsehen, doch er ist schon verschwunden.

Ein Sonntag im Mai: In der Dunkelheit sitzen

Es ist unmöglich, mir nicht die Hände mit Erde schmutzig zu machen. Ich hätte Handschuhe anziehen sollen. Zwischen meinen dreckigen Fingern, mit Erde in jeder Falte und jedem Zwischenraum, unter den Nägeln und auch unter dem Ehering, den ich immer noch trage, halte ich diese lila Blume, ein *Kapkörbchen*, das viel zu filigran und hübsch aussieht für das norwegische Frühlingsklima. Ich habe mich nie für das Gärtnern interessiert, nicht so wie Annika oder unsere Mutter. Ich bin eher so wie mein Vater, die Wochen vergehen, und plötzlich ist es Winter, und ich habe die Hecke wieder nicht geschnitten. Sigurd war ähnlich. Aber der Mann im Gartencenter sagte, das Kapkörbchen könne das norwegische Klima gut vertragen, wenn man es nur richtig pflege. Also kaufte ich Dünger und einen Spaten und ging zu Werk.

Ein silbergraues Auto taucht in meinem Augenwinkel auf, während ich versuche, die Pflanze in das Loch zu bugsieren, das ich für sie gegraben habe. Ich muss den Boden noch einmal tiefer ausheben und sie dann wieder damit bedecken, um die Erde an ihrem Wurzelballen mit der Erde des Gartens zu vermischen. Und gleichzeitig darf ich die arme Blume auch nicht ersticken. Diesen ungewohnten Balanceakt übe ich noch, aber ich bemühe mich nach Kräften, und nebenbei nehme ich wahr, wie das silbergraue Auto unten an der Straße geparkt hat, in der Nähe der Einfahrt. Der Motor verstummt. Als eine Tür zugeschlagen wird, richte ich mich auf. Die Pflanze lasse ich im Boden, versuche vergeblich, mir die Erde von den schmutzigen Händen abzuschütteln, und dann schirme ich mit der einen meine Augen ab und blicke zur Straße. Es ist ein ungewohnt sonniger Maitag, und es ist warm, ein Vorgeschmack auf den Sommer. Ein Tag, an dem man zu wenig anzieht und zu lange draußen bleibt, es ist beinahe unmöglich, nicht übermütig zu werden. Und sich eine Erkältung einzufangen. Mit der Hand vor den Augen kann ich ihn sehen. Er zögert dort unten, winkt mir, bleibt aber länger stehen als nötig, ehe er auf mich zugeht, als würde er sich eigentlich lieber wieder ins Auto setzen und wegfahren.

»Hallo«, ruft er mir zu, als er sich schließlich doch in meine Richtung bewegt.

»Hallo Thomas«, antworte ich.

Ich stemme die Hände in die Hüften, vergesse, wie schmutzig sie sind, und als ich an mir hinabsehe, hat mein T-Shirt Erdflecken an der Seite.

»Du arbeitest im Garten?«, fragt er.

»Ja«, antworte ich. »Nicht, dass ich große Lust hätte, aber die Maklerin meinte, das wäre schlau, weil es ein bisschen heimeliger aussehen würde oder so ähnlich.«

Wir lächeln ein wenig.

»Du wirst es also verkaufen«, sagt Thomas.

»Ja. Ja, ich habe mich dazu entschieden. Ich habe keine Lust mehr, noch länger hier zu wohnen, nach allem, was passiert ist.«

»Ja, es ist sicher schwierig, sich danach wieder zu Hause zu fühlen.«

»Genau.«

Wir sehen beide zum Haus hinauf. Die Sonne scheint durch die Fenster, wird reflektiert. Es ist ein schönes Haus, wenn man es so sieht, majestätisch. Man kann über den alten Torp sagen, was man will, aber er besaß Würde. Und sein Haus auch. Aber ich habe damit abgeschlossen.

»Was sagt Margrethe dazu?«, fragt Thomas.

»Sie ist natürlich nicht sehr begeistert«, antworte ich. »Aber was kann sie schon sagen? Es ist mein Haus. Ich kann damit machen, was ich will.«

Er nickt. Irgendwie nachdenklich. Er trägt einen Pullover, ist schlauer als ich, wartet mit dem T-Shirt noch, bis es wirklich Sommer ist. Seine Frisur sitzt gut, er hat die Haare zurückgekämmt, aber irgendetwas hält sie an ihrem Platz. Der ganze Mann sieht so, wie sagt man, *respektabel* aus. Aber das meine ich nicht negativ. Nicht im Sinne von langweilig, obwohl Julie bestimmt alles dafür getan hat, dass er es wird. Ich meine einfach nur grundsolide. Verlässlich. Integer.

Er sagt: »Na dann. Aber wie geht es dir?«

»Gut«, sage ich. »Das heißt, es ist ein Auf und Ab. Aber es geht schon.«

Wir bleiben eine Weile stehen und betrachten die Blume vor unseren Füßen. Thomas hat etwas auf dem Herzen, scheint mir. Eigentlich würde ich hier gerne schnell fertig werden, damit ich hineingehen kann und unter die kalte, unfertige Dusche, um die Erde von meinen Händen abzuspülen und mich umzuziehen und danach zu meinem Vater zu fahren, was inzwischen zu einer regelmäßigen Sonntagstradition geworden ist, ein Essen mit der ganzen Familie. Doch ich warte. Gebe ihm Zeit. Das erscheint mir angemessen. Thomas ist den ganzen Weg hergefahren, um mir etwas zu erzählen, und er ist kein Mann, der unnötig Zeit vergeudet.

»Das, was passiert ist«, sagt er schließlich. »Ich wollte nur sagen, es tut mir leid.«

»Was denn?«

»Na, du weißt schon. Das mit dem Mädchen.«

Ja. Ich weiß.

»Sigurd hatte es uns erzählt. Jan Erik und mir. Und wir haben dir nichts gesagt. Wir wollten, oder besser gesagt, ich wollte es dir eigentlich erzählen. Ich fand es nicht richtig, wie er sich verhielt. Und dabei wusste ich nicht einmal, wie jung sie war. Aber ich wusste, dass er eine Affäre hatte. Und ich hätte es dir sagen sollen.«

Ich schließe die Augen und strecke das Gesicht in die Sonne. Will nicht darüber nachdenken. Hatte schon leise geahnt, dass sie es wussten. War die Telefonate mit ihnen an jenem Abend, als er verschwand, bereits tausendmal im Kopf durchgegangen. Irgendetwas an ihrem Ton war ausweichend gewesen, irgendetwas war mir entgangen, als gäbe es etwas, was sie mir vorenthielten. Natürlich hatten sie sich gescheut, bei mir anzurufen, weil er vielleicht bei ihr war. Hatten versucht, die offensichtliche Lüge zu entdramatisieren, weil sie wussten, warum er gelogen hatte. Und trotzdem erzählten sie es mir nicht. Nicht einmal, nachdem sie wussten, dass er tot war. Ich musste selbst herausfinden, dass er eine andere hatte. Deshalb beeindruckt mich Thomas' Entschuldigung jetzt nicht sonderlich.

Eine Weile stehen wir so da, schweigend. Und egal, was man von Thomas auch halten mag, er hat die gute Eigenschaft, dass er weiß, wann er nicht reden sollte, und hält das Schweigen aus. Es ist auch nicht so, dass ich ihn nicht verstehen würde. Sigurd war schließlich sein Freund. In erster Linie bin ich aber einfach nur schrecklich müde. Ich möchte nichts mehr mit alledem zu tun haben. Es ist ein schöner Tag, die Sonne scheint, und es ist bald Sommer, und die Maklerin hat mir versprochen, dass das Haus ein Vermögen wert ist, der Schätzwert liegt bei 14 Millio-

nen, aber sie glaubt, sie könne es für über 16 verkaufen. Ich
werde reich sein. Ich werde genug Geld haben, um zu tun, was
immer ich will. Bald werde ich hineingehen und duschen, und
dann werde ich bei meinem Vater zu Abend essen, und nächste
Woche werde ich mit meinen neuen Kolleginnen etwas trinken
gehen. An so etwas will ich denken. Das ist alles, worum ich
mich kümmern will. Ich seufze tief und öffne die Augen wieder.
Thomas steht neben mir. Wir betrachten die Blume.

»Es tut mir leid«, sagt er schließlich.

»Ist schon gut«, erwidere ich. »Er war dein Freund.«

»Ja. Trotzdem war es mies von mir.«

Der aufrechte Thomas. Ich mochte Jan Erik nicht, und Julie
bereitete mir Gänsehaut, aber für Thomas hege ich eine gewisse
Sympathie. Er gleicht mir in mancherlei Hinsicht, seine sozialen
Hemmungen, seine Schweigsamkeit. Aber er ist beständiger als
ich. Manchmal denke ich, wenn ich damals ihn auf dieser Party
in Bergen kennengelernt hätte, wäre ich vielleicht viel glückli-
cher geworden. Aber ich weiß es nicht. Vielleicht hätte er mich
auch nicht interessiert. Und ich ihn nicht.

»Sigurd hat zu mir gesagt, dass er nach einem Ausweg suchen
würde«, erklärt Thomas. »Nur ein paar Wochen vor seinem Tod
hat er gesagt, er würde das alles so bedauern. Er hätte sich getäuscht. Er hatte sich für dich entschieden.«

Ich hole tief Luft. Soll ich ihm jetzt etwa dankbar dafür sein?

»Ich weiß nicht, ob du das hören wolltest«, sagt er. »Aber ich
wollte es dir trotzdem erzählen. Nur falls.«

»Danke«, sage ich, fahre mir mit der erdigen Hand über die
Stirn und streife meine Irritation ab.

»Was hast du denn jetzt vor?«, fragt er. »Wenn du das Haus
verkaufst. Wirst du dir eine neue Praxis mieten?«

»Nein«, sage ich. »Ich höre auf. Ich habe noch einige Patienten, deren Therapien ich fortführe. Aber wenn die beendet sind, schließe ich damit ab.«

»Was willst du denn stattdessen machen?«

»Ich weiß es nicht«, antworte ich und merke, wie gut sich das anfühlt. Die Welt steht mir offen. »Ich habe eine Teilzeitstelle bei einer Psychologiezeitschrift angenommen, ich lese Texte Korrektur, gebe den Autorinnen Rückmeldungen und solche Sachen. Und ansonsten weiß ich es nicht. Vielleicht reisen. Ich wollte schon immer mal eine Weile auf einem französischen Schloss wohnen.«

Thomas lächelt.

»Und jetzt kannst du es machen«, sagt er.

»Ja.«

Wir schweigen wieder eine Weile, aber diesmal ist das Schweigen unbeschwerter, und ich denke, dass es ja eigentlich auch nett von ihm ist, mich zu besuchen. Bisher hat das niemand getan, keiner von Sigurds Freunden. Nicht Jan Erik, nicht Mammod und Flemming. Auch nicht sein Bruder. Nur Margrethe, die außer sich war, weil ich ihr Elternhaus verkaufen werde. Und wegen allem, was passiert ist. Ich glaube, sie gibt mir die moralische Verantwortung für Sigurds Untreue. Wenn ich ihm nur eine bessere Ehefrau gewesen wäre, sagte sie einmal zu mir. Aber da hatte sie etwas zu viel getrunken. Annika hatte mich davor gewarnt, dass es passieren könnte, und mich gebeten, besonnen zu bleiben, so wenig wie möglich darauf zu reagieren. Und das habe ich auch getan. Mit Margrethe habe ich auch abgeschlossen.

»Und wie geht es dir?«, frage ich Thomas.

»Ach, eigentlich alles beim Alten. Nur Julie ist schwanger.«

»Wie schön«, sage ich. »Herzlichen Glückwunsch.«

Er lächelt ein wenig in sich hinein. Er wird bestimmt ein guter Vater sein, denke ich. Er wird alles richtig machen. Eine längere

Elternzeit nehmen, nachts aufstehen. Sich im Fußballverein und in der Schule engagieren.

»Es tut mir leid, wie ich zu Julie war«, sage ich.

»Ach was, mach dir deswegen bloß keine Gedanken. Ihr müsste es leidtun. Sie hat es gut gemeint, aber na ja, manchmal kann es ein bisschen viel werden.«

Ich lächle, es tut gut, ihn das sagen zu hören, und macht mich selbst großzügiger.

»Grüß sie von mir«, sage ich. »Und richte ihr meine Glückwünsche aus.«

»Das mache ich.«

»Thomas. Es hat mich gefreut, dass du gekommen bist.«

»Das ist doch klar«, sagt er, und dann umarmt er mich ganz leicht, fast ohne mich zu berühren. »Pass auf dich auf.«

Und diesen Rat nehme ich an.

Später am Esstisch, als mein Vater und Annika sich über irgendetwas in der Zeitung zanken und Henning die Jungen ermahnt, die sich ihrerseits um den Salz- und Pfefferstreuer zanken, denke ich, dass ich mich auch darüber freue, was er sagte. Dass Sigurd sich für mich entschieden hatte. Am Ende ist es doch gut, das zu wissen.

Annika und mein Vater räumen den Tisch ab. Ich biete meine Hilfe an, doch Annika sagt, darum würden sie sich schon kümmern, ich solle mich einfach nur hinsetzen. Mein Vater sagt: »Wenn du ins Arbeitszimmer gehst, setze ich Teewasser auf.«

Henning und die Jungen begeben sich ins Wohnzimmer und gucken Kinderfernsehen, ich kann es vom Arbeitszimmer meines Vaters aus im Hintergrund hören, lustige Lieder, erwachsene Stimmen, die in einer kinderfreundlichen Tonlage sprechen, oder als würden sie Katzen und Hunden und Elefanten eine Stimme leihen. Die Jungen sind mucksmäuschenstill, verhext vom Fernseher, und Henning ist genauso still, vermutlich voll auf sein Telefon konzentriert. Ich höre Klappern von Geschirr und Töpfen aus der Küche, wo mein Vater und Annika gerade aufräumen, ihre Stimmen erreichen mich hier drinnen jedoch nicht, obwohl sie vermutlich immer noch um irgendeine Meinungsverschiedenheit kreisen, die sie schon am Tisch diskutiert hatten. Hier drinnen ist es ruhig. Die Oase meines Vaters.

Ich lege Holzscheite in den Kamin, lege sie so, wie es mir mein Vater beigebracht hat, schichte sie an den Enden übereinander, sodass sie ein Quadrat bilden, als würde ich eine Blockhütte errichten. Lege Papier und Holzspäne hinein. Überlege, ob ich sie schon anzünden soll oder nicht. Es ist nach wie vor warm, noch nicht richtig dunkel, aber die Kälte wird sich bald ausbreiten. Dann denke ich, dass ich meinem Vater diese Ehre überlassen sollte. Ich strecke den Rücken. Mein Blick streift die Archivbücher mit den Zeitungsausschnitten, und ich erinnere mich an jenen Donnerstag im März, als ich diese gnadenlosen Worte meines Vaters las. Wie ich mich fürchtete. Aber heute ist ein guter Tag, und ich werde nicht daran denken.

Stattdessen gehe ich zum Fenster hinter dem Schreibtisch meines Vaters. Ich stütze mich auf die Fensterbank und sehe hinaus auf den vernachlässigten Garten, in dem immer noch das Laub des Vorjahres auf dem frischen Gras liegt. Auf die Nachbarhäuser. Das neue, das gebaut wurde, als mein Vater einen Teil des Grundstücks verkaufte. Das alte, in dem die Familie Winge wohnte. Wo Herman Winge, den ich liebte, obwohl wir fast nie miteinander redeten, jeden Morgen das Haus verließ und auf der Türschwelle stehen blieb, um den Reißverschluss seiner Daunenjacke hochzuziehen, ehe er in die Schule ging.

An manchen Abenden stand ich hier drinnen, im Büro meines Vaters, und spähte zu seinem Haus hinüber, um einen Blick auf ihn zu erhaschen. Ich löschte alle Lichter, damit mich die Winges nicht erwischen konnten, und dann stand ich in der Dunkelheit und spionierte. Ab und zu sah ich ihn auch. Manchmal lieh ich mir sogar das Fernglas meines Vaters aus, ich werde fast rot, wenn ich daran denke. Ich überlege, wer jetzt in dem Haus wohnt. Im Garten steht ein blaues Trampolin. Vielleicht hat Herman inzwischen eine Familie gegründet und es selbst übernommen. Aber aller Wahrscheinlichkeit nach wurde es verkauft. Mein Vater hat nichts erwähnt, andererseits käme er auch nicht auf die Idee, dass es mich interessieren könnte.

Aus einer Laune heraus schalte ich das Licht aus, so wie damals. Lösche zuletzt auch die Leselampe auf dem Schreibtisch. In der Dunkelheit stütze ich mich erneut auf die Fensterbank und blicke zu Herman Winges altem Haus. Stehe hier, wo mich niemand sehen kann.

Während ich so dastehe, meine ich etwas zu sehen. Bewegt sich dort draußen jemand, oder sehe ich bloß mich selbst? Ich fokussiere meinen Blick, starre auf das Winge-Haus. Wechsle den Fokus, sehe nur mich selbst und das leere Arbeitszimmer hinter mir, das man im Spiegelbild lediglich erahnen kann. Und als ich erneut hinausblicke, wird es mir klar. Es ist, als würde alle Luft aus dem Raum gesogen. Für eine kalte Sekunde oder zwei stehe ich so da, halte meinen Blick zwischen den beiden Einstellungen und sehe beides gleichzeitig, den Garten dort draußen, mich hier drinnen im Arbeitszimmer. Plötzlich weiß ich es. Und mir wird klar, dass niemand außer mir darauf kommen kann.

Es wird so still. In diesem Vakuum werden alle Geräusche absorbiert. Alles, was ich höre, ist der leise, rhythmische Laut meines eigenen Atems vor der Fensterscheibe.

Von der Schreibstube meines Vaters aus kann man den Bürgersteig vor Sigurds Büro sehen. Sigurd muss das bedacht haben, wenn er Vera bat, ihn im Büro abzuholen. Er muss Vorsichtsmaßnahmen getroffen haben.

Aber mein Vater arbeitete auch außerhalb von normalen Geschäftszeiten. Abends und nachts. Ich kann ihn vor mir sehen, wie er nachts in dem kahlen Schreibzimmer auf und ab schritt. Er schaltet alle Lampen aus, die Straßenlaternen spenden gerade genug Licht, damit er sich im Dunkeln ein Glas Whisky einschenken kann. Er setzt sich auf die Fensterbank. Er blickt von dem dunklen Zimmer auf die erleuchtete Straße, beobachtet die wenigen Menschen, die mittwochnachts um halb zwölf in Bislett unterwegs sind. Und da kommen Sigurd und Vera und sind gemeinsam auf dem Weg in Sigurds Büro.

Meine Hände zittern so sehr, dass ich mich nicht länger darauf stützen kann. Was hätte mein Vater getan, wenn er herausgefunden hätte, dass Sigurd fremdging? Ich sinke auf seinen Schreibtischstuhl. Mein Vater, der die Familie für das Allerheiligste hält. Der meint, dass Untreue strafbar sein müsste. Der an Selbstjustiz und die Bürgerwehr glaubt und an das Recht, das Gesetz in die eigene Hand zu nehmen, um die Herde zu verteidigen. In der Dämmerung streift mein Blick die Archivbücher. Mein Vater, der an die extremen Lösungen glaubt. Die Entscheidung der Wildhunde.

Vor dem kalten Kamin stehen die Sessel wie große, schlafende Tiere. Dort, wo wir an jenem Tag saßen, als ich von Smestad hierherkam, ohne meinem Vater zu erzählen, dass Sigurd tot war. Wir redeten über Bücher. Mein Vater erzählte von einem, das er gelesen hatte, es sei düster gewesen, hatte er gesagt, aber er habe trotzdem viel daraus gelernt. Er sagte: *Man kann so viel lernen, wenn man in der Dunkelheit sitzt und von dort aus die*

Welt betrachtet. Inzwischen traue ich meinem Gedächtnis vielleicht nicht mehr so sehr wie früher, aber ich weiß, dass ich mich wortwörtlich an dieses Zitat erinnere. Das sei essenziell, hatte er gesagt. Und jetzt, da ich ganz buchstäblich in der Dunkelheit sitze, springt mein Blick von den Archivbüchern, die ich drüben im Regal sehe, zu den Sesseln, vom Foucaultschen Pendel zum Winge-Haus und der Welt vor dem Fenster, um schließlich auf dem Kaminsims zu landen, und ich habe die Gewissheit: In diesem Augenblick erzählte er mir, was er getan hatte.

Mein Vater hatte von Sigurd und Vera gewusst. In meinem Bauch spüre noch einmal die Demütigung, die ich in Gundersens Büro spürte. Alle außer mir wussten es, sogar mein Vater. Aber mein Vater hat nicht mit den Schultern gezuckt und weggesehen. Mein Vater beobachtete. Am 6. März saß er frühmorgens in seiner Schreibstube, während Sigurd das Auto mit Parklicht auf dem Bürgersteig abstellte. Mein Vater hat hinuntergesehen. Die Glaskugel entdeckt. Verstanden.

Mein Vater, der nicht eine einzige Kinderzeichnung von mir aufgehoben hatte. Der die Schneidebretter aus dem Werkunterricht und die Tonfiguren aus dem Töpferkurs wegwarf, kaum dass ich sie ihm zu Weihnachten geschenkt hatte. Der sich nicht an die Namen meiner Freundinnen erinnert, mich nie zum Geburtstag anruft und mich während meiner sechs Jahre in Bergen nur einmal besuchte. Der aber trotzdem alles für mich tun würde, sobald er es selbst für notwendig hielt. Vielleicht hatte er auf eine Gelegenheit gewartet. Hatte lange dort in der Dunkelheit gesessen und mitangesehen, wie Sigurd sein Doppelleben lebte. Hatte sich viel Zeit genommen. Und dann, an jenem Freitag im März, die Chance ergriffen. Sigurd parkte das Auto am frühen Morgen. Die Glaskugel ruhte auf dem Armaturenbrett, gut sichtbar durch die Windschutzscheibe. Mein Vater stand auf, ging zum Auto und fuhr aus der Stadt hinaus. In den Krokskogen? Vielleicht, aber er könnte auch genauso gut an einen anderen Ort gefahren sein. Seine Skier und seine besten Skischuhe lagen sowieso im Auto. Falls jemand fragen sollte, hatte er mitten am Tag einen Skiausflug gemacht, wie er es oft tat. Aber wer sollte das fragen? Seine Kollegen wissen nicht, wo er seine Tage verbringt, seine Studenten auch nicht. Als wir an jenem Tag in den Sesseln vor dem Kamin saßen, sagte er zu mir, er sei eine Woche lang jeden Tag Skilaufen gewesen, denn wenn er ins Sørkedalen fahre, liege dort genug Schnee. Damals hatte ich nicht darüber nachgedacht, hatte genug mit mir selbst zu tun gehabt, aber warum hätte er dort hinfahren sollen, obwohl er so gerne in der Østmarka fährt? Es sah ihm nicht ähnlich, das zu präzisieren, sonst erzählt er mir nie, wo er Ski läuft.

Ja, er ist ins Sørkedalen gefahren. Hat seine Skier angeschnallt und ist querfeldein zum Krokskogen gelaufen. Auf diese Weise wurde er nicht bei der Mautstation registriert. Und niemand konnte sein Auto an der Straße nach Kleivstua parken sehen. Wie lange dauert es, diese Strecke per Ski zurückzulegen? Wenn man ein gut trainierter Mann ist? Drei Stunden oder dreieinhalb? Ich zähle es an den Fingern ab, komme auf zehn Uhr, oder halb elf. Rufe mir Gundersens Chronologie in Erinnerung. Vera hatte versucht, ihn um kurz vor halb elf anzurufen. Das war der erste Anruf, den er nicht annahm.

Ich stelle es mir vor. Mein Vater, wie er rasant auf den Platz vor der Hütte einbiegt. Sigurd, der auf die Schwelle tritt, als er ein Geräusch hört und denkt, Vera sei auf eigene Faust dorthin gekommen. Mein Vater schlägt einen lockeren Ton an, Sigurd, *du* hier, mitten an einem Freitag, damit hätte ich nicht gerechnet.

Es muss die einfachste Sache der Welt gewesen sein, ihn aus der Hütte zu locken. Sigurd muss nur daran gedacht haben, wie er seinen Schwiegervater wieder loswerden konnte, bevor Vera kam. Natürlich hatte er sein Telefon im Haus gelassen, denn was, wenn Vera anrief, während mein Vater da war?

Sie gehen zusammen auf die Lichtung im Wald, mein Vater auf Skiern, Sigurd auf dem Pfad, wo der Schnee bereits geschmolzen ist. Bittet mein Vater Sigurd, ihm irgendetwas zu zeigen, und erschießt ihn, als er ihm den Rücken zuwendet? Oder erzählt er ihm, was er vorhat, und bittet ihn, sich dem Wald zuzuwenden? Flehte Sigurd um sein Leben? Hatte er Angst, als er erschossen wurde, oder spürte er den Tod erst, als er schon da war?

Was hätte mein Vater getan, wenn Vera schon dort gewesen wäre? Wenn sie mit Sigurd zusammen gewesen wäre, als er auf den Hofplatz schlitterte? Aber daran will ich nicht denken, dort verläuft die Grenze, das kann ich nicht.

Danach fährt mein Vater auf seinen Skiern zurück durch die Wildnis. Vielleicht hat er seine Waffe in einen See geworfen, auf dem das Eis schon geschmolzen war, vielleicht nimmt er sie auch mit nach Hause. Dass er eine Waffe hat, steht für mich außer Frage, schließlich glaubt er an Selbstjustiz, und weil er, soweit ich weiß, in keinem Schützenverein ist oder einen Waffenschein hat, wurde die Waffe sicher auch nicht auf ihn zugelassen. Vielleicht liegt sie im Keller dieses Hauses versteckt, vielleicht in einer Schublade des Schreibtischs, vor dem ich gerade sitze. Dies ist ein Haus mit Geheimnissen, mit Zimmern und Abseiten und loser Holzvertäfelung. Er könnte den Revolver hier so lange verstecken, wie er will. Und falls er kalte Füße bekommt, kann er an einem Sommerabend ein Boot mieten und ihn im Bunnefjord versenken. Aber er wird keine kalten Füße bekommen.

Er läuft zurück durch den Wald, findet sein Auto, spannt die Skier auf dem Dach fest und fährt nach Hause. Er fühlt sich erhaben. Ganz sicher nicht ängstlich, denn wovor sollte er Angst haben? An einem Freitagvormittag im März sind nur wenige Menschen in den Loipen unterwegs, und falls er anderen Langläufern begegnet wäre, hätten sie ihn höchstwahrscheinlich nicht beachtet oder erkannt und würden es mehrere Tage danach erst recht nicht tun. Er hätte höchstens befürchten können, dass der Verdacht auf mich fällt, aber er hat sicher gedacht, ich hätte den ganzen Tag über Patienten gehabt, einen nach dem anderen. Denn vermutlich habe ich ihm nicht gesagt, wie meine Praxis wirklich läuft. Wollte vor meinem Vater gut dastehen.

Die Töpfe klappern, und dann höre ich Schritte, und Annikas Stimme draußen mit Henning und den Jungs. Bald wird mein Vater die Teetassen bringen. Inzwischen ist es ein wenig kalt hier drinnen. Jetzt wäre ein Feuer schön gewesen, jetzt hätte ich mich gerne gewärmt. Aber ich rühre mich nicht. Ich kann es nicht. Ich hätte es mir nur einbilden können, hätte er nicht an jenem Nachmittag vor dem Kamin diesen Satz gesagt. Wir saßen hier, in den Sesseln, und er redete davon, die Welt von der Dunkelheit aus zu sehen. Und erzählte mir auf diese Weise, wie er entdeckt hatte, was Sigurd trieb. Außerdem legte er Wert darauf, mir zu erzählen, dass er an dem Tag, als Sigurd verschwand, im Sørkedalen Ski gefahren war, und gab mir so den Hinweis, wie er es getan hatte. Er sagte zu mir, es sei wichtig, nicht dortzubleiben, in der Dunkelheit. Man muss sich wieder hinauswagen, sagte er. So leicht war es für ihn, sich eines Menschen zu entledigen.

Ich lachte leichtfertig darüber. Ja, anschließend wieder aus der Dunkelheit herauszukommen, dafür sind wir Psychologen dann da, sagte ich.

Jetzt höre ich Schritte aus der Küche. Es wird nur ein paar Sekunden dauern, bis er hier ist, und was soll ich dann machen?

Was, wenn ich ihn einfach frage? Ich würde so gerne hören, wie er es bestreitet. Ich würde so gern beruhigt werden, dass ich mich getäuscht habe, dass mein Vater genau an diesem Tag eigentlich beruflich unterwegs war und es beweisen kann. Was er gesagt hatte, war harmlos. Ich könnte es zu den Akten legen und muss nie wieder daran denken.

Aber mein Vater glaubt an die kompromisslose Ehrlichkeit. Es ist, als würde ich nie erwachsen werden, als wäre ich immer noch das kleine Mädchen im Nachthemd, das oben auf dem Treppenabsatz sitzt und seinen Vater mitten in der Nacht nach Hause kommen sieht und nicht zu fragen wagt, wo er gewesen ist. Weil es spürt, wie schwer die Konsequenzen wiegen. Ihn zu fragen bedeutet auch, dass er etwas Gefährliches antworten könnte, etwas, mit dem man anschließend für immer leben muss. Ich habe keine Erinnerungen an ihn, die ich nicht mit diesem Gefühl verknüpfe: besser, man fragt nicht zu viel, besser, man erfährt es nicht.

Denn wenn ich ihn frage, wo er an jenem Freitag gewesen ist, verliere ich ihn.

Das Licht fällt auf den Boden, als er die Tür öffnet. Selbst in der Dämmerung kann ich ihn lächeln sehen. Es ist zu dunkel, um die Details zu erkennen, aber ich weiß genau, wie er sein Gesicht runzelt, die grünen Augen sind kleine Seen zwischen den Falten der braunen, ledrigen, wettergegerbten Haut.

»Aber Sara«, sagt er mit seiner rauen Stimme. »Sitzt du hier in der Dunkelheit?«

Helene Flood

Die Affäre

Roman

512 Seiten, btb 75898
Übersetzt von Ursel Allenstein

**Nach »Die Psychologin« – der neue Thriller
der norwegischen Bestsellerautorin**

Ist es schlimmer, seinen Mann oder die Polizei anzulügen?
Rikke täuscht sie beide. Als ihr Nachbar Jørgen im Obergeschoss
tot aufgefunden wird, werden die Bewohner des Hauses von
der Polizei verhört. Wie kann Rikke vor Åsmund zugeben,
dass Jørgen und sie eine Affäre hatten? Rikke weiß, dass ihr
die Polizei bald zuvorkommen wird. Dann wird Rikke von
einer erschreckenden Offenbarung getroffen. Jørgen kann
nur von jemandem getötet worden sein, der in ihrem kleinen
Mehrfamilienhaus lebt.

»Skandinavischer Psychothriller mit Gänsehaut-Garantie.«
Ok! Magazin

btb